COLLECTION FOLIO

William Faulkner

Le bruit et la fureur

*Traduit de l'américain
par Maurice Edgar Coindreau*

Nouvelle édition revue

Gallimard

Titre original :

THE SOUND AND THE FURY

© *Éditions Gallimard, 1972, pour la traduction française*

William Faulkner est né en 1897 dans l'État du Mississippi. Il appartient à une vieille famille aristocratique ruinée par la guerre de Sécession.

Après avoir essayé d'exercer différents métiers, après avoir vécu à New York et à Paris, il revient habiter dans son pays natal et s'installe à Oxford, Mississippi. Il partage alors son temps entre la littérature et la gestion de ses terres.

William Faulkner a reçu le prix Nobel en 1949. Il est mort en juillet 1962.

Il est probablement l'écrivain américain qui a eu le plus d'influence sur la littérature contemporaine, et en France, en particulier, il a été découvert et commenté par André Malraux, Jean-Paul Sartre, Claude Edmonde-Magny et bien d'autres écrivains.

PREFACE

« Ce roman, à l'origine, ne devait être qu'une nouvelle, me dit, un jour, William Faulkner. J'avais songé qu'il serait intéressant d'imaginer les pensées d'un groupe d'enfants, le jour de l'enterrement de leur grand-mère dont on leur a caché la mort, leur curiosité devant l'agitation de la maison, leurs efforts pour percer le mystère, les suppositions qui leur viennent à l'esprit. Ensuite, pour corser cette étude, j'ai conçu l'idée d'un être qui serait plus qu'un enfant, un être qui, pour résoudre le problème, n'aurait même pas à son service un cerveau normalement constitué, autrement dit un idiot. C'est ainsi que Benjy est né. Puis, il m'est arrivé ce qui arrive à bien des romanciers, je me suis épris d'un de mes personnages, Caddy. Je l'ai tant aimée que je n'ai pu me décider à ne la faire vivre que l'espace d'un conte. Elle méritait plus que cela. Et mon roman s'est achevé, je ne dirais pas malgré moi, mais presque. Il n'avait pas de titre jusqu'au jour où, de mon subconscient, surgirent les mots connus The Sound and the Fury. Et je les adoptai, sans réfléchir alors que le reste de la citation shakespearienne s'appliquait aussi bien, sinon mieux, à ma sombre histoire de folie et de haine. »

On lit en effet dans Macbeth, à la scène V de l'acte V, cette définition de la vie : « It is a tale told by an idiot,

7

full of sound and fury, signifying nothing », « *C'est une histoire, contée par un idiot, pleine de bruit et de fureur, qui ne signifie rien.* » *La première partie du roman de William Faulkner est, elle aussi, contée par un idiot, le livre entier vibre de bruit et de fureur et semblera dénué de signification à ceux qui estiment que l'homme de lettres, chaque fois qu'il prend la plume, doit apporter un message ou servir quelque noble cause. M. Faulkner se contente d'ouvrir les portes de l'Enfer. Il ne force personne à l'accompagner, mais ceux qui lui font confiance n'ont pas lieu de le regretter.*

Le drame se déroule dans l'État de Mississippi, entre les membres d'une de ces vieilles familles du Sud, hautaines et prospères autrefois, aujourd'hui tombées dans la misère et l'abjection. Trois générations s'y déchirent : Jason Compson et sa femme Caroline, née Bascomb ; leur fille Candace (ou Caddy), et leurs trois fils, Quentin, Jason et Maury (qu'on appellera plus tard Benjamin, ou Benjy, pour qu'il ne souille pas le nom de son oncle Maury Bascomb) ; Quentin enfin, la fille de Caddy. Il y a donc deux Jason (le père et le fils) et deux Quentin (l'oncle et la nièce). Autour d'eux, trois générations de nègres : Dilsey et son mari, Roskus ; leurs enfants, Versh, T. P. et Frony ; plus tard, Luster, fils de Frony.

Caddy, volontaire et sensuelle, a pris un amant, Dalton Ames. Le jour où elle se voit enceinte, elle accompagne sa mère à French Lick, station thermale dans l'État d'Indiana, pour y trouver un mari. Le 25 avril 1910, elle épouse Sidney Herbert Head.

Quentin, qu'un attachement incestueux (encore que platonique) lie morbidement à sa sœur, se suicide de jalousie, le 2 juin 1910, à l'université Harvard où il était allé faire ses études. Un an plus tard, Caddy, chassée par son mari, abandonne à ses parents la petite fille qu'elle vient de mettre au monde et, qu'en souvenir de son frère, elle a appelée Quentin.

C'est ensuite la mort du père, qui sombre dans l'alcoolisme, laissant sa femme ruinée avec leurs deux fils survivants, Jason et Benjamin, et le bébé que Caddy n'a même plus la permission de voir. Jason est un monstre de fourberie et de sadisme, Benjamin est idiot. Un jour, s'étant échappé du jardin, il a tenté de violer une fillette. Par prudence, on l'a fait châtrer. Depuis lors, inoffensif, il erre comme une bête et ne s'exprime que par des cris.

Quentin, la fille de Caddy, a grandi. Au moment où commence The Sound and the Fury, *elle a dix-sept ans, et, comme autrefois sa mère, elle se donne déjà aux jeunes gens de la ville. Son oncle Jason la poursuit de sa haine, et c'est là vraiment tout le sujet du livre, la haine de Jason au cours des journées du 6, 7 et 8 avril 1928.*

Les lecteurs familiers avec la technique habituelle de William Faulkner, se doutent déjà que l'auteur va brouiller quelque peu la chronologie. La première partie se passe, en effet, le 7 avril 1928 ; la seconde, dix-huit ans auparavant, le 2 juin 1910 ; la troisième, le 6 avril 1928, et la quatrième, deux jours après, le 8 avril. Quant aux événements, présents ou passés, ils nous parviennent à travers des monologues intérieurs, la dernière partie étant seule un récit direct où, par suite, apparaîtra la description physique des personnages (Caroline Compson, Jason, Dilsey, Benjy) dont le caractère nous a peu à peu été révélé au cours des monologues des trois parties précédentes.

Je voudrais maintenant, pour faciliter au lecteur l'accès de cette œuvre complexe, analyser avec quelque détail les procédés d'écriture de W. Faulkner et, mettant en relief les principales difficultés, enseigner à les aborder et comment les résoudre. La lecture de William Faulkner est, en elle-même, une petite science.

9

La composition de The Sound and the Fury *est d'ordre essentiellement musical. Comme le compositeur, Faulkner emploie le système des thèmes. Ce n'est pas, comme dans la fugue, un thème unique qui évolue et se transforme, ce sont des thèmes multiples qui amorcent, s'évanouissent, reparaissent pour disparaître encore jusqu'au moment où ils éclatent dans toute leur plénitude. On songe à ces compositions impressionnistes, mystérieuses et désordonnées à première audition, mais fortement charpentées sous leur apparence confuse.* The Sound and the Fury *est un roman d'atmosphère qui suggère plus qu'il ne dit, une sorte de* Nuit *sur le Mont Chauve que traverse un souffle diabolique où tournoient des âmes damnées, un atroce poème de haine dont chaque mouvement est nettement caractérisé.*

Premier mouvement — 7 *avril 1928.* — Moderato : « *La vie est une histoire contée par un idiot.* » *C'est à travers le cerveau atrophié de Benjy que Faulkner nous fait entrer dans son enfer. Le jour de son anniversaire, Benjy est dans la cour, accompagné de son gardien, Luster, jeune Noir de dix-sept ans qui, ayant perdu une pièce de vingt-cinq* cents, *la cherche afin de pouvoir assister à la représentation qu'un théâtre ambulant va donner ce soir-là. Benjy a trente-trois ans. Rien n'existe pour lui que des sensations animales. Il s'en est constitué un monde où il circule sans jamais se sentir entravé par les notions d'espace et de temps. Ce n'est pas par logique qu'il passe d'une idée à une autre, mais au hasard de ses sensations qui, à moins qu'elles ne soient directes (la brûlure qu'il se fait à la main, par exemple), s'enchaînent par associations d'idées surgies d'un mot, d'un geste, d'un bruit, d'un parfum. Ainsi, le mot* caddy, *que prononcent les joueurs de golf, réveille dans son cœur le souvenir de la sœur perdue et le fait hurler de douleur. De même, lorsqu'il s'accroche au clou de la barrière, il fait* une plongée brusque dans le passé, au jour où, alors qu'il était tout enfant, il s'était accroché de semblable façon en allant, avec Caddy, porter à Mrs Patterson le billet doux de l'oncle Maury. Grâce à ces coups de sonde rétrospectifs, deux séries d'événements se matérialisent peu à peu : l'enterrement de la grand-mère, lorsque Caddy avait sept ans, et le mariage de Caddy (25 avril 1910). Ainsi, à la remorque de Benjy, W. Faulkner conduit simultanément trois actions.

Ce papillotage des idées libérées de toute servitude logique offre aussi à William Faulkner le moyen le plus propre à amorcer les thèmes qui vont courir d'un bout à l'autre de sa symphonie (visites au cimetière, castration, inconduite de Caddy, ivrognerie du père, brutalité de Jason, rendez-vous de Quentin et sa fuite par la fenêtre, etc.). Embryonnaires dans cette première partie, ainsi qu'il sied puisque c'est un cerveau d'idiot qui les conçoit, ces thèmes se préciseront par la suite, bien que certains n'arrivent qu'aux dernières pages à acquérir toute leur clarté. Parfois, quelques mots seuls, énigmatiques, furtifs pourrait-on dire, les font pressentir. Il faut garder ces mots en mémoire, attendre qu'ils reparaissent dans des phrases qui leur donneront un sens précis, William Faulkner nous propose bien des rébus, mais il n'oublie jamais d'en amener la solution. Tout au plus les lecteurs pressés trouveront-ils qu'il les fait languir, et les mauvais joueurs se fâcheront.

Deuxième mouvement — *2 juin 1910.* — C'est l'Adagio douloureux, le monologue intérieur de Quentin Compson, le jour de son suicide à Harvard. Ici, ce n'est plus la folie qui va troubler l'harmonieux équilibre des pensées, mais l'affolement d'un cerveau obsédé par des idées d'inceste et de suicide, par une intolérable jalousie, par la haine des camarades d'école, comme ce Gerald Bland, snob et jouisseur, et que Quentin envie parce que l'amour lui est source de joie au lieu d'être instrument de torture. Les thèmes apparaissent, également informes au début, car ce sont des pensées affreuses dont s'effraie le cerveau même qui les conçoit et les étouffe aussitôt nées (le mariage de la sœur trop aimée, les fers à repasser que Quentin s'attachera aux pieds pour assurer sa mort, la fuite inexorable du temps qu'il cherche à conjurer en écrasant sa montre, et l'attirance de l'eau qui semble partout le guetter, au cours de sa dernière promenade).

Troisième mouvement — *6 avril 1928.* — Allegro : *Monologue intérieur de Jason qui, ayant découvert que sa nièce, Quentin, a donné rendez-vous à un des comédiens du théâtre ambulant, se lance à sa poursuite et la pousse à l'évasion nocturne dont Luster et Benjy ont été témoins dans la première partie. A travers l'âme haineuse de Jason, tout un fragment du passé se précise : mort du père, ruine de la famille, inconduite de Caddy et dureté des siens à son égard, tentative de viol de Benjy cause de sa castration, le tout mêlé aux événements du jour, dans la quincaillerie où Jason gagne sa vie à contrecœur.*

Quatrième mouvement — *8 avril 1928.* — *Cette fois, le récit est devenu direct et objectif. Il commence par un* Allegro furioso. *Quentin, en s'enfuyant, a emporté trois mille dollars que son oncle s'était appropriés, d'où la chasse éperdue qu'interrompt à la fois la migraine de Jason et le coup qu'il reçoit sur la tête. En contraste, nous trouvons ensuite l'*Andante religioso, *le service à l'église des Noirs, le jour de Pâques, suivi, presque sans transition, d'un* Allegro barbaro *qui s'achève dans la paix d'un* Lento : « *La fleur brisée pendait au poing de Ben, et ses yeux avaient repris leur regard bleu, vide et serein, tandis que, de nouveau, corniches et façades défilaient doucement de gauche à droite, poteaux et arbres, fenêtres et portes, réclames, tout dans l'ordre accoutumé.* »

Telle est la composition de cette symphonie démoniaque où ne manque que la gaieté d'un scherzo, et où l'unité est obtenue à l'aide de deux éléments également effectifs : les cris de Benjy et la noble figure de Dilsey. Les cris, qui vont de la plainte jusqu'au rugissement, jouent, dans l'orchestre de W. Faulkner, le rôle des batteries au rythme obsédant. C'est le climat sonore du roman. Les Noirs en sont la toile de fond, les témoins résignés des extravagances des Blancs. Parmi eux, Dilsey, sœur de la Félicité de Flaubert, est le « cœur simple » dans toute sa beauté. Son dévouement animal à des maîtres qu'elle ne juge pas, son bon sens de primitive lui permettent de tenir encore dans sa vieille main usée la barre de ce navire à la dérive qu'est la maison Compson. Les Noirs abondent dans les romans contemporains du sud des États-Unis, mais aucun n'atteint la grandeur émouvante de cette femme qui est, je crois, la création la plus réussie, et nullement idéalisée, de W. Faulkner.

La composition de The Sound and the Fury suffirait, à elle seule, à décourager le lecteur paresseux[1]. Et cependant, ce n'est pas la plus grande des difficultés. William Faulkner connaît tous les secrets de l'alchimie verbale. Arnold Bennett ne disait-il pas qu'il écrivait comme un ange ? Il connaît également la puissance de l'inexprimé. Aussi son style est-il plein d'embûches. Je mentionnerai simplement son emploi très curieux des pronoms dont il ne donne que fort rarement les antécédents (c'est toujours il, elle, sans plus de précision), son usage des symboles, et l'audace de ses ellipses.

C'est surtout lorsqu'il s'agit de Benjy que le symbo-

1. Dans son roman, *Eyeless in Gaza* (paru, en français, sous le titre *La Paix des profondeurs*), Aldous Huxley va plus loin encore que Faulkner dans le bouleversement de la chronologie ; et il n'offre même pas à son lecteur le secours des associations d'idées.

13

lisme apparaît. Pour Benjy, plus proche de la bête que de l'homme, rien n'existe en dehors de la sensation. Doué de prescience, à la manière des chiens qui hurlent à la mort ou des oiseaux qui fuient à l'approche d'un cyclone, il « sent » les événements qui l'entourent et qu'il ne saurait comprendre autrement. Incapable de concevoir des abstractions, il les transcrit par des images sensuelles. Caddy, vierge encore, « sent comme les arbres ». Après qu'elle s'est donnée à Dalton Ames, elle ne sent plus comme les arbres, et Benjy pleure, car tout ce qui le change de ses habitudes l'effraie (de là ses hurlements quand, pour aller au cimetière, Luster le fait passer à gauche du monument alors qu'habituellement T. P. prenait à droite). Et, le jour du mariage de Caddy, il la poursuit jusqu'à la salle de bains, la force à y entrer, car c'est là où coule l'eau lustrale d'où elle ressortirait avec sa fraîcheur d'arbre. Et Caddy, qui comprend, se cache le visage dans ses bras.

Benjy est-il heureux, il nous parle alors des cercles lumineux qui tournent plus ou moins vite selon l'intensité de son bonheur. Il en est ainsi quand il voit le feu, quand il poursuit les petites filles, et, aux noces de Caddy, quand il a bu trop de champagne. W. Faulkner se garde bien d'éclairer ces symboles, car il les veut confus comme les impressions qu'ils traduisent, et il ne désire pas que ses lecteurs comprennent trop aisément un personnage qui ne se comprend pas lui-même.

Quant aux ellipses, ce sont soit des phrases inachevées qui reproduisent photographiquement, si j'ose dire, les jeux fulgurants de la pensée, soit des idées qui se juxtaposent sans que les transitions qui normalement les uniraient soient indiquées. Le lecteur trouvera un excellent exemple du premier cas à la page 207. Quentin, en proie à l'insomnie, est allé dans l'obscurité jusqu'à la salle de bains pour boire un verre d'eau. Voici comment *devrait se lire ce passage*[1] : mes *mains peuvent voir,* mes *doigts* sont *rafraîchis par le col de cygne invisible où point n'est besoin du bâton de Moïse* pour faire jaillir l'eau. *Où est le verre ?* Il me faut le *chercher à tâtons. Attention à ne pas* le faire tomber de l'étagère, *etc.*

Voici maintenant un exemple du second cas. Jason, incommodé par les moineaux, estime qu'on devrait les empoisonner : « *Si seulement on mettait un peu de poison sur la place, on s'en débarrasserait en un jour, parce que, si un marchand ne peut pas empêcher ses bêtes de courir par toute la place, il ferait mieux de vendre autre chose que des poulets, quelque chose qui ne mange pas...* » *(p. 292). Ici, Jason, après avoir exprimé une idée, répond à une objection qu'un interlocuteur aurait pu formuler mais qui reste sous-entendue (en empoisonnant les moineaux, on risquerait d'empoisonner également les bêtes qu'on amène sur la place, les jours de marché).*

Des difficultés de ce genre se présentent en grand nombre et exigent une attention soutenue de la part du lecteur qui doit, en plus, s'accoutumer à l'interversion des dates et à la confusion des noms similaires (les deux Jason et les deux Quentin). Je ne crains pas, du reste, d'affirmer que la compréhension absolue de chaque phrase n'est nullement nécessaire pour goûter Le bruit et la fureur. *Je comparerais volontiers ce roman à ces paysages qui gagnent à être vus quand la brume les enveloppe. La beauté tragique s'en accroît, et le mystère en voile les horreurs qui perdraient en force sous des lumières trop crues. L'esprit assez réfléchi pour saisir, à une première lecture, le sens de toutes les énigmes que nous propose M. Faulkner, n'éprouverait sans doute pas*

---

1. Les mots en caractères romains sont ceux que l'auteur a supprimés pour obtenir une reproduction plus fidèle de la pensée.

cette impression d'envoûtement qui donne à cet ouvrage unique son plus grand charme et sa réelle originalité.

Écrit alors que l'auteur se débattait dans des difficultés d'ordre intime[1], The Sound and the Fury parut en 1929. C'est de ce jour que date, en Amérique, la réputation de William Faulkner. J'entends dans les milieux intellectuels, car il faudra attendre Sanctuary (1931) pour voir le grand public sortir de sa torpeur. The Sound and the Fury ne peut manquer de soulever des objections. Certains esprits aiment les plaisirs faciles. Mais l'opinion est, je crois, unanime pour voir dans ce roman l'œuvre maîtresse de W. Faulkner. Par sa valeur intrinsèque d'abord, mais aussi par ses radiations. Il semble que des étincelles en jaillissent sans cesse pour allumer quelque foyer nouveau. Dans These Thirteen (1931), une nouvelle, That Evening Sun[2], est faite d'un épisode de l'enfance de Caddy et de ses frères. Absalom ! Absalom ! (1936) est en partie conté par Jason Compson et par son fils Quentin qui prend pour confident son ami Shreve dont il partage la chambre à Harvard. The Sound and the Fury semble donc être la matrice de cette « comédie humaine » à laquelle W. Faulkner travaille assidûment. Il a déjà, pour la loger, créé des villes dont il a dessiné la carte en dernière page d'Absalom.

Bien que parfaitement conscient des imperfections inévitables dans la traduction d'un ouvrage aussi périlleux, je crois cependant pouvoir affirmer au public

---

1. Les profondes secousses morales sont un facteur puissant dans l'inspiration de William Faulkner. C'est après avoir perdu un de ses enfants qu'il écrivit Light in August (paru, en français, sous le titre *Lumières d'août*, N.R.F., 1935) et *Absalom ! Absalom !* fut composé dans les semaines qui suivirent la mort d'un frère de M. Faulkner tué dans un accident d'avion.

2. Une traduction française de cette nouvelle a paru, sous ma signature, dans *Europe* (15 janvier 1935).

français que c'est bien une traduction que je lui offre et non une adaptation plus ou moins libre. J'ai scrupuleusement respecté la graphie de l'original et n'ai ajouté, que je sache, aucune obscurité. Souvent, au contraire, la précision de la langue française m'a amené, malgré moi, à éclaircir le texte. Ayant eu le privilège d'entendre W. Faulkner me commenter lui-même les points les plus obscurs de son roman, je ne me suis dérobé devant aucun obstacle. J'ai cependant résolument écarté toute tentative de faire passer dans mon texte la saveur du dialecte noir. Il y a là, à mon avis, un problème aussi insoluble que le serait, pour un traducteur de langue anglaise, la reproduction du parler marseillais. Ce sacrifice consenti, j'espère avoir gardé, dans la présente version, tout ce qui fait le charme trouble et la puissance d'un livre qui déjà fait date dans l'histoire des lettres américaines.

Maurice Edgar Coindreau.

Princeton University, 1937.

SEPT AVRIL 1928

A travers la barrière, entre les vrilles des fleurs, je pouvais les voir frapper. Ils s'avançaient vers le drapeau, et je les suivais le long de la barrière. Luster cherchait quelque chose dans l'herbe, près de l'arbre à fleurs. Ils ont enlevé le drapeau et ils ont frappé. Et puis ils ont remis le drapeau et ils sont allés vers le terre-plein, et puis il a frappé, et l'autre a frappé aussi. Et puis, ils se sont éloignés et j'ai longé la barrière. Luster a quitté l'arbre à fleurs et nous avons suivi la barrière, et ils se sont arrêtés, et nous nous sommes arrêtés aussi, et j'ai regardé à travers la barrière pendant que Luster cherchait dans l'herbe.

— Ici, caddie ». Il a frappé. Ils ont traversé la prairie. Cramponné à la barrière, je les ai regardés s'éloigner.

— Écoutez-moi ça, dit Luster. A-t-on idée de se conduire comme ça, à trente-trois ans ! Quand je me suis donné la peine d'aller jusqu'à la ville pour vous acheter ce gâteau. Quand vous aurez fini de geindre. Vous n' pourriez pas m'aider à trouver ces vingt-cinq *cents* pour que je puisse aller voir les forains, ce soir ?

Ils frappaient un peu, là-bas, dans la prairie. Je me suis dirigé vers le drapeau, le long de la barrière. Il claquait sur l'herbe brillante et sur les arbres.

— Venez, dit Luster. Nous avons assez cherché ici. Ils ne vont pas revenir tout de suite. Descendons au ruisseau pour trouver cette pièce avant que les nègres mettent la main dessus.

Il était rouge, et il claquait sur la prairie, et puis, un oiseau s'est approché, en diagonale, et est resté perché dessus. Luster a lancé. Le drapeau a claqué sur l'herbe brillante et sur les arbres. Je me cramponnais à la barrière.

— Quand vous aurez fini de geindre, dit Luster. J' peux pas les faire revenir de force, hein ? Si vous ne vous taisez pas, mammy n' fêtera pas votre anniversaire. Si vous ne vous taisez pas, savez-vous ce que je ferai ? J' mangerai tout le gâteau. J' mangerai les bougies aussi. J' mangerai les trente-trois bougies. Venez, descendons au ruisseau. Faut que je trouve mon argent. Peut-être que nous trouverons une de leurs balles. Tenez, regardez, les voilà ! Là-bas, au loin. » Il s'approcha de la barrière et montra avec son bras. « Vous voyez. Ils n' reviennent plus par ici. Venez. »

Nous avons longé la barrière et nous sommes arrivés à la clôture du jardin, là où se trouvaient les ombres. Mon ombre, sur la clôture, était plus grande que celle de Luster. Nous sommes arrivés à l'endroit cassé et nous avons passé à travers.

— Attendez une minute, dit Luster. Vous v'là encore accroché à ce clou. Vous n' pouvez donc jamais passer par ici sans vous accrocher à ce clou ?

Caddy m'a décroché et nous nous sommes faufilés par le trou. L'oncle Maury a dit qu'il ne fallait pas qu'on nous voie, aussi, nous ferons bien de nous baisser, dit Caddy. Baisse-toi, Benjy. Comme ça, tu vois ? Nous nous sommes baissés et nous avons traversé le jardin où les fleurs grattaient et bruissaient contre nous. Le sol était dur. Nous avons grimpé par-dessus la barrière, là où les cochons grognaient et reniflaient. Je pense que c'est

qu'ils ont de la peine, parce qu'on en a tué un aujour-
d'hui, dit Caddy. Le sol était dur, avec des mottes, des
nœuds.

   Garde tes mains dans tes poches, dit Caddy. Sans ça
elles gèleraient. Tu ne voudrais pas avoir les mains gelées
pour Noël, je suppose.

— Il fait trop froid dehors, dit Versh. Vous ne voulez
pas sortir, voyons.

— Qu'est-ce qu'il a encore ? dit maman.

— Il veut sortir, dit Versh.

— Laisse-le faire, dit l'oncle Maury.

— Il fait trop froid, dit maman. Il vaut mieux qu'il
reste ici. Allons, Benjamin, tais-toi.

— Ça ne lui fera pas de mal, dit l'oncle Maury.

— Benjamin, voyons, dit maman, si tu ne te tiens
pas comme il faut, je t'envoie à la cuisine.

— Mammy dit qu'elle ne le veut pas dans la cuisine
aujourd'hui, dit Versh. Elle dit qu'elle a trop de choses
à faire cuire.

— Laisse-le sortir, Caroline, dit l'oncle Maury. Tu te
rendras malade à te tourmenter comme ça.

— Je le sais, dit maman. C'est le châtiment du bon
Dieu. Parfois, je me demande.

— Je sais, je sais, dit l'oncle Maury. Il ne faut pas te
laisser abattre. Je vais te préparer un toddy[1].

— Ça ne fera que m'agiter davantage, dit maman.
Tu le sais bien.

— Tu te sentiras mieux après, dit l'oncle Maury.
Couvre-le bien, petit, et mène-le dehors un moment.

L'oncle Maury est parti. Versh est parti.

— Tais-toi, je t'en prie, dit maman. On va te faire
sortir le plus vite possible. Je ne veux pas que tu
tombes malade.

Versh m'a mis mes caoutchoucs et mon pardessus, et

---

1. Boisson à base de whisky. (N. T.)

nous avons pris ma casquette et nous sommes sortis. L'oncle Maury rangeait la bouteille dans le buffet de la salle à manger.

— Promène-le environ une demi-heure, dit l'oncle Maury, mais ne le laisse pas sortir de la cour.

— Bien m'sieur, dit Versh. Nous ne le laissons jamais sortir.

Nous sommes allés dehors. Le soleil était froid et brillant.

— Où donc que vous allez ? dit Versh. Vous ne pensez pas que nous allons en ville ? » Nous marchions dans les feuilles bruissantes. La grille était froide. « Vous feriez mieux de garder vos mains dans vos poches, dit Versh. Vous allez les geler sur cette grille. Et alors, qu'est-ce que vous ferez ? Pourquoi que vous ne les attendez pas dans la maison ? » Il a mis mes mains dans mes poches. Je pouvais l'entendre remuer dans les feuilles. Je pouvais sentir l'odeur du froid. La grille était froide.

— Tiens, v'là des noix. Chic ! Grimpez à l'arbre. Regardez cet écureuil, Benjy.

Je ne pouvais pas sentir la grille du tout, mais je sentais l'odeur du froid brillant.

— Vous feriez mieux de garder vos mains dans vos poches.

Caddy marchait. Et puis elle s'est mise à courir. Son cartable sautait et dansait derrière elle.

— Bonjour, Benjy », dit Caddy. Elle a ouvert la grille et elle est entrée, et elle s'est baissée. Caddy sentait comme les feuilles. « Tu es venu à ma rencontre, dit-elle. Tu es venu attendre Caddy ? Pourquoi l'as-tu laissé se geler les mains comme ça, Versh ? »

— J' lui ai dit de les mettre dans ses poches, dit Versh. Mais, à se cramponner comme ça à cette grille !

— Tu es venu attendre Caddy ? dit-elle en me frottant les mains. Qu'est-ce qu'il y a ? Qu'est-ce que tu essaies de lui dire, à Caddy ? » Caddy sentait comme les arbres, et comme lorsqu'elle dit que nous dormions.

Pourquoi que vous geignez comme ça, dit Luster. Vous les reverrez quand nous arriverons au ruisseau. Tenez, voilà un datura. Il m'a donné la fleur. Nous avons passé à travers la clôture, dans le champ.

— Qu'est-ce qu'il y a ? dit Caddy. Qu'est-ce que tu essaies de lui dire à Caddy ? C'est eux qui l'ont fait sortir, Versh ?

— On n' pouvait pas le tenir à la maison, dit Versh. Il n'a pas eu de cesse qu'on n' l'ait mis dehors. Et il est venu tout droit ici, regarder par la grille.

— Qu'est-ce qu'il y a ? dit Caddy. Tu croyais peut-être que ça serait Noël quand je rentrerais de l'école. C'est ça que tu croyais ? Noël, c'est après-demain. Le Père Noël, Benjy, le Père Noël ! Viens, courons jusqu'à la maison pour nous réchauffer. » Elle m'a pris par la main et nous avons couru dans le bruissement des feuilles brillantes. Nous avons monté les marches en courant, et nous sommes entrés du froid brillant dans le froid noir. L'oncle Maury remettait la bouteille dans le buffet. Il a appelé Caddy. Caddy a dit :

— Mène-le près du feu, Versh, dit-elle. Va avec Versh, je te rejoindrai dans une minute.

Nous sommes allés près du feu. Maman a dit :

— A-t-il froid, Versh ?

— Non, ma'ame, dit Versh.

— Enlève-lui son manteau et ses caoutchoucs, dit maman. Combien de fois faudra-t-il te répéter de ne pas le laisser entrer dans la maison avec ses caoutchoucs aux pieds ?

— Oui, ma'ame, dit Versh. Restez tranquille. » Il m'a enlevé mes caoutchoucs et il a déboutonné mon manteau. Caddy a dit :

— Attends, Versh. Est-ce qu'il peut ressortir, maman ? Je voudrais qu'il vienne avec moi.

25

— Il vaudrait mieux qu'il reste ici, dit l'oncle Maury. Il est assez sorti aujourd'hui.

— Je trouve que vous feriez mieux de rester ici tous les deux, dit maman. Dilsey prétend que le froid augmente.

— Oh, maman ! dit Caddy.

— C'est absurde, dit l'oncle Maury. Elle a été renfermée à l'école toute la journée. Elle a besoin de grand air. Sauve-toi, Candace.

— Maman, laissez-le venir avec moi, dit Caddy. Je vous en prie. Vous savez bien qu'il va se mettre à pleurer.

— Aussi pourquoi en as-tu parlé devant lui ? dit maman. Pourquoi es-tu entrée ici ? Pour lui donner un nouveau prétexte de me tourmenter ? Tu es assez sortie pour aujourd'hui. Je trouve que tu ferais beaucoup mieux de rester ici et de jouer avec lui.

— Caroline, laisse-les sortir, dit l'oncle Maury. Le froid ne peut pas leur faire de mal. N'oublie pas que tu dois te ménager.

— Je sais, dit maman. Personne ne saura jamais combien je redoute Noël. Personne. Je ne suis pas de ces femmes qui peuvent tout supporter. Comme je voudrais être plus forte dans l'intérêt de Jason et des enfants !

— Prends sur toi et ne te fais pas tant de bile à leur sujet, dit l'oncle Maury. Sauvez-vous tous les deux. Mais ne soyez pas longtemps, votre mère se tourmenterait.

— Oui, mon oncle, dit Caddy. Viens, Benjy. Nous allons retourner nous promener. » Elle a boutonné mon pardessus et nous sommes sortis.

— Vas-tu emmener cet enfant comme ça, sans ses caoutchoucs ? dit maman. Tu veux donc qu'il tombe malade, avec la maison pleine de monde.

— J'oubliais, dit Caddy. Je croyais qu'il les avait.

Nous sommes revenus. — Tu devrais penser », dit maman. *Restez tranquille, voyons,* dit Versh. Il m'a mis mes caoutchoucs. « Le jour où j'aurai disparu, il faudra bien que tu penses pour lui. » *Maintenant, frappez du talon,* dit Versh. « Viens embrasser maman, Benjamin. »

Caddy m'a mené à la chaise de maman, et maman a pris mon visage entre ses mains et elle m'a serré contre elle.

— Mon pauvre bébé », dit-elle. Elle m'a lâché. « Faites bien attention à lui, ma chérie, toi et Versh. »

— Oui, maman, dit Caddy.

Nous sommes sortis. Caddy a dit :

— Tu n'as pas besoin de venir, Versh. Je m'occuperai de lui.

— Bon, dit Versh. Par ce froid, j'n'irais point dehors pour mon plaisir. » Il est parti et nous nous sommes arrêtés dans le vestibule, et Caddy s'est agenouillée, et elle a mis ses bras autour de moi et son visage lumineux et froid contre le mien. Elle sentait comme les arbres.

— Tu n'es pas un pauvre bébé, hein. Tu as ta Caddy, n'est-ce pas, ta petite Caddy.

Vous n'allez pas bientôt cesser de gémir et de pleurnicher, dit Luster. Vous n'avez pas honte de faire tout ce tapage. Nous avons passé devant la remise où se trouvait la voiture. Elle avait une roue neuve.

— Montez, et tenez-vous tranquille en attendant votre maman », dit Dilsey. Elle m'a poussé dans la voiture. T. P. tenait les rênes. « J'me demande pourquoi Jason n'achète pas un autre phaéton ? dit Dilsey. Cette carriole va s'écrouler sous vous, un de ces jours. Regardez-moi ces roues. »

Maman est sortie en baissant sa voilette. Elle portait des fleurs.

— Où est Roskus ? dit-elle.

— Roskus ne peut pas lever les bras aujourd'hui, dit Dilsey. T. P. sait très bien conduire.

— J'ai peur, dit maman. Il me semble pourtant qu'à vous tous, vous pourriez me procurer un cocher, une fois par semaine. Dieu sait que ce n'est pas beaucoup demander.

— Miss Ca'oline, vous savez tout comme moi que Roskus a trop de rhumatismes pour pouvoir faire plus que son travail, dit Dilsey. Allons, montez. T. P. conduit aussi bien que Roskus.

— J'ai peur, dit maman. Avec ce bébé.

Dilsey monta les marches. — Vous appelez ça un bébé ? » dit-elle. Elle a pris maman par le bras. « Un homme grand comme T. P. Allons, montez, si vous voulez partir. »

— J'ai peur », dit maman. Elles ont descendu les marches, et Dilsey a aidé maman à monter. « Ça vaudrait peut-être mieux pour nous tous », dit maman.

— Vous n'avez pas honte de dire des choses pareilles, dit Dilsey. Vous ne savez donc pas qu'il faudrait plus qu'un nègre de dix-huit ans, pour faire emballer Queenie. Elle est plus vieille que lui et Benjy mis ensemble. Et ne t'avise pas d'asticoter Queenie, tu m'entends, T. P. ? Si tu ne conduis pas au goût de Miss Ca'oline, tu auras affaire à Roskus. Il trouvera bien le temps pour ça.

— Je suis sûre qu'il va nous arriver quelque chose, dit maman. Finis donc, Benjamin.

— Donnez-lui une fleur, dit Dilsey. C'est ça qu'il veut. » Elle a avancé la main.

— Non, non, dit maman, tu vas les éparpiller.

— Tenez-les, dit Dilsey. Je vais en tirer une pour lui. » Elle m'a donné une fleur et sa main s'est retirée.

— Partez, maintenant, avant que Quentin vous voie. Elle voudrait vous suivre, dit Dilsey.

— Où est-elle ? dit maman.

— A la maison, à jouer avec Luster, dit Dilsey. Va,
T. P., conduis cette voiture comme Roskus te l'a
appris.

— Oui, dit T. P. Hue, Queenie.

— Quentin, dit maman. Prends garde que...

— Mais oui, bien sûr, dit Dilsey.

La voiture cahotait et crissait sur le chemin. — J'ai
peur de laisser Quentin, dit maman. Je ferais mieux de
rester, T. P. » Nous avons franchi la grille, là où ça ne
cahotait plus. T. P. a donné un coup de fouet à Queenie.

— T. P. voyons ! dit maman.

— Faut bien que je la fasse marcher, que je la tienne
éveillée jusqu'à ce qu'elle soit de retour à l'écurie.

— Tourne, dit maman. J'ai peur de laisser Quentin.

— J' peux pas tourner ici », dit T. P. Et puis la route
s'est élargie.

— Tu ne peux pas tourner ici ? dit maman.

— Comme vous voudrez », dit T. P. Nous avons
commencé à tourner.

— T. P. voyons ! dit maman en se cramponnant à
moi.

— Faut pourtant bien que je tourne, dit T. P. Hooo,
Queenie ! » Nous nous sommes arrêtés.

— Tu vas nous faire verser, dit maman.

— Alors, qu'est-ce que vous voulez que je fasse ? dit
T. P.

— J'ai peur quand je te vois essayer de tourner, dit
maman.

— Hue, Queenie ! » dit T. P. Nous sommes repartis.

— Je suis sûre qu'en mon absence, Dilsey va laisser
arriver quelque chose à Quentin, dit maman. Rentrons
vite.

— Eh là ! » dit T. P. Il a donné un coup de fouet à
Queenie.

— T. P. voyons ! dit maman en se cramponnant à
moi.

Je pouvais entendre les pas de Queenie et, de chaque côté de la route, des choses lumineuses passaient, doucement, régulièrement, et leurs ombres couraient sur le dos de Queenie. Elles passaient comme le sommet brillant des roues. Puis, d'un côté, elles se sont arrêtées au grand pilier blanc où se trouvait le soldat. Mais, de l'autre côté, elles ont continué, douces, régulières, mais un peu plus lentes.

— Qu'est-ce que vous me voulez ? » dit Jason. Il avait les mains dans les poches et un crayon derrière l'oreille.

— Nous allons au cimetière, dit maman.

— Parfait, dit Jason. Je n'ai pas l'intention de vous en empêcher, n'est-ce pas ? C'est tout ce que vous me voulez ! Juste me dire ça ?

— Je sais que tu ne viendras pas, dit maman. J'aurais moins peur si tu venais avec nous.

— Peur de quoi ? dit Jason. Papa et Quentin ne risquent pas de vous faire du mal.

Maman a mis son mouchoir sous sa voilette. — Assez, maman, dit Jason. Vous avez envie que ce sacré idiot se mette à gueuler au beau milieu de la place ? En route, T. P.

— Hue, Queenie, dit T. P.

— C'est mon châtiment, dit maman. Mais je n'en ai pas pour longtemps, moi non plus.

— Un instant, dit Jason.

— Hoooo ! » dit T. P. Jason a dit :

— L'oncle Maury vient encore de tirer sur vous un chèque de cinquante dollars. Qu'allez-vous faire ?

— Pourquoi me le demander ? dit maman. Je n'ai rien à dire. Je fais mon possible pour ne pas vous ennuyer, toi et Dilsey. Je n'en ai plus pour longtemps, alors tu...

— En route, T. P., dit Jason.

— Hue, Queenie ! dit T. P.

Les formes ont passé. Celles de l'autre côté de la route ont recommencé, lumineuses, rapides et douces, comme lorsque Caddy dit que nous allons nous endormir.

Pleurnicheur, dit Luster. Vous n'avez pas honte ? Nous avons traversé l'écurie. Les stalles étaient ouvertes. Vous n'avez plus de poney pommelé à monter, dit Luster. Le sol était sec et poudreux. Le toit s'écroulait. Du jaune tourbillonnait dans les trous inclinés. Qu'allez-vous faire par là ? Vous avez envie de vous faire décapiter par une de leurs balles ?

— Laisse tes mains dans tes poches, dit Caddy, sans quoi elles gèleront. Tu ne veux pas avoir les mains gelées pour Noël, je suppose.

Nous avons contourné l'écurie. La grosse vache et la petite vache étaient debout à la porte, et nous pouvions entendre Prince et Queenie et Fancy qui piaffaient dans l'écurie. — S'il ne faisait pas si froid, nous pourrions monter sur Fancy, dit Caddy. Mais il fait trop froid pour se tenir aujourd'hui. » Ensuite, nous avons aperçu le cours d'eau où la fumée soufflait. « C'est là où on tue le cochon, dit Caddy. Nous pourrions revenir par là pour voir. » Nous avons descendu la colline.

— Tu veux porter la lettre ? dit Caddy. Tu peux la porter. » Elle a sorti la lettre de sa poche et elle l'a mise dans la mienne. « C'est un cadeau de Noël, dit Caddy. C'est une surprise que l'oncle Maury veut faire à Mrs Patterson. Il faut la lui donner sans que personne nous voie. Maintenant, garde bien tes mains dans tes poches. » Nous sommes arrivés au ruisseau.

— Il est gelé, tu vois », dit Caddy. Elle a brisé le dessus de l'eau et en a mis un morceau tout près de ma figure. « De la glace. Ça prouve comme il fait froid. » Elle m'a aidé à passer et nous avons monté la colline. « Il ne faudra pas le dire à maman, ni à papa non plus.

Tu sais ce que je crois que c'est. Je crois que c'est une surprise pour papa et maman et pour Mr Patterson, parce que Mr Patterson t'a envoyé des bonbons. Tu te rappelles quand Mr Patterson t'a envoyé des bonbons, l'été dernier ? »

Il y avait une barrière. Les plantes grimpantes étaient sèches et le vent y faisait du bruit.

— Seulement, je ne comprends pas pourquoi l'oncle Maury n'a pas envoyé Versh, dit Caddy. Versh ne dirait rien. » Mrs Patterson regardait par la fenêtre. « Attends ici, dit Caddy. Attends ici. J'en ai pour une minute. Donne-moi la lettre. » Elle a tiré la lettre de ma poche. « Laisse tes mains dans tes poches. » Elle a grimpé par-dessus la barrière, la lettre à la main, et elle s'est avancée parmi les fleurs brunes et bruissantes. Mrs Patterson est venue à la porte. Elle l'a ouverte et y est restée debout.

Mr Patterson était en train de piocher dans les fleurs vertes. Il s'est arrêté de piocher et m'a regardé. Mrs Patterson a traversé le jardin en courant. Quand j'ai vu ses yeux je me suis mis à pleurer. Idiot, dit Mrs Patterson, je lui ai dit de ne jamais t'envoyer seul. Donne-la moi. Vite. Mr Patterson s'est approché rapidement avec sa houe. Mrs Patterson s'est penchée par-dessus la barrière et a avancé la main. Elle essayait de franchir la barrière. Donne-la moi, dit-elle, donne-la moi. Mr Patterson a franchi la barrière. Il a pris la lettre. La robe de Mrs Patterson était accrochée dans la barrière. De nouveau j'ai vu ses yeux et j'ai descendu la colline en courant.

— Il n'y a rien là-bas, que des maisons, dit Luster. Descendons au ruisseau.

On lavait dans le ruisseau. Une d'elles chantait. Je pouvais sentir l'odeur du linge qui claquait et la fumée qui flottait par-dessus le ruisseau.

— Restez ici, dit Luster. Vous n'avez rien à faire là-bas. Ces gens vous feraient du mal, pour sûr.

— Qu'est-ce qu'il veut faire ?

— Il ne sait pas ce qu'il veut faire, dit Luster. Il pense qu'il veut aller là-bas où ils tapent sur les balles. Asseyez-vous là et jouez avec votre fleur. Si vous tenez à regarder quelque chose, regardez ces enfants qui s'amusent dans le ruisseau. Pourquoi c'est-il que vous n' pouvez jamais faire comme tout le monde ?

Je me suis assis sur la rive, là où on lavait et où la fumée s'envolait, toute bleue.

— Des fois, vous n'auriez pas vu une pièce de vingt-cinq *cents* par ici ? dit Luster.

— Une pièce de vingt-cinq *cents* ?

— Celle que j'avais ce matin, dit Luster. Je l'ai perdue quelque part. Elle est tombée par ce trou de ma poche. Si je ne la retrouve pas, je ne pourrai pas aller au théâtre forain, ce soir.

— Où que tu l'avais trouvée, cette pièce ? Dans la poche d'un Blanc pendant qu'il regardait ailleurs ?

— Je l'ai trouvée là où qu'on les trouve. Y en a encore des tas, là d'où elle vient. Seulement, il faut que je retrouve celle-là. Vous ne l'auriez pas déjà trouvée, vous autres ?

— J' m'occupe pas des pièces de vingt-cinq *cents*. J'ai assez de m'occuper de mes propres affaires.

— Venez ici, dit Luster. Aidez-moi à chercher.

— Il ne reconnaîtrait pas une pièce de vingt-cinq *cents* quand bien même il en verrait une, pas vrai ?

— Ça n'empêche pas qu'il pourrait m'aider à chercher, dit Luster. Vous allez toutes au théâtre, ce soir ?

— Ne me parle pas de théâtre. Quand j'en aurai fini avec ce baquet, j' serai bien trop fatiguée pour lever le petit doigt.

— J' parie bien que t'y seras, dit Luster. J' parie que t'y étais hier soir. J' parie bien que vous y serez toutes sitôt que la tente ouvrira.

33

— Y aura assez de nègres sans moi. J'y ai été hier soir.

— L'argent des nègres vaut bien celui des Blancs, j' suppose.

— Les Blancs, ça donne de l'argent aux nègres parce qu'ils savent bien que le premier Blanc qui arrivera avec un orchestre le reprendra ; comme ça, le nègre est bien forcé de travailler pour en regagner d'autre.

— Y a personne pour te faire aller à ce théâtre.

— Pas encore. Faute d'y penser, peut-être bien.

— Qu'est-ce que t'as donc contre les Blancs ?

— J'ai rien contre eux. J' vais mon chemin et j' laisse les Blancs aller le leur. Ce théâtre ne m'intéresse pas.

— Y a un homme qui joue un air sur une scie. Il joue dessus comme sur un banjo.

— Tu y as été hier soir, dit Luster. Moi, j'y vais ce soir. Si j' peux retrouver ma pièce que j'ai perdue.

— Probable que tu l'emmèneras avec toi ?

— Moi ? dit Luster. Tu te figures que j'aimerais me trouver quelque part avec lui quand il se met à gueuler ?

— Qu'est-ce que tu fais quand il gueule ?

— J' lui fous des coups », dit Luster. Il s'est assis et a retroussé son pantalon. Ils ont joué dans le ruisseau.

— Vous en auriez pas trouvé une paire, par hasard ? dit Luster.

— En voilà des façons de parler ! J' te conseille point de parler comme ça devant ta grand'maman.

Luster est entré dans l'eau où on jouait. Il a cherché dans l'eau, près du bord.

— J' l'avais ce matin, quand nous sommes venus ici, dit Luster.

— Où c'est-il que tu l'as perdue ?

— Elle est tombée par ce trou, dans ma poche », dit Luster. Ils ont cherché dans le ruisseau. Et puis, ils se sont tous relevés, très vite. Ils se sont arrêtés, et puis ils se sont battus, ils ont éclaboussé l'eau du ruisseau. Luster l'a attrapée, et ils se sont accroupis dans l'eau, les yeux fixés sur la colline, à travers les buissons.

— Où qu'ils sont ? dit Luster.

— On ne les voit pas encore.

Luster l'a mise dans sa poche. Ils ont descendu la colline.

— Il n'est pas tombé une balle par là ?

— Elle doit être dans l'eau. Vous ne l'avez pas vue, ni entendue, l'un de vous ?

— J'ai rien entendu, par ici, dit Luster. J'ai bien entendu quelque chose frapper cet arbre, là-bas. J' sais pas de quel côté elle est allée.

Ils ont regardé dans le ruisseau.

— Nom de Dieu. Cherchez sur le bord. Elle est tombée par ici. Je l'ai vue.

Ils ont cherché le long du ruisseau. Puis ils ont remonté la colline.

— Tu l'as cette balle ? » a dit le garçon.

— Qu'est-ce que vous voudriez que j'en fasse ? dit Luster. J'ai point vu de balles.

Le garçon est entré dans l'eau. Il s'est éloigné. Il s'est retourné et a regardé de nouveau. Il a descendu le ruisseau.

L'homme, sur la colline, a dit « Caddie ! ». Le garçon est sorti de l'eau et a remonté la colline.

— Tenez, écoutez-moi ça, dit Luster. Taisez-vous.

— Pourquoi donc qu'il s'est mis à geindre ?

— Dieu le sait, dit Luster. Ça le prend comme ça. Il n'arrête pas depuis ce matin. Parce que c'est son anniversaire, m'est avis.

— Quel âge qu'il a ?

— Trente-trois ans, dit Luster. Trente-trois ans, ce matin.

— Tu veux dire qu'il y a trente ans qu'il a trois ans ?

— J' répète ce que mammy m'a dit, dit Luster.

J' sais pas. En tout cas, il y aura trente-trois bougies sur le gâteau. Un petit gâteau. Elles tiendront à peine. Taisez-vous. Venez là. » Il s'est approché et il m'a pris par le bras. « Vieux maboul, tu veux je te foute une baffe ? »

— Parie que tu le fais pas.

— J' l'ai déjà fait. Taisez-vous, dit Luster. J' vous ai dit que vous n' pouviez pas aller là-haut. Ils vous décapiteraient avec leurs balles. Venez ici. » Il m'a poussé. « Asseyez-vous. » Je me suis assis et il m'a enlevé mes souliers et il a relevé mon pantalon. « Allez vous amuser dans l'eau, et tâchez de cesser vos plaintes et vos pleurnicheries. »

Je me suis tu et je suis entré dans l'eau *et Roskus est venu dire que le dîner était servi et Caddy a dit :*

Ce n'est pas encore l'heure de dîner. Je n'irai pas.
Elle était mouillée. Nous nous amusions dans le ruisseau et Caddy s'est accroupie et elle a mouillé sa robe, et Versh a dit :

— Votre maman va vous donner le fouet pour avoir mouillé votre robe.

— Elle ne fera pas ça, dit Caddy.

— Qu'en sais-tu ? dit Quentin.

— Peu importe comment je le sais, dit Caddy. Et toi, qu'en sais-tu ?

— Parce qu'elle l'a dit, dit Quentin. Et puis, je suis plus âgé que toi.

— J'ai sept ans, dit Caddy. J' le sais bien, je suppose.

— Je suis plus vieux que ça, dit Quentin. J' vais à l'école, pas vrai, Versh ?

— J'irai à l'école l'année prochaine, dit Caddy. Quand le moment viendra. Pas vrai, Versh ?

— Vous savez bien qu'elle vous donne le fouet quand vous mouillez votre robe, dit Versh.

— Elle n'est pas mouillée », dit Caddy. Elle s'est

mise debout dans le ruisseau et elle a regardé sa robe.
« Je vais l'enlever, dit-elle, et je la mettrai à sécher. »

— Parie que non, dit Quentin.

— Parie que si, dit Caddy.

— Je ne te le conseille pas, dit Quentin.

Caddy s'est approchée de Versh et a tourné le dos.

— Dégrafe-moi, Versh, dit-elle.

— Ne t'avise pas de le faire, Versh, dit Quentin.

— C'est pas ma robe, dit Versh.

— Dégrafe-moi, Versh, dit Caddy. Sinon, je dirai à
Dilsey ce que tu as fait hier ». Alors Versh l'a dégrafée.

— Enlève ta robe et tu verras, dit Quentin.

Caddy a enlevé sa robe et l'a jetée sur la rive. Et puis,
il ne lui est plus resté que sa chemise et sa culotte, et
Quentin lui a donné une claque, et elle a glissé, et elle
est tombée dans l'eau. Quand elle s'est relevée elle s'est
mise à éclabousser Quentin, et Quentin a éclaboussé
Caddy. Et Versh et moi, on a été éclaboussé un peu
aussi, et Versh m'a pris et m'a mis sur la rive. Il a dit
qu'il rapporterait ce que Caddy et Quentin avaient fait,
et alors Quentin et Caddy se sont mis à éclabousser
Versh. Il s'est réfugié derrière un fourré.

— J' le dirai à mammy, dit Versh.

Quentin a grimpé sur la rive pour essayer d'attraper
Versh, mais Versh s'est sauvé et Quentin n'a pas pu.
Quand Quentin est revenu, Versh s'est arrêté et il a crié
qu'il le dirait. Caddy lui a dit que, s'il ne disait rien, ils
le laisseraient revenir. Alors Versh a promis, et ils l'ont
laissé revenir.

— Je pense que te voilà contente, dit Quentin. Nous
recevrons le fouet tous les deux.

— Ça m'est égal, dit Caddy. Je me sauverai.

— Oui, j' m'en doute, dit Quentin.

— Je me sauverai et je ne reviendrai plus », dit
Caddy. Je me suis mis à pleurer. Caddy s'est retournée
et a dit : « Tais-toi. » Alors je me suis tu. Et puis ils ont

joué dans le ruisseau. Jason jouait aussi. Il était tout seul, plus bas, dans le ruisseau. Versh est sorti de derrière le buisson et il m'a remis dans l'eau. Caddy était mouillée et couverte de vase, par-derrière, et je me suis mis à pleurer, et elle s'est approchée et s'est accroupie dans l'eau.

— Tais-toi, dit-elle. Je ne me sauverai pas. » Alors je me suis tu. Caddy sentait comme les arbres quand il pleut.

Qu'avez-vous ? dit Luster. Vous n' pourriez pas vous dispenser de geindre et jouer dans le ruisseau comme tout le monde ?

Pourquoi que tu l' ramènes pas chez lui ? Est-ce qu'on ne t'a pas dit de ne pas le faire sortir de la propriété ?

Il croit encore que ce pré leur appartient, dit Luster. On ne peut pas voir ici de la maison.

Nous, on le peut. Et c'est pas agréable de regarder un idiot. Ça n' porte pas chance.

Roskus est venu dire que le dîner était servi, et Caddy a dit que ce n'était pas encore l'heure.

— Si, dit Roskus. Dilsey a dit qu'il fallait que vous rentriez tous. Ramène-les, Versh. » Il a remonté la colline où la vache meuglait.

— Nous serons peut-être secs quand nous arriverons à la maison, dit Quentin.

— C'est ta faute, dit Caddy. J'espère bien qu'on va nous fouetter. » Elle a remis sa robe et Versh l'a boutonnée.

— On ne s'apercevra pas que vous vous êtes mouillée, dit Versh. Ça ne se voit pas sur vous. A moins que Jason et moi, on le dise.

— Tu le diras, Jason ? dit Caddy.

— Diras quoi ? dit Jason.

— Il ne dira rien, dit Quentin, pas vrai, Jason ? ·

— Je parie qu'il le dira, dit Caddy. Il le dira à grand'maman.

— Il ne pourra pas, dit Quentin. Elle est malade. Si nous marchons lentement il fera trop noir pour qu'on voie.

— Ça m'est égal qu'on voie ou non, dit Caddy. Je le dirai moi-même. Porte-le jusqu'au haut de la colline, Versh.

— Jason ne dira rien, dit Quentin. Tu te rappelles cet arc et ces flèches que je t'ai faits, Jason ?

— Il est cassé, dit Jason.

— Laisse-le dire, dit Caddy. Ça m'est bien égal. Versh, porte Maury jusqu'au haut de la colline.

Versh s'est accroupi et j'ai grimpé sur son dos.

Je vous verrai ce soir chez les forains, dit Luster. Allons, venez. Faut que je retrouve mes vingt-cinq cents.

— Si nous marchons lentement, il fera noir quand nous arriverons, dit Quentin.

— Je ne marcherai pas lentement, dit Caddy.

Nous avons remonté la colline, mais Quentin n'était pas avec nous. Il était en bas, au ruisseau, quand nous sommes arrivés à l'endroit où on peut sentir les cochons. Ils grognaient et reniflaient dans l'auge du coin. Jason marchait derrière nous, les mains dans les poches. Roskus était en train de traire la vache à la porte de l'étable.

Les vaches sont sorties de l'étable en gambadant.

— Allez, dit T. P., gueulez encore. J' vais gueuler moi aussi. Hiii ! » Quentin a redonné un coup de pied à T. P. D'un coup de pied, il l'a envoyé dans l'auge où mangeaient les cochons, et T. P. y est resté. « Bon Dieu, dit T. P. Il m'a bien eu, cette fois. Vous avez vu le beau coup de pied qu'il m'a donné, cette fois, le Blanc. Hiii ! »

Je ne pleurais pas, mais je ne pouvais m'arrêter. Je ne pleurais pas, mais le sol n'arrêtait pas de bouger, et puis je me suis mis à pleurer. Le sol montait toujours et les vaches grimpaient la colline en courant. T. P. a

39

essayé de se relever. Il est retombé, et les vaches ont descendu la colline au galop. Quentin m'a pris par le bras et nous sommes allés vers l'étable. Et puis l'étable n'était plus là, et il a fallu attendre qu'elle revienne. Je ne l'ai pas vue revenir. Elle est revenue derrière nous, et Quentin m'a mis dans l'auge où mangeaient les vaches. Je m'y suis cramponné. Je m'en allais, moi aussi, et je m'y suis cramponné. De nouveau les vaches ont descendu la colline au galop en travers de la porte. Je ne pouvais pas m'arrêter. Quentin et T. P. ont remonté la colline en se battant. T. P. a dégringolé en bas, et Quentin l'a traîné jusqu'en haut. Quentin a frappé T. P. Je ne pouvais pas m'arrêter.

— Tiens-toi debout, dit Quentin. Reste ici. Ne t'en vas pas avant que je revienne.

— Benjy et moi, on va retourner à la noce, dit T. P. Hiii !

Quentin a frappé T. P. de nouveau. Puis il s'est mis à cogner T. P. contre le mur. T. P. riait. Chaque fois que Quentin le cognait contre le mur, il essayait de dire Hiii ! mais il riait tellement qu'il ne pouvait le dire. J'ai cessé de pleurer, mais je ne pouvais pas m'arrêter. T. P. est tombé sur moi et la porte de l'étable a disparu. Elle a descendu la colline, et T. P. se battait tout seul, et il est retombé. Il riait toujours, et je ne pouvais pas m'arrêter, et j'ai essayé de me lever et je suis tombé, et je ne pouvais pas m'arrêter, et Versh a dit :

— Sûr que vous ne l'avez pas raté, votre coup, cette fois. Vrai de vrai. Quand vous aurez fini de gueuler.

T. P. riait toujours. Il s'est écroulé sur la porte en riant. — Hiii ! dit-il, Benjy et moi, on va retourner à la noce. Salsepareille ! dit T. P.

— Chut, dit Versh. Où l'as-tu trouvée ?

— Dans la cave, dit T. P. Hiii !

— Chut, dit Versh. Dans quelle partie de la cave ?

— Partout », dit T. P. Il riait de plus belle. « Il y en a

plus de cent bouteilles. Plus d'un million. Attention, nègre, je vais gueuler. »

Quentin a dit : — Relève-le.

Versh m'a relevé.

— Bois ça, Benjy », dit Quentin. Le verre était chaud. « Tais-toi, dit Quentin. Bois. »

— De la salsepareille, dit T. P. Laissez-moi boire, Mr Quentin.

— Ferme ton bec, dit Versh, Mr Quentin va te rosser.

— Tiens-le, Versh, dit Quentin.

Ils m'ont tenu. C'était chaud sur mon menton et sur ma chemise. « Bois », dit Quentin. Ils m'ont tenu la tête. C'était chaud dans mon estomac et j'ai recommencé. Je criais maintenant, et quelque chose se produisait en moi, et je n'en criais que davantage. Et ils m'ont tenu jusqu'à ce que ça ait cessé. Alors, je me suis tu. Ça tournait toujours, et puis les formes ont commencé. « Ouvre le grenier, Versh. » Elles allaient lentement. « Étends ces sacs vides par terre. » Elles allaient plus vite, presque assez vite. « Maintenant, prends-le par les pieds. » Elles allaient toujours, douces et lumineuses. Je pouvais entendre rire T. P. Je les ai accompagnées jusqu'au haut de la colline brillante.

Au sommet de la colline, Versh m'a posé par terre. « Venez ici, Quentin », cria-t-il en regardant en bas de la colline. Quentin était toujours debout, près du ruisseau. Il fouillait dans les ombres où se trouvait le ruisseau.

— Ne t'occupe donc pas de cette vieille bête », dit Caddy. Elle m'a pris par la main et nous avons dépassé l'étable, et nous avons franchi la grille. Il y avait une grenouille sur l'allée de briques, au beau milieu. Caddy l'a enjambée et m'a tiré.

— Viens, Maury », dit-elle. La grenouille était toujours là, jusqu'au moment où Jason l'a poussée du pied.

41

— Ça vous fera venir une verrue », dit Versh. La grenouille a sauté.

— Viens, Maury, dit Caddy.

— Il y a du monde, ce soir, dit Versh.

— Qu'en sais-tu ? dit Caddy.

— Avec toutes ces lumières, dit Versh, des lumières à toutes les fenêtres.

— Nous sommes bien libres d'allumer partout si bon nous semble, sans avoir du monde, dit Caddy.

— Je parie qu'il y a de la compagnie, dit Versh. Vous feriez mieux de passer par-derrière et de monter l'escalier sans qu'on vous voie.

— Ça m'est égal, dit Caddy. J'entrerai tout droit dans le salon où ils se trouvent.

— Je parie que votre papa vous fouettera si vous faites ça, dit Versh.

— Ça m'est égal, dit Caddy. J'entrerai tout droit dans le salon. J'entrerai tout droit dans la salle à manger, et je me mettrai à table.

— Où que vous vous assoirez ? dit Versh.

— Je m'assoirai à la place de grand'maman, dit Caddy. Elle mange dans son lit.

— J'ai faim, dit Jason.

Il nous a dépassés et s'est mis à courir. Il avait les mains dans les poches et il est tombé. Versh est allé le relever.

— Si vous ne mettiez pas vos mains dans vos poches vous pourriez tenir sur vos jambes, dit Versh. Vous ne pouvez pas les sortir à temps, gros comme vous êtes.

Papa était debout sur les marches de la cuisine.

— Où est Quentin ? dit-il.

— Il arrive dans l'allée », dit Versh. Quentin arrivait lentement. Sa chemise faisait une tache blanche.

— Oh », dit papa. La lumière tombait sur lui, le long des marches.

— Caddy et Quentin se sont lancé de l'eau, dit Jason.

Nous avons attendu.

— Vraiment ! » dit papa. Quentin est arrivé, et papa a dit : « Vous pourrez dîner dans la cuisine, ce soir. » Il s'est arrêté et m'a soulevé, et la lumière a descendu les marches sur moi aussi, et je pouvais regarder d'en haut Caddy et Jason et Quentin et Versh. Papa s'est tourné vers les marches.

— Maintenant, il faut être sages, dit-il.

— Pourquoi faut-il être sages, papa ? dit Caddy. Il y a du monde ?

— Oui, dit papa.

— Je vous le disais bien qu'il y avait du monde, dit Versh.

— C'est pas vrai, dit Caddy. C'est moi qui ai dit qu'il y en avait. C'est moi qui lui ai dit.

— Chut », dit papa. Ils se sont tus, et papa a ouvert la porte, et nous avons traversé la véranda, et nous sommes entrés dans la cuisine. Dilsey était là, et papa m'a assis sur la chaise et il m'a mis mon tablier, et il m'a poussé à la table où le dîner était servi. Il fumait.

— Maintenant, il faut obéir à Dilsey, dit papa. Qu'ils fassent le moins de bruit possible, Dilsey.

— Oui, monsieur », dit Dilsey. Papa s'en est allé.

— N'oubliez pas qu'il faut obéir à Dilsey », dit-il derrière nous. J'ai penché ma figure sur l'endroit où se trouvait le dîner. Il m'a fumé à la figure.

— Dites-leur de m'obéir ce soir, papa, dit Caddy.

— Non, dit Jason, j'obéirai à Dilsey.

— Il faudra bien que tu m'obéisses si papa le dit, dit Caddy. Dites-leur de m'obéir, à moi, dites, papa.

— Non, dit Jason, je ne t'obéirai pas.

— Chut, dit papa. Puisque c'est comme ça, vous obéirez tous à Caddy. Quand ils auront fini, fais-les monter par l'escalier de service, Dilsey.

— Oui, monsieur, dit Dilsey.

— Là, dit Caddy, maintenant, il faudra bien que tu m'obéisses.

— Taisez-vous tous, dit Dilsey. Il faut être sages, ce soir.

— Pourquoi qu'il faut être sages ? murmura Caddy.

— Ça ne vous regarde pas, dit Dilsey. Vous le saurez au jour choisi par le Seigneur. » Elle m'a apporté mon bol. La fumée en montait et me chatouillait la figure. « Viens ici, Versh », dit Dilsey.

— Quand c'est-il, le jour choisi par le Seigneur, dis, Dilsey ? dit Caddy.

— C'est dimanche, dit Quentin. Tu ne sais donc rien ?

— Chut, dit Dilsey. Est-ce que Mr Jason ne vous a pas dit à tous de rester tranquilles. Mangez votre dîner. Versh, va chercher sa cuillère. » La main de Versh avec la cuillère est entrée dans le bol. La cuillère a monté à ma bouche. La fumée m'a chatouillé dans la bouche. Et puis nous avons cessé de manger et nous nous sommes regardés les uns les autres, et nous étions très sages, et puis nous avons encore entendu, et je me suis mis à pleurer.

— Qu'est-ce que c'était que ça ? » dit Caddy. Elle a mis sa main sur la mienne.

— C'était maman », dit Quentin. La cuillère a monté et j'ai mangé et j'ai pleuré encore.

— Tais-toi », dit Caddy. Mais je ne me suis pas tu, et elle m'a pris dans ses bras. Dilsey est allée fermer les deux portes pour que nous ne puissions plus l'entendre.

— Maintenant, tais-toi », dit Caddy. Je me suis tu et j'ai mangé. Quentin ne mangeait pas, mais Jason mangeait.

— C'était maman », dit Quentin. Il s'est levé.

— Restez assis, tout de suite, dit Dilsey. Il y a du

monde là-haut, et, avec vos vêtements sales. Asseyez-vous aussi, Caddy, et finissez de manger.

— Elle criait, dit Quentin.

— C'était quelqu'un qui chantait, dit Caddy. N'est-ce pas, Dilsey ?

— Allons, mangez votre dîner, comme Mr Jason l'a dit, dit Dilsey. Vous le saurez au jour choisi par le Seigneur.

Caddy est retournée à sa chaise.

— Je vous ai dit qu'ils donnaient une fête, dit-elle.

Versh dit : — Il a tout mangé.

— Apporte-moi son bol », dit Dilsey. Le bol s'en est allé.

— Dilsey, dit Caddy, Quentin ne mange pas. Est-ce qu'il ne doit pas m'obéir ?

— Mangez votre dîner, Quentin. Dépêchez-vous de finir et de sortir de ma cuisine.

— Je ne veux plus manger, dit Quentin.

— Tu mangeras si je te dis de le faire, dit Caddy. N'est-ce pas, Dilsey ?

Le bol me fumait au visage, et la main de Versh y a plongé la cuillère, et la fumée m'a chatouillé dans la bouche.

— Je n'en veux plus, dit Quentin. Comment peut-il y avoir une soirée quand grand'maman est malade ?

— Ils resteront tous en bas, dit Caddy. Elle pourra venir les regarder d'en haut, sur le palier. C'est ce que je ferai quand j'aurai mis ma chemise de nuit.

— Maman pleurait, dit Quentin. N'est-ce pas qu'elle pleurait, Dilsey ?

— Ne m'ennuyez pas, mon enfant, dit Dilsey. Faut que je fasse le dîner de tous ces gens-là, dès que vous aurez fini.

Au bout d'un moment, Jason lui-même a cessé de manger et s'est mis à pleurer.

— V'là que vous vous y mettez, vous aussi ? dit Dilsey.

— Il fait cela tous les soirs depuis que grand'maman est malade et qu'il ne peut plus coucher avec elle, dit Caddy. Pleurnicheur !

— Je le dirai à papa dit Jason.

Il pleurait. — Tu l'as déjà fait, dit Caddy. T'as plus rien à dire maintenant.

— Allons, faut tous aller au lit », dit Dilsey. Elle s'est approchée et m'a descendu de ma chaise, et elle m'a essuyé la figure et les mains avec un linge chaud. « Versh, peux-tu les faire monter sans bruit par l'escalier de service ? Vous, Jason, arrêtez-vous de pleurer. »

— C'est trop tôt pour aller au lit, dit Caddy. Jamais on ne nous fait coucher si tôt.

— Vous le ferez ce soir, dit Dilsey. Votre papa a dit de vous faire monter dès que vous auriez dîné. Vous l'avez entendu ?

— Il a dit de m'obéir, dit Caddy.

— Moi, j' t'obéirai pas, dit Jason.

— Faudra bien, dit Caddy. Allons, tu feras ce que je te dirai.

— Fais-les tenir tranquilles, Versh, dit Dilsey. Vous allez tous être sages, hein ?

— Pourquoi qu'il faut être si sages, ce soir ? dit Caddy.

— Votre maman n'est pas bien, dit Dilsey. Maintenant, vous allez tous vous en aller avec Versh.

— Je le disais bien que c'était maman qui pleurait, dit Quentin.

Versh m'a pris et a ouvert la porte de la véranda. Nous sommes partis, et Versh a fait le noir en fermant la porte. Je pouvais sentir Versh, le toucher. « Ne faites pas de bruit, nous ne montons pas encore. Mr Jason a dit de monter tout de suite. Il a dit de m'obéir. Moi, j' t'obéirai pas. Mais il nous a dit à tous de le faire, n'est-ce pas, Quentin ? » Je pouvais sentir la tête de Versh. Je pouvais nous entendre. « N'est-ce pas, Versh ? Oui, c'est vrai. Alors je dis qu'il faut tous sortir dehors un moment. » Versh a ouvert la porte et nous sommes sortis.

Nous avons descendu les marches.

— Je crois que nous ferions mieux d'aller chez Versh. Comme ça, nous ne ferons pas de bruit », dit Caddy. Versh m'a mis par terre et Caddy m'a pris par la main et nous avons suivi l'allée en briques.

— Viens, dit Caddy. La grenouille est partie. Elle est loin dans le jardin, à l'heure qu'il est. Nous en verrons peut-être une autre. » Roskus est arrivé avec les seaux de lait. Il s'est éloigné. Quentin ne venait pas avec nous. Il était assis sur les marches de la cuisine. Nous sommes descendus jusqu'à la maison de Versh. J'aimais l'odeur de la maison de Versh. *Il y avait du feu dedans et T. P., en queue de chemise, était assis devant et l'attisait en une grande flambée.*

Et puis je me suis levé, et T. P. m'a habillé, et nous sommes allés dans la cuisine pour manger. Dilsey chantait, et je me suis mis à pleurer, et elle s'est arrêtée.

— Éloigne-le de la maison, dit Dilsey.

— Nous ne pouvons pas passer par là, dit T. P.

Nous avons joué dans le ruisseau.

— Nous ne pouvons pas passer par là-bas, dit T. P. Vous savez bien que mammy le défend.

Dilsey chantait dans la cuisine et je me suis mis à pleurer.

— Chut, dit T. P. Venez. Descendons à l'étable.

Roskus était en train de traire dans l'étable. Il trayait d'une main en se plaignant. Il y avait des oiseaux posés sur la porte de l'étable et qui le regardaient. Un d'eux est descendu manger avec les vaches. J'ai regardé Roskus traire pendant que T. P. donnait à manger à Queenie et à Prince. Le veau était dans le toit à cochons. Il mettait son nez contre les fils de fer en criant.

— T. P. », dit Roskus. T. P. a dit : « Oui », dans l'étable. Fancy passait la tête par-dessus la porte parce que T. P. ne lui avait pas encore donné à manger. « Dépêche-toi de finir dit Roskus. Faut que tu m'aides à traire. J' peux plus me servir de ma main droite. » T. P. est venu traire.

— Pourquoi que vous n' consultez pas le docteur ? dit T. P.

— Le docteur n'y peut rien, dit Roskus. Pas dans cette maison.

— Qu'est-ce qu'elle a de mal, cette maison ? dit T. P.

— Il y a la malchance sur cette maison, dit Roskus. Ramène le veau si t'as fini.

Il y a la malchance sur cette maison, a dit Roskus. Le feu montait et descendait derrière lui et Versh, glissait sur sa figure et sur celle de Versh. Dilsey a fini de me mettre au lit. Le lit sentait comme T. P. J'aimais ça.

— Qu'est-ce que t'en sais ? dit Dilsey. T'as eu une vision ?

— Pas besoin de vision, dit Roskus. T'en vois donc pas la preuve ici, dans ce lit ? Est-ce qu'il n'y a pas déjà quinze ans que la preuve en est là où tout le monde peut la voir ?

— Peut-être bien, dit Dilsey. Mais ça ne te touche pas, ni toi ni les tiens. Versh travaille. Frony est mariée et T. P. sera bientôt assez grand pour te remplacer quand tes rhumatismes t'auront achevé.

— Ça en fait deux maintenant, dit Roskus. Et ce n'est pas fini. J'ai vu le signe, et toi aussi.

— J'ai entendu une chouette, cette nuit-là, dit T. P. Et puis, Dan a pas voulu venir manger. Il a pas voulu dépasser l'étable. Il s'est mis à hurler dès la tombée de la nuit. Versh l'a entendu.

— Il y en aura d'autres, dit Dilsey. Montre-moi l'homme qui ne mourra pas. Que le bon Jésus le bénisse !

— La mort, c'est pas tout, dit Roskus.

— Je sais ce que t'as dans l'idée, dit Dilsey, et ça ne portera point chance de prononcer ce nom-là, à moins que tu ne veuilles rester avec lui quand il se mettra à pleurer.

— La malchance est sur cette maison, dit Roskus. Je l'ai vu dès le début, mais quand ils lui ont changé son nom, alors j'en ai été bien sûr.

— Tais-toi », dit Dilsey. Elle a remonté la couverture. Ça sentait comme T. P. « Taisez-vous tous maintenant, jusqu'à ce qu'il dorme. »

— J'ai vu le signe, dit Roskus.

— Le signe que T. P. est obligé de faire tout ton travail, dit Dilsey. *Emmène-le à la maison avec Quentin, T. P., et fais-les jouer avec Luster là où Frony pourra les surveiller. Et puis va aider ton père.*

Nous avons fini de manger. T. P. a pris Quentin dans ses bras et nous sommes allés chez T. P. Luster jouait dans la poussière. T. P. a posé Quentin par terre et elle s'est mise à jouer aussi dans la poussière. Luster avait des bobines, et lui et Quentin se sont battus, et Quentin a eu les bobines. Luster a pleuré, et Frony est venue, et elle a donné à Luster une boîte de conserve pour s'amuser, et puis j'ai pris les bobines, et Quentin m'a battu et j'ai pleuré.

— Chut, dit Frony, vous avez pas honte de prendre les joujoux d'un bébé ? » Elle m'a pris les bobines et les a rendues à Quentin. « Chut, dit Frony, taisez-vous, je vous dis. »

— Taisez-vous, dit Frony. Le fouet, voilà ce qu'il vous faudrait. » Elle a pris Luster et Quentin. « Venez », dit-elle. Nous sommes allés à l'étable. T. P. trayait la vache. Roskus était assis sur la caisse.

— Qu'est-ce qu'il a encore ? dit Roskus.

— Faut que vous le gardiez ici, dit Frony. Le v'là encore à se battre avec les bébés. Il leur prend leurs joujoux. Allez, restez avec T. P. et tâchez de vous taire.

— Lave bien ce pis, dit Roskus. L'hiver dernier, t'as tari la génisse. Si tu taris celle-ci, nous n'aurons plus de lait.

Dilsey chantait.

— Pas là-bas, dit T. P. Vous savez bien que mammy n' veut pas qu'on aille là-bas.

Ils chantaient.

— Venez, dit T. P. Allons jouer avec Quentin et Luster. Venez.

Quentin et Luster jouaient dans la poussière, devant la maison de T. P. Il y avait du feu dans la maison. Il montait et descendait, et Roskus s'y détachait tout noir.

— Ça fait trois, grâce à Dieu, dit Roskus. J' te l'avais dit, il y a deux ans. La malchance est sur cette maison.

— Pourquoi y restes-tu ? » dit Dilsey. Elle me déshabillait. « C'est tes histoires de malchance qui ont mis dans l'idée de Versh d'aller à Memphis. Tu devrais t'estimer satisfait. »

— Si c'est là toute la malchance de Versh, dit Roskus.

Frony est entrée.

— Vous avez fini ? dit Dilsey.

— T. P. termine, dit Frony. Miss Ca'oline veut que vous couchiez Quentin.

— Je me presse tant que je peux, dit Dilsey. Depuis le temps, elle devrait bien savoir que je n'ai point d'ailes.

— C'est comme je te le dis, dit Roskus. Il n'y aura jamais de chance dans une maison où on ne prononce jamais le nom d'un des enfants.

— Chut, dit Dilsey. As-tu envie qu'il recommence ?

50

— Élever un enfant sans lui dire le nom de sa propre maman, dit Roskus.

— Ne te fais pas de mauvais sang pour elle, dit Dilsey. Je les ai tous élevés et m'est avis que j' peux en élever un de plus. Tais-toi, maintenant. Laisse-le dormir s'il veut.

— Dire un nom ! dit Frony. Il ne connaît le nom de personne.

— Eh bien, dis-le, et tu verras s'il ne le connaît pas, dit Dilsey. Dis-le quand il dort, et je te parie qu'il l'entendra.

— Il sait bien plus qu'on ne se figure, dit Roskus. Il savait que leur dernier jour était venu, tout comme ce chien le savait. S'il pouvait parler, il vous dirait quand son jour viendra, et le vôtre, et le mien.

— Enlevez Luster de ce lit, mammy, dit Frony. Ce garçon pourrait l'envoûter.

— Tais-toi, dit Dilsey. Tu devrais avoir un peu plus de raison. Pourquoi écoutes-tu les histoires de Roskus ? Couchez-vous, Benjy.

Dilsey m'a poussé et je suis monté dans le lit où Luster se trouvait déjà. Il dormait. Dilsey a pris un long morceau de bois et l'a mis entre Luster et moi. — Restez de votre côté, hein, dit Dilsey. Luster est petit, et il ne faut pas lui faire de mal.

C'est trop tôt pour y aller, dit T. P. Attendez.

Nous avons regardé au coin de la maison et nous avons vu les voitures s'en aller.

— Maintenant », dit T. P. Il a soulevé Quentin et nous avons couru jusqu'au coin de la barrière pour les regarder passer. « Le voilà, dit T. P. Vous voyez celle-là avec toutes ces vitres. Regardez-le. C'est là qu'il est couché. Regardez-le. Vous le voyez ? »

Venez, dit Luster, je vais emporter cette balle à la maison pour ne pas la perdre. Non, vous ne l'aurez pas. Si ces hommes vous voient avec, ils diront que vous l'avez volée. Taisez-vous, voyons. Elle n'est pas pour vous. Qu'est-ce que vous en feriez, du reste ? Vous ne savez pas jouer à la balle.

Frony et T. P. jouaient dans la poussière, devant la porte. T. P. avait des lucioles dans une bouteille.

— Comment que ça se fait que vous revoilà ? dit Frony.

— Il y a du monde, ce soir, dit Caddy. Papa a dit que c'était à moi qu'il fallait obéir, ce soir. Toi et T. P. faudra aussi que vous m'obéissiez.

— Moi, j' t'obéirai pas, dit Jason. Frony et T. P. n'ont pas à le faire non plus.

— Ils le feront si je leur dis, dit Caddy. Seulement, je ne leur dirai peut-être pas.

— T. P. n'obéit à personne, dit Frony. Est-ce qu'ils ont commencé les funérailles ?

— Qu'est-ce que c'est ça, des funérailles ? dit Jason.

— Est-ce que mammy ne t'avait pas dit de ne pas leur dire ? dit Versh.

— Là où on se lamente, dit Frony. Les lamentations ont duré trois jours pour Beulah Clay.

C'est chez Dilsey qu'ont eu lieu les lamentations. Dilsey faisait la pleureuse. Quand Dilsey s'est lamentée, Luster a dit : Taisez-vous, et nous nous sommes tus, et puis je me suis mis à pleurer, et Blue hurlait sous les marches de la cuisine. Et puis Dilsey s'est arrêtée, et nous nous sommes arrêtés aussi.

— Oh, dit Caddy. C'est chez les nègres. Les Blancs n'ont pas de funérailles.

— Mammy nous a dit de ne pas leur dire, Frony, dit Versh.

De ne pas nous dire quoi ? dit Caddy.

Dilsey se lamentait et quand elle est arrivée à l'endroit, je me suis mis à pleurer et Blue a hurlé sous les marches, Luster, dit Frony à la fenêtre, emmène-les à l'étable. Je ne

peux pas faire ma cuisine avec tout ce tapage. Et ce chien
aussi. Emmène-les tous.

J' veux pas aller là-bas, dit Luster. J' pourrais y
trouver mon grand-papa. J' l'ai vu, la nuit dernière, qui
agitait les bras dans l'étable.

— Pourquoi pas ? dit Frony, j' voudrais bien le
savoir. Les Blancs meurent comme les autres. Votre
grand'maman est aussi morte qu'un nègre pourrait
l'être, m'est avis.

— C'est les chiens qui meurent, dit Caddy. Et quand
Nancy est tombée dans le fossé et Roskus lui a tiré un
coup de fusil et les busards sont venus pour la déshabiller.

Les os débordaient du fossé où les plantes noires se
trouvent, dans le fossé noir, et entraient dans le clair de
lune comme si quelques-unes des formes s'étaient
arrêtées. Et puis, elles se sont toutes arrêtées, et tout
était noir, et, quand je me suis arrêté pour recommencer, j'ai pu entendre maman et des pieds qui marchaient vite, et il y avait quelque chose que je pouvais
sentir. Et puis la chambre est arrivée, mais mes yeux se
sont fermés. Je ne me suis pas arrêté. Je pouvais sentir.
T. P. a enlevé les épingles qui attachaient les draps du
lit.

— Chut, a-t-il dit. Chhhhhhhhhh !

Mais je pouvais sentir la chose. T. P. m'a levé et il
m'a habillé très vite.

— Chut, Benjy, dit-il. Nous allons chez moi. Vous
voulez bien venir chez moi où habite Frony. Chut.
Chhhhhhh !

Il m'a lacé mes souliers, m'a mis ma casquette et
nous sommes partis. Il y avait de la lumière dans le
couloir. A l'autre bout du couloir nous pouvions entendre maman.

— Chhhhhhh, Benjy, dit T. P. Nous serons dehors
dans une minute.

Une porte s'est ouverte, et la chose, je l'ai sentie plus que jamais, et une tête est sortie. Ce n'était pas papa. Papa était malade dans cette chambre.

— Peux-tu l'emmener dehors ?

— C'est là où nous allons, dit T. P.

Dilsey a monté l'escalier.

— Chut, dit-elle, chut. Emmène-le à la maison, T. P. Frony lui fera un lit. Occupez-vous de lui, maintenant. Chut, Benjy. Allez avec T. P.

Elle est allée où nous pouvions entendre maman.

— Il vaut mieux le garder là-bas. » Ce n'était pas papa. Il a fermé la porte. Mais je pouvais sentir encore.

Nous avons descendu l'escalier. Les marches s'enfonçaient dans le noir, et T. P. m'a pris par la main, et nous sommes sortis dans le noir. Dan était assis dans la cour et hurlait.

— Il le sent lui aussi. C'est comme ça que vous vous en êtes aperçu, vous aussi ?

Nous avons descendu les marches où se trouvaient nos ombres.

— J'ai oublié votre manteau, dit T. P. Il vous l'aurait fallu. Mais je ne vais pas retourner.

Dan hurlait.

— Chut », dit T. P. Nos ombres se mouvaient, mais l'ombre de Dan ne bougeait que lorsqu'il hurlait.

— J' peux pas vous emmener chez nous si vous gueulez comme ça, dit T. P. C'était déjà assez désagréable quand vous n'aviez pas cette grosse voix de crapaud buffle. Venez.

Nous avons suivi l'allée en briques avec nos ombres. La porcherie sentait le cochon. La vache était dans le pré et ruminait en nous regardant. Dan hurlait.

— Vous allez réveiller toute la ville, dit T. P. Vous ne pouvez pas vous taire ?

Nous avons vu Fancy qui mangeait près du ruisseau. La lune brillait sur l' eau quand nous sommes arrivés.

— Non, non, dit T. P. C'est trop près. Nous ne pouvons pas nous arrêter ici. Tenez, regardez-moi ça. Vous vous êtes mouillé toute la jambe. Venez ici, voyons.

Dan hurlait.

Le fossé est sorti de l'herbe bourdonnante. Les os sortaient des plantes noires.

— Maintenant, dit T. P., gueulez tant que vous voudrez. Vous avez toute la nuit et vingt arpents de prairie pour gueuler.

T. P. s'est couché dans le fossé et je me suis assis à regarder les os où les busards ont mangé Nancy, s'envolant du fossé, tout noirs, lourds et lents.

Je l'avais quand nous sommes venus ce matin, dit Luster. Je vous l'ai montrée. Vous ne l'avez pas vue ? Je l'ai sortie de ma poche ici même et je vous l'ai montrée.

— Est-ce que tu crois que les busards vont déshabiller grand'maman ? dit Caddy. Tu es fou.

— Grosse bête », dit Jason. Il s'est mis à pleurer.

— Espèce de gourde », dit Caddy. Jason pleurait. Il avait les mains dans ses poches.

— Jason sera riche un jour, dit Versh. Il ne lâche pas son argent.

Jason pleurait.

— Voilà, c'est toi qui l'as fait pleurer, dit Caddy. Tais-toi, Jason. Comment veux-tu que les busards entrent dans la chambre de grand'maman ? Papa ne les laisserait pas faire. Laisserais-tu un busard te déshabiller ? Allons, tais-toi !

Jason s'est tu. — Frony a dit que c'étaient des funérailles, dit-il.

— Ce n'est pas vrai, dit Caddy. C'est une soirée. Frony n'y connaît rien. Il voudrait tes lucioles, T. P. Donne-les-lui une minute.

T. P. m'a donné la bouteille avec les lucioles.

— Je parie que si nous allions regarder par les

55

fenêtres du salon, nous verrions quelque chose, dit Caddy. Alors vous me croiriez.

— Je sais déjà, dit Frony. Je n'ai pas besoin de voir.

— Tu ferais mieux de taire ton bec, Frony, dit Versh. Mammy te donnera le fouet.

— Qu'est-ce que c'est ? dit Caddy.

— Je sais ce que je sais, dit Frony.

— Venez, dit Caddy. Allons devant la maison. » Nous nous sommes mis en route.

— T. P. veut ses lucioles, dit Frony.

— Laisse-les-lui encore un peu, T. P., dit Caddy. Nous te les rapporterons.

— C'est pas vous qui les avez attrapées, dit Frony.

— Si je te dis que vous pouvez venir avec nous, T. P. et toi, le laisseras-tu les garder ? dit Caddy.

— Personne ne m'a dit que T. P. et moi, on devait vous obéir, dit Frony.

— Si je vous dis que vous n'êtes pas forcés de le faire, le laisseras-tu les garder ?

— C'est bon, dit Frony. Laisse-les-lui, T. P. On va aller entendre les pleureuses.

— Il n'y a pas de pleureuses, dit Caddy. Je vous dis que c'est une soirée. C'est vrai qu'il y a des pleureuses, Versh ?

— C'est pas en restant ici qu'on saura ce qu'ils font, dit Versh.

— Venez, dit Caddy. Frony et T. P. ne sont pas forcés de m'obéir. Mais les autres si. Tu ferais mieux de le porter, Versh. Il commence à faire noir.

Versh m'a pris et nous avons contourné la cuisine.

Quand, arrivés au coin, nous avons regardé, nous avons vu les lumières qui avançaient sur la route. T. P. est retourné à la porte de la cave et l'a ouverte.

Vous savez ce qu'il y a là-dedans ? dit T. P. De l'eau de Seltz. J'ai vu Mr Jason qui en remontait les deux mains pleines. Attendez une minute.

T. P. est allé regarder à la porte de la cuisine. Dilsey a dit : Qu'est-ce que tu viens faire ici ? Où est Benjy ?

Il est là, dit T. P.

Va le surveiller, dit Dilsey. Ne le laisse pas entrer dans la maison.

Bon, dit T. P. Est-ce qu'ils ont commencé ?

Va empêcher ce garçon d'entrer, dit Dilsey. J'ai plus de travail que je n'en peux faire.

Un serpent est sorti de dessous la maison. Jason a dit qu'il n'avait pas peur des serpents, et Caddy a dit qu'il en avait peur, mais pas elle, et Versh a dit qu'ils en avaient peur tous les deux, et Caddy leur a dit de rester tranquilles comme papa l'avait recommandé.

Vous n'allez pas vous mettre à gueuler à c't' heure, dit T. P. Vous voulez de la salsepareille ?

Ça m'a piqué le nez et les yeux.

Si vous ne voulez pas le boire, je m'en chargerai, dit T. P. Là, ça y est. Vaudrait mieux prendre une autre bouteille maintenant que personne ne nous ennuie. Allons, restez tranquille.

Nous nous sommes arrêtés sous l'arbre près de la fenêtre du salon. Versh m'a déposé sur l'herbe humide. Il faisait froid. Il y avait de la lumière à toutes les fenêtres.

— C'est là qu'est grand'maman, dit Caddy. Elle est malade tous les jours maintenant. Quand elle sera guérie, nous ferons un pique-nique.

— Je sais ce que je sais, dit Frony.

Les arbres bourdonnaient. L'herbe aussi.

— La fenêtre à côté, c'est là où nous avons la rougeole, dit Caddy. Frony, où c'est-il que, T. P. et toi, vous avez la rougeole.

— Là où que nous nous trouvons, j' suppose, dit Frony.

— Ils n'ont pas encore commencé, dit Caddy.

Ils sont tout prêts à commencer, dit T. P. Restez ici

pendant que je vais chercher cette caisse. Comme ça, on pourra voir par la fenêtre. Finissons de boire cette salsepareille. Ça me fait sentir tout comme un hibou, à l'intérieur.

Nous avons bu la salsepareille et T. P. a poussé la bouteille par la claire-voie, sous la maison, et nous sommes partis. Je pouvais les entendre dans le salon, et je me cramponnais au mur. T. P. a traîné la caisse. Il est tombé, et il s'est mis à rire. Il est resté couché, riant dans l'herbe. Il s'est levé et il a traîné la caisse sous les fenêtres en s'efforçant de ne pas rire.

— J'ai peur de me mettre à crier, dit T. P. Montez sur la caisse et regardez s'ils ont commencé.

— Ils n'ont pas commencé parce que la musique n'est pas encore arrivée, dit Caddy.

— Il n'y aura pas de musique, dit Frony.

— Qu'en sais-tu ? dit Caddy.

— Je sais ce que je sais, dit Frony.

— Tu ne sais rien », dit Caddy. Elle s'est dirigée vers l'arbre. « Pousse-moi, Versh. »

— Votre papa vous a dit d' pas grimper dans cet arbre, dit Versh.

— Il y a longtemps de ça, dit Caddy. Il a dû oublier depuis. Du reste, il a dit qu'il fallait m'obéir ce soir. Est-ce qu'il n'a pas dit qu'il fallait m'obéir ce soir ?

— Moi, j' t'obéirai pas, dit Jason. Frony et T. P. non plus.

— Pousse-moi, Versh, dit Caddy.

— Comme vous voudrez, dit Versh. C'est vous qui serez fouettée, pas moi. » Il a poussé Caddy dans l'arbre jusqu'à la première branche. Nous avons vu son fond de culotte qui était tout sale. Et puis nous ne l'avons plus vue. Nous pouvions entendre le bruit dans l'arbre.

— Mr Jason a dit que si vous cassiez cet arbre, il vous fouetterait, dit Versh.

— J' rapporterai ça aussi, dit Jason.

Le bruit a cessé dans l'arbre. Nous avons levé les yeux vers les branches mobiles.

— Qu'est-ce que vous voyez ? murmura Frony.

Je les ai vus. Et puis j'ai vu Caddy avec des fleurs dans les cheveux et un long voile comme une brise lumineuse. Caddy Caddy.

— Chut, dit T. P. On va vous entendre. Descendez vite. » Il m'a tiré. Caddy. Je me cramponnais au mur. Caddy. T. P. m'a tiré.

— Chut, dit-il. Chut. Venez ici, vite. » Il m'a tiré. Caddy. « Taisez-vous Benjy. Vous voulez donc qu'on vous entende. Venez. On va boire encore de la salsepareille, et puis on reviendra si vous ne criez plus. Autant en boire une autre bouteille sans quoi on se mettrait à crier tous les deux. On dira que c'est Dan qui l'a bue. Mr Quentin dit toujours que c'est un chien si intelligent, nous pourrons bien dire qu'il a bu la salsepareille.

Le clair de lune descendait par l'escalier de la cave. Nous avons encore bu de la salsepareille.

— Vous ne savez pas ce que je voudrais ? J' voudrais qu'un ours entre par la porte de cette cave. Vous savez ce que je ferais ? J' m'avancerais droit vers lui et je lui cracherais dans l'œil. Donnez-moi cette bouteille pour me fermer la bouche avant que je crie.

T. P. est tombé. Il s'est mis à rire, et la porte de la cave et le clair de lune se sont enfuis d'un bond, et quelque chose m'a frappé.

— Chut », dit T. P. en s'efforçant de ne pas rire. « Seigneur, tout le monde va nous entendre. Levez-vous, dit T. P., levez-vous, Benjy, vite. » Il se roulait par terre en riant et j'ai essayé de me lever. Les marches de la cave ont grimpé la colline dans le clair de lune et T. P. est tombé en haut de la colline dans le clair de lune et j'ai couru le long de la barrière et T. P.

59

courait derrière moi en disant : « Chut, chut. » Et puis il est tombé dans les fleurs en riant, et j'ai couru jusqu'à la caisse. Mais quand j'ai essayé de grimper dessus, elle s'est sauvée, et elle m'a frappé derrière la tête, et ma gorge a fait un bruit. Elle a refait le même bruit, et j'ai renoncé à me lever, et elle a refait le bruit et je me suis mis à pleurer. Mais ma gorge continuait à faire le bruit tandis que T. P. me tirait. Elle ne cessait pas de le faire et je ne savais pas si je pleurais ou non, et T. P. est tombé sur moi en riant, et ma gorge faisait le bruit, et Quentin a donné un coup de pied à T. P., et Caddy m'a pris dans ses bras, et son voile lumineux, et je ne pouvais plus sentir les arbres et je me suis mis à pleurer.

Benjy, dit Caddy, Benjy. Elle m'a repris dans ses bras, mais je suis parti.

— Qu'as-tu, Benjy ? dit-elle. C'est ce chapeau ? » Elle a enlevé son chapeau et s'est rapprochée. Je suis parti.

— Benjy, dit-elle, qu'as-tu, Benjy ? Qu'est-ce que Caddy a fait ?

— Il n'aime pas cette robe à la pose, dit Jason. C'est-il que tu te crois une grande personne ? Tu te crois supérieure aux autres, hein ? Pimbêche !

— Ferme ton bec, dit Caddy. Sale petite bête. Benjy.

— Parce que tu as quatorze ans, tu te prends pour une grande personne, hein ? dit Jason. Tu te prends pour quelqu'un, pas vrai ?

— Chut, Benjy, dit Caddy. Tu vas déranger maman. Chut.

Mais je ne me suis pas tu et, quand elle s'est éloignée, je l'ai suivie, et elle s'est arrêtée sur les marches, et elle a attendu, et je me suis arrêté aussi.

— Qu'est-ce que tu veux, Benjy ? dit Caddy. Dis à Caddy. Elle le fera. Essaie de lui dire.

— Candace, dit maman.

— Oui, dit Caddy.

— Pourquoi le taquines-tu ? dit maman. Amène-le ici.

Nous sommes allés dans la chambre de maman, où elle était couchée avec la maladie sur la tête, sur un linge.

— Qu'est-ce qu'il y a, Benjamin ? dit maman.

— Benjy », dit Caddy. Elle est revenue, mais je suis parti.

— Tu dois lui avoir fait quelque chose, dit maman, pourquoi ne le laisses-tu pas tranquille, que je puisse au moins avoir la paix. Donne-lui la boîte, et fais-moi le plaisir de t'en aller et de le laisser tranquille.

Caddy a pris la boîte et l'a mise par terre. Elle l'a ouverte. Elle était pleine d'étoiles. Quand j'étais tranquille, elles étaient tranquilles ; quand je bougeais, elles scintillaient et étincelaient. Je me suis tu.

Et puis j'ai entendu marcher Caddy et j'ai recommencé.

— Benjamin, dit maman, viens ici. » Je suis allé à la porte. « Benjamin ! » dit maman.

— Qu'est-ce que tu veux maintenant ? dit papa. Où vas-tu ?

— Conduis-le en bas et demande à quelqu'un de le garder, Jason, dit maman. Vous savez bien que je suis malade, mais ça ne vous empêche pas...

Papa a fermé la porte derrière nous.

— T. P., dit papa.

— Monsieur, dit T. P. au bas de l'escalier.

— Benjy, descends, dit papa. Va avec T. P.

Je suis allé à la porte de la salle de bains. Je pouvais entendre l'eau.

— Benjy, dit T. P., au bas de l'escalier.

Je pouvais entendre l'eau. J'écoutais.

— Benjy, dit T. P., au bas de l'escalier.

J'écoutais l'eau.

Je n'entendis plus l'eau et Caddy a ouvert la porte.

— Alors, Benjy », dit-elle. Elle m'a regardé, et je me suis approché, et elle m'a pris dans ses bras. « Tu l'as retrouvée ta Caddy, dit-elle. Tu croyais que Caddy s'était sauvée ? » Caddy sentait comme les arbres.

Nous sommes allés dans la chambre de Caddy. Elle s'est assise devant son miroir. Elle a arrêté ses mains et elle m'a regardé.

— Alors, Benjy, dit-elle. Qu'est-ce qu'il y a ? Il ne faut pas pleurer. Caddy ne s'en va pas. Regarde », dit-elle. Elle a pris le flacon et a enlevé le bouchon et elle me l'a mis sous le nez. « Bon. Sens. Bon. »

Je me suis éloigné sans me taire, et elle tenait le flacon dans sa main en me regardant.

— Oh », dit-elle. Elle a posé le flacon et m'a pris dans ses bras. « Oh, c'était donc ça ? Et tu essayais de le dire à Caddy et tu ne pouvais pas. Tu voulais et tu ne pouvais pas. C'est ça ? Mais non, Caddy ne le fera pas. Mais non, Caddy ne le fera pas. Attends que je sois habillée. »

Caddy s'est habillée et a repris le flacon et nous sommes descendus à la cuisine.

— Dilsey, dit Caddy, Benjy a un cadeau pour toi. » Elle s'est baissée et m'a mis le flacon dans la main. « Donne-le à Dilsey. » Caddy m'a avancé la main et Dilsey a pris le flacon.

— Ah, par exemple, dit Dilsey. Voilà mon bébé qui me donne une bouteille de parfum. Regarde donc, Roskus.

Caddy sentait comme les arbres. — Nous, nous n'aimons pas les parfums, dit Caddy.

Elle sentait comme les arbres.

— Allons, voyons, dit Dilsey, vous êtes trop grand maintenant pour dormir avec d'autres. Vous êtes un grand garçon. Treize ans. Assez grand pour dormir tout seul dans la chambre de l'oncle Maury, dit Dilsey.

L'oncle Maury était malade. Son œil était malade et sa bouche. Versh lui montait son dîner sur un plateau.

— Maury dit qu'il va tuer cette fripouille, dit papa. Je lui ai dit qu'il ferait aussi bien de ne pas en parler à l'avance à Patterson. » Il a bu.

— Jason, dit maman.

— Tuer qui, papa ? dit Quentin. Pourquoi l'oncle Maury veut-il le tuer ?

— A cause d'une petite plaisanterie qui ne lui a pas plu, dit papa.

— Jason, dit maman. Comment pouvez-vous ? Vous seriez là, assis, à voir Maury tué dans une embuscade que ça vous ferait rire.

— En ce cas, Maury fera bien de se tenir à l'écart des embuscades, dit papa.

— Tuer qui, papa ? dit Quentin. Qui est-ce que l'oncle Maury va tuer ?

— Personne, dit papa. Je n'ai pas de pistolet.

Maman s'est mise à pleurer. — Si vous reprochez à Maury sa nourriture, pourquoi n'avez-vous pas le courage de le lui dire en face ? Le tourner comme ça en ridicule devant les enfants, derrière son dos.

— Pas du tout, dit papa. Je l'admire, Maury. Pour mes principes de supériorité raciale, il est inappréciable. Je n'échangerais pas Maury contre une paire de chevaux. Et sais-tu pourquoi, Quentin ?

— Non, papa, dit Quentin.

— *Et ego in Arcadia,* j'ai oublié le mot latin pour foin, dit papa. Allons, allons, dit-il, c'était pour rire. » Il a bu et a reposé son verre et mis la main sur l'épaule de maman.

— Il n'y a pas de quoi, dit maman. Ma famille est aussi bien née que la vôtre. Ce n'est pas une raison parce que Maury a une mauvaise santé...

— Évidemment, dit papa. La mauvaise santé est la raison primordiale de tout ce qui est vie. Créée par la maladie, dans la putréfaction, jusqu'à la décomposition. Versh !

— Monsieur, dit Versh derrière ma chaise.

— Prends ce carafon et remplis-le.

— Et dis à Dilsey de venir chercher Benjamin pour le mettre au lit, dit maman.

— Un grand garçon comme vous, dit Dilsey. Caddy est fatiguée de dormir avec vous. Taisez-vous afin de pouvoir dormir. » La chambre a disparu, mais je ne me suis pas tu, et la chambre a reparu et Dilsey est venue s'asseoir sur mon lit en me regardant.

— Alors, vous ne voulez pas être gentil et vous taire ? dit Dilsey. Vous ne voulez pas ? alors, tâchez de patienter une minute.

Elle est partie. Il n'y avait plus rien à la porte. Et puis Caddy a paru.

— Chut, dit Caddy, j'arrive.

Je me suis tu, et Dilsey a retiré le dessus de lit, et Caddy s'est couchée entre le dessus de lit et la couverture. Elle n'a pas enlevé sa robe de chambre.

— Voilà, dit-elle. Je suis là. » Dilsey est venue avec une couverture et l'a étendue sur elle et l'a bordée autour d'elle.

— Il va dormir dans une minute. Je laisse la lumière allumée dans votre chambre.

— Bon », dit Caddy. Elle a blotti sa tête contre la mienne sur l'oreiller. « Bonne nuit, Dilsey. »

— Bonne nuit, chérie », dit Dilsey. La chambre est devenue noire. *Caddy sentait comme les arbres.*

Nous avons regardé en l'air, dans l'arbre où elle se trouvait.

— Qu'est-ce qu'elle voit, Versh ? murmura Frony.

— Chhhhhhh ! dit Caddy dans l'arbre.

Dilsey a dit : — Venez ici. » Elle a apparu au coin de la maison. « Pourquoi n'êtes-vous pas tous montés comme votre papa vous l'avait dit, au lieu de filer comme ça derrière mon dos ? Où sont Caddy et Quentin ? »

— Je lui ai dit de ne pas monter dans cet arbre, dit Jason. J' le dirai à papa.

— Qui, dans quel arbre ? » dit Dilsey. Elle s'est approchée et a regardé dans l'arbre. « Caddy », dit Dilsey. Les branches ont recommencé à bouger.

— Petit démon, dit Dilsey. Voulez-vous bien descendre de là.

— Chut, dit Caddy. Tu ne sais donc pas que papa a recommandé de ne pas faire de bruit ? » Ses jambes ont paru, et Dilsey a levé les bras et l'a descendue de l'arbre.

— T'as donc pas assez d'esprit pour les empêcher de venir ici ? dit Dilsey.

— J' pouvais pas m'en aider, dit Versh.

— Qu'est-ce que vous faites ici ? dit Dilsey. Qui vous a dit de venir devant la maison ?

— C'est elle, dit Frony. C'est elle qui nous a dit de venir.

— Qui vous a dit de faire ce qu'elle vous demande ? dit Dilsey. Allez, rentrez maintenant. » Frony et T. P. s'en sont allés. Nous les avons perdus de vue pendant qu'ils s'en allaient.

— Ici, au milieu de la nuit ! » dit Dilsey. Elle m'a pris et nous sommes allés à la cuisine.

— Filer comme ça derrière mon dos, dit Dilsey. Quand vous savez que l'heure d'aller au lit est passée.

— Chhhhhh, Dilsey, dit Caddy. Ne parle pas si fort. Il ne faut pas faire de bruit.

— Alors, fermez votre bec et restez tranquille, dit Dilsey. Où est Quentin ?

— Quentin est en colère parce qu'il devait m'obéir ce soir, dit Caddy. Il a encore la bouteille de lucioles de T. P.

— M'est avis que T. P. peut s'en passer, dit Dilsey.

Va chercher Quentin, Versh, Roskus dit qu'il l'a vu s'en aller du côté de l'étable. » Versh est parti. On ne pouvait plus le voir.

— Ils ne font rien dans la chambre, dit Caddy. Ils sont assis sur des chaises et ils regardent.

— Ils n'ont pas besoin de vous pour ça », dit Dilsey. Nous avons contourné la cuisine.

Où voulez-vous aller maintenant ? dit Luster. Les voir encore taper sur leur balle ? Nous l'avons cherchée là-bas. Eh, attendez une minute. Attendez ici, pendant que je retourne chercher cette balle. Je viens de penser à quelque chose.

La cuisine était noire. Les arbres étaient noirs sur le ciel. Dan est sorti de dessous les marches et m'a mordillé les chevilles. J'ai contourné la cuisine où se trouvait la lune. Dan est entré tranquillement dans la lune.

— Benjy, dit T. P. dans la maison.

L'arbre à fleurs, près de la fenêtre du salon, n'était pas noir, mais les arbres épais l'étaient. L'herbe bourdonnait dans le clair de lune où mon ombre marchait sur l'herbe.

— Eh, Benjy, dit T. P. dans la maison. Où êtes-vous caché ? Vous vous sauvez comme ça, je le sais bien.

Luster est revenu. Attendez, dit-il. Eh, n'allez pas par là. Miss Quentin et son bon ami sont là-bas dans le hamac. Venez par ici. Venez ici, Benjy.

Il faisait noir sous les arbres. Dan ne voulait pas venir. Il est resté dans le clair de lune. Ensuite, j'ai pu voir le hamac et je me suis mis à crier.

N'allez pas là-bas, Benjy, dit Luster. Vous savez que miss Quentin se fâchera.

Il y en avait deux maintenant, et puis un seul dans le hamac. Caddy est accourue, blanche dans le noir.

— Benjy, dit-elle. Comment t'es-tu sauvé ? Où est Versh ?

Elle m'a pris dans ses bras et je me suis tu, et j'ai saisi sa robe, et j'ai essayé de l'emmener.

— Benjy, voyons, dit-elle, qu'est-ce qu'il y a ? T. P. ! appela-t-elle.

Celui qui était dans le hamac s'est levé et s'est approché, et j'ai crié, et j'ai tiré Caddy par sa robe.

— Benjy, dit Caddy. C'est Charlie. Tu ne reconnais pas Charlie ?

— Où est son nègre ? dit Charlie. Pourquoi le laisse-t-on comme ça en liberté ?

— Chut, Benjy, dit Caddy. Va-t'en, Charlie. Il ne t'aime pas. » Charlie s'est éloigné et je me suis tu. Je tirais Caddy par sa robe.

— Voyons, Benjy, tu ne veux pas me laisser causer un peu ici avec Charlie ?

— Appelle donc son nègre », dit Charlie. Il est revenu. J'ai crié plus fort et j'ai tiré Caddy par sa robe.

— Va-t'en, Charlie », dit Caddy. Charlie s'est approché et il a mis ses mains sur Caddy et j'ai crié davantage. J'ai crié de toutes mes forces.

— Non, non, dit Caddy. Non, non.

— Il ne peut pas parler, dit Charlie. Caddy.

— Tu es fou », dit Caddy. Elle s'est mise à respirer très vite. « Il peut voir. Non. Non, je t'en prie. » Caddy se débattait. Tous deux respiraient très vite. « Je t'en prie. Je t'en prie. »

— Renvoie-le, dit Charlie.

— Oui, dit Caddy. Laisse-moi. » Charlie s'éloigna. Je me suis tu. « Chut, dit Caddy. Il est parti. » Je me suis tu. Je pouvais l'entendre et voir sa poitrine palpiter.

— Il faut que je le fasse rentrer », dit-elle. Elle m'a pris par la main. « Je reviens », murmura-t-elle.

— Attends, dit Charlie. Appelle son nègre.

— Non, dit Caddy. Je vais revenir. Viens, Benjy.

— Caddy », murmura Charlie tout haut. Nous avons marché. « Tu feras bien de revenir. Tu reviendras, dis ? » Caddy et moi, nous courions. « Caddy », dit Charlie. Nous sommes entrés en courant dans le clair de lune et sommes allés vers la cuisine.

— Caddy, dit Charlie.

Caddy et moi, nous courions. Nous avons monté en courant les marches de la cuisine jusqu'à la véranda, et Caddy s'est agenouillée dans le noir et m'a tenu. Je pouvais l'entendre et sentir sa poitrine. « Je ne le ferai plus, dit-elle, je ne le ferai plus jamais. Benjy, Benjy. » Ensuite elle a pleuré, et je pleurais aussi, et nous nous tenions tous les deux. « Chut, dit-elle. Chut. Je ne le ferai plus jamais. » Et je me suis tu, et Caddy s'est levée, et nous sommes allés dans la cuisine, et nous avons allumé la lumière, et Caddy a pris le savon de la cuisine et elle s'est lavé la bouche, très fort, au-dessus de l'évier. Caddy sentait comme les arbres.

Je n'ai cessé de vous répéter de ne pas aller là-bas, dit Luster. Ils se sont relevés dans le hamac, vite. Quentin avait les mains dans les cheveux. Il avait une cravate rouge.

Espèce de vieux dingo, dit Quentin. Je dirai à Dilsey que tu le laisses me suivre partout où je vais. Elle te fichera une bonne tournée.

— Je n'ai pas pu l'en empêcher, dit Luster. Venez, Benjy.

— Si, tu aurais pu, dit Quentin. Tu n'as pas essayé. Vous me suiviez tous les deux. C'est grand'mère qui vous a envoyés pour m'espionner ? » Elle sauta du hamac. « Si tu ne l'emmènes pas tout de suite, et pour de bon, je dirai à Jason de te faire appliquer le fouet. »

— J' peux rien en faire, dit Luster. Essayez, vous verrez.

— Assez, dit Quentin. Vas-tu l'emmener, oui ou non ?

— Eh, laisse-le rester ici », dit-il. Il avait une cravate rouge. Le soleil sur elle était rouge. « Regarde,

Jack », il a allumé une allumette et se l'est mise dans la bouche. Puis il a retiré l'allumette de sa bouche. Elle brûlait toujours. « Tu veux essayer ? » dit-il. Je me suis approché. « Ouvre la bouche », dit-il. J'ai ouvert la bouche. Quentin a frappé l'allumette avec sa main, et elle s'est éteinte.

— Bougre d'idiot, dit Quentin. Tu veux lui donner une crise ? Tu ne sais donc pas que quand il commence à gueuler, il en a pour toute la journée ? Je vais le dire à Dilsey. » Elle s'est éloignée en courant.

— Eh, la môme, viens ici. Reviens. Je ne lui ferai pas de blague.

Quentin a couru vers la maison. Elle a contourné la cuisine.

— Alors, c'est comme ça qu'on fait le diable, hé, Jack ? dit-il. Pas vrai ?

— Il ne comprend pas ce que vous lui dites, dit Luster. Il est sourd-muet.

— Ah oui ? dit-il. Depuis combien de temps est-il comme ça ?

— Il y aura trente-trois ans aujourd'hui, dit Luster. Il est né maboul. Vous êtes un des forains ?

— Pourquoi ? dit-il.

— J' me rappelle pas vous avoir vu par ici, dit Luster.

— Et après ? dit-il.

— Rien, dit Luster. J'y vais ce soir.

Il m'a regardé.

— C'est pas vous par hasard qui pouvez jouer un air sur une scie ? dit Luster.

— Ça te coûtera vingt-cinq *cents* si tu veux le savoir », dit-il. Il m'a regardé. « Pourquoi ne l'enferme-t-on pas ? dit-il. Pourquoi l'amènes-tu ici ? »

— C'est pas à moi qu'il faut le demander, dit Luster. J' peux rien en faire. Je suis venu ici pour chercher vingt-cinq *cents* que j'ai perdus, pour aller au spectacle ce soir. On dirait bien que je pourrai me dispenser d'y aller. » Luster regardait par terre. « Vous n'auriez pas vingt-cinq *cents* de trop, par hasard ? » dit Luster.

— Non, dit-il.

— Alors, m'est avis qu'il faudra que je retrouve l'autre pièce », dit Luster. Il a mis sa main dans sa poche. « Vous ne voudriez pas acheter une balle non plus, des fois ? » dit Luster.

— Quelle espèce de balle ? dit-il.

— Une balle de golf, dit Luster. J'en veux pas plus de vingt-cinq *cents*.

— Pourquoi ? dit-il. Qu'est-ce que tu voudrais que j'en fasse ?

— J' pensais bien, dit Luster. Amenez-vous, tête de mule, dit-il. Venez les regarder taper sur leur balle. Là. Tenez, voilà quelque chose pour jouer avec, en même temps que votre fleur. » Luster l'a ramassé et me l'a donné. C'était brillant.

— Où as-tu trouvé ça ? » dit-il. Sa cravate était rouge au soleil, en marchant.

— Là, sous ce buisson, dit Luster. J'ai cru un instant que c'était la pièce que j'ai perdue.

Il s'est approché et l'a pris.

— Chut, dit Luster. Il vous le rendra quand il l'aura regardé.

— Agnes Mabel Becky[1] », dit-il. Il a regardé vers la maison.

— Chut, dit Luster. Il va vous le rendre. » Il me l'a rendu et je me suis tu.

— Qui est venu la voir, hier soir ? dit-il.

— J' sais pas, dit Luster. Il en vient toutes les nuits qu'elle peut s'échapper en descendant par cet arbre. J'en fais pas la liste.

1. Désignation argotique d'un préservatif dont l'enveloppe porte les initiales A. M. B. (N. T.)

70

— Quelqu'un a laissé sa trace », dit-il. Il a regardé vers la maison. Puis il est allé s'étendre dans le hamac. « Allez-vous-en, dit-il. Ne m'embêtez pas. »

— Venez, dit Luster. Vous avez fait du joli. Miss Quentin doit avoir tout raconté.

Nous sommes allés jusqu'à la barrière regarder par les intervalles, entre les vrilles des fleurs. Luster cherchait dans l'herbe.

— Je l'avais ici même », dit-il. J'ai vu claquer le drapeau, et le soleil, oblique, sur la vaste étendue d'herbe.

— Il va en venir bientôt, dit Luster. Il y en a maintenant, mais ils s'en vont. Venez m'aider à chercher.

Nous avons longé la barrière.

— Chut, dit Luster. J' peux pas les faire venir s'ils n'en ont pas envie. Attendez, il en viendra dans une minute. Regardez là-bas. Les voilà.

J'ai longé la barrière jusqu'à la grille où les petites filles passaient avec leurs cartables. — Eh, Benjy, dit Luster, revenez ici.

Ça ne vous avance à rien de regarder par la grille, dit T. P. Il y a beau temps que miss Caddy est partie. Elle s'est mariée et elle vous a laissé. Ça ne vous avance à rien de rester à crier comme ça, devant cette grille. Elle ne peut pas vous entendre.

Qu'est-ce qu'il veut, T. P. ? dit maman. Tu ne peux pas jouer avec lui et le faire tenir tranquille ?

Il veut aller là-bas, regarder à travers la grille, dit T. P.

Eh bien, ça n'est pas possible, dit maman. Il pleut. Tu n'as qu'à jouer avec lui et le faire tenir tranquille, Benjamin, voyons.

On ne pourra pas le calmer, dit T. P. Il croit que s'il va à la grille ça fera venir miss Caddy.

C'est absurde, dit maman.

Je pouvais les entendre parler. J'ai franchi la porte et

je n'ai plus pu les entendre, et je suis allé à la grille où les petites filles passaient avec leurs cartables. Elles m'ont regardé en marchant vite, la tête tournée. J'ai essayé de leur dire, mais elles ont continué, et j'ai longé la grille, m'efforçant de leur dire, et elles ont marché plus vite. Et puis, elles se sont mises à courir, et je suis arrivé au coin de la barrière, et je n'ai pas pu aller plus loin, et je me suis cramponné aux barreaux. Je les regardais, j'essayais de leur dire.

— Benjy, dit T. P. En voilà une idée de se sauver comme ça. Vous savez bien que Dilsey vous fouettera.

— Ça ne vous avancera à rien de gémir et de pleurnicher devant cette barrière, dit T. P. Vous avez fait peur à ces enfants. Regardez. Elles passent de l'autre côté de la route.

Comment a-t-il pu sortir ? dit papa. As-tu laissé la grille ouverte quand tu es entré, Jason ?

Mais non, dit Jason. Je ne suis tout de même pas si bête que ça. Pensez-vous que j'aurais voulu qu'il arrive une chose pareille ? Dieu sait qu'il y avait déjà assez de saleté dans notre famille. Il y a longtemps que je l'avais prévu. Je suppose que vous allez le mettre à Jackson après ça. A moins qu'auparavant Mrs Burgess ne lui envoie un coup de fusil.

Chut, dit papa.

Il y a longtemps que je l'avais prévu, dit Jason.

Elle était ouverte quand je l'ai touchée, et je me suis cramponné dans le crépuscule. Je ne criais pas, et j'essayais de m'arrêter en regardant les petites filles qui arrivaient dans le crépuscule. Je ne pleurais pas.

— Le voilà !

Elles se sont arrêtées.

— Il ne peut pas sortir. Du reste, il ne pourrait pas nous faire de mal. Viens.

— J'ose pas. J'ai peur. Je vais passer de l'autre côté de la route.

— Il ne peut pas sortir.

Je ne criais pas.

— Poule mouillée ! Viens donc.

Elles approchaient dans le crépuscule. Je ne criais pas et je me tenais à la grille. Elles arrivaient lentement.

— J'ai peur.

— Il ne te fera pas de mal. Je passe ici tous les jours. Il se contente de courir le long de la barrière.

Elles sont arrivées. J'ai ouvert la grille et elles se sont arrêtées, la tête tournée. J'essayais de leur dire, et je l'ai saisie, j'essayais de dire, et elle a hurlé, et j'essayais de dire, j'essayais, et les formes lumineuses ont commencé à s'arrêter, et j'ai essayé de sortir. J'essayais d'en débarrasser mon visage, mais les formes lumineuses étaient reparties. Elles grimpaient la colline où tout a disparu, et j'ai essayé de crier. Mais, après avoir aspiré, je n'ai plus pu expirer pour crier et j'ai essayé de m'empêcher de tomber du haut de la colline, et je suis tombé du haut de la colline parmi les formes lumineuses et tourbillonnantes.

Ici, maboul, dit Luster. Venez un peu ici. Finissez vos plaintes et vos pleurnicheries.

Ils sont arrivés au drapeau. Il l'a enlevé, et ils ont frappé, et puis ils ont remis le drapeau.

— Monsieur, dit Luster.

Il s'est retourné. — Quoi ? dit-il.

— Vous ne voudriez pas acheter une balle de golf ? dit Luster.

— Fais-la voir », dit-il. Il s'est approché de la barrière et Luster lui a passé la balle à travers.

— D'où vient-elle ? dit-il.

— Je l'ai trouvée, dit Luster.

— Je le sais, dit-il. Où ? Dans l'étui de quelqu'un ?

— Je l'ai trouvée là-bas, dans la cour, dit Luster. Je vous la donne pour vingt-cinq *cents*.

— Où prends-tu qu'elle est à toi ? dit-il.

— Je l'ai trouvée, dit Luster.

— Eh bien, trouve-t'en une autre », dit-il. Il l'a mise dans sa poche et il est parti.

— Faut que j'aille au spectacle ce soir, dit Luster.

— Vraiment ? » dit-il. Il est allé vers le terre-plein. « Attention, *caddie* », dit-il. Et il a frappé.

— Ça par exemple, dit Luster, vous vous agitez quand vous ne les voyez pas et vous vous agitez quand vous les voyez. Vous ne pourrez donc jamais vous taire ? Vous ne comprenez donc pas que les gens en ont assez de vous entendre gueuler tout le temps ? Allons, v'là que vous avez laissé tomber votre fleur. » Il l'a ramassée et me l'a donnée. « Il vous en faut une autre. Vous avez tout abîmé celle-là. »

Nous étions contre la barrière à les regarder.

— C'est pas commode de s'entendre avec cet homme blanc, dit Luster. Vous avez vu comme il m'a pris cette balle. » Ils se sont éloignés. Nous avons longé la barrière. Nous sommes arrivés au jardin et nous n'avons pas pu aller plus loin. Je me suis cramponné à la barrière et j'ai regardé par les intervalles des fleurs. Ils sont partis. « Maintenant, il n'y a plus de raison pour geindre, dit Luster. Taisez-vous. C'est moi qui aurais des raisons de me plaindre, pas vous. Allons, pourquoi ne tenez-vous pas votre fleur ? Dans une minute vous allez gueuler. » Il m'a donné la fleur. « Où allez-vous ? »

Nos ombres étaient sur l'herbe. Elles arrivèrent aux arbres avant nous. La mienne est arrivée la première. Et puis nous sommes arrivés, et les ombres ont disparu. Il y avait une fleur dans la bouteille. J'y ai mis l'autre fleur.

— Dirait-on jamais que vous êtes un homme ! dit Luster. A vous voir jouer comme ça à mettre des fleurs dans une bouteille. Vous savez ce qu'on fera de vous quand Miss Ca'oline sera morte ? On vous enverra à l'asile de Jackson, là où que vous devriez être. C'est Mr Jason qui l'a dit. Où vous pourrez vous cramponner aux barreaux toute la journée avec les autres mabouls et pleurnicher à votre aise. Ça vous dit quelque chose ?

Luster a renversé les fleurs avec sa main.

— On vous fera la même chose à Jackson quand vous vous mettrez à gueuler.

J'ai essayé de ramasser les fleurs. Luster les a ramassées et elles sont parties. Je me suis mis à crier.

— Gueule, dit Luster, gueule. Tu veux des raisons de gueuler ? C'est bon, écoute un peu : Caddy, murmura-t-il, Caddy ! Allez, gueule maintenant. Caddy !

— Luster, dit Dilsey de la cuisine.

Les fleurs sont revenues.

— Chut, dit Luster. Les voilà. Regardez. Je les ai mises comme elles étaient avant. Taisez-vous maintenant.

— Luster, tu m'entends ? dit Dilsey.

— Oui, dit Luster. Nous voilà. Maintenant que vous avez bien fait la vie, levez-vous. » Il m'a secoué par le bras et je me suis levé. Nous sommes sortis des arbres. Nos ombres étaient parties.

— Chut, dit Luster. Regardez tous ces gens qui vous regardent.

— Amène-le ici », dit Dilsey. Elle a descendu les marches. « Qu'est-ce que tu lui as encore fait ? » dit-elle.

— J' lui ai rien fait, dit Luster. Il s'est mis à gueuler comme ça.

— Oui, oui, dit Dilsey. Tu lui as sûrement fait quelque chose. Où avez-vous été ?

— Là-bas, sous les cyprès, dit Luster.

— Pour faire fâcher Quentin, dit Dilsey. Pourquoi ne l'empêches-tu pas de s'approcher d'elle. Tu sais pourtant bien qu'elle n'aime pas l'avoir auprès d'elle.

— Elle aurait tout aussi bien le temps que moi de s'en occuper, dit Luster. C'est pas mon oncle.

— Ne m'agace pas, vilain petit nègre, dit Dilsey.

— J' lui ai rien fait, dit Luster. Il jouait là-bas, et puis tout d'un coup il s'est mis à gueuler.

— As-tu touché à son cimetière ? dit Dilsey.

— Non, j'ai pas touché à son cimetière, dit Luster.

— Faut pas me mentir, mon petit gars », dit Dilsey. Nous avons monté les marches jusque dans la cuisine. Dilsey a ouvert la porte du fourneau et a mis une chaise devant et je me suis assis. Je me suis tu.

Pourquoi voulez-vous la faire fâcher, dit Disley. Il ne faut pas le laisser là-bas, vous le savez bien.

Il regardait le feu tout simplement, dit Caddy. Maman lui disait son nouveau nom. Nous ne voulions pas la faire fâcher.

Je le sais, dit Dilsey. Lui à un bout de la maison et elle à l'autre. Maintenant, laissez mes affaires tranquilles, ne tripotez rien jusqu'à ce que je revienne.

— T'as pas honte, dit Dilsey, de le taquiner comme ça ? » Elle a posé le gâteau sur la table.

— J' l'ai pas taquiné, dit Luster. Il était en train de jouer avec cette bouteille pleine d'églantines, et puis brusquement il s'est mis à gueuler. Vous l'avez entendu ?

— T'as pas touché à ses fleurs ?

— J'ai pas touché à son cimetière, dit Luster. Qu'est-ce que je pourrais bien faire de ses plantes ? Je ne faisais que chercher ma pièce.

— Tu l'as perdue, hein ? » dit Dilsey. Elle a allumé les bougies sur le gâteau. Il y en avait des petites. Il y en avait des grosses, coupées en petits morceaux. « Je t'avais dit de la serrer. Maintenant je me figure que tu voudrais que j'en demande une autre à Frony ? »

— Y a pas de Benjy qui tienne, faut que j'aille voir

les forains, dit Luster. J' vais pas m'occuper de lui à la fois le jour et la nuit.

— Tu feras exactement ce qu'il voudra que tu fasses, négrillon, dit Dilsey. Tu m'entends ?

— C'est peut-être pas toujours ce que j'ai fait ? dit Luster. J' fais peut-être pas toujours ce qu'il veut ? Pas vrai Benjy ?

— Alors, continue, dit Dilsey. L'amener ici, tout braillant, pour la faire mettre dans tous ses états, elle aussi ! Allez, mangez ce gâteau avant que Jason n'arrive. Je n'ai pas envie de me faire attraper pour un gâteau que j'ai payé de ma poche. Comme si je pouvais faire un gâteau ici, avec lui qui compte chaque œuf qui entre dans cette cuisine. Tu ne pourrais pas le laisser tranquille maintenant, ou c'est-il que t'as envie de ne pas sortir ce soir ?

Dilsey est partie.

— Vous ne savez pas souffler les bougies, dit Luster. Regardez-moi les souffler. » Il s'est penché et a gonflé ses joues. Les bougies ont disparu. Je me suis mis à pleurer. « Chut, dit Luster. Tenez, regardez le feu pendant que je coupe le gâteau. »

Je pouvais entendre la pendule et je pouvais entendre Caddy debout derrière moi, et je pouvais entendre le toit. Il pleut toujours, dit Caddy. Je hais la pluie. Je hais tout. Et puis sa tête est tombée sur mes genoux, et elle pleurait en me tenant, et je me suis mis à pleurer. Et puis, de nouveau j'ai regardé le feu, et les formes brillantes et douces ont recommencé. Je pouvais entendre la pendule et le toit et Caddy.

J'ai mangé un morceau de gâteau. La main de Luster est venue et a pris un autre morceau. Je pouvais l'entendre manger. Je regardais le feu.

Un long morceau de fil de fer a passé par-dessus mon épaule et est allé au four et puis le feu a disparu. Je me suis mis à crier.

— Qu'est-ce qui vous fait brailler, maintenant ? dit Luster. Regardez. » Le feu était là. Je me suis tu. « Vous ne pouvez donc pas rester assis tranquillement à regarder le feu, comme mammy vous l'a dit ? dit Luster. Vous devriez avoir honte. Tenez, v'là un autre morceau de gâteau. »

— Qu'est-ce que tu lui as encore fait ? dit Dilsey. Tu ne peux donc pas le laisser en paix ?

— J' voulais simplement le faire taire pour qu'il ne dérange pas Miss Ca'oline, dit Luster. Y a quelque chose qui ne lui a pas plu.

— Et je sais bien le nom de ce quelque chose, dit Dilsey. Quand Versh rentrera, j' lui dirai de t'appliquer une bonne raclée. C'est toi qui le cherches. T'as pas fait autre chose toute la journée. Tu l'as mené au ruisseau ?

— Non, dit Luster. Nous sommes restés toute la journée dans la cour, comme vous avez dit.

Sa main est venue chercher un autre morceau de gâteau. Dilsey a frappé la main. — Recommence un peu et tu verras si je te la coupe avec ce couteau de boucher, dit Dilsey. J' parierais bien qu'il n'en a pas eu un seul morceau.

— Si bien sûr, dit Luster. Il en a déjà eu deux fois plus que moi. Demandez-lui si c'est pas vrai.

— Recommence un peu, dit Dilsey. Rien que pour voir.

C'est ça, dit Dilsey. M'est avis que ça va être à mon tour de pleurer. M'est avis qu'il va falloir que je pleure un moment sur Maury, à mon tour.

Il s'appelle Benjy maintenant, dit Caddy.

Comment ça, dit Dilsey. Il n'a pas déjà usé le nom qu'il a reçu en naissant, j'imagine.

Benjy vient de la Bible, dit Caddy. C'est un meilleur nom pour lui que Maury.

Comment ça, dit Dilsey.

C'est maman qui l'a dit, dit Caddy.

Hm, dit Dilsey. C'est pas avec un nom qu'on pourra lui faire du bien, du mal non plus du reste. Changer de nom, ça ne porte pas chance. Je m'appelle Dilsey du plus loin que je peux me rappeler, et ça sera encore Dilsey quand tout le monde m'aura oubliée.

Comment saura-t-on que c'est Dilsey quand tout le monde t'aura oubliée, Dilsey, dit Caddy.

Ça sera dans le Livre, ma chérie, dit Dilsey. Écrit tout au long.

Tu pourras le lire ? dit Caddy.

J'aurai pas cette peine, dit Dilsey. On le lira pour moi. J'aurai qu'à dire : me v'là.

Le grand fil a passé sur mon épaule et le feu a disparu. Je me suis mis à pleurer.

Dilsey et Luster ont discuté.

— Je t'ai vu, dit Dilsey. Oh, je t'ai vu. » Elle a tiré Luster de son coin en le secouant. « Tu ne lui as rien fait, hein ? Attends un peu que ton papa revienne. Si seulement j'étais jeune comme autrefois j' t'arrangerais bien la tête. J'ai bonne envie de t'enfermer dans la cave pour t'empêcher d'aller à ce théâtre, vrai de vrai.

— Oh, mammy, dit Luster, oh, mammy.

J'ai tendu la main vers l'endroit où était le feu.

— Retiens-le, dit Dilsey, retiens-le.

D'une secousse ma main est revenue et je l'ai portée à ma bouche et Dilsey m'a attrapé. Je pouvais encore entendre la pendule à travers ma voix. Dilsey s'est retournée et a frappé Luster sur la tête. Ma voix enflait de plus en plus.

— Donne-moi l'eau de Seltz », dit Dilsey. Elle m'a retiré la main de la bouche. Ma voix s'est enflée davantage et j'ai tâché de remettre ma main dans ma bouche, mais Dilsey la tenait. Ma voix était forte. Elle m'a aspergé la main avec de l'eau de Seltz.

— Va dans l'office et déchire un morceau du torchon qu'est pendu au clou, dit Dilsey. Allons, taisez-vous,

vous ne voulez pas rendre encore votre maman malade, hein ? Tenez, regardez le feu. Dilsey va vous guérir la main dans une minute. Regardez le feu. » Elle a ouvert la porte du feu. J'ai regardé le feu, mais ma main ne s'est pas arrêtée et je ne me suis pas arrêté. Ma main essayait d'aller à ma bouche, mais Dilsey la tenait.

Elle l'a enveloppée d'étoffe. Maman a dit :

— Qu'est-ce qu'il y a encore ? Je ne pourrai donc jamais être malade en paix. Être obligée de me lever pour voir ce qu'il a, quand j'ai deux Noirs qui sont censés s'occuper de lui !

— Ce n'est rien, dit Dilsey. Il va se taire. Il s'est un peu brûlé la main.

— Avec deux grands Noirs comme vous pour le garder, et il faut qu'on me l'amène hurlant à la maison ! dit maman. Vous avez fait exprès de le faire crier parce que vous savez que je suis malade. » Elle s'est approchée et est restée debout près de moi. « Tais-toi, dit-elle. Tout de suite. Est-ce toi qui lui as donné ce gâteau ? »

— C'est moi qui l'ai acheté, dit Dilsey. Il n'est point sorti de l'office à Jason. C'est pour son anniversaire.

— Tu veux donc l'empoisonner avec ces sales gâteaux de magasin ? dit maman. C'est cela que tu espères. Je n'aurai donc jamais une minute de paix ?

— Remontez vous coucher, dit Dilsey. Dans une minute ça ne le cuira plus, et il se taira. Allons, allons.

— Et le laisser ici pour que vous lui fassiez autre chose, dit maman. Comment veux-tu que je reste là-haut tant que je l'entendrai hurler ici ? Benjamin, tais-toi tout de suite.

— On ne peut pas l'emmener ailleurs, dit Dilsey. Nous n'avons pas autant de place qu'autrefois. Il ne peut pas rester dans la cour à hurler pour que tous les voisins le voient.

— Je sais, je sais, dit maman. Tout cela c'est de ma faute. Je n'en ai plus pour longtemps et la vie sera plus facile après, pour Jason et pour toi. » Elle s'est mise à pleurer.

— Allons, taisez-vous, dit Dilsey. Vous allez vous rendre malade. Remontez. Luster va l'emmener jouer dans la bibliothèque pendant que je lui préparerai son dîner.

Dilsey et maman sont parties.

— Chut, dit Luster, chut, ou c'est-il que vous voulez que je vous brûle l'autre main ? Vous n'avez pas de mal. Taisez-vous.

— Tenez », dit Dilsey. Elle m'a donné le soulier et je me suis tu. « Emmène-le dans la bibliothèque. Et si je l'entends, c'est toi qui auras le fouet, et de ma main. »

Nous sommes allés dans la bibliothèque. Luster a allumé la lampe. Les fenêtres sont devenues noires et la grande place noire sur le mur est arrivée, et je m'en suis approché et je l'ai touchée. C'était comme une porte, seulement ce n'était pas une porte.

Le feu est venu derrière moi et je suis allé vers le feu, et je me suis assis par terre, le soulier dans la main. Le feu a monté plus haut. Il a monté jusqu'au coussin, dans la chaise à maman.

— Chut, dit Luster. Vous ne pourriez pas vous taire un peu ? Tenez, je vous ai fait un beau feu et vous ne le regardez même pas.

Tu t'appelles Benjy, dit Caddy. Tu entends : Benjy. Benjy.

Ne lui dis pas ça, dit maman. Amène-le ici.

Caddy m'a pris sous les bras.

Debout, Mau... je veux dire Benjy, dit-elle.

N'essaie pas de le porter, dit maman. Tu ne peux pas le conduire jusqu'ici ? C'est trop difficile pour toi ?

Je peux le porter, dit Caddy. « Laisse-moi le monter dans mes bras, Dilsey. »

— Pauvre mauviette, dit Dilsey. Vous ne seriez même pas assez grande pour porter une puce. Allons, restez tranquille, comme Mr Jason vous l'a recommandé.

Il y avait une lumière au haut de l'escalier. Papa était là, en bras de chemise. Sa façon d'être disait chut. Caddy a murmuré :

— Est-ce que maman est malade ?

Versh m'a posé par terre et nous sommes entrés dans la chambre de maman. Il y avait du feu. Il montait et descendait sur les murs. Il y avait un autre feu dans le miroir. Je pouvais sentir la maladie. C'était un linge plié sur la tête de maman. Ses cheveux étaient sur l'oreiller. Le feu ne les atteignait pas, mais il brillait sur sa main, là où tressautaient les bagues.

— Viens dire bonne nuit à maman », dit Caddy. Nous nous sommes approchés du lit. Le feu a disparu du miroir. Papa s'est levé du lit et m'a soulevé, et maman a posé sa main sur ma tête.

— Quelle heure est-il ? » dit maman. Elle avait les yeux fermés.

— Sept heures moins dix, dit papa.

— C'est trop tôt pour le mettre au lit, dit maman. Il se réveillerait à l'aube, et je ne pourrais pas supporter une autre journée comme celle-ci.

— Allons, allons », dit papa. Il a touché le visage de maman.

— Je sais que je ne suis qu'un fardeau pour vous, dit maman, mais je n'en ai plus pour longtemps. Vous n'aurez plus personne pour vous ennuyer.

— Chut, dit papa. Je vais le garder en bas un moment. » Il m'a pris dans ses bras. « Viens, grand garçon. Descendons un instant. Il faudra être sage pendant que Quentin travaille. »

Caddy s'est approchée du lit et a penché la tête, et la

main de maman est entrée dans la lumière du feu. Ses bagues ont sauté sur le dos de Caddy.

Maman est malade, dit papa. C'est Dilsey qui va te coucher. Où est Quentin ?

Versh est allé le chercher, dit Dilsey.

Papa, debout, nous a regardés partir. Nous pouvions entendre maman dans sa chambre. Caddy a dit : « Chut. » Jason montait encore les marches. Il avait les mains dans les poches.

— Il faudra tous être très sages, dit papa, et ne pas faire de bruit pour ne pas déranger maman.

— Nous ne ferons pas de bruit, dit Caddy. Allons, Jason, il faut rester tranquille », dit-elle. Nous marchions sur la pointe des pieds.

Nous pouvions entendre le toit. Je pouvais aussi voir le feu dans le miroir. Caddy m'a pris de nouveau dans ses bras.

— Viens, dit-elle. Ensuite tu pourras retourner près du feu. Tais-toi.

— Candace, dit maman.

— Chut, Benjy, dit Caddy. Maman veut te voir une minute. Faut être gentil. Tu reviendras après, Benjy.

Caddy m'a reposé par terre et je me suis tu.

— Laissez-le ici, maman. Quand il sera fatigué de regarder le feu, vous lui direz.

— Candace », dit maman. Caddy s'est penchée et m'a soulevé. Nous avons trébuché. « Candace », dit maman.

— Chut, dit Caddy. Tu peux encore le voir. Chut.

— Amène-le ici, dit maman. Il est trop grand pour que tu le portes. N'essaie plus. Tu te ferais mal aux reins. Dans notre famille, les femmes ont toujours été fières de leur port. Tu ne voudrais pas ressembler à une blanchisseuse.

— Il n'est pas trop lourd, dit Caddy. Je peux le porter.

— Eh bien, je ne veux pas qu'on le porte, voilà tout, dit maman. Un enfant de cinq ans ! Non. Non. Pas sur mes genoux. Laisse-le debout.

— Si vous le prenez un instant, il se taira, dit Caddy. Chut, dit-elle. Tu reviendras. Tiens, voilà ton coussin, tu vois ?

— Non, Candace, dit maman.

— Laissez-le le regarder, ça le fera taire, dit Caddy. Une minute, le temps que je le sorte. Tiens, Benjy. Regarde. » J'ai regardé et je me suis tu.

— Vous l'amusez trop, dit maman, toi et ton père. Vous n'avez pas l'air de vous douter que c'est moi qui en supporte les conséquences. Grand'maman gâtait Jason comme ça, et il lui a fallu deux ans pour se corriger, et je ne suis pas assez forte pour faire la même chose avec Benjamin.

— Vous n'avez pas à vous occuper de lui. J'aime m'en occuper, dit Caddy. N'est-ce pas, Benjy ?

— Candace, dit maman. Je t'ai déjà dit de ne pas l'appeler comme ça. C'est déjà de trop que ton père ait insisté pour te donner un surnom ridicule, et je ne veux pas qu'on lui en donne un à son tour. Il n'y a rien de plus vulgaire que les surnoms. Il n'y a que dans le peuple qu'on en donne. Benjamin, dit-elle.

— Regarde-moi, dit maman.

— Benjamin », dit-elle. Elle m'a pris la figure entre ses mains et l'a tournée vers la sienne.

— Benjamin, dit-elle. Enlève ce coussin, Candace.

— Il va se mettre à pleurer, dit Caddy.

— Enlève ce coussin, je te dis, dit maman. Il faut qu'il apprenne à obéir.

Le coussin a disparu.

— Chut, Benjy, dit Caddy.

— Va t'asseoir là-bas, dit maman. Benjamin. » Elle me tenait la tête près de la sienne.

— Assez, dit-elle. Tais-toi.

Mais je ne me suis pas tu, et maman m'a pris dans ses bras, et elle s'est mise à pleurer, et je pleurais aussi. Puis le coussin est revenu et Caddy l'a tenu au-dessus de la tête de maman. Elle a renversé maman dans sa chaise et maman est restée couchée à pleurer contre le coussin rouge et jaune.

— Chut, maman, dit Caddy. Montez vous étendre, comme ça vous pourrez être malade. Je vais aller chercher Dilsey.

Elle m'a conduit près du feu, et j'ai regardé les formes douces et brillantes. Je pouvais entendre le feu et le toit.

Papa m'a pris dans ses bras. Il sentait comme la pluie.

— Alors, Benjy, dit-il. Tu as été sage aujourd'hui ? » Caddy et Jason se battaient dans le miroir.

— Caddy, voyons, dit papa.

Ils se battaient. Jason s'est mis à pleurer.

— Caddy », dit papa. Jason pleurait. Il ne se battait plus, mais nous pouvions voir Caddy qui se battait dans le miroir, et papa m'a posé par terre et est allé dans le miroir et il s'est battu aussi. Il a soulevé Caddy. Elle se débattait. Jason, par terre, pleurait. Il avait des ciseaux à la main. Papa tenait Caddy.

— Il a déchiré toutes les poupées de Benjy, dit Caddy. J' lui casserai la figure.

— Candace ! dit papa.

— Oui, je le ferai, dit Caddy. Oui » ; elle se débattait. Papa la tenait. Elle a donné un coup de pied à Jason. Il a roulé dans le coin, en dehors du miroir. Papa a ramené Caddy près du feu. Ils étaient tous sortis du miroir. Il n'y avait plus que le feu. Comme si le feu avait été dans une porte.

— Assez, dit papa. Tu veux rendre maman malade dans sa chambre ?

Caddy s'est arrêtée : — Il a déchiré toutes les

poupées que Mau... Benjy et moi on avait faites, dit Caddy. Il l'a fait par pure méchanceté.

— C'est pas vrai », dit Jason. Il était assis par terre et il pleurait. « J' savais pas qu'elles étaient à lui. J' croyais que c'étaient des vieux papiers. »

— Avec ça que tu ne savais pas ! dit Caddy. Tu l'as fait exprès.

— Chut, dit papa. Jason, dit-il.

— Je t'en ferai d'autres demain, dit Caddy. Nous en ferons tout un tas. Tiens, tu peux aussi regarder le coussin.

Jason est entré.

J' n'ai pas cessé de vous dire de vous taire, dit Luster.

Qu'est-ce qu'il a encore, dit Jason.

— Il fait ça pour être désagréable, dit Luster. Il n'a pas arrêté de la journée.

— Tu ne pourrais pas le laisser tranquille ? dit Jason. Si tu ne peux pas le faire taire, emmène-le à la cuisine. Nous ne pouvons pas tous nous enfermer dans une chambre, comme ma mère.

— Mammy m'a dit qu'elle ne le voulait pas dans sa cuisine pendant qu'elle préparait le souper, dit Luster.

— Alors, joue avec lui et fais-le taire, dit Jason. Je n'ai pas assez de travailler toute la journée, il faut encore que je rentre le soir dans une maison de fous ! » Il a ouvert le journal et l'a lu.

Tu peux regarder le feu, le miroir, et le coussin aussi, dit Caddy. Tu n'auras pas besoin d'attendre jusqu'après dîner pour regarder le coussin. Nous pouvions entendre le toit. Nous pouvions entendre Jason aussi qui pleurait très fort derrière le mur.

Dilsey a dit : — Venez. Jason. Et toi, laisse-le tranquille, hein ?

— Oui, dit Luster.

— Où est Quentin ? dit Dilsey. Le souper va être prêt.

— J' sais pas, dit Luster, j' l'ai pas vue.

Dilsey s'est éloignée. — Quentin! dit-elle, dans le corridor. Quentin! la soupe est servie.

Nous pouvions entendre le toit. Quentin aussi sentait la pluie.

Qu'est-ce que Jason a fait, dit-il.

Il a déchiré toutes les poupées de Benjy, dit Caddy.

Maman a dit de ne pas l'appeler Benjy, dit Quentin. Il s'est assis près de nous sur le tapis. Je voudrais bien qu'il ne pleuve plus, dit-il. On ne peut rien faire.

Tu t'es battu, dit Caddy. Pas vrai?

A peine, dit Quentin.

Tu peux l'avouer, dit Caddy. Papa le verra bien.

Ça m'est égal, dit Quentin. Si seulement il ne pleuvait pas.

Quentin a dit : — Est-ce que Dilsey n'a pas dit que c'était servi?

— Si », dit Luster. Jason a regardé Quentin. Puis il s'est remis à lire le journal. Quentin s'est avancée. « Elle a dit que c'était bientôt prêt », dit Luster. Quentin a sauté dans le fauteuil de maman. Luster a dit :

— Mr Jason.

— Quoi? dit Jason.

— Donnez-moi vingt-cinq *cents*, dit Luster.

— Pour quoi faire?

— Pour aller voir les forains, ce soir, dit Luster.

— Je croyais que Dilsey devait demander vingt-cinq *cents* pour toi à Frony, dit Jason.

— Elle l'a fait, dit Luster, je les ai perdus. Benjy et moi, on les a cherchés toute la journée. Vous pouvez lui demander.

— Tu n'as qu'à lui en emprunter vingt-cinq autres. Moi, il faut que je travaille pour gagner mon argent. » Il lisait le journal. Quentin regardait le feu. Elle avait le feu dans les yeux et sur la bouche. Sa bouche était rouge.

— J'ai fait tout mon possible pour l'empêcher d'aller là-bas, dit Luster.

— Tais-toi », dit Quentin. Jason l'a regardée.

— Tu te rappelles ce que je t'ai dit que je ferais si je te voyais encore avec ce cabotin ? » dit-il. Quentin regardait le feu. « Tu m'as entendu ? » dit Jason.

— Je vous ai entendu, dit Quentin. Qu'est-ce que vous attendez pour le faire ?

— Ne t'inquiète pas, dit Jason.

— Je ne m'inquiète nullement », dit Quentin. Jason s'est remis à son journal.

Je pouvais entendre le toit. Papa s'est penché et a regardé Quentin.

Te voilà, dit-il. Qui a été vainqueur ?

— Personne, dit Quentin. On nous a séparés. Les professeurs.

— Qui était-ce ? dit papa. Veux-tu me le dire ?

— C'était dans les règles, dit Quentin. Il était aussi grand que moi.

— Très bien, dit papa. Peux-tu me dire à propos de quoi ?

— Rien du tout, dit Quentin. Il a dit qu'il mettrait une grenouille dans le pupitre de la maîtresse, et qu'elle n'oserait pas le fouetter.

— Oh, dit papa. Elle. Et alors ?

— Oui, parfaitement, dit Quentin. Alors, je lui ai envoyé une bourrade.

Nous pouvions entendre le toit et le feu, et un reniflement derrière la porte.

— Où aurait-il trouvé une grenouille en novembre ? dit papa.

— Je ne sais pas, dit Quentin.

Nous pouvions les entendre.

— Jason », dit papa. Nous pouvions entendre Jason.

— Jason, dit papa. Viens ici et cesse de pleurer tout de suite.

Nous pouvions entendre le toit, et le feu, et Jason.

— Tais-toi tout de suite, dit papa, ou veux-tu que je te redonne le fouet ? » Papa a soulevé Jason et l'a mis dans le fauteuil avec lui. Jason reniflait. Nous pouvions entendre le feu et le toit. Jason a reniflé un peu plus fort.

— Une fois de plus », dit papa. Nous pouvions entendre le feu et le toit.

Dilsey a dit : Ça y est, vous pouvez tous venir à table.

Versh sentait la pluie. Il sentait le chien aussi. Nous pouvions entendre le feu et le toit.

On pouvait entendre Caddy marcher vite. Papa et maman regardaient la porte. Caddy a passé devant, très vite. Elle n'a pas regardé. Elle marchait vite.

— Candace », dit maman. Caddy a cessé de marcher.

— Oui, maman, dit-elle.

— Chut, Caroline, dit papa.

— Viens ici, dit maman.

— Chut, Caroline, dit papa. Laissez-la tranquille.

Caddy est venue à la porte et elle est restée debout, les yeux fixés sur papa et maman. Ses yeux ont passé sur moi puis sont partis. Je me suis mis à crier. Très fort, et je me suis levé. Caddy est entrée, et elle m'a regardé, adossée au mur. Je suis allé vers elle en pleurant et elle s'est aplatie contre le mur et j'ai vu ses yeux, et j'ai crié plus fort et je l'ai tirée par sa robe. Elle a tendu les mains mais j'ai tiré sur sa robe. Ses yeux s'enfuirent.

Versh a dit : Vous vous appelez Benjamin, à présent. Vous savez pourquoi vous vous appelez Benjamin à présent ? C'est pour vous faire avoir les gencives bleues[1]. *Mammy dit qu'autrefois votre grand-père a changé le nom d'un nègre et qu'il est devenu pasteur, et quand on l'a regardé il avait les gencives bleues, lui aussi. Pourtant d'habitude, il n'était pas comme ça. Et après, quand les femmes en espérances le regardaient dans les yeux, pendant la pleine lune, leurs enfants naissaient avec les gencives bleues. Et un soir qu'il y avait une douzaine de ces enfants à gencives bleues qui couraient par là, il n'est pas revenu. Les chasseurs d'oppossums l'ont trouvé dans les bois, tout mangé. Restait plus que les os. Et vous savez qui c'est qui l'avait mangé. C'étaient ces enfants à gencives bleues.*

Nous étions dans le corridor. Caddy me regardait toujours. Elle avait la main sur la bouche et j'ai vu ses yeux et j'ai crié. Nous avons monté l'escalier. Elle s'est arrêtée encore, contre le mur, les yeux sur moi, et j'ai crié, et elle s'est remise à marcher, et je l'ai suivie en criant, et elle s'est blottie contre le mur en me regardant. Elle a ouvert la porte de sa chambre et je l'ai tirée par sa robe, et nous sommes allés dans la salle de bains, et elle est restée contre la porte en me regardant. Ensuite, elle a mis son bras devant sa figure et j'ai poussé contre elle en criant.

Qu'est-ce que tu lui fais, dit Jason. Tu ne peux donc pas le laisser tranquille.

J' le touche pas, dit Luster. Il a été comme ça toute la journée. Il aurait besoin du fouet.

Il aurait besoin qu'on l'envoie à Jackson, dit Quentin. Comment peut-on vivre dans une maison pareille ?

Si mademoiselle ne s'y trouve pas bien, elle n'a qu'à s'en aller, dit Jason.

---

1. Les *bluegum negroes* ont, dans le Sud, la réputation d'être particulièrement sauvages. (N. T.)

C'est bien mon intention, dit Quentin. Ne vous en faites pas.

Versh a dit : — Reculez-vous un peu pour que je puisse me sécher les jambes. » Il m'a poussé un peu en arrière. « Et ne commencez pas à gueuler. Vous pouvez encore le voir. Vous n'avez pas autre chose à faire. Vous n'avez pas été obligé de rester sous la pluie comme moi. Vous êtes né veinard, et vous ne vous en doutez pas. » Il était couché sur le dos, devant le feu.

« Vous savez maintenant pourquoi vous vous appelez Benjamin, dit Versh. Votre maman a trop d'orgueil pour vous. C'est ce que dit mammy. Restez tranquille et laissez-moi me sécher les jambes, dit Versh, sans quoi, vous savez ce que je ferai ? J' vous pèlerai le trou du cul. »

On pouvait entendre le feu et le toit et Versh.

Versh s'est levé d'un bond et a ramené ses jambes. Papa a dit : — Ça va, Versh.

— Je le ferai manger, ce soir, dit Caddy. Parfois, il pleure quand c'est Versh qui le fait manger.

— Monte ce plateau, dit Dilsey, et dépêche-toi de revenir le faire manger.

— Tu ne veux pas que ce soit Caddy qui te fasse manger ? dit Caddy.

Il faudra donc qu'il garde toujours ce vieux soulier sur la table, c'est dégoûtant, dit Quentin. Pourquoi ne le fait-on pas manger à la cuisine. On croirait manger avec un porc.

Si notre façon de manger ne te plaît pas, tu n'as qu'à ne pas venir à table, dit Jason.

De la vapeur sortait de Roskus. Il était assis devant le fourneau. La porte du four était ouverte, et Roskus y avait mis les pieds. De la vapeur sortait du bol. Caddy m'a entré doucement la cuillère dans la bouche. Il y avait une tache noire au fond du bol.

Là, là, dit Dilsey. Il ne vous ennuiera plus.

Ça a descendu au-dessous de la marque. Et puis le bol s'est trouvé vide. Il a disparu. — Il a faim, ce soir », dit Caddy. Le bol a reparu. Je ne pouvais plus voir la tache. Ensuite je l'ai revue. « Il meurt de faim, ce soir, dit Caddy. Regardez-moi tout ce qu'il a mangé. »

Avec ça ! dit Quentin. C'est vous tous qui l'envoyez m'espionner. J'en ai assez de cette maison. Je me sauverai.

Roskus dit : — Il va pleuvoir cette nuit.

Tu es habituée à courir, dit Jason, mais tu ne vas jamais plus loin que l'heure des repas.

Vous verrez si je ne le fais pas, dit Quentin.

— En ce cas, je ne sais pas ce que je vais devenir, dit Dilsey. Ça me tient déjà si fort dans la hanche que j' peux à peine remuer. Passer mon temps comme ça à monter les escaliers !

Oh, je m'attends à tout, dit Jason. Avec toi, je m'attends à tout.

Quentin a jeté sa serviette sur la table.

Taisez-vous, Jason, dit Dilsey. Elle est allée passer son bras autour de la taille de Quentin. Asseyez-vous, ma belle, dit Dilsey. Il devrait avoir honte de vous reprocher ce qui n'est pas de votre faute.

— La v'là qui boude encore, pas vrai ? dit Roskus.

— Tais ton bec, dit Dilsey.

Quentin a repoussé Dilsey. Elle a regardé Jason. Sa bouche était rouge. Elle a saisi son verre d'eau et l'a brandi à bout de bras, les yeux fixés sur Jason. Dilsey lui a pris le bras. Elles se sont battues. Le verre s'est cassé sur la table et l'eau a coulé sur la table. Quentin courait.

— Maman est encore malade, dit Caddy.

— Sûr qu'elle est malade, dit Dilsey. Avec un temps pareil, tout le monde est malade. V's avez pas bientôt fini de manger, mon petits gars ?

Allez vous faire foutre, dit Quentin. Allez vous faire

foutre. Nous pouvions l'entendre courir sur les marches.
Nous sommes allés dans la bibliothèque.

Caddy m'a donné le coussin, et j'ai pu regarder le coussin, et le miroir, et le feu.

— Il faut être bien sage pendant que Quentin étudie, dit papa. Qu'est-ce que tu fais, Jason ?

— Rien, dit Jason.

— Alors, si tu venais le faire par ici ? dit papa.

Jason est sorti de son coin.

— Qu'est-ce que tu mâches ? dit papa.

— Rien, dit Jason.

— Il est encore en train de mâcher du papier, dit Caddy.

— Viens ici, Jason, dit papa.

Jason a jeté quelque chose dans le feu. Ça a sifflé, ça s'est déroulé et c'est devenu tout noir. Et puis c'est devenu gris. Et puis ça a disparu. Caddy, papa et Jason étaient dans le fauteuil de maman. Les yeux de Jason étaient fermés et semblaient tout gonflés, et sa bouche remuait encore comme s'il goûtait quelque chose. La tête de Caddy était sur l'épaule de papa. Ses cheveux étaient comme du feu, et il y avait des petits points de feu dans ses yeux, et je me suis approché et papa m'a hissé aussi sur le fauteuil, et Caddy m'a tenu. Elle sentait comme les arbres.

Elle sentait comme les arbres. Dans le coin il faisait noir, mais je pouvais voir la fenêtre. Je m'étais accroupi, le soulier à la main. Je ne pouvais pas le voir, mais mes mains le voyaient, et je pouvais entendre venir la nuit, et mes mains voyaient le soulier, mais je ne pouvais pas le voir moi-même, mais mes mains pouvaient voir le soulier, et j'étais accroupi, et j'écoutais venir la nuit.

Vous voilà, dit Luster. Regardez ce que j'ai. Il me l'a montré. Vous savez d'où ça vient. C'est miss Quentin qui me l'a donné. Je savais bien qu'on ne pourrait pas m'empêcher. Qu'est-ce que vous faites donc ici. J' croyais que vous vous étiez sauvé par la porte. Vous n'avez pas assez geint et pleurniché pour aujourd'hui sans encore venir vous cacher dans cette chambre vide pour y marmotter vos histoires. Venez vous coucher, pour que j' puisse arriver avant le commencement. J' peux pas perdre toute ma soirée avec vous aujourd'hui. Sitôt les premiers coups de trompe, je me sauve.

Nous ne sommes pas allés dans notre chambre.

— C'est là où nous avons la rougeole, dit Caddy. Pourquoi est-ce que nous couchons ici, ce soir ?

— Qu'est-ce que ça peut vous faire ? » dit Disley. Elle a fermé la porte et s'est assise, et elle a commencé à me déshabiller. Jason s'est mis à pleurer. « Chut », dit Dilsey.

— J' veux dormir avec grand'maman, dit Jason.

— Elle est malade, dit Caddy. Tu pourras dormir avec elle quand elle sera guérie, n'est-ce pas, Dilsey ?

— Chut, voyons », dit Dilsey. Jason s'est tu.

— Nos chemises de nuit sont ici, et tout le reste, dit Caddy. C'est comme si on déménageait.

— Et vous ferez aussi bien de les mettre, dit Dilsey. Déboutonnez Jason.

Caddy a déboutonné Jason. Il s'est mis à pleurer.

— Vous voulez le fouet ? » dit Dilsey. Jason s'est tu.

Quentin, dit maman dans le corridor.

Quoi ? dit Quentin derrière le mur. Nous avons entendu maman fermer la porte à clé. Elle a regardé par notre porte et elle est entrée et elle s'est penchée et elle m'a embrassé sur le front.

Quand tu l'auras mis au lit, va demander à Dilsey si elle verrait un inconvénient à ce que j'aie une boule d'eau chaude, dit maman. Dis-lui que, dans ce cas, j'essaierai de m'en passer. Dis-lui que je voudrais simplement savoir.

Bien ma'ame, dit Luster. Allons, enlevez votre culotte.

Quentin est entré avec Versh. Quentin détournait la tête. — Pourquoi pleures-tu ? dit Caddy.

— Chut, dit Dilsey. Déshabillez-vous tous. Tu peux rentrer à la maison, Versh.

Une fois déshabillé, je me suis regardé, et je me suis mis à pleurer. Chut, dit Luster. C'est pas la peine de les chercher. Elles sont parties. Si vous continuez comme ça on ne vous fêtera plus jamais votre anniversaire. Il m'a mis ma chemise. Je me suis tu et puis Luster s'est arrêté, la tête tournée vers la fenêtre. Et puis il est allé regarder par la fenêtre. Il est revenu et m'a pris par le bras. La v'là, dit-il. Ne faites pas de bruit. Nous nous sommes approchés de la fenêtre. Quelque chose sortait de la fenêtre de Quentin, et ça descendait dans l'arbre. Nous regardions l'arbre trembler. Le tremblement a descendu l'arbre, et puis la chose est sortie et nous l'avons vue s'éloigner dans l'herbe. Et puis nous n'avons plus rien vu. Allons, dit Luster. Tenez, vous entendez les sons de trompe. Mettez-vous au lit avant que les jambes ne me démangent.

Il y avait deux lits. Quentin s'est mis dans l'autre. Il s'est tourné contre le mur. Dilsey a couché Jason avec lui. Caddy a enlevé sa robe.

— Regardez-moi un peu votre culotte, dit Dilsey. Vous avez de la chance que votre maman ne vous voie pas.

— J'ai déjà dit ce qu'elle avait fait, dit Jason.

— Ça n' m'étonne pas, dit Dilsey.

— Et tu vois ce que ça t'a rapporté, dit Caddy. Cafard !

— Ce que ça m'a rapporté ? dit Jason.

— Pourquoi ne mettez-vous pas votre chemise ? » dit Dilsey. Elle a aidé Caddy à enlever son corsage et sa culotte. « Regardez-moi un peu comment vous êtes faite ! » dit Dilsey. Elle a bouchonné la culotte et en a frotté le derrière de Caddy. « Vous êtes toute trempée,

dit-elle, mais je ne vous donnerai pas de bain, ce soir.
Allons ! » Elle a passé la chemise à Caddy, et Caddy est
montée dans le lit, et Dilsey est allée vers la porte et
elle est restée la main sur la lumière. « Maintenant,
soyez sages, vous m'entendez ? » dit-elle.

— Oui, dit Caddy. Maman ne viendra pas ce soir,
aussi c'est toujours à moi qu'il faut obéir.

— Oui, dit Dilsey, dormez vite.

— Maman est malade, dit Caddy. Maman et grand'-
maman sont malades toutes les deux.

— Chut, dit Dilsey. Dormez.

La chambre est devenue noire à l'exception de la
porte. Et puis la porte est devenue noire aussi. Caddy a
dit : « Chut, Maury », en mettant la main sur moi.
Alors, je me suis tu. Nous pouvions nous entendre.
Nous pouvions entendre le noir.

Le noir est parti et papa nous regardait. Il a regardé
Quentin et Jason, et puis il est venu embrasser Caddy,
et il a posé sa main sur ma tête.

— Est-ce que maman est très malade ? dit Caddy.

— Non, dit papa. Tu prendras bien soin de Maury.

— Oui, dit Caddy.

Papa s'est dirigé vers la porte et nous a regardés à
nouveau. Et puis le noir est revenu et papa est resté
noir dans la porte, et puis la porte est redevenue noire.
Caddy me tenait et je pouvais nous entendre tous, et
l'obscurité aussi, et quelque chose que je pouvais
sentir. Et puis j'ai pu voir la fenêtre où les arbres
faisaient du bruit. Et puis le noir a commencé à s'en
aller en formes douces et brillantes comme il fait
toujours, même quand Caddy dit que j'étais endormi.

DEUX JUIN 1910

Quand l'ombre de la croisée apparaissait sur les rideaux, il était entre sept heures et huit heures du matin. Je me retrouvais alors dans le temps, et j'entendais la montre. C'était la montre de grand-père et, en me la donnant, mon père m'avait dit : Quentin, je te donne le mausolée de tout espoir et de tout désir. Il est plus que douloureusement probable que tu l'emploieras pour obtenir le reducto absurdum de toute expérience humaine, et tes besoins ne s'en trouveront pas plus satisfaits que ne le furent les siens ou ceux de son père. Je te le donne, non pour que tu te rappelles le temps, mais pour que tu puisses l'oublier parfois pour un instant, pour éviter que tu ne t'essouffles en essayant de le conquérir. Parce que, dit-il, les batailles ne se gagnent jamais. On ne les livre même pas. Le champ de bataille ne fait que révéler à l'homme sa folie et son désespoir, et la victoire n'est jamais que l'illusion des philosophes et des sots.

Elle était appuyée contre la boîte à faux cols. Couché, je l'écoutais. Je l'entendais plutôt. Je ne crois pas que personne écoute jamais délibérément une montre ou une pendule. Ce n'est pas nécessaire. On peut en oublier le bruit pendant très longtemps et il ne faut qu'une seconde pour que le tic-tac reproduise intégralement dans votre esprit le long decrescendo de temps que vous n'avez pas entendu. Comme disait papa, dans la solitude des grands rayons lumineux on pourrait voir Jésus marcher, pour ainsi dire. Et le bon Saint François qui disait Ma Petite Sœur la Mort, lui qui n'avait jamais eu de sœur.

A travers la cloison j'entendis les ressorts du sommier de Shreve, puis le frottement de ses pantoufles sur le plancher. Je me suis levé, je suis allé à la commode et, glissant ma main sur le dessus, j'ai touché la montre et l'ai mise à l'envers. Puis je suis allé me recoucher. Mais l'ombre de la croisée était toujours là, et j'avais appris à l'interpréter à une minute près. Il faudrait donc lui tourner le dos et, si elle était à l'endroit, sentir alors une démangeaison dans ces yeux que les animaux autrefois avaient sur la face postérieure de la tête. C'est toujours les habitudes d'oisiveté acquises que l'on regrette. C'est mon père qui a dit cela. Et aussi que le Christ n'a pas été crucifié : il a été rongé par un menu tic-tac de petites roues. Lui qui n'avait pas de sœur.

Et, dès lors, certain que je ne pouvais plus la voir, j'ai commencé à me demander l'heure qu'il était. Papa disait que le fait de se demander constamment quelle peut bien être la position d'aiguilles mécaniques sur un cadran arbitraire, signe de fonction intellectuelle. Excrément, disait papa, comme la sueur. Et moi qui disais oui. Je me demande. Continue à te demander.

Si le temps avait été couvert, j'aurais pu regarder la fenêtre en pensant à ce qu'il m'avait dit des habitudes d'oisiveté. Pensant que ce serait agréable pour eux, à New London[1], si le temps se maintenait ainsi. Pourquoi pas ? Le mois des fiancées, la voix qui soufflait.

---

1. Ville du Connecticut, sur la Thames River, où ont lieu les régates qui opposent annuellement Harvard et Yale. (N. T.)

Elle est sortie en courant du miroir, de l'épaisseur des
parfums. Roses. Roses. Mr et Mrs Jason Richmond
Compson ont le plaisir de vous faire part du mariage de.
Roses. Pas vierges comme le cornouiller, l'asclépias.
J'ai dit j'ai commis un inceste, père, ai-je dit. Roses.
Perfides et sereines. Si tu restes un an à Harvard sans
voir les régates, on devrait rendre l'argent. Laisser
Jason en profiter. Donner à Jason une année à
Harvard.

Shreve était debout sur le pas de la porte, en train de
mettre son col. Ses lunettes brillaient d'un reflet rose,
comme s'il les avait lavées avec sa figure. — Tu sèches
la classe, ce matin ?

— Il est si tard que ça ?

Il regarda sa montre. — La cloche va sonner dans
deux minutes.

— Je ne savais pas qu'il était si tard. » Il regardait
toujours sa montre. Sa bouche forma : « Il faut que je
me presse. Je ne peux plus sécher de classe. Le doyen
m'a prévenu, la semaine dernière... » Il remit sa
montre dans sa poche. Et j'ai cessé de parler.

— Tu ferais bien d'enfiler ton pantalon et de courir », dit-il. Il sortit.

Je me suis levé et j'ai tourné dans ma chambre en
l'écoutant à travers la cloison. Il est entré dans le
salon[1], s'est dirigé vers la porte.

— Tu n'es pas encore prêt ?

— Pas encore. File. J'arriverai à temps.

Il sortit. La porte se referma. Ses pieds s'éloignèrent
dans le couloir. Alors, je pus de nouveau entendre la
montre. Je cessai de me promener, et j'allai à la

1. Dans les grandes universités américaines, les étudiants logeaient
souvent avec un camarade dans un petit appartement composé de
deux chambres séparées par une salle commune qui leur servait de
salon. (N. T.)

101

fenêtre. Entre les rideaux écartés je les voyais courir à la chapelle, les mêmes garçons luttant contre l'envolement des mêmes manches de vestes, contre les mêmes livres, les mêmes cols détachés, filant devant moi comme des épaves dans une inondation, et Spoade. Appeler Shreve mon mari. Foutez-lui donc la paix, a dit Shreve. S'il est trop intelligent pour courir après un tas de sales petites grues, ça ne vous regarde pas. Dans le Sud, on a honte d'être vierge. Les jeunes gens. Les hommes. Ils racontent des tas de mensonges à ce sujet. Parce que, pour les femmes, c'est moins important, m'a dit papa. Il m'a dit que c'étaient les hommes qui avaient inventé la virginité, pas les femmes. Papa dit que c'est comme la mort : un état où on laisse les autres, tout simplement, et j'ai dit : Mais de là à croire que ça ne fait rien, et il a dit : C'est pour cela que tout est si triste : pas seulement la virginité, et j'ai dit : Pourquoi faut-il que ce soit elle au lieu de moi qui ne soit plus vierge ? et il a dit : C'est pourquoi cela est triste aussi ; rien ne vaut la peine de changer, et Shreve a dit : s'il est trop intelligent pour courir après un tas de sales petites grues, et j'ai dit : As-tu jamais eu une sœur ? Dis ? Dis ?

Au milieu d'eux, Spoade semblait une tortue dans une rue où courent des feuilles mortes. Le col autour des oreilles, il marchait sans hâte, de son pas habituel. Il était originaire de la Caroline du Sud et finissait sa dernière année à l'Université. Il se faisait une gloire de n'avoir jamais couru pour aller à la chapelle, de n'y être jamais arrivé à l'heure, de n'avoir pas été absent une seule fois en quatre ans, de n'avoir jamais été à la chapelle ou à une classe du matin, avec une chemise sur le dos et des chaussettes aux pieds. Vers dix heures, il arrivait au restaurant Thompson, commandait deux cafés, s'asseyait, tirait ses chaussettes de sa poche, enlevait ses souliers et les enfilait pendant que son café refroidissait. Vers midi, on le voyait avec une chemise et un col, comme tout le monde. Les autres le dépassèrent en courant, mais lui ne pressa point le pas. Au bout d'un instant la cour fut vide.

Un moineau, coupant le soleil en biais, vint se poser sur le rebord de la fenêtre et me regarda, la tête penchée. Son œil était rond et brillant. Il me regardait d'abord avec un œil, puis, flic ! il me regardait avec l'autre, et sa gorge palpitait plus rapide qu'aucune pulsation. L'heure se mit à sonner. Le moineau cessa de changer d'œil, et m'observa fixement avec le même tant que l'horloge sonna. On aurait dit qu'il l'écoutait aussi. Ensuite, il s'envola de la fenêtre et disparut.

La dernière vibration traîna un moment avant de s'éteindre. Elle s'attarda dans l'air, longtemps, et on la devinait plus qu'on ne l'entendait. Comme toute cloche qui sonne vibre encore dans les longs rayons de lumière mourante et Jésus et Saint François qui parlait de sa sœur. Car si ce n'était que l'enfer et rien de plus. Si c'était tout. Fini. Si les choses finissaient tout simplement. Personne d'autre qu'elle et moi. Si seulement nous avions pu faire quelque chose d'assez horrible pour que tout le monde eût déserté l'enfer pour nous y laisser seuls, elle et moi. *J'ai dit j'ai commis un inceste père c'était moi ce n'était pas Dalton Ames.* Et quand il m'a mis Dalton Ames. Dalton Ames. Dalton Ames. Quand il m'a mis le revolver dans la main je ne l'ai pas fait. C'est pourquoi je ne l'ai pas fait. Il serait là et elle aussi et moi aussi. Dalton Ames. Dalton Ames, Dalton Ames. Si seulement nous avions pu faire quelque chose d'assez horrible et père a dit Cela aussi est triste, on ne peut jamais faire quelque chose d'aussi horrible que ça on ne peut rien faire de très horrible on ne peut même pas se rappeler demain ce qu'on trouve horrible aujourd'hui et j'ai dit On peut toujours se dérober à tout et il a dit Tu crois ? Et je baisserai les yeux et je verrai mes os murmurants et l'eau profonde comme le vent, comme une toiture de vent, et longtemps, longtemps après on ne pourra même plus trouver mes os sur le sable solitaire et vierge. Jusqu'au jour où Il dira Levez-vous, alors seul le fer à repasser remontera à la surface. Ce n'est pas quand on a compris que rien ne peut vous aider — religion, orgueil, n'importe quoi — c'est quand on a compris qu'on n'a pas besoin d'aide. Dalton Ames. Dalton Ames. Dalton Ames. Si j'avais pu être sa mère étendue, le corps ouvert et soulevé, riant, repoussant son père avec ma main, le retenant, le voyant, le regardant mourir avant qu'il eût vécu. *Une minute elle resta sur le pas de la porte*

Je me suis dirigé vers la commode et j'ai pris la montre toujours à l'envers. J'en ai frappé le verre sur l'angle de la commode et j'ai mis les fragments dans ma main et je les ai posés dans le cendrier et, tordant les aiguilles, je les ai arrachées et je les ai posées dans le cendrier également. Le tic-tac continuait toujours. J'ai retourné la montre, la blancheur du cadran avec les petites roues qui, derrière, sans savoir pourquoi, font tic-tac, tic-tac. Jésus en marche par la Galilée et Washington qui ne ment jamais. Quand il est revenu de la foire de Saint Louis, papa a rapporté à Jason une breloque, des petites jumelles de théâtre dans lesquelles on regarde en clignant de l'œil et où on voit un gratte-ciel, une Grande Roue comme une toile d'araignée, les cataractes du Niagara sur une tête d'épingle. Il y avait une tache rouge sur le cadran. Quand je l'ai vue, j'ai ressenti une brûlure au pouce. J'ai posé la montre et je suis allé dans la chambre de Shreve chercher la teinture d'iode pour en badigeonner la coupure. Avec une serviette j'ai fini d'enlever les petits morceaux de verre qui restaient attachés au cadran.

J'ai sorti deux paires de sous-vêtements, des chaussettes, des chemises, des cols et des cravates, et j'ai fait ma malle. J'y ai tout mis, sauf mon complet neuf, et un vieux, et deux paires de souliers, et deux chapeaux et mes livres. J'ai porté les livres dans le salon et les ai empilés sur la table, ceux que j'avais apportés de la maison et ceux que *papa m'a dit qu'autrefois on reconnaissait un gentleman à ses livres mais qu'aujourd'hui on le reconnaît aux livres qu'il n'a pas rendus* et j'ai fermé la malle à clé, et j'y ai mis l'adresse. Le quart a sonné. Je me suis arrêté pour écouter le carillon jusqu'à la fin.

J'ai pris un bain et je me suis rasé. L'eau a légèrement avivé la cuisson de mon doigt et j'y ai remis un peu de teinture d'iode. J'ai revêtu ensuite mon complet neuf, j'ai pris ma montre et j'ai mis mon autre complet et mes objets de toilette, rasoir, brosses, dans ma valise, et j'ai enveloppé la clé de ma malle dans une feuille de papier que j'ai glissée dans une enveloppe adressée à mon père. Ensuite, j'ai écrit les deux notes et les ai cachetées.

L'ombre n'avait pas tout à fait quitté le perron. Je me suis arrêté avant de franchir le seuil et j'ai observé la progression de l'ombre. On pouvait presque la percevoir. Elle rampait vers l'intérieur, faisait reculer l'ombre jusque dans la porte. *Mais elle courait déjà quand je l'ai entendue. Elle courait dans le miroir avant que j'eusse pu savoir ce que c'était. Si vite, sa traîne relevée sur le bras, elle sortait du miroir comme un nuage, son voile ondulait avec de longs reflets, ses talons brillaient, rapides, de l'autre main elle retenait sa robe sur son épaule sortait en courant du miroir des parfums roses roses la voix qui soufflait sur l'Éden[1]. Puis elle*

---

1. Premier vers d'un poème de John Keble (1792-1866), « Holy Matrimony », qui est fréquemment chanté, aux États-Unis, lors des cérémonies de mariage. (N. T.)

traversait la véranda je ne pouvais plus entendre ses
talons puis dans le clair de lune comme un nuage,
l'ombre flottante du voile qui, sur l'herbe, accourait vers
le hurlement. Elle a couru hors de sa robe, cramponnée à
son voile courant vers le hurlement où T. P. dans la rosée
Hiii Salsepareille Benjy qui hurlait sous la caisse. La
poitrine de papa courait vêtue d'une cuirasse d'argent en
forme de V

Shreve dit : — Comment tu n'as pas... ? Tu vas à la
noce ou à un enterrement ?

— Je n'ai pas pu être prêt à temps.

— Naturellement, à te bichonner comme ça ! Qu'est-
ce qui te prend ? Tu te figures que c'est dimanche ?

— Je ne pense pas qu'on me mette au bloc pour
avoir mis une fois mon complet neuf, dis-je.

— Je pensais aux étudiants de Harvard. Es-tu
devenu trop fier pour aller aux cours ?

— Je vais d'abord aller manger. » L'ombre sur le
perron était partie. Je sortis au soleil et retrouvai mon
ombre. Je descendis les marches devant elle. La demie
sonna. Puis le carillon cessa, s'évanouit.

Deacon n'était pas non plus à la poste. J'ai collé un
timbre sur les deux enveloppes et j'ai mis à la boîte
celle pour mon père. Celle de Steve, je l'ai gardée dans
la poche intérieure de mon veston. Je me suis rappelé
alors que la dernière fois que j'avais vu Deacon, c'était
le trente mai[1], en uniforme de G.A.R.[2], au beau milieu
du défilé. Il suffisait d'attendre assez longtemps au
coin d'une rue pour être sûr de le voir s'amener dans le
premier défilé venu. La fois précédente, c'était pour
l'anniversaire de Colomb ou de Garibaldi, ou de

1. *Decoration Day*, ou *Memorial Day* : fête annuelle en l'honneur des
soldats et marins fédérés morts pendant la Guerre de Sécession. (N. T.)
2. *Grand Army of the Republic*, association patriotique formée par
les soldats de l'Union après la Guerre de Sécession. (N.T.)

quelqu'un comme ça. Il marchait avec la section des Balayeurs des Rues. Il était coiffé d'un tuyau de poêle et brandissait un drapeau italien de deux pouces en fumant un cigare parmi les balais et les ramasse-crottes. Mais, la dernière fois, c'était dans le défilé des G. A. R. parce que Shreve m'avait dit :

— Tiens, regarde un peu ce que ton grand-père a fait à ce pauvre vieux nègre.

— Oui, dis-je. Maintenant il peut s'amuser tous les jours à prendre part à un défilé. Sans mon grand-père, il lui faudrait travailler comme les Blancs.

Je ne l'ai vu nulle part. Mais, à ma connaissance, on ne trouve jamais les Noirs, même les travailleurs, quand on en a besoin. A plus forte raison ceux qui s'engraissent à ne rien faire. Un tram est arrivé. J'ai descendu en ville et je me suis payé un petit déjeuner copieux chez Parker. Pendant que je mangeais j'ai entendu une horloge sonner l'heure. Mais je suppose qu'il faut bien une heure entière pour perdre la notion du temps, à celui qui a mis plus longtemps que l'histoire à se conformer à sa progression mécanique.

Après avoir fini de déjeuner, j'ai acheté un cigare. La jeune fille m'a dit que les meilleurs étaient à cinquante *cents*. J'en ai pris un et je l'ai allumé, et je suis sorti. Je me suis arrêté une minute pour tirer une ou deux bouffées, puis, le tenant à la main, je me suis dirigé vers le coin de la rue. J'ai passé devant une bijouterie, mais j'ai détourné les yeux à temps. Au coin de la rue, deux cireurs de bottes m'ont sauté dessus, un de chaque côté, piaillant et jacassant comme des merles. J'ai donné mon cigare à l'un d'eux et cinq *cents* à l'autre. Alors ils m'ont laissé en paix. Celui auquel j'avais donné le cigare s'efforçait de le donner à l'autre en échange des cinq *cents*.

Il y avait une horloge, très haut dans le soleil, et je me rendis compte que lorsqu'on ne veut pas faire quelque chose, le corps pousse à le faire par leurre et comme malgré soi. Je pouvais sentir les muscles de ma nuque, puis je pouvais entendre le tic-tac de ma montre dans ma poche, et, au bout d'un instant, tous les bruits s'estompèrent, sauf celui que faisait ma montre dans ma poche. Je revins sur mes pas, jusqu'à la vitrine. Il travaillait à une table derrière la vitrine. Il était presque chauve. Il avait un morceau de verre dans l'œil — un tube de métal vissé dans le visage. J'entrai.

Le magasin était plein de tic-tac, comme des criquets dans l'herbe de septembre, et je pouvais entendre un cartel sur le mur, au-dessus de ma tête. Il me regarda de son gros œil trouble qui s'élançait par-delà le verre. J'ai pris ma montre et la lui ai tendue.

— J'ai cassé ma montre.

Il la fit sauter dans sa main. — En effet. Vous devez avoir marché dessus.

— Oui. Je l'ai fait tomber de la commode et j'ai mis le pied dessus, dans le noir. Mais elle marche toujours.

Il ouvrit le boîtier et l'examina, l'œil cligné. — Elle m'a l'air en bon état. Mais je ne peux rien vous dire avant de l'avoir démontée. J'y regarderai cet après-midi.

— Je vous la rapporterai, dis-je. Voudriez-vous avoir l'obligeance de me dire si, parmi toutes les montres que vous avez en devanture, il y en a qui donnent l'heure juste.

Il tenait ma montre dans le creux de sa main et lança sur moi l'élan de son œil trouble.

— J'ai fait un pari avec un type, dis-je, et j'ai oublié de prendre mes lunettes, ce matin.

— En ce cas », dit-il. Il posa la montre et, se soulevant à demi sur son tabouret, il regarda par-dessus le comptoir. Puis il jeta un regard sur le mur. « Il est... »

— Ne me le dites pas, dis-je, je vous en prie. Dites-moi seulement si l'une de ces montres est juste.

Il m'a regardé de nouveau. Il s'est rassis sur son tabouret et a relevé le verre sur son front. Il en gardait un cercle rouge autour de l'œil, et, quand le cercle eut disparu, tout son visage sembla nu.

— En quel honneur vous êtes-vous soûlé aujourd'hui ? dit-il. Les régates ne sont que la semaine prochaine, si je ne me trompe.

— En effet, monsieur. Ce n'est qu'une petite fête intime. Un anniversaire. Est-ce que l'une de ces montres est juste ?

— Non. Elles n'ont pas encore été réglées. Si vous aviez l'intention d'en acheter une...

— Non, monsieur. Je n'ai pas besoin de montre. Nous avons une pendule dans notre salon. Je ferais arranger celle-ci au besoin. » Je tendis la main.

— Vous feriez mieux de me la laisser.

— Je la rapporterai plus tard. » Il m'a donné la montre et je l'ai remise dans ma poche. « Je vous suis très reconnaissant. J'espère que je ne vous ai pas fait perdre trop de temps. »

— Du tout. Apportez-la moi quand vous voudrez. Et vous feriez aussi bien d'attendre, pour votre petite fête, que nous les ayons gagnées, ces régates.

— En effet, oui, monsieur.

Je suis sorti et j'ai fermé la porte sur les tic-tac. J'ai jeté un dernier regard sur la vitrine. Il me surveillait par-dessus le comptoir. Il y avait bien une douzaine de montres en devanture, une douzaine d'heures différentes, et toutes avaient la même assurance affirmative et contradictoire qu'avait la mienne sans ses aiguilles. Elles se contredisaient mutuellement. Je pouvais entendre le tic-tac de la mienne dans ma poche bien que personne n'eût pu la voir, bien qu'elle n'eût rien pu dire si on l'avait pu voir.

Et alors, je me suggérai de prendre celle-là. Parce que papa m'a dit que les pendules tuaient le temps. Il m'a dit que le temps reste mort tant qu'il est rongé par le tic-tac des petites roues. Il n'y a que lorsque la pendule s'arrête que le temps se remet à vivre. Les aiguilles étaient allongées, pas tout à fait horizontales. Elles formaient une courbe légère comme des mouettes qui penchent dans le vent. Contenant tout ce qui d'habitude m'inspirait des regrets, comme la nouvelle lune contient de l'eau, disent les nègres. L'horloger s'était remis au travail, courbé sur son établi, le tube, comme un petit tunnel, incrusté dans la face. Ses cheveux étaient séparés au milieu par une raie qui remontait jusqu'à sa tonsure comme un marais drainé en décembre.

J'ai vu la quincaillerie de l'autre côté de la rue. Je ne savais pas que les fers à repasser se vendaient au poids.

Le commis m'a dit — Ceux-ci pèsent dix livres. » Mais il étaient plus gros que je ne croyais. Aussi en ai-je acheté deux petits de six livres, parce que, une fois enveloppés, on les prendrait pour une paire de souliers. Réunis, ils me paraissaient assez lourds, mais je repensai à ce que père m'avait dit à propos du reducto absurdum de l'expérience humaine, à la seule chance que je semblais avoir de pouvoir entrer à Harvard. Peut-être l'année prochaine ; pensant qu'il faut peut-être deux années d'université pour apprendre à faire cela comme il faut.

Mais ils me semblaient assez lourds à l'air libre. Un tramway arriva. J'y montai sans voir la pancarte à l'avant. Il était plein. Des gens à mine prospère pour la plupart qui lisaient leur journal. Il n'y avait qu'une place libre, près d'un Noir. Il portait un chapeau melon et des souliers bien cirés, et il tenait un bout de cigare éteint. J'avais toujours pensé qu'il était du devoir d'un Sudiste d'avoir toujours les Noirs à l'esprit. Je croyais que les gens du Nord attendaient cela de lui. Au début de mon séjour dans l'Est, je passais mon temps à me répéter : N'oublie pas de les considérer comme des gens de couleur et non des nègres ; et si ça n'avait été que je n'en avais pas beaucoup autour de moi, j'aurais perdu bien du temps et de la peine avant d'avoir compris que la meilleure façon de prendre les gens, noirs ou blancs, c'est de les prendre pour ce qu'ils croient être, et ensuite de les laisser tranquilles. C'est alors que je me rendis compte qu'un Noir est moins une personne qu'une manière d'être, l'obvers en quelque sorte des Blancs avec lesquels il vit. Mais, au début, je pensais que je devais regretter de n'en avoir point une foule autour de moi, parce que je pensais que c'était le sentiment que les gens du Nord me prêtaient. Mais je ne savais pas que Roskus et Dilsey et tous les autres me manquaient réellement. Je ne m'en aperçus qu'un matin, en Virginie. Le train était arrêté quand je m'éveillai. Je levai le store et regardai par la vitre. Le wagon se trouvait en travers d'un passage à niveau, là où deux clôtures blanches descendaient une colline pour s'épanouir ensuite en éventail comme un fragment de corne, et, au milieu des ornières durcies, un nègre, sur une mule, attendait le départ du train. Je ne savais pas depuis combien de temps il était là, mais il était assis à califourchon sur sa mule, la tête enveloppée dans un morceau de couverture, comme si on les avait construits, lui et sa mule, à cet endroit, avec la clôture et la route, ou avec la colline, sculptés dans la colline même, comme un écriteau pour me dire : Te voilà rentré chez toi. Il n'avait pas de selle et ses pieds ballaient presque jusqu'à terre. La mule avait l'air d'un lapin. Je soulevai la glace.

111

— Eh, *uncle*[1], dis-je. C'est bien la bonne route ?

— M'sieu ? » Il me regarda, puis desserra sa couverture et la souleva, découvrant son oreille.

— Cadeau de Noël[2] ! dis-je.

— Pour sûr, patron. Vous m'avez attrapé, pas vrai ?

— Je te tiens quitte pour cette fois. » Je tirai mon pantalon du petit filet et y pris une pièce de vingt-cinq *cents*. « Mais, attention, la prochaine fois. Je repasserai par ici deux jours après le premier de l'an. Attention à toi. » Je lançai la pièce par la fenêtre. « Achète-toi quelque chose pour Noël. »

— Oui, m'sieu », dit-il. Il mit pied à terre, ramassa la pièce et la frotta sur sa jambe. « Me'ci, mon jeune maître. Me'ci bien. »

Et le train se remit en marche. Je me penchai par la portière, dans l'air froid, regardant en arrière. Il était toujours là, debout près de son grand lapin de mule, tous deux misérables, immobiles, ignorant l'impatience. Le train décrivit une courbe. La machine haletait à petits coups puissants, et c'est ainsi qu'ils disparurent, doucement enveloppés dans cet air de misère, de patience hors temps, de sérénité statique : mélange d'incompétence enfantine et toujours prête et d'honnêteté paradoxale qui garde et protège ceux qu'il aime sans raison et qu'il vole constamment, qui se soustrait aux responsabilités et aux obligations par des moyens trop ouverts pour être appelés subterfuges, d'où, dans le vol et l'évasion, cette admiration franche et spontanée pour le vainqueur qu'un gentleman ressent seulement pour ceux qui l'ont battu en un combat

1. Le mot *uncle* s'emploie familièrement, comme *père* en français. (N. T.)

2. Souhait traditionnel de Noël dans le Sud, qui obligeait celui à qui il s'adressait à faire un menu cadeau à celui qui le lui adressait (souvent un domestique). (N. T.)

loyal ; enfin, en plus de cela, une tolérance constante et affectueuse pour les caprices des Blancs à la manière des grands-parents en face des espiègleries imprévisibles de leurs petits-enfants. Tout cela, je l'avais oublié. Et pendant toute cette journée, tandis que le train serpentait à travers des ravines, le long de falaises où la progression n'était plus qu'un halètement pénible de vapeur échappée, un grondement de roues ; tandis que les montagnes éternelles s'évanouissaient dans le ciel alourdi, je songeais au foyer paternel, à la gare nue et triste, à la boue, aux Noirs, aux paysans flânant en foule sur la place avec les petits singes en peluche, les charrettes, les bonbons dans des sacs, l'extrémité des baguettes des chandelles romaines, et mes entrailles se crispaient comme autrefois, à l'école, quand la cloche se mettait à sonner.

Je ne commençais à compter que lorsque l'horloge avait sonné trois heures. Alors je me mettais à compter jusqu'à soixante et j'abaissais un doigt pensant aux quatorze autres qui attendaient d'être pliés, ou aux treize, aux douze, aux huit, aux sept, jusqu'au moment où je me rendais compte du silence des esprits attentifs. Et je disais alors « Madame ? » — « Vous vous appelez Quentin, n'est-ce pas ? » disait miss Laura. Et c'était de nouveau le silence et la cruauté des esprits attentifs, et les mains qui se levaient dans le silence. « Henry, dites à Quentin qui a découvert le Mississippi. » — « De Soto. » Et les esprits disparaissaient, et, au bout d'un instant, j'avais peur de m'être laissé retarder et, comptant vite, je pliais un autre doigt. Mais j'avais peur alors d'avoir été trop vite, et je ralentissais, puis la peur me reprenait et, de nouveau, je me mettais à compter vite. Jamais la cloche et moi nous ne fûmes d'accord. C'était alors le soulèvement de liberté des pieds qui se mouvaient déjà sentant la terre dans le frottement du plancher, et le jour, comme un morceau de verre, frappait un coup léger, tranchant, et, assis, immobile, je sentais frémir mes entrailles. *Frémir assis immobile. Une minute elle resta sur le pas de la porte. Benjy. Hurlement. Benjamin le fruit de ma vieillesse hurle. Caddy! Caddy!*

Je m'enfuierai. Il s'est mis à pleurer. Elle est allée le toucher. Non je ne le ferai pas. Chut. Il s'est tu. Dilsey.

Il flaire ce qu'on lui dit quand il veut. Pas besoin d'écouter ni de parler.

Est-ce qu'il peut sentir ce nouveau nom qu'on lui a donné? Est-ce qu'il peut sentir la malchance?

Pourquoi se préoccuperait-il de la chance? La chance ne peut pas lui faire de mal.

Alors, pourquoi lui avoir changé son nom, si ce n'est pas pour essayer de lui porter bonheur?

Le tramway s'est arrêté, est reparti, s'est arrêté de nouveau. Sous la vitre je regardais passer le sommet de la tête des gens, sous des chapeaux de paille neufs, pas encore jaunis. Il y avait des femmes maintenant dans le tramway, avec des paniers de marché, et des hommes en bourgeron commençaient à éclipser les souliers cirés et les faux cols.

Le nègre me toucha le genou. « Pardon », dit-il. Je détournai mes jambes pour le laisser passer. Nous longions un mur uni, et le bruit se répercutait dans le tramway contre les femmes qui tenaient leurs paniers de marché sur les genoux, et un homme à chapeau taché, avec une pipe passée dans le ruban. Je pouvais sentir l'eau, et, par un interstice du mur, j'aperçus un reflet d'eau et deux mâts et, dans l'air, une mouette immobile, comme suspendue entre les mâts à un fil invisible; et j'ai levé la main, et, à travers mon veston, j'ai touché les lettres que j'avais écrites. Quand le tram s'arrêta, je descendis.

Le pont était ouvert pour laisser passer une goélette. Elle était remorquée. Le remorqueur la poussait sous la hanche, au milieu d'une traînée de fumée, mais on eût dit que le bateau avançait sans pression apparente. Sur le gaillard d'avant, un homme nu jusqu'à la ceinture enroulait un câble. Son corps tanné avait la couleur des feuilles de tabac. Un homme coiffé d'un chapeau de paille sans fond se tenait à la barre. Le bateau franchit le pont, avançant sous les mâts nus comme un fantôme en plein jour. Trois mouettes planaient au-dessus de la poupe comme des jouets suspendus à des fils invisibles.

Quand le pont se fut refermé, j'ai traversé et suis allé de l'autre côté m'accouder au parapet, au-dessus des hangars à bateaux. Le ponton était vide et les portes étaient closes. L'équipe des rameurs ne s'entraînait plus qu'à la fin de l'après-midi après quelques heures de repos. L'ombre du pont, les barreaux du parapet, mon ombre aplatie sur l'eau, que j'avais si aisément trompée qu'elle ne voulait plus me quitter. Elle mesurait bien cinquante pieds. Si seulement j'avais quelque chose pour l'enfoncer dans l'eau, pour l'y maintenir jusqu'à ce qu'elle fût noyée, l'ombre du paquet comme deux souliers enveloppés, allongés sur l'eau. Les nègres disent que l'ombre d'un noyé reste toujours sur l'eau à le guetter. Elle scintillait, luisait, semblait respirer, le ponton aussi, lentement soulevé comme une respiration, et des débris à demi submergés, retournant à la mer, aux cavernes, aux grottes marines. Le déplacement de l'eau est égal au quelque chose de quelque chose. Reducto absurdum de toute expérience humaine et deux fers à repasser de six livres pèsent plus qu'un carreau de tailleur. Quel crime de gaspiller ainsi, dirait Dilsey. Quand grand'maman est morte, Benjy l'a su. Il s'est mis à pleurer. *Il l'a senti. Il l'a senti.*

Le remorqueur revint. L'eau se fendait en longs rouleaux, berçant enfin le ponton sous l'écho du passage, le ponton qui roulait sur la vague avec un clapotis, et un long grincement quand la porte à glissière s'ouvrit pour laisser apparaître deux hommes portant un skiff. Ils le mirent à l'eau et, un instant après, Bland sortit avec les avirons. Il portait un pantalon de flanelle, un veston gris et un canotier. Lui ou sa mère avaient lu quelque part que les étudiants d'Oxford ramaient en pantalon de flanelle et canotier, aussi, au début de mars, avait-on acheté un skiff à Gerald qui se lança sur la rivière avec son pantalon de flanelle et son canotier. Les employés du hangar avaient menacé d'appeler un agent, mais il n'en était pas moins parti. Sa mère arriva dans une auto de louage, vêtue d'un manteau de fourrure du type explorateur au Pôle Nord. Elle le vit partir sous une brise qui soufflait à vingt-cinq milles à l'heure et parmi des glaçons qui se suivaient à la dérive comme des moutons sales. C'est à partir de ce jour-là que j'ai compris que Dieu est non seulement un gentleman de bonne composition mais qu'il est également originaire du Kentucky. Quand le bateau se fut éloigné, elle fit un détour, puis regagna le bord de la rivière où, parallèlement à son fils, elle roula en première vitesse. D'après ce qu'on raconte, personne n'aurait pu se douter qu'ils se connaissaient, comme un Roi et une Reine, sans même se regarder, côte à côte à travers le Massachusetts, ils allaient, suivant des routes parallèles, ainsi que deux planètes.

Il monta dans le bateau et s'éloigna. Il ramait assez bien maintenant. Ce qui n'avait rien de surprenant. On prétendait que sa mère avait essayé de le faire renoncer à l'aviron pour entreprendre quelque chose que les autres garçons de sa promotion ne pouvaient ou ne voulaient pas faire. Mais, pour une fois, il s'entêta. Si l'on peut appeler cela s'entêter, assis comme un prince qui s'ennuie, avec ses cheveux blonds, bouclés, et ses yeux violets, et ses cils, et ses vêtements new-yorkais, pendant que sa maman nous parlait des chevaux de Gerald et des nègres de Gerald et des femmes de Gerald. Les maris et les pères avaient dû être bien heureux le jour où elle avait emmené Gerald à Cambridge. Elle avait un appartement en ville, et Gerald en avait un aussi, en plus de sa chambre à l'Université. Elle ne voyait pas d'inconvénient à ce que Gerald me fréquentât parce que moi, au moins, je faisais preuve d'une espèce de sens de noblesse oblige, étant né au sud de Mason, Dixon et autres villes dont la géographie remplissait les conditions (minima). Pardonnait tout au moins. Ou fermait les yeux. Mais depuis qu'elle avait vu Spoade sortir de la chapelle une Il avait dit qu'elle ne pouvait pas être respectable car une femme respectable ne serait pas dans les rues à cette heure de la nuit elle n'avait jamais pu lui pardonner d'avoir cinq noms, y compris celui d'une maison ducale anglaise non encore éteinte. Je suis sûr qu'elle se soulageait en se persuadant que quelque pauvre Maingault ou Mortemar dégénéré s'était acoquiné avec la fille du concierge. Ce qui était fort probable, qu'elle l'eût inventé ou non. Spoade était le champion du monde des flemmards, match où toute prise était légale et toute fraude laissée à discrétion.

Le skiff n'était plus qu'un point, les avirons captaient le soleil en éclairs espacés comme si la coque clignait de l'œil en route. *As-tu jamais eu une sœur ? Non, mais ce sont toutes des putains. As-tu jamais eu une sœur ? Une minute elle resta. Putains. Pas putain une minute elle resta debout sur le pas de la porte* Dalton Ames. Dalton Ames. Dalton Shirts[1]. J'avais toujours cru qu'elles étaient kaki, kaki comme les chemises militaires, jusqu'au moment où j'ai vu qu'elles étaient

1. *Chemises Dalton*. Marque très en vogue dans le Sud à cette époque. (N. T.)

en belle soie de Chine ou en flanelle très fine et rendaient par suite son visage si brun et ses yeux si bleus. Dalton Ames. Il s'en fallait d'un rien que ce nom fût aristocratique. Accessoire de théâtre seulement. Papier mâché, puis touchez-le. Oh. Amiante. Pas tout à fait en bronze. *Mais vous ne le verrez pas dans la maison.*

Caddy est femme aussi. Il ne faut pas l'oublier. Elle doit donc faire aussi certaines choses pour des raisons de femme.

Pourquoi ne nous l'amènes-tu pas un jour, Caddy ? Pourquoi te conduis-tu comme les négresses dans les prés les fossés les bois sombres ardentes cachées furieuses dans les bois sombres.

Et j'entendis ma montre pendant quelque temps, et je pouvais sentir les lettres qui se froissaient dans ma poche de veston, contre le parapet, regardant mon ombre et le beau tour que je lui avais joué. Je me suis mis à marcher le long du parapet, mais mon costume était sombre aussi et j'ai pu m'essuyer les mains tout en surveillant mon ombre et le beau tour que je lui avais joué. Je la ramenai dans l'ombre du quai. Puis je me dirigeai vers l'est.

Harvard mon fils étudiant à Harvard Harvard harvard Ce gosse au visage boutonneux qu'elle avait rencontré le jour des courses à pied avec des rubans de couleur. Traînassant le long de la barrière et essayant de la faire venir en la sifflant comme un petit chien. Parce qu'on n'avait pas pu à force de cajoleries le décider à entrer dans la salle à manger maman croyait qu'il lui jetterait une espèce de sort quand ils se trouveraient seuls en tête à tête. Pourtant n'importe quelle fripouille *Il était étendu près de la caisse sous la fenêtre hurlant* capable de s'amener en limousine, une fleur à la boutonnière. *Harvard. Quentin, je te présente Herbert. Mon fils étudiant à Harvard. Herbert sera un grand frère, il a déjà promis à Jason de le faire entrer dans sa banque.* Cordial. Celluloïd genre commis voyageur. Visage plein de dents blanches mais qui ne sourit pas. *J'ai entendu parler de lui là-bas.* Tout en dents, mais pas de sourire. *C'est toi qui vas conduire ?*

Monte donc Quentin

Tu vas conduire.

Cette voiture est à elle. Tu n'es pas fier que ta petite sœur ait la première auto de la ville cadeau de Herbert. Louis lui a donné des leçons tous les matins tu n'as donc pas reçu la lettre Mr et Mrs Jason Richmond Compson ont le plaisir de vous faire part du mariage de leur fille Candace avec Mr Sydney Herbert Head, le vint-cinq avril 1910, à Jefferson, Mississippi. Chez eux à partir du premier août, numéro tant, Avenue quelque chose, South Bend Indiana. Shreve dit : quand vas-tu te décider à l'ouvrir ? *Trois jours. Trois fois Mr et Mrs Jason Richmond Compson* Le jeune Lochinvar a quitté l'Ouest[1] un peu trop tôt, pas vrai ?

Je suis du Sud. Vous êtes drôle.

Oh oui je savais que c'était quelque part à la campagne.

Vous êtes drôle. Vous devriez vous engager dans un cirque.

Je l'ai fait. C'est comme ça que je me suis abîmé la vue en donnant à boire aux puces des éléphants. *Trois fois* Ces filles de la campagne. On ne sait jamais à quoi s'attendre avec elles, pas vrai ; Enfin, Byron n'a jamais eu ce qu'il désirait[2], Dieu merci. *Mais il ne faut pas frapper un homme à lunettes* Quand vas-tu te décider à l'ouvrir ? *Elle était sur la table une bougie brûlait aux quatre coins sur l'enveloppe attachées par une jarretière*

1. Allusion au poème de Walter Scott intitulé « Lochinvar ». (N. T.)
2. Voir Byron, *Don Juan*, chant VI, 27, où le héros souhaite « que toutes les femmes n'aient qu'une seule bouche rose ». (N. T.)

rose sale deux fleurs artificielles. Pas frapper un homme à lunettes.

Ces gens de la campagne les pauvres ils n'ont pas encore vu d'auto il y en a beaucoup qui cornent Candace pour qu'ils *Elle évitait de me regarder* se garent *évitait de me regarder* ton père serait furieux si tu écrasais quelqu'un en vérité ton père va être obligé d'acheter une auto maintenant je regrette presque que vous l'ayez amenée ici Herbert j'y ai pris tant de plaisir évidemment il y a bien la voiture mais si souvent quand j'ai besoin de sortir Mr Compson a donné quelque besogne à faire aux Noirs et ce serait risquer ma vie que de prétendre les interrompre il soutient bien que Roskus est tout le temps à ma disposition mais je sais ce que cela veut dire je sais tout ce que les gens promettent pour mettre leur conscience à l'aise Est-ce ainsi que vous traiterez ma petite fille Herbert mais je sais bien que non Herbert nous a tous horriblement gâtés Quentin est-ce que je t'ai écrit qu'il allait faire entrer Jason dans sa banque quand Jason sera sorti du lycée Jason fera un excellent banquier c'est le seul de mes enfants qui ait un peu de sens pratique vous pouvez m'en remercier il tient de mon côté, les autres sont tous des Compson *Jason fournissait la farine pour coller des cerfs-volants qu'ils fabriquaient sous la véranda derrière la maison et qu'ils vendaient cinq cents pièce, lui et le fils Patterson. Jason était le trésorier.*

Il n'y avait pas de nègres dans ce tramway, et les canotiers neufs encore passaient toujours derrière les vitres. Aller à Harvard. Nous avons vendu le pré de Benjy *Il était étendu par terre sous la fenêtre, hurlant. Nous avons vendu le pré de Benjy pour que Quentin puisse aller à Harvard* un frère pour toi. Un petit frère.

Vous devriez acheter une auto ça vous a fait le plus grand bien vous ne trouvez pas Quentin je l'appelle déjà Quentin vous voyez Candace m'a si souvent parlé de lui.

Mais voyons c'est tout naturel je veux que tous mes enfants soient bons amis oui Candace et Quentin plus qu'amis *Père j'ai commis* quel dommage que vous n'ayez ni frère ni sœur *Pas de sœur pas de sœur n'avait pas de sœur* Ne demandez pas cela à Quentin Mr Compson et lui se sentent toujours un peu insultés quand je suis assez forte pour descendre à la salle à manger je vis sur mes nerfs en ce moment je paierai cela plus tard quand vous m'aurez enlevé ma petite fille *Ma petite sœur n'avait pas. Si je pouvais dire Mère. Mère*

A moins que je ne fasse ce que j'ai bonne envie de faire vous enlever à sa place je ne crois pas que Mr Compson pourrait rattraper l'auto.

Oh Herbert Candace tu l'entends *Elle évitait de me regarder l'angle doux et volontaire de sa mâchoire évitait de se retourner* Mais ne sois pas jalouse il s'amuse simplement à flatter une vieille femme une grande fille mariée c'est à n'y pas croire.

Comment mais vous avez l'air d'une jeune fille vous avez l'air beaucoup plus jeune que Candace un teint de jeune fille *Visage en larmes plein de reproches odeur de camphre et de larmes voix en pleurs sans cesse et doucement derrière la porte crépusculaire dans le parfum de chèvrefeuille teinté de crépuscule. Descente de malles vides par l'escalier du grenier elles sonnaient comme des cercueils. French Lick[1]. Pas trouvé la mort dans les salines*

1. Mot à mot : *Saline française. French Lick* est une station thermale (eaux sulfureuses) dans l'Indiana.

La phrase suivante s'explique par le fait que les animaux sont tués en abondance par les chasseurs aux abords des salines dont ils aiment lécher le sel. Dans le cas présent, c'est un mar que Candace va chercher à *French Lick*. (N. T.)

Chapeaux encore neufs et pas de chapeaux. Trois ans sans chapeau. Je ne pouvais pas. J'étais. Y aura-t-il des chapeaux alors puisque je n'étais pas et pas question de Harvard alors. Où le meilleur de la pensée disait mon père s'agrippe comme du lierre mort à de vieilles briques mortes. Pas question de Harvard alors. Pas pour moi du moins. Encore. Plus triste qu'était. Encore. Plus triste que tout. Encore.

Spoade portait une chemise; donc ce doit être. Quand je pourrai revoir mon ombre si je ne fais pas attention à laquelle j'ai joué ce tour dans l'eau marcher de nouveau sur mon ombre impénétrable. Mais pas de sœur. Je ne l'aurais pas fait. *Je ne veux pas qu'on espionne ma fille* Je ne l'aurais pas fait.

Comment pourrais-je les faire obéir alors que vous n'avez cessé de leur prêcher de ne pas faire le moindre cas ni de moi ni de mes désirs je sais que vous méprisez ma famille mais est-ce une raison pour prêcher à mes enfants pour qui j'ai tant souffert de n'avoir aucun respect Piétinant les os de mon ombre sous la dureté de mes talons pour les faire entrer dans le ciment, et j'entendais la montre, et j'ai touché les lettres dans la poche de mon veston.

Je ne veux pas qu'on espionne ma fille ni vous ni Quentin ni personne quoi que vous croyiez qu'elle ait fait

Du moins vous admettez qu'il y avait une raison pour cette surveillance

Je n'aurais pas je n'aurais pas. *Je sais que tu ne l'aurais pas fait je regrette d'avoir parlé si durement mais les femmes n'ont aucun respect les unes pour les autres, pour elles-mêmes non plus.*

Mais comment a-t-elle pu Le carillon s'est mis à sonner comme je marchais sur mon ombre, c'était le quart. Deacon n'apparaissait pas *penser que j'aurais voulu que j'aurais pu*

Ce n'est pas ce qu'elle voulait dire c'est ainsi qu'agissent les femmes c'est parce qu'elle aime Caddy

Les réverbères descendraient la côte puis remonteraient vers la ville J'ai marché sur le ventre de mon ombre. Je pouvais étendre la main plus loin qu'elle, *sentant mon père derrière moi par-delà l'obscurité âpre de la nuit d'été d'août les réverbères* Père et moi nous protégeons les femmes contre leurs semblables contre elles-mêmes nos femmes *c'est ainsi que sont les femmes elles n'apprennent pas à nous connaître pour la simple raison qu'elles sont nées avec un pouvoir pratique de soupçonner si fertile qu'à tout instant il en croît une véritable récolte de soupçons fondés du reste pour la plupart elles ont l'instinct du mal le talent de suppléer au mal ce qui lui manque de s'en enrouler instinctivement comme on s'enroule la nuit dans ses couvertures fertilisant leur esprit à cet effet jusqu'à ce que le mal ait atteint son but qu'il existe ou non* Il arrivait flanqué de deux étudiants de première année. Il ne s'était pas encore remis de son défilé car il me fit le salut militaire dans un style très officier supérieur.

— J'ai à te parler une minute, dis-je en m'arrêtant.

— A moi ? Très bien. A tout à l'heure, mes amis », dit-il en s'arrêtant et se retournant, « enchanté de notre petite conversation ». C'était bien le Deacon tout craché. Parlez-moi des gens qui sont nés psychologues. On m'a assuré que, depuis quarante ans, il n'avait pas manqué un seul train à la rentrée des classes et que, d'un simple coup d'œil, il reconnaissait un Sudiste. Il ne se trompait jamais et, dès qu'il vous avait entendu parler, il pouvait vous dire de quel État vous veniez. Il portait un véritable uniforme pour aller attendre les trains, un costume style Case de l'Oncle Tom avec les pièces et tout le reste.

— Oui, m'sieu. Pa' ici mon jeune maître. Voilà », prenant vos bagages. « Eh, petit, viens prend' ces valises. » Là-dessus une montagne mouvante de bagages s'approchait révélant un jeune Blanc d'environ quinze ans, et le Deacon ajoutait une autre valise à la pyramide et le renvoyait. « Attention à pas en laisser tomber. Maintenant, mon jeune maître, vous n'avez plus qu'à donner le numéro de vot' chambre au vieux nègre et vous trouverez tout là-bas quand vous arriverez. »

A partir de ce moment, et jusqu'à ce qu'il vous eût complètement subjugué, il passait son temps à entrer dans votre chambre et à en sortir, ubiquiste et loquace. Cependant, ses manières perdaient un peu de leur sudisme à mesure que sa garde-robe s'améliorait, puis, quand il vous avait bien saigné et que vous commenciez à vous méfier, il vous appelait par votre prénom, Quentin, par exemple, et, la prochaine fois que vous le rencontriez, il portait un vieux complet de chez Brooks et un chapeau orné d'un ruban de quelque club de Princeton que quelqu'un lui avait donné et qu'il croyait fermement, et avec joie, provenir de l'écharpe de commandement d'Abraham Lincoln. Quand, il y a bien des années, il apparut à l'Université, on avait fait courir le bruit qu'il avait fait ses études au séminaire. Et, quand il eut compris ce que cela voulait dire, il en fut si impressionné qu'il se mit lui-même à raconter son histoire, si bien qu'à la fin il finit par croire que c'était arrivé. Toujours est-il qu'il racontait de longues anecdotes dénuées de sens sur ses années d'étude, parlant familièrement de professeurs morts ou partis qu'il nommait par leurs prénoms, prénoms faux en général. Mais il avait été le mentor et l'ami d'innombrables générations d'étudiants de première année, innocents et solitaires, et j'imagine que, malgré ses mesquines chicaneries et son hypocrisie, il ne puait pas plus qu'un autre aux narines du Seigneur.

— Voilà trois ou quatre jours que je ne vous vois

plus, dit-il en me toisant à travers cette auréole militaire qu'il n'avait pas encore abandonnée. Avez-vous été malade ?

— Non, pas du tout. Travail sans doute. Mais moi je t'ai vu.

— Ah oui ?

— Dans le défilé, l'autre jour.

— Oh, ça ! Oui, j'y étais. Ce n'est pas que j'aime beaucoup toutes ces choses-là, vous savez. Mais les copains aiment toujours que je sois avec eux, les vétérans. Vous savez ce que c'est, les dames aiment bien que tous les vétérans soient présents. Alors, il faut être obligeant.

— Et le jour de cette fête des Ritals aussi, dis-je. C'était pour obliger la W.C.T.U. [1] sans doute ?

— Oh, cette fois-là, c'était pout mon gendre. Il voudrait un emploi dans les services publics. Balayeur des rues. Comme je lui dis, tout ce qu'il veut c'est un balai pour dormir dessus. Alors, comme ça, vous m'avez vu ?

— Les deux fois, oui.

— Je veux dire, en uniforme. Comment ça me va-t-il ?

— Tu étais magnifique. Tu étais le plus beau de tous. On devrait te nommer général, Deacon.

Il me toucha légèrement le bras, sa main usée et douce comme sont les mains des Noirs. — Écoutez, mais ce n'est pas à répéter. A vous, je peux bien le dire, parce que, après tout, nous sommes presque des gens de la même espèce. » Il se pencha un peu vers moi, parlant rapidement, sans me regarder. « Y a des choses en train, en ce moment. Attendez l'an prochain. Attendez. Et vous verrez alors quelle place j'occuperai dans

1. Woman's Christian Temperance Union (ligue antialcoolique). (N. T.)

le défilé. Pas besoin de vous dire ce que j'ai en train. Mais je vous le dis, attendez un peu et vous verrez, jeune homme. » Il me regarda, s'appuya légèrement sur mon épaule, et se balança sur les talons en me faisant des signes de tête. « Parfaitement, c'est pas pour rien que je suis devenu démocrate, il y a trois ans. Mon gendre dans les services et moi... Parfaitement. Si seulement de devenir démocrate ça pouvait le faire travailler, l'enfant de garce... Et moi : dans un an d'avant-hier, attendez un peu au coin de cette rue et vous verrez.

— Je l'espère. Tu le mérites bien, Deacon. Et tiens, pendant que j'y pense... » J'ai sorti la lettre de ma poche. « Demain, porte ça dans ma chambre et donne-la à Shreve. Il aura quelque chose pour toi. Pas avant demain, tu as compris ? »

Il prit la lettre et l'examina. — Elle est cachetée.

— Oui. Et il y a quelque chose d'écrit à l'intérieur. Pas bonne avant demain.

— Hum », dit-il. Il regardait l'enveloppe en faisant la moue. « Quelque chose pour moi, vous dites ? »

— Oui, un cadeau que je te fais.

Maintenant, il me regardait, l'enveloppe blanche dans sa main noire, au soleil. Ses yeux étaient doux, bruns et sans iris, et soudain, derrière tout son bric-à-brac d'homme blanc : uniformes, politique, affectations style Harvard, il me sembla apercevoir Roskus, les yeux fixés sur moi, méfiant, secret, inarticulé et triste.

— C'est pas un tour que vous voulez jouer à un pauvre vieux nègre, des fois ?

— Tu sais bien que non. Est-ce qu'un Sudiste t'a jamais joué un tour ?

— Vous avez raison. C'est des gens bien honnêtes. Mais on ne peut pas vivre avec eux.

— As-tu jamais essayé ? » dis-je. Mais Roskus avait

disparu. Il avait repris ce genre qu'il avait adopté depuis longtemps aux yeux du monde, pompeux, faux, pas exactement grossier.

— Je ferai ce que vous voudrez, jeune homme.

— Pas avant demain, rappelle-toi.

— Parfait, dit-il. J'ai compris, jeune homme. Eh bien...

— J'espère... » dis-je. Il me regardait, condescendant et profond. Brusquement, je lui tendis la main, et il la serra gravement, du haut de son rêve pompeux de gloire municipale et militaire. « Tu es un brave homme, Deacon. J'espère... Tu as aidé bien des jeunes dans ta vie. »

— J'ai toujours essayé de bien traiter tout le monde, dit-il. Je ne fais pas de ces mesquines distinctions sociales. Pour moi, un homme est un homme, peu importe où je le trouve.

— Je te souhaite de trouver toujours autant d'amis que tu t'en es fait.

— Les jeunes, je m'entends bien avec eux. Ils ne m'oublient pas non plus », dit-il en agitant l'enveloppe. Il la mit dans sa poche et boutonna son pardessus. « Oui, pour sûr, j'ai eu de bons amis. »

Le carillon se remit à sonner. La demie. Debout sur le ventre de mon ombre, j'écoutais les coups espacés qui glissaient tranquillement sur les rayons du soleil à travers les petites feuilles menues et immobiles. Espacés, paisibles, sereins, avec cette qualité automnale qu'ont toujours les cloches, même dans le mois des mariées. *Couché par terre sous la fenêtre hurlant Il ne lui jeta qu'un coup d'œil et comprit. De la bouche des petits enfants. Les réverbères* Le carillon se tut. Je revins vers la poste en enfonçant mon ombre dans le pavé *descendent la côte puis remontent vers la ville comme des lanternes pendues à un mur les unes au-dessus des autres.* Papa a dit que si elle aime Caddy

127

c'est parce qu'elle aime les gens pour leurs défauts. L'oncle Maury, les jambes écartées devant le feu, doit lever une main juste le temps de boire le coup de Noël. Jason s'est mis à courir, les mains dans les poches. Il est tombé et est resté par terre, comme un poulet prêt à la broche, jusqu'à ce que Versh l'eût remis sur ses pieds *Pourquoi que vous n' sortez pas vos mains de vos poches quand vous courez vous tiendriez debout au moins* Roulant sa tête dans son berceau la roulant à plat sur la nuque. Caddy a dit à Jason que Versh avait dit que si l'oncle Maury ne travaillait pas c'était parce que, lorsqu'il était petit, il roulait la tête dans son berceau.

Shreve s'approchait, traînant les pieds, dans son embonpoint consciencieux. Ses lunettes, sous la course des feuilles, luisaient comme deux petits étangs.

— J'ai donné un mot à Deacon, pour certaines choses. Je ne serai peut-être pas là cet après-midi, aussi ne lui donne rien avant demain, veux-tu ?

— Entendu. » Il me regarda. « Qu'est-ce que tu as donc l'intention de faire aujourd'hui ? Tiré à quatre épingles et figure de carême, comme le prologue à une satï. As-tu été au cours de psychologie, ce matin ? »

— Je ne fais rien. Pas avant demain.

— Qu'est-ce que tu portes là ?

— Rien. Une paire de souliers que j'ai fait ressemeler. Pas avant demain, tu entends.

— Mais oui. Oh, à propos as-tu pris une lettre ce matin sur la table ?

— Non.

— Elle y est toujours. De Sémiramis. Un chauffeur l'a apportée avant dix heures.

— Bon. Je la prendrai. Je me demande ce qu'elle me veut.

— Un peu de tam-tam probablement. Ta ra ta ta Gerald hourrah. « Le tambour un peu plus fort, Quentin. Bon Dieu, ce que je suis content de n'être pas un gentleman. » Il s'éloigna avec son livre, quelque peu informe, gros et consciencieux. *Les réverbères* Te figures-tu cela parce qu'un de nos ancêtres était gouverneur et trois étaient généraux et que ceux de maman ne l'étaient pas.

un vivant vaut toujours mieux qu'un mort mais un vivant et un mort ne valent jamais mieux qu'un autre vivant ou qu'un autre mort *C'est ainsi pourtant dans l'esprit de maman. Fini, Fini, Et nous fûmes tous empoisonnés* tu confonds péché, et moralité les femmes ne font pas ça ta mère pense à la moralité la question de savoir si c'est un péché ou non ne lui est pas venue à l'idée.

Jason il faut que je m'en aille vous garderez les autres moi j'emmènerai Jason et nous nous en irons là où personne ne nous connaîtra comme ça il pourra grandir et oublier tout cela les autres ne m'aiment pas ils n'ont jamais rien aimé avec cet égoïsme et cette fausse vanité propres aux Compson Jason était le seul vers qui mon cœur allait sans crainte

Vous ne savez pas ce que vous dites Jason est très bien je pensais que dès que vous vous sentiriez mieux Caddy et vous pourriez aller à French Lick.

et laisser Jason ici avec vous les Noirs pour toute compagnie

Elle oubliera ce garçon et les potins cesseront *pas trouvé la mort dans les salines*

je pourrai peut-être lui trouver un mari là-bas *pas la mort dans les salines*

Le tram s'approcha, s'arrêta. Le carillon sonnait toujours la demie. J'y montai et il repartit effaçant la demie. Non : moins le quart. Ça ne fera jamais que dix minutes, du reste. Quitter Harvard *le rêve de ta mère vendu le pré de Benjy pour*

qu'ai-je fait pour mériter des enfants pareils Benjamin était un châtiment suffisant et elle maintenant sans la moindre considération pour moi sa propre mère j'ai souffert pour elle rêvé fait des plans des sacrifices je suis descendue dans la vallée [1] et malgré cela jamais depuis le jour où elle ouvrit les yeux elle n'a pensé à moi autrement que par égoïsme parfois je la regarde et me demande si elle est bien vraiment ma fille sauf Jason lui ne m'a jamais causé une minute de chagrin depuis que je l'ai tenu dans mes bras je savais alors qu'il serait ma joie et mon salut je pensais que Benjamin était un châtiment suffisant pour les péchés que j'ai pu commettre je croyais que c'était un châtiment pour avoir mis de côté mon orgueil et épousé un homme qui se croyait supérieur à moi je ne me plains pas je l'aimais plus que tout au monde à cause de cela par devoir bien que Jason me tînt au cœur cependant mais je vois maintenant que je n'ai pas assez souffert je vois maintenant qu'il me faut payer pour vos péchés aussi bien que pour les miens qu'avez-vous donc commis quels péchés votre riche et puissante famille a-t-elle donc déversés sur ma tête mais vous les soutiendrez toujours vous avez toujours trouvé des excuses pour ceux de votre sang il n'y a que Jason qui puisse mal faire parce qu'il est plus Bascomb que Compson tandis que votre propre fille ma petite fille ma petite enfant elle ne vaut elle ne vaut pas ça quand j'étais jeune j'étais malheureuse je n'étais qu'une Bascomb on me disait qu'il n'y a pas de milieu qu'une femme est une lady ou ne l'est pas mais je n'aurais jamais pu penser quand je la tenais dans mes bras qu'une de mes filles pourrait jamais se laisser aller à vous ne savez donc pas que je n'ai qu'à la regarder dans les yeux pour savoir vous vous figurez peut-être qu'elle vous l'aurait dit mais elle ne dit que ce qu'elle veut

---

1. Voir *Psaume* XXIII : « Même si je marche dans un val ténébreux, je ne crains aucun mal, car tu es avec moi. » (N. T.)

bien dire elle est renfermée vous ne la connaissez pas je sais certaines choses qu'elle a faites et je préférerais mourir plutôt que de vous les raconter c'est ça continuez critiquez Jason accusez-moi de lui faire épier sa sœur comme si c'était un crime tandis que votre propre fille elle peut je sais que vous ne l'aimez pas que vous cherchez toujours à le trouver en faute vous ne l'avez jamais aimé oui oui tournez-le en ridicule comme vous le faites toujours Maury vous ne pourrez jamais me blesser plus que vos enfants ne l'ont déjà fait et un jour, je ne serai plus là et Jason n'aura plus personne pour l'aimer le protéger chaque jour je le regarde craignant de voir enfin le sang des Compson apparaître en lui avec une sœur qui s'échappe pour aller retrouver Dieu sait qui l'avez-vous jamais vu cet homme ne me laisserez-vous jamais essayer de savoir qui c'est ce n'est pas pour moi je ne pourrais pas supporter sa vue c'est dans votre intérêt pour vous protéger mais qui peut lutter contre un sang vicié vous ne voulez pas que j'essaie nous restons là assis les mains croisées pendant que non seulement elle traîne votre nom dans la boue mais corrompt l'air que vos enfants respirent Jason laissez-moi partir et vous garderez les autres ils ne sont pas ma chair et mon sang comme lui des étrangers rien de moi et j'ai peur d'eux je peux emmener Jason et aller là où personne ne nous connaîtra je me mettrai à genoux et demanderai l'absolution de mes péchés afin qu'il échappe à cette malédiction afin que j'essaie d'oublier qu'il fut un temps où les autres étaient

Si c'était moins le quart, pas plus de dix minutes maintenant. Un tram venait de partir et déjà quelques personnes attendaient le suivant. Je me suis informé, mais il ne savait pas s'il en viendrait un avant midi parce que les services de banlieue, vous savez. Le suivant était encore un trolley. J'y montai. On pouvait sentir midi. Je me demande si les mineurs, dans les entrailles de la terre. De là les sifflets : parce que les gens qui suent et si on est juste assez loin de la sueur on n'entend pas les sifflets et en huit minutes on devrait être à cette distance-là de la sueur à Boston. Mon père dit qu'un homme est la somme de ses propres malheurs. On pourrait penser que le malheur finirait un jour par se lasser, mais alors, c'est le temps qui devient votre malheur, dit papa. Une mouette suspendue dans l'espace à un fil invisible planait. On emporte le symbole de sa frustration dans l'éternité. Alors les ailes sont plus grandes, dit papa, mais qui sait jouer de la harpe ?

Chaque fois que le tram s'arrêtait je pouvais entendre ma montre, mais pas souvent ils mangeaient déjà *qui voudrait jouer de la* manger le fait de manger à l'intérieur de vous-même l'espace aussi l'espace et le temps confondus. Estomac qui dit midi cerveau qui dit heure de manger Très bien Je me demande quelle heure il est qu'importe. Des gens descendaient. Le tram ne s'arrêtait pas souvent maintenant, vidé par l'obligation de manger.

Et puis midi passa. Je descendis et restai debout dans mon ombre, et au bout d'un moment un tram est arrivé, j'y suis monté et je suis revenu à la gare des trams de banlieue. Il y en avait un prêt à partir et j'y ai trouvé une place près de la fenêtre, et il est parti et j'ai regardé la ville s'érailler, pour ainsi dire, en marais salants puis en arbres. De temps en temps je voyais la rivière et je pensais combien ce serait agréable pour eux à New London si le temps et le skiff de Gerald glissant pompeusement dans l'après-midi étincelant et je me demandais ce qui prenait à la vieille de m'envoyer un mot avant dix heures du matin. Quel portrait de Gerald et de moi un des *Dalton Ames oh amiante Quentin a tué* figurants. Quelque chose où il y aurait des jeunes filles. Les femmes ont *voix masculine tou-*

jours dominant le caquetage la voix qui soufflait une affinité pour le mal, pour croire qu'aucune femme n'est digne de foi mais qu'il y a des hommes trop innocents pour se protéger eux-mêmes. Des jeunes filles quelconques. Cousines éloignées et amies de la famille que les simples relations d'amitié ont investi d'une sorte d'obligation consanguine noblesse oblige. Et elle assise là à nous raconter devant tout le monde combien il était dommage que Gerald eût pris toute la beauté de la famille parce qu'un homme n'en a pas besoin est même plus heureux sans ça tandis qu'une femme qui en est dépourvue est perdue tout simplement. Nous parlant des femmes de Gerald d'un *Quentin a tué Herbert il a tué sa voix à travers le plancher de la chambre de Caddy* ton approbateur et satisfait : « Quand il avait dix-sept ans, je lui ai dit un jour : quel dommage que tu aies cette bouche-là. Une bouche comme ça devrait se trouver sur le visage d'une femme. » Et vous ne devineriez jamais *les rideaux appuyée sur le crépuscule au-dessus de l'odeur du pommier la tête contre le crépuscule les bras derrière la tête ouvrant des ailes de kimono la voix qui soufflait sur l'Éden vêtements sur le lit vus par le nez au-dessus du pomm* ce qu'il m'a répondu, à dix-sept ans, on n'a pas idée : « Maman, a-t-il dit, elle s'y trouve souvent. » Et lui assis là dans des poses princières à en regarder deux ou trois à travers ses cils. Elles s'élançaient frôlant ses cils comme un vol d'hirondelles. Shreve a dit qu'il s'était toujours *Tu prendras soin de Benjy et de papa ?*

Mieux vaut ne pas trop parler de Benjy et de papa quand as-tu jamais pensé à eux Caddy

Promets

Tu n'as pas lieu de t'inquiéter d'eux tu pars en parfaite condition

Promets je suis malade il faut que tu promettes demandé qui avait inventé cette plaisanterie, mais il avait toujours considéré Mrs Bland comme une personne remarquablement bien conservée ; il disait qu'elle bichonnait son Gerald pour qu'il pût un jour séduire une duchesse. Elle appelait Shreve ce gros jeune homme canadien. Par deux fois, sans me consulter, elle me trouva un nouveau camarade de chambre ; une fois c'était moi qui devais changer de chambre, l'autre fois

Il ouvrit la porte dans le crépuscule. Son visage ressemblait à une tarte à la citrouille.

— Voilà, je viens te dire un adieu touchant. La cruelle fatalité nous sépare, mais je n'aimerai jamais personne d'autre. Jamais.

— Qu'est-ce que tu chantes ?

— Je parle de cette cruelle fatalité qui va couverte de huit mètres de soie abricot et de plus de métal, à égalité de poids, qu'un condamné aux galères, et seule et unique propriétaire de l'insurpassable péripatéticien de feu la Confédération. » Il me raconta alors qu'elle était allée trouver le surveillant pour le faire déplacer et que le surveillant avait été assez têtu pour prétendre qu'il fallait d'abord consulter Shreve. Elle avait alors suggéré d'aller chercher Shreve immédiatement pour ladite consultation et il avait refusé, après quoi elle avait été tout juste polie envers Shreve. « J'ai pour principe de ne jamais dire du mal des femmes, dit Shreve, mais celle-là a plus de la garce qu'aucune des ladies de ces États et Dominions. » Et maintenant Lettre sur ma table manuscrite, commander orchidées de couleur parfumées Si elle savait que je suis passé presque sous la fenêtre sachant que la lettre était là sans Chère Madame je n'ai pas encore eu l'occasion de prendre connaissance de votre message mais je vous prie de m'excuser d'avance pour aujourd'hui hier ou demain ou n'importe quel jour Comme je me rappelle que votre prochaine histoire sera comment Gerald a jeté son nègre du haut en bas des escaliers et comment le nègre supplia d'être autorisé à s'inscrire à l'école de théologie afin de rester auprès de son maître son cher petit maître Gerald et comment le jour de son départ il avait couru jusqu'à la gare à côté de la voiture des larmes plein les yeux j'attendrai le jour où vous nous raconterez l'histoire du mari scieur de long qui s'est présenté à la cuisine avec son fusil sur quoi Gerald est descendu et d'un coup de dent a coupé le fusil en deux le lui a rendu s'est essuyé les mains à son mouchoir de soie et a jeté le mouchoir dans le fourneau celle-là je ne l'ai entendue que deux fois

l'a tué à travers le Je vous ai vu entrer alors j'ai pensé que l'occasion était bonne et me voilà j'ai pensé que nous pourrions faire connaissance un cigare

Merci je ne fume pas

Non les choses ont dû bien changer là-bas depuis mon temps ça vous dérangera si j'en allume un

Je vous en prie

Merci j'ai beaucoup entendu parler votre mère ne se formalisera pas j'espère si je jette mon allumette derrière le garde-feu beaucoup entendu parler de vous Candace ne cessait de parler de vous à Lick J'en étais sérieusement jaloux je me disais qui ça peut-il bien être ce Quentin il faut que je voie la tête qu'il a cet animal-là parce que j'étais bel et bien pincé vous savez dès le premier jour où je l'ai aperçue cette petite je n'ai aucune raison de vous le cacher il ne m'était pas venu à l'idée que ça pouvait être son frère dont elle parlait comme ça elle n'aurait pas parlé de vous davantage si vous aviez été le seul homme au monde si vous aviez été son mari vous ne voulez pas changer d'avis et accepter un cigare

Je ne fume pas

En ce cas je n'insiste pas bien que ce soit un petit foin assez appréciable qui me coûte vingt-cinq dollars le

cent prix de gros chez un ami de La Havane oui il doit
y avoir bien des changements là-bas je projette toujours
d'y aller faire un tour mais je ne trouve jamais le temps
très occupé depuis dix ans impossible de quitter la
banque pendant les années qu'on passe à l'Université
les habitudes changent bien des choses qui semblent
importantes à un étudiant vous savez dites-moi comment ça marche là-bas.

Je ne dirai rien à mes parents si c'est ça qui vous
préoccupe.

Vous ne direz rien vous ne direz rien oh je vois c'est
donc ça que vous avez dans l'esprit vous pensez bien
que je me fous complètement que vous leur en parliez
ou non une chose comme ça c'est très embêtant mais ce
n'est pas un crime je n'étais ni le premier ni le dernier
c'est sur moi que la guigne est tombée voilà tout vous
auriez peut-être eu plus de chance.

Vous mentez

Ne vous emballez pas je n'ai nullement l'intention de
vous faire dire des choses que vous préférez ne pas dire
nullement l'intention de vous offenser à votre âge un
jeune homme considère ces choses-là comme bien plus
sérieuses que vous ne le ferez dans cinq ans d'ici

Je ne connais qu'une façon de juger un homme qui
triche et je ne crois pas que quatre ans à Harvard me
fassent changer d'avis

Deux acteurs ne joueraient pas mieux que nous vous
avez dû suivre des cours de théâtre enfin vous avez
raison inutile de leur en parler ce qui est fait est fait
pas de raison pour que nous laissions une petite chose
comme ça se mettre entre nous je vous aime bien
Quentin j'aime votre allure vous êtes différent de tous
ces autres rustauds je suis content que les choses
s'arrangent comme ça j'ai promis à votre mère de faire
quelque chose pour Jason mais j'aimerais vous aider
aussi Jason serait tout aussi bien ici mais pour un

jeune homme comme vous il n'y a pas d'avenir dans un trou pareil

Merci autant vous intéresser à Jason il fera mieux votre affaire que moi

Je regrette beaucoup cette histoire mais je n'étais qu'un gamin à l'époque je n'ai jamais eu une mère comme la vôtre pour m'enseigner certains raffinements ça la ferait souffrir inutilement de savoir ça vous avez raison inutile de à Candace non plus naturellement

J'ai dit à mes parents

Dites donc mon petit regardez-moi un peu combien de temps pensez-vous que vous tiendriez avec moi

Je n'aurai pas à tenir longtemps si vous avez appris à vous battre au collège essayez vous verrez combien de temps je tiendrai

Sacré petit où voulez-vous en venir

Essayez un peu

Bon Dieu mon cigare que dirait votre mère si elle voyait une cloque sur son dessus de cheminée il n'était que temps écoutez Quentin nous sommes sur le point de faire quelque chose que nous regretterions tous les deux je vous aime bien vous m'avez été sympathique dès la minute où je vous ai vu je me disais quel qu'il soit pour que Candace en parle comme ça ce doit être un rudement brave type écoutez voilà dix ans que je roule ma bosse les choses perdent un peu de leur importance vous vous en apercevrez un jour faisons la paix tous les deux en tant qu'élèves de cette vieille Université de Harvard je parie que je ne m'y reconnaîtrais plus aujourd'hui pas de meilleur endroit au monde pour un jeune homme je crois fichtre bien c'est là où j'enverrai mes fils ils auront plus de chance que moi un instant ne partez pas parlons un peu de cette affaire un jeune homme a ces idées-là et je les approuve tout à fait ça lui fait du bien tant qu'il est à l'Université forme le caractère excellent pour les traditions le Collège mais quand il est lâché dans le monde il faut bien qu'il se débrouille de son mieux parce qu'il s'aperçoit que tout le monde fait la même chose et que diable allons serrons-nous la main ce qui est passé est passé dans l'intérêt de votre mère songez à sa santé allons donnez-moi votre main tenez regardez tout frais sorti du couvent pas la moindre petite tache pas même un pli regardez

Allez vous faire foutre avec votre argent

Mais nón mais non voyons je suis de la famille maintenant je sais bien ce que c'est que les jeunes gens ils ont un tas de petites affaires privées pour lesquelles le paternel ne se laisse pas facilement taper je sais j'ai passé par là moi-même et il n'y a pas si longtemps mais maintenant que me voilà sur le point de me marier surtout là-bas ne faites pas le sot écoutez puisque nous pouvons parler sérieusement je connais une petite veuve en ville

Je connais ça aussi vous pouvez le garder votre sacré argent

Considérez-le comme un prêt et ensuite fermez les yeux une minute et vous serez de cinquante

Ne me touchez pas et je vous conseille d'enlever votre cigare de dessus la cheminée

Parlez et que le diable vous emporte et vous verrez ce que ça vous rapportera si vous n'étiez pas un idiot vous comprendriez que je les ai trop bien sous ma coupe pour qu'un frère un pauvre blanc-bec de Galahad votre mère m'a parlé de vous et de toutes les belles idées qui vous farcissent la tête entrez oh entrez ma chérie Quentin et moi nous faisions connaissance on parlait de Harvard c'est moi que vous vouliez voir on ne peut donc pas s'en séparer de son petit homme

Laissez-nous une minute Herbert je voudrais parler à Quentin

Entrez entrez on va tailler une bonne bavette tous les trois histoire de faire connaissance je disais justement à Quentin

Allons Herbert sortez un instant

C'est bon on veut voir son frérot encore une petite fois hein

Je vous conseille d'enlever votre cigare de dessus la cheminée

Raison comme toujours mon garçon alors je me sauve laissez-les vous faire marcher à leur guise tant qu'ils le peuvent Quentin à partir d'après-demain faudra demander la permission au monsieur pas vrai ma chérie embrassez-moi mon chou

Oh assez gardez ça pour après-demain

J'exigerai les intérêts alors ne laissez rien faire à Quentin qu'il ne puisse achever oh à propos est-ce que j'ai raconté à Quentin l'histoire du perroquet du type et ce qui lui est arrivé une histoire bien triste faites m'y penser et pensez-y vous même au revoir à bientôt les petits amis

Eh bien

Eh bien

Qu'est-ce que tu as encore inventé

Rien

Voilà que tu recommences à mettre ton nez dans mes affaires l'été dernier ne t'a pas suffi

Caddy tu as la fièvre *Tu es malade malade comment Malade tout simplement. Je ne peux pas demander Tué sa voix à travers le*

Pas cette fripouille Caddy

De temps en temps la rivière scintillait par-delà des choses, miroitait de reflets glissants à travers midi et après. Bien après, bien que nous eussions passé à l'endroit où il se trouvait encore ramant à contre-courant, majestueux sous le regard de Dieu des dieux. Mieux. Les Dieux. Dieu, ce serait canaille aussi à

139

Boston dans le Massachusetts. Ou peut-être simplement pas un mari. Les avirons mouillés qui lui font de l'œil, clins d'yeux brillants et paumes féminines. Flatteur. Flatteur sans être un mari il ignorerait Dieu. *Cette fripouille, Caddy* La rivière s'éloignait, scintillante, après une ample courbe.

Je suis malade il faut me promettre
Malade malade comment
Malade tout simplement je ne peux encore demander à personne promets-moi que tu le feras

S'ils ont besoin qu'on s'occupe d'eux c'est à cause de toi malade comment Sous la fenêtre nous avons entendu l'auto partir pour la gare, le train de 8 : 10. Pour ramener des cousines. Têtes [1]. S'augmentant lui-même tête par tête, mais pas de coiffeurs. Des manucures. Une fois nous avions un pur-sang. Dans l'écurie oui, mais une fois échauffé une rosse. *Quentin a tué toutes leurs voix à travers le plancher de la chambre de Caddy*

Le tram s'est arrêté. Je suis descendu au milieu de mon ombre. Une route traversait la voie. Il y avait une marquise en bois, et un vieillard mangeait quelque chose qu'il tirait d'un sac en papier, puis le bruit du tram s'est évanoui aussi. La route s'enfonçait entre les arbres, là où il aurait dû y avoir de l'ombre, mais en juin, dans la Nouvelle-Angleterre, le feuillage n'est guère plus épais qu'en avril chez nous, dans le Mississippi. Je pouvais voir une cheminée. Je lui tournai le dos, piétinant mon ombre dans la poussière. *Parfois la nuit il y avait en moi quelque chose de terrible je pouvais voir cette chose grimacer je pouvais la voir grimacer à travers eux à travers leurs visages c'est fini maintenant et je suis malade*

Caddy

---

1. Jeu de mots sur le nom d'Herbert *Head*, qui signifie *tête*. (N. T.)

Ne me touche pas promets seulement
Si tu es malade tu ne peux pas
Si je peux après tout ira bien ça n'a pas d'importance
ne les laisse pas l'envoyer à Jackson promets
Je te le promets Caddy Caddy
Ne me touche pas ne me touche pas
Comment c'est-il Caddy
Quoi
Cette chose grimaçante cette chose à travers eux

Je pouvais voir encore la cheminée. C'est là que devait être l'eau, en route vers la mer et les grottes paisibles. Paisiblement tout s'écroulerait et quand Il dirait Levez-vous seuls les fers à repasser. Quand Versh et moi nous partions à la chasse pour la journée nous n'emportions rien à manger et, à midi, il m'arrivait d'avoir faim. Je sentais ma faim jusqu'à une heure environ puis, tout à coup, il m'arrivait même d'oublier que je n'avais plus faim. *Les réverbères descendent la côte et puis le bruit du tram descendant la côte. Le bras du fauteuil plat frais sous mon front indiquant la forme de la chaise le pommier incliné sur mes cheveux au-dessus de l'Éden vêtements que voit le nez* Tu as la fièvre je l'ai senti hier on se dirait près d'un brasier

Ne me touche pas

Caddy tu ne peux pas faire cela si tu es malade. Cette fripouille.

Il faut que j'épouse quelqu'un. *Puis ils m'ont dit qu'il faudrait recasser l'os*

Enfin, il ne m'a plus été possible de voir la cheminée. La route passait près d'un mur. Les arbres s'inclinaient par-dessus le mur éclaboussé de lumière. La pierre était fraîche. En marchant près d'elle on en pouvait sentir la fraîcheur. Seulement notre pays était différent de celui-ci. On y sentait quelque chose rien qu'en y marchant : une sorte de fécondité tranquille et intense qui satisfaisait toujours comme un désir d'avoir du

141

pain. Quelque chose qui coulait autour de vous au lieu de s'attarder, de dorloter la moindre misérable petite pierre. Comme une sorte d'expédient temporaire pour qu'assez de vert circule parmi les arbres et même le bleu du lointain pas cette riche chimère *m'ont dit qu'il faudrait recasser l'os et en dedans de moi quelque chose a commencé à dire ah ah ah et je me suis mis à transpirer. Qu'importe je sais ce que c'est une jambe cassée ça ne sera rien j'en serai quitte pour garder la maison un peu plus longtemps voilà tout et les muscles de mes mâchoires qui s'engourdissaient et ma bouche qui disait Attendez Attendez une minute à travers la sueur ah ah ah derrière mes dents et papa ce sacré cheval ce sacré cheval Attendez c'est ma faute chaque matin il longeait la barrière avec un panier il se rendait à la cuisine en traînant son bâton contre la barrière chaque matin et je me traînais à la fenêtre avec ma jambe dans sa gouttière et je le guettais avec un morceau de charbon Dilsey a dit vous allez vous estropier vous n'avez donc pas plus de bon sens que ça quatre jours à peine après vot' cassure. Attendez dans une minute je serai habitué attendez juste une minute je* Même les sons semblaient s'exténuer dans cet air, comme si l'air s'était fatigué d'en avoir transmis si longtemps. La voix d'un chien porte plus loin que le bruit d'un train, dans l'obscurité en tout cas. Et la voix de certaines gens. Des nègres. Louis Hatcher n'employait même jamais sa trompe quand il l'emportait avec sa vieille lanterne. Je lui ai dit :

— Louis depuis quand n'as-tu pas nettoyé cette lanterne ?

— J' l'ai nettoyée y a pas bien longtemps. Vous vous rappelez c't' inondation qui a emporté tant de bonnes gens là-bas[1]? J' l'ai nettoyée ce jour-là. Ma vieille et moi, on était assis devant le feu, cette nuit-là, et elle m'a dit comme ça : « Louis, qu'est-ce que tu feras si c't' inondation vient jusqu'ici ? » et j'ai dit : « C'est ben vrai. M'est avis que je ferais bien de nettoyer c'te lanterne. » Et j' l'ai nettoyée cette nuit-là.

— Cette inondation était tout là-haut, en Pennsylvanie. Elle n'aurait pas pu s'étendre si bas dans le Sud.

— C'est ça que vous dites, dit Louis. L'eau peut monter aussi haut et être aussi mouillée à Jefferson qu'en Pennsylvanie à ce que je pense. Et c'est les gens qui disent que l'eau n' peut pas monter si haut que ça qu'on voit un beau jour flotter sur le toit de leur maison.

— Et tu es sorti cette nuit-là avec Martha ?

— Tout juste. J'ai nettoyé ma lanterne, et elle et moi on a passé le reste de la nuit sur la hauteur, derrière le cimetière. Et si j'en avais connu une plus haute, c'est bien là qu'on aurait été.

— Et tu n'as pas nettoyé ta lanterne depuis ?

— Pourquoi donc que je la nettoierais quand y en a pas de besoin ?

— Tu veux dire jusqu'à la prochaine inondation ?

— Elle nous a tiré de la première.

— Allons donc, Père Louis, dis-je.

— Parfaitement. Vous agissez comme bon vous semble, et moi de même. S'il me suffit de nettoyer ma lanterne pour me tirer des inondations, j' vois point pourquoi j' me querellerais avec personne.

— Le vieux Louis n'attraperait rien avec une lanterne pour y voir, dit Versh.

— Mon gars, j' chassais l'opossum dans ce pays

1. Allusion probable à l'inondation de Johnstown, Pennsylvanie, le 31 mai 1889. (N. T.)

quand on passait au pétrole la tête de ton papa pour y noyer ses poux, dit Louis. Et même que j'en attrapais.

— Ça c'est vrai, dit Versh. M'est avis que le vieux Louis est bien celui qui a attrapé le plus d'opossums dans le pays.

— Pour sûr, dit Louis. J'ai toute la lumière qu'il faut pour que les opossums y voient clair. J'en ai jamais entendu se plaindre. Chut maintenant. Le v'là. Hou! vas-y, mon chien! » Et nous étions là, assis dans les feuilles sèches qui bruissaient sous la lente respiration de notre attente et la lente respiration de la terre et la calme atmosphère d'octobre. L'odeur rance de la lanterne empestait l'air vif, et nous écoutions les chiens et l'écho de la voix de Louis qui s'éteignait. Sa voix, il ne l'élevait jamais, et pourtant, par les nuits calmes, il nous arrivait de l'entendre de notre véranda. Quand il appelait ses chiens, on aurait dit le son de sa trompe qu'il portait toujours en bandoulière et n'employait jamais, mais plus clair, plus velouté, comme si sa voix faisait partie des ténèbres et du silence, en sortait et y rentrait en de longues volutes. Hooooooooou! Hooooooou! Hoooooooooooooooou! *Il faut que j'épouse quelqu'un*

Y en a-t-il eu beaucoup Caddy
Trop je ne sais pas prendras-tu soin de Benjy et de papa
Alors tu ne sais pas de qui il est et lui est-ce qu'il le sait
Ne me touche pas prendras-tu soin de Benjy et de papa
J'ai commencé à sentir l'eau avant même d'arriver au pont. Le pont était fait de pierres grises couvertes de lichen moucheté d'une buée lente là où la mousse grimpait. Au-dessous, l'eau était claire et calme dans l'ombre. Elle chuchotait, jasait contre la pierre en volutes évanescentes de ciel tourbillonnant. *Caddy ce*

Il faut que j'épouse quelqu'un Versh m'a raconté l'histoire d'un homme qui s'était mutilé lui-même. Il était allé dans les bois et l'avait fait avec un rasoir, assis dans le fossé. Un rasoir brisé, et il les avait lancées derrière lui par-dessus son épaule le même mouvement complet, l'écheveau sanglant giclant derrière lui en ligne droite. Mais ce n'est pas cela. Ce n'est pas de n'en pas avoir. C'est de n'en avoir jamais eu je pourrais dire alors Oh Ça C'est du Chinois je ne comprends pas le chinois. Et mon père m'a dit c'est parce que tu es vierge tu comprends. Les femmes ne sont jamais vierges. La pureté est un état négatif et par suite contre nature. C'est la nature qui te fait souffrir et non pas Caddy et j'ai dit Ce ne sont que des mots et il m'a dit la virginité aussi et j'ai dit vous ne savez pas. Vous ne pouvez pas savoir et il a dit Si. Une fois que nous sommes arrivés à nous rendre compte de cela la tragédie perd bien de sa valeur.

Là où tombait l'ombre du pont, je pouvais voir très loin dans l'eau, mais pas tout à fait jusqu'au fond. Quand on laisse une feuille longtemps dans l'eau le tissu disparaît et les fibres délicates ondulent lentement comme le mouvement du sommeil. Elles ne se touchent pas, peu importe à quel point elles étaient emmêlées autrefois, combien près elles se trouvaient du squelette. Et quand Il dira Lève-toi, peut-être, pour contempler Sa Gloire, les yeux remonteront-ils aussi à la surface, du fond de leur sommeil et du calme des profondeurs. Et, au bout d'un moment, les fers à repasser remonteront aussi. Je les ai cachés sous l'extrémité du pont et je suis revenu m'appuyer contre le parapet.

Je ne pouvais pas voir le fond, mais je pouvais voir très loin dans le mouvement de l'eau avant que mon œil ne devînt impuissant, puis j'ai vu une ombre suspendue comme une flèche épaisse au fil du courant. Des éphémères entraient, sortaient de l'ombre du pont, juste au-dessus de la surface. *S'il ne pouvait y avoir qu'un enfer au-delà : la flamme pure et nous deux plus que morts. Alors tu n'aurais plus que moi plus que moi et puis nous deux parmi l'horreur et la réprobation au-delà de la flamme pure* La flèche grossit sans mouvement puis, d'une torsion rapide, la truite happa une mouche sous la surface de l'eau, et sa délicatesse gigantesque semblait celle d'un éléphant qui ramasse une cacahuète. Le tourbillon évanescent disparut au fil du courant, et je revis la flèche qui, le nez dans le courant, se balançait délicatement au rythme de l'eau sur laquelle les éphémères voltigeaient, se posaient. *Et puis toi et moi seulement parmi l'horreur et la réprobation dans le cercle pur de la flamme*

La truite restait suspendue, délicate et immobile parmi les ombres mouvantes. Trois jeunes garçons, avec des cannes à pêche, arrivèrent sur le pont. Penchés au-dessus du parapet nous regardions la truite. Ils connaissaient ce poisson. C'était un personnage célèbre dans le voisinage.

— Voilà vingt-cinq ans qu'on essaie de l'attraper, cette truite. Y a une boutique à Boston qui offre une canne de vingt-cinq dollars à celui qui pourra l'attraper.

— Alors, pourquoi ne l'attrapez-vous pas, tous les trois ? Ça ne vous fait pas envie une canne à pêche de vingt-cinq dollars ?

— Si », dirent-ils. Accoudés au parapet ils regardaient la truite. « Sûr que si », dit l'un d'eux.

— Moi, j' prendrais pas la canne, dit le second, j' prendrais l'argent à la place.

— Ils ne voudraient peut-être pas, dit le premier. Je parie qu'ils te forceraient à prendre la canne.

— Alors, je la vendrais.

— T'en tirerais pas vingt-cinq dollars.

— J' prendrais ce qu'on me donnerait. J' peux prendre tout autant de poisson avec cette canne-ci qu'avec une de vingt-cinq dollars. » Ils parlaient tous à la fois, et leurs voix insistantes, contradictoires, impa-

146

tientes, rendaient l'irréel possible, puis probable, puis indubitable, comme font les gens quand leurs désirs sont devenus des mots.

— J'achèterai un cheval et une charrette, dit le second.

— Penses-tu ! dirent les autres.

— Certainement. J' sais où j' pourrai les trouver pour vingt-cinq dollars. J' connais l'homme.

— Qui c'est-il ?

— C'est mon affaire. J' peux les acheter pour vingt-cinq dollars.

— Oui, dirent les autres. Il n'en sait rien du tout. C'est du boniment.

— Vous croyez ? » dit le garçon. Ils continuèrent à se moquer de lui, mais il ne dit rien. Penché sur le parapet, il regardait la truite qu'il avait déjà dépensée, et soudain l'acrimonie, le conflit, disparurent de leurs voix comme si, pour eux aussi, il avait déjà attrapé le poisson, acheté son cheval et sa charrette, en proie eux-mêmes à cette faculté des adultes d'être convaincus de n'importe quoi par un air de supériorité silencieuse. Je suppose que les gens, à force de s'employer eux-mêmes mutuellement à l'aide de mots, sont pour le moins logiques en attribuant la sagesse au silence, et, pendant un instant, je pus sentir les autres chercher rapidement quelque moyen de rivaliser avec lui, de lui voler son cheval et sa charrette.

— Tu n' pourrais pas tirer vingt-cinq dollars de cette canne, dit le premier, je te parie ce que tu voudras.

— Il ne l'a pas encore attrapée, sa truite », dit brusquement le troisième. Puis, tous les deux s'écrièrent :

— Hein, qu'est-ce que je te disais ? Comment qu'il s'appelle ton type ? Chiche que tu l' dis pas. Il n'existe pas.

— Oh, la ferme, dit le second. Regardez, la v'là qui revient. » Ils se penchèrent sur le parapet, immobiles, identiques, les cannes sveltes et inclinées, identiques aussi. La truite s'éleva sans hâte, ombre croissante, doucement ondoyante. Puis, de nouveau, le petit tourbillon s'évanouit au fil de l'eau, lentement. « Bon Dieu ! » murmura le premier.

— Nous avons renoncé à l'attraper, dit-il. Nous nous contentons de regarder les gens de Boston qui viennent ici essayer.

— Il n'y a pas d'autre poisson dans cet endroit ?

— Non. Elle a fait filer tous les autres. Le meilleur endroit pour pêcher, c'est au Tourbillon.

— Pas vrai, dit le second, c'est deux fois meilleur à Bigelow's Mill. »

Et ils se mirent à discuter un moment sur la question de savoir où la pêche était la meilleure, puis ils s'interrompirent brusquement pour regarder la truite qui remontait, et le remous brisé qui aspirait un peu de ciel. Je leur ai demandé à quelle distance se trouvait la ville la plus proche. Ils me l'ont dit.

— Mais la ligne de tram la plus près, c'est par là, dit le second en désignant le bas de la route. Où que vous allez ?

— Nulle part. Je me promène.

— V' êtes étudiant ?

— Oui. Y a-t-il des usines dans cette ville ?

— Des usines ? » Ils me regardèrent.

— Non, dit le second. Pas là. » Ils regardaient mes vêtements. « Vous cherchez du travail ? »

— Et Bigelow's Mill ? dit le troisième, c'est bien une usine.

— Une usine ! J' t'en fous. Il veut dire une usine pour de vrai.

— Une avec une sirène, dis-je. Je n'ai pas encore entendu la sirène d'une heure.

— Oh, dit le second, y a une horloge au clocher du temple unitairien. Vous pourrez y voir l'heure qu'il est. Vous n'avez donc pas de montre à cette chaîne ?

— Je l'ai cassée ce matin. » Je leur montrai ma montre. Ils l'examinèrent avec gravité.

— Elle marche encore, dit le second. Combien que ça coûte une montre comme ça ?

— C'est un cadeau, dis-je. Mon père me l'a donnée quand je suis sorti du lycée.

— Vous êtes canadien », dit le troisième. Il avait les cheveux roux.

— Canadien ?

— Il n' parle pas comme les Canadiens, dit le second. J' les ai entendus parler. Il parle comme on fait dans les représentations de minstrels.

— Eh, dit le troisième, t'as pas peur qu'il te fiche son poing sur la figure ?

— Pourquoi ça !

— T'as dit qu'il parlait comme un nègre.

— Oh, la ferme, dit le second. Vous pouvez voir le clocher du haut de cette côte, là-bas.

Je les remerciai. — Bonne chance. Mais, n'attrapez pas cette pauvre vieille truite. Elle mérite bien qu'on la laisse tranquille.

— Personne ne peut attraper ce poisson, dit le premier.

Ils étaient appuyés sur le parapet et regardaient l'eau. Leurs trois cannes ressemblaient à trois rais de feu jaune, penchées dans le soleil. Je marchais sur mon ombre, l'enfonçant de nouveau dans l'ombre mouchetée des arbres. La route tournait, s'éloignait de l'eau en montant. Elle franchissait la colline, puis redescendait en lacets, entraînant l'œil, l'esprit, en avant sous un tunnel de vert tranquille. Et la tour carrée, au-dessus des arbres, et l'œil rond de l'horloge, mais assez loin. Je m'assis sur le bord de la route. L'herbe multiple me montait aux chevilles. Les ombres sur la route étaient aussi immobiles que si on les eût dessinées au pochoir avec des crayons de soleil inclinés. Mais ce n'était qu'un train et, au bout d'un instant, il s'évanouit derrière les arbres, derrière le prolongement du son, et je pus entendre ma montre et le train qui s'évanouissait comme s'il filait à travers un autre mois, un autre été, quelque part, filant sous la mouette immobile, filant comme toute chose. Sauf Gerald. Il ne manquerait pas de majesté non plus, ramant solitaire à travers l'heure de midi, se sortant lui-même de midi, montant dans l'air lumineux comme une apothéose, s'élevant dans un vertige d'infini, là où ils seraient seuls, lui et la mouette, l'une formidablement immobile, l'autre dans un mouvement de va-et-vient constant et mesuré, participant de l'inertie elle-même, et le monde misérablement écrasé sous leurs ombres en travers du soleil. *Caddy cette fripouille cette fripouille Caddy.*

Leurs voix m'arrivaient par-dessus la colline et les trois cannes, minces comme des rais de feu balancés. Ils me regardèrent en passant, sans ralentir.

— Alors, dis-je. Je ne la vois pas.

— Nous n'avons pas essayé de l'attraper, dit le premier. On n' peut pas l'attraper, ce poisson.

— Voilà l'horloge, dit le second en montrant du doigt. Vous pourrez voir l'heure en vous approchant un peu.

— Oui, dis-je. Très bien. » Je me levai. « Vous rentrez en ville ? »

— Nous allons au Tourbillon, pêcher des chabots, dit le premier.

— On n' peut rien prendre au Tourbillon, dit le second.

— Parie que t'as envie d'aller à Bigelow's Mill avec tous les types qui barbotent et qui font peur au poisson.

150

— T'attraperas rien au Tourbillon.

— Nous n'attraperons rien nulle part si nous restons ici, dit le troisième.

— J' vois pas pourquoi vous vous entêtez à aller au Tourbillon, dit le second. On n' peut rien y prendre.

— On te force pas à y aller, dit le premier. On n'est pas attachés.

— Allons à Bigelow's Mill. On nagera, dit le troisième.

— Moi, je vais pêcher au Tourbillon, dit le premier. Faites ce que vous voudrez.

— Dis, quand c'est-il la dernière fois que t'as entendu dire qu'on avait pris du poisson dans le Tourbillon ? dit le deuxième au troisième.

— Allons nager à Bigelow's Mill, dit le troisième.

La tour s'enfonça lentement derrière les arbres avec le cadran rond de l'horloge assez loin encore. Nous avancions dans l'ombre mouchetée. Nous arrivâmes à un verger rose et blanc. Il était plein d'abeilles. Nous pouvions déjà les entendre.

— Allons nager à Bigelow's Mill, dit le troisième.

Un sentier s'ouvrait près du verger. Le troisième garçon ralentit et s'arrêta. Le premier continua. Des taches de soleil glissaient le long de sa canne, sur son épaule et sur le dos de sa chemise. « Allons », dit le troisième. Le second s'arrêta aussi. *Pourquoi faut-il que tu épouses quelqu'un Caddy*

Veux-tu que je le dise crois-tu que si je le dis ça n'existera plus

— Allons à Bigelow's Mill. Venez, dit-il.

Le premier continua. Ses pieds nus marchaient sans bruit, se posaient, plus doux que des feuilles dans la poussière légère. Dans le verger, les abeilles bourdonnaient comme un vent qui s'élève, son arrêté par magie au bord du crescendo, et soutenu. Étoilé de fleurs, le sentier longeait le mur sous une voûte de feuilles, se

151

fondait dans les arbres. Le soleil y pénétrait oblique-
ment, rare et ardent. Des papillons jaunes scintillaient
dans les ombres comme des taches de soleil.

— Pourquoi que tu veux aller au Tourbillon ? dit le
second. T'as qu'à pêcher à Bigelow's, si t'en as envie.

— Eh, laisse-le faire », dit le troisième. Ils regardèrent le premier. La lumière du soleil tachetait ses
épaules mouvantes, glissait le long de la canne comme
des fourmis jaunes.

— Kenny », dit le second. *Dis-le à papa veux-tu Oui
je suis le créateur de mon père. Je l'ai inventé créé pour
moi Dis-le lui ça ne sera plus car il dira que non alors toi
et moi puisqu'on aime ses créatures*

— Allons, viens donc, dit le garçon. Ils sont déjà
dans l'eau. » Ils regardèrent le premier. « Oui, dirent-
ils soudain, va-t'en. Retourne dans les jupes de ta
mère. S'il se baignait, il pourrait se mouiller la tête et
recevoir une fessée. » Ils s'engagèrent dans le sentier et
disparurent. Dans l'ombre, les papillons jaunes voltigeaient autour d'eux.

*c'est parce qu'il n'y a rien d'autre je crois qu'il y a
quelque chose d'autre mais je peux me tromper et moi Tu
t'apercevras que même l'injustice vaut à peine ce que toi-
même tu crois être* Il ne s'occupait nullement de moi, la
mâchoire de profil, le visage un peu tourné sous son
chapeau cassé.

— Pourquoi n'allez-vous pas nager avec eux ? dis-je
cette fripouille Caddy

Lui cherchais-tu querelle par hasard

*Un menteur et un gredin Caddy chassé de son club
pour avoir triché aux cartes envoyé à Coventry[1] surpris
en train de copier à ses examens semestriels et expulsé*

*Et puis après je n'ai pas l'intention de jouer aux cartes
avec lui*

1. « Envoyer à Coventry » signifie frapper d'ostracisme. (N. T.)

— Vous aimez mieux pêcher que nager ? » dis-je. Le bruit des abeilles diminua, soutenu encore, comme si, au lieu de s'abîmer dans le silence, le silence ne faisait qu'augmenter entre nous comme de l'eau qui monte. La route tournait encore et devenait une rue entre des maisons blanches derrière des pelouses ombragées *Caddy cette fripouille peux-tu penser à Benjy et à papa et faire une chose pareille pas à moi*

Pourrais-je penser à autre chose ai-je jamais pensé à autre chose Le garçon quitta la rue. Il escalada une palissade sans regarder derrière lui et traversa la pelouse jusqu'à un arbre où il posa sa canne, et il grimpa dans la fourche de l'arbre et s'y assit, le dos à la route, le soleil moucheté immobile enfin sur la blancheur de sa chemise. *Jamais pensé à autre chose je ne peux même pas pleurer je suis morte l'an dernier je te l'ai dit mais je ne savais pas alors ce que je voulais dire je ne savais pas ce que je disais* Chez nous, à la fin d'août, il y a des journées semblables, un air aussi léger, aussi vif, avec quelque chose de triste, de nostalgique, de familier. L'homme, somme de ses expériences climatériques, disait papa. Homme, somme de tout ce que vous voudrez. Problème sur les propriétés impures qui se déroule fastidieusement jusqu'en un néant invariable. Désir et poussière : situation du joueur pat. *Mais maintenant je sais que je suis morte je te le dis*

Alors pourquoi écouter nous pourrions nous enfuir toi Benjy et moi là où personne ne nous connaîtrait où Le boghei était traîné par un cheval blanc dont les sabots claquaient dans la poussière fine. Arachnéennes, les roues faisaient entendre un murmure délicat et sec, montaient la côte sous un châle de feuilles gauffrées. Elm Non : ellum. Ellum[1].

1. *Elm* signifie *orme,* et *ellum* figure la prononciation familière du mot. (N. T.)

Avec quoi avec l'argent de ton instruction l'argent du pré vendu pour que tu puisses aller à Harvard tu ne vois donc pas qu'il faut que tu finisses maintenant si tu ne finis pas il n'aura rien

Vendu le pré Sa chemise blanche était immobile dans la fourche, dans l'ombre clignotante. Roues arachnéennes. Sous l'affaissement du boghei, les sabots, nets et rapides comme les mouvements d'une brodeuse, diminuaient sans progresser, comme quelqu'un qui, sur le tambour d'un théâtre, est rapidement tiré dans les coulisses. La rue tourna encore. Je pouvais voir la coupole blanche, la ronde et stupide assertion de l'horloge. *Vendu le pré*

Il paraît que papa sera mort dans un an s'il continue à boire et il ne veut pas cesser il ne peut pas depuis que je depuis l'été dernier et alors on enverra Benjy à Jackson je ne peux pas pleurer je ne peux même pas pleurer une minute elle resta sur le pas de la porte et une minute après il la tirait par sa robe hurlant et sa voix déferlait en vagues d'un mur à l'autre et elle se blottissait contre le mur devenait plus petite toujours plus petite avec son visage blanc ses yeux comme creusés par des pouces jusqu'au moment où il l'a poussée hors de la chambre et sa voix rebondissait d'un mur à l'autre comme empêchée de s'arrêter par son propre mouvement comme si dans le silence elle n'avait pas la place hurlant

Quand on ouvrait la porte, une sonnette tintait, une fois seulement, haute, claire et grêle dans l'obscurité nette au-dessus de la porte, comme si on l'y avait creusée et réglée pour qu'elle ne pût rendre que cet unique son clair et grêle, afin que la clochette ne s'usât pas ou afin de s'épargner les frais d'un silence trop grand, en le rétablissant ensuite quand la porte s'ouvrait sur l'odeur récente du pain chaud. Une petite fille sale avec des yeux comme ceux des ours en peluche, et deux tresses vernies.

— Bonjour petite sœur. » Dans le vide doux et chaud, son visage ressemblait à une tasse de lait teinté d'une goutte de café. « Il y a quelqu'un ? »

Mais elle se contenta de me regarder jusqu'au moment où la porte s'ouvrit pour livrer passage à la dame. Au-dessus du comptoir, avec ses rangées de formes croustillantes derrière le verre, son visage gris et propre, ses cheveux rares serrés sur son crâne, gris et propre, ses lunettes proprement encerclées de gris, tout cela approchait, avançait comme sur un fil de fer, comme le tiroir automatique de la caisse dans un magasin. Elle avait l'air d'une bibliothécaire. De quelque chose qui vit parmi des rayons poussiéreux de certitudes ordonnées, divorcées depuis longtemps d'avec la réalité, se desséchant paisiblement comme si un souffle de cet air qui voit l'injustice accomplie

— Deux comme ça, s'il vous plaît, madame.

De dessous le comptoir, elle tira un morceau de journal carré, le posa sur le comptoir et prit les deux petits pains. La fillette les regardait avec des yeux tranquilles, sans ciller, deux yeux comme des grains de cassis flottant immobiles dans une tasse de café très faible. Terre des youpins, patrie des Ritals[1]. Elle regardait le pain, les mains grises et propres, une large bague d'or maintenue à l'index gauche par une jointure bleue.

— C'est vous-même qui boulangez, madame ?

— Monsieur ? » dit-elle. Comme ça. Monsieur ? Comme au théâtre. Monsieur ? « Cinq *cents*, et avec ça ? »

— Rien, madame. Rien pour moi. Mais cette jeune personne voudrait bien quelque chose. » Elle n'était pas assez grande pour voir par-dessus la vitrine et elle

---

1. Référence parodique aux paroles de l'hymne national américain. « Terre des hommes libres, patrie des braves. » (N. T.)

155

se rendit jusqu'au bout du comptoir et regarda la petite fille.

— Est-ce vous qui l'avez amenée ?

— Non, madame. Elle était ici quand je suis entré.

— Petite vilaine », dit-elle. Elle sortit de derrière le comptoir, mais elle ne toucha pas la petite fille. « As-tu mis quelque chose dans tes poches ? »

— Elle n'a pas de poches, dis-je. Elle ne faisait rien. Elle était là debout, tout simplement, à vous attendre.

— Comment se fait-il que la sonnette n'ait pas sonné ? » Elle me dévisageait. Il ne lui manquait plus qu'une poignée de verges et un tableau noir derrière elle. $2 \times 2 = 5$. « Elle le cacherait sous sa robe que personne n'y verrait rien. Alors, petite, comment es-tu entrée ? »

La petite fille ne dit rien. Elle regarda la femme puis, furtivement, elle me lança un regard noir et regarda la femme de nouveau. — Ces étrangers ! dit la femme. Comment a-t-elle bien pu entrer sans faire marcher la sonnette ?

— Elle est entrée quand j'ai ouvert la porte, dis-je. Elle n'a sonné qu'une fois pour nous deux. Du reste, elle n'aurait rien pu atteindre. En plus, je ne crois pas qu'elle en avait envie, n'est-ce pas, petite ? » La petite fille me regardait secrète, contemplative. « Qu'est-ce que tu veux ? Du pain ? »

Elle tendit le poing. Il s'ouvrit sur une pièce de cinq *cents*, moite et sale, saleté moite, incrustée dans la chair. La pièce était moite et chaude. Je pouvais la sentir, vaguement métallique.

— Avez-vous un pain de cinq *cents*, s'il vous plaît, madame ?

De dessous le comptoir elle tira un carré de papier de journal, le posa sur le comptoir et y enveloppa le pain. Je posai la pièce avec une autre sur le comptoir. « Et un autre de ces petits pains, s'il vous plaît, madame. »-

156

Elle prit un autre pain dans la vitrine. — Donnez-moi ce paquet », dit-elle. Je le lui donnai. Elle l'ouvrit, ajouta le troisième petit pain et refit le paquet. Ensuite, elle prit les pièces, chercha deux *cents* dans son tablier et me les donna. Je les tendis à la petite fille. Ses doigts se crispèrent sur les pièces, humides et chauds, comme des vers.

— Vous allez lui donner ce petit pain ? dit la femme.

— Oui, dis-je. L'odeur de votre four doit certainement lui plaire autant qu'à moi.

Je pris les deux paquets et donnai le pain à la petite fille. Derrière son comptoir la femme toute en gris-fer nous observait avec une certitude glacée. — Une minute ! » dit-elle. Elle passa dans son arrière-boutique. La porte s'ouvrit, se ferma. La petite fille me regardait, serrant son pain sur sa robe sale.

— Comment t'appelles-tu ? » dis-je. Elle cessa de me regarder, mais elle ne bougeait toujours pas. Elle ne semblait même pas respirer. La femme revint. Elle avait quelque chose de drôle dans la main. Elle le portait comme elle eût porté un rat mort, un rat apprivoisé.

— Tiens », dit-elle. L'enfant la regarda. « Prends, dit la femme en poussant la chose vers la petite fille. Ça a l'air un peu étrange, mais je ne crois pas que tu trouves de différence quand tu le mangeras. Allons. Je ne peux pas rester ici toute la journée. » L'enfant prit la chose tout en observant la marchande. La femme s'essuya les mains à son tablier. « Faudra que je fasse arranger cette sonnette », dit-elle. Elle alla à la porte et l'ouvrit d'une secousse. La petite sonnette tinta une fois, grêle, invisible et claire. Nous nous dirigeâmes vers la porte. La femme regardait derrière elle.

— Merci pour le gâteau, dis-je.

— Ces étrangers ! » dit-elle, les yeux levés vers le

coin noir où tintait la sonnette. « Croyez-moi, ne vous fiez pas à eux, jeune homme. »

— Oui, madame, dis-je. Viens, petite sœur. » Nous sortîmes. « Merci, madame. »

Elle referma la porte, la rouvrit d'une secousse pour faire rendre à la sonnette sa petite note unique. — Ces étrangers ! » dit-elle en levant les yeux vers la sonnette.

Nous nous mîmes en marche. — Alors, dis-je, si on allait manger une glace. » Elle mordit dans son gâteau ébréché. « Tu aimes les glaces ? » Elle me lança un regard noir, tranquille, tout en mâchant. « Viens. »

Nous arrivâmes au drugstore et je commandai deux glaces. Elle refusait de lâcher son pain. — Pourquoi ne poses-tu pas ton pain ? Ça serait plus commode pour manger », dis-je offrant de le lui prendre. Mais elle s'y cramponna, mastiquant sa glace comme elle eût fait d'un caramel mou. Le gâteau mordu était sur la table. Elle mangea sa glace sans s'interrompre, puis elle attaqua de nouveau le gâteau en regardant toutes les vitrines. Je finis ma glace et nous partîmes.

— De quel côté habites-tu ? dis-je.

Un boghei. C'était celui au cheval blanc. Seulement le docteur Peabody est gros. Trois cents livres. Faut se cramponner dans les côtes avec lui. Enfants. Plus facile de marcher que de se cramponner dans les côtes. *Vu déjà le docteur tu l'as déjà vu Caddy.*

Ce n'est pas nécessaire je ne peux pas lui demander maintenant après oui ça n'aura plus d'importance.

Parce que les femmes si délicates, si mystérieuses, disait papa. Délicat équilibre d'ordure périodique entre deux lunes en suspens. Lunes disait-il pleines et jaunes comme des lunes de moissons ses hanches ses cuisses. Hors d'elles toujours mais. Jaunes. Comme des plantes de pieds jaunies par la marche. Puis savoir qu'un homme que toutes ces mystérieuses et impérieuses cachaient. Que toutes ces choses internes modèlent une suavité externe qui n'attend qu'un contact pour. Putréfaction liquide comme un flottement de choses noyées, comme du caoutchouc pâle empli et flasque avec l'odeur du chèvrefeuille, le tout mêlé.

— Il vaudrait mieux aller porter ton pain chez toi, tu ne crois pas ?

Elle me regarda. Elle mâchait tranquillement sans s'interrompre. A intervalles réguliers une légère distension glissait doucement le long de sa gorge. J'ouvris mon paquet et lui donnai un des petits pains. — Au revoir, dis-je.

Je continuai ma route. Puis je me retournai. Elle était derrière moi. — Tu habites par ici ? » Elle ne répondit pas. Tout en mangeant, elle avançait à mes côtés, sous mon coude pour ainsi dire. Nous continuâmes. Tout était calme. Il n'y avait presque personne *avec l'odeur du chèvrefeuille qui s'y mêlait. Elle m'aurait dit de ne pas rester là assis sur les marches à écouter sa porte crépuscule se fermer à écouter Benjy crier toujours Souper il aurait bien fallu alors qu'elle descende avec l'odeur du chèvrefeuille qui s'y mêlait* Nous arrivâmes au coin.

— Maintenant, il faut que j'aille par ici, dis-je. Au revoir. » Elle s'arrêta aussi. Elle avala sa dernière bouchée de gâteau, puis elle attaqua le petit pain sans me quitter des yeux. « Au revoir », dis-je. Je tournai dans la rue et m'éloignai. Je ne m'arrêtai qu'après avoir atteint le coin suivant.

— De quel côté habites-tu ? dis-je. De ce côté-ci ? » Je montrai la rue. Elle se contentait de me regarder. « C'est par là que tu habites ? Je parie que tu habites près de la gare où sont les trains, pas vrai ? » Elle se contentait de me regarder, sereine et mystérieuse, tout en mâchant. Des deux côtés la rue était vide, avec des pelouses tranquilles, des maisons bien propres parmi les arbres. Personne, sauf tout là-bas, derrière nous.

159

Nous avons fait demi-tour et sommes revenus sur nos pas. Deux hommes étaient assis sur des chaises devant une boutique.

— Connaissez-vous cette petite fille ? Elle s'est collée à moi, si j'ose dire, et je ne peux pas arriver à lui faire dire où elle habite.

Ils cessèrent de me regarder et regardèrent l'enfant.

— Ça doit être une de ces nouvelles familles d'Italiens », dit l'un d'eux. Il portait une redingote rouillée. « Je l'ai déjà vue. Comment t'appelles-tu, petite ? » Pendant quelques instants elle posa sur eux son regard noir. Ses mâchoires remuaient sans arrêt. Elle avalait sans cesser de mâcher.

— Elle ne sait peut-être pas parler anglais, dit l'autre.

— On l'a envoyée chercher du pain, dis-je. Elle doit savoir dire quelques mots.

— Comment s'appelle ton papa ? dit le premier. Pete ? Joe ? Il s'appelle Joe, hé ? » Elle mordit à nouveau dans son petit pain.

— Je ne sais pas qu'en faire, dis-je. Elle me suit. Il faut que je retourne à Boston.

— Vous êtes étudiant ?

— Oui, monsieur. Et il faut que je rentre.

— Vous pouvez remonter la rue et la confier à Anse. Il doit être chez le loueur de voitures. Le sergent de ville.

— Je crois que je n'ai pas autre chose à faire, dis-je. Il faut bien que j'en fasse quelque chose de cette enfant. Merci beaucoup. Viens petite.

Nous remontâmes la rue, du côté de l'ombre, là où l'ombre des façades brisées tachait la route lentement. Nous arrivâmes chez le loueur de voitures. Le sergent de ville n'était pas là. Un homme assis sur une chaise inclinée contre le montant de la porte où soufflait, par-dessus des rangées de stalles, une brise noire et fraîche aux relents d'ammoniaque, me dit d'aller voir à la poste. Il ne la connaissait pas non plus.

— Ces étrangers, j' les reconnais pas les uns des autres. Vous pourriez l'emmener de l'autre côté de la voie du chemin de fer, là où ils habitent. Peut-être qu'on viendrait la réclamer.

Nous allâmes à la poste. Elle se trouvait derrière nous, dans le bas de la rue. L'homme à la redingote déployait un journal.

— Anse vient de partir en voiture, dit-il. Je crois que vous feriez mieux de descendre par-devant la gare et de dépasser ces maisons, là-bas, près de la rivière. Y aura sûrement quelqu'un qui la connaîtra.

— Je ne vois pas autre chose à faire, dis-je. Viens, petite. » Elle s'enfourna la dernière bouchée de pain dans la bouche et l'avala. « Tu en veux un autre ? » dis-je. Elle me regarda tout en mâchant, les yeux noirs, fixes, amicaux. Je sortis les deux autres pains du papier. Je lui en donnai un et mordis dans l'autre. Je demandai à un homme où se trouvait la gare et il me l'indiqua. « Viens petite. »

Arrivés à la gare, nous traversâmes les voies à l'endroit où coulait la rivière. Un pont la franchissait, et une rue aux maisons de bois entassées pêle-mêle suivait la rivière, semblait y reculer. Rue minable mais hétérogène et vivante. Au centre d'un terrain vague, clos d'une barrière aux trous béants entre les pieux brisés, on voyait une vieille guimbarde toute penchée et une maison lépreuse à la fenêtre de laquelle, en haut, pendait un sous-vêtement d'un rose vif.

— Est-ce que ça ressemble à ta maison ? » dis-je. Elle me regarda par-dessus son petit pain. « Celle-ci ? » dis-je en la désignant du doigt. Elle se contentait de mâcher, mais il me semblait discerner dans son expression quelque chose d'affirmatif, un signe d'acquiescement, si vague fût-il. « Celle-ci, dis-je. Alors, viens. » Je franchis la barrière cassée. Je me retournai vers elle. « Ici ? dis-je C'est bien là que tu habites ? »

Elle opina de la tête rapidement, tout en me regardant, tout en mordant dans la demi-lune humide de son pain. Nous avançâmes. Ça et là, des dalles brisées, hérissées de brins d'herbe fraîche et drue, faisaient un chemin jusqu'au perron en ruine. Rien ne bougeait autour de la maison, pas même l'étoffe rose, pendue là-haut, à la fenêtre, dans le jour calme. Il y avait une sonnette avec un bouton de faïence attaché à un fil d'environ six pieds. Je cessai de tirer et frappai. La petite fille tenait la croûte de son pain de biais dans sa bouche mâchonnante.

Une femme ouvrit la porte. Elle me regarda, puis elle parla rapidement en italien à la petite fille d'une voix aux inflexions montantes qui s'arrêta sur une note interrogative. Elle lui parla de nouveau. La petite fille la regardait par-dessus la croûte qu'elle s'enfonçait dans la bouche avec sa main sale.

— Elle dit qu'elle habite ici, dis-je. Je l'ai trouvée en ville. Est-ce que ce pain est à vous ?

— Pas parlare », dit la femme. Elle s'adressa de nouveau à la petite fille. La petite fille se contenta de la regarder.

— Habite pas ici ? » dis-je. Je montrai la petite, puis elle, puis la porte. La femme secoua la tête. Elle dit quelque chose très vite, s'avança sur le bord de la véranda et me montra le bas de la route en parlant.

J'opinai de la tête, moi-même, vigoureusement. — Venez me montrer, vous », dis-je. Je la pris par le bras en agitant mon autre main vers la route. Elle parlait rapidement en me montrant la route. « Venez me montrer... vous », dis-je en essayant de lui faire descendre les marches.

— Si, si », dit-elle en reculant et en me montrant je ne savais quoi. J'opinai de nouveau.

— Merci, merci, merci. » Je descendis les marches et m'acheminai vers la barrière sans courir, mais assez vite. Arrivé à la barrière, je m'arrêtai et la regardai un instant. La croûte avait disparu, et elle me fixait de son regard noir, amical. Sur les marches, la femme nous regardait.

— Alors, viens, dis-je. Nous arriverons bien à trouver la bonne, tôt ou tard.

Elle avançait juste sous mon coude. Nous nous éloignâmes. Toutes les maisons semblaient vides. Pourtant elles ne pouvaient pas être toutes vides. Pas une âme en vue. Cette sorte d'atonie propre aux maisons vides. Tant de chambres différentes, si on pouvait seulement fendre les murs en deux, tout d'un coup. Madame, votre fille, s'il vous plaît. Non, Madame, pour l'amour de Dieu, votre fille. Elle avançait juste sous mon coude, ses tresses serrées et luisantes ; puis ce fut la dernière maison, et la route disparut derrière un mur, le long de la rivière. La femme franchissait la barrière brisée avec un châle sur la tête qu'elle serrait sous son menton. La route tournait, vide. Je trouvai une pièce de monnaie et la donnai à la petite fille. « Adieu, petite », dis-je. Puis je me mis à courir.

Je courais vite sans me retourner. Juste avant d'arriver au tournant je regardai derrière moi. Elle était debout sur la route, toute petite, la miche de pain serrée sur sa petite robe sale, les yeux fixes, immobiles et noirs. Je repris ma course.

Une venelle partait de la route. Je m'y jetai et, au bout d'un instant, je ralentis et me contentai de marcher d'un bon pas. La ruelle s'enfonçait entre des dos de maisons, maisons qui n'avaient jamais été peintes et que pavoisaient aussi des linges aux couleurs vives et gaies pendus à des cordes ; une grange au faîte brisé qui s'effondrait lentement parmi les arbres fruitiers vigoureux, jamais émondés, étouffés par les herbes folles, roses et blancs, et bruissant de soleil et d'abeilles. Je regardai derrière moi. L'entrée de la venelle était vide. Je ralentis davantage, mon ombre m'accompagnait, traînait sa tête parmi les herbes qui cachaient la barrière.

La venelle aboutit à une grille fermée, s'évanouit dans l'herbe, simple sentier tracé doucement dans l'herbe nouvelle. Je franchis la grille, entrai dans un petit bois que je traversai et, arrivé à un autre mur, je le longeai, suivi cette fois par mon ombre. Il y avait des ronces et des plantes grimpantes là où, chez nous, aurait poussé du chèvrefeuille. Montant, montant toujours surtout au crépuscule quand il pleuvait, l'odeur du chèvrefeuille qui s'y mêlait comme si ça n'était pas assez sans cela, pas assez intolérable. *Pourquoi l'avoir laissé t'embrasser embrasser*

Je ne l'ai pas laissé je l'ai forcé tout en surveillant ma colère qui montait que penses-tu de cela ? L'empreinte rouge de ma main lui montant au visage comme lorsque votre main tourne un commutateur la lueur apparue dans ses yeux

Ce n'est pas pour le baiser que je t'ai giflée. Les coudes des jeunes filles à quinze ans mon père dit tu avales comme si tu avais une arête dans le gosier qu'est-ce que vous avez donc toi et Caddy de l'autre côté de la table à éviter de me regarder. C'est pour l'avoir permis à un sale godelureau de la ville que je t'ai giflée ah vraiment je parie que tu dis pouce Ma main rouge qui se détache de son visage. Qu'est-ce que tu dis de ça lui décrasser la tête dans l'. Entrelacs de brins d'herbe incrustés dans la chair cuisant lui décrassant la tête. Dis pouce dis-le donc

En tout cas j' n'ai pas embrassé une sale fille comme Natalie Le mur entra dans l'ombre, ensuite ce fut mon ombre, je lui avais de nouveau joué un tour. J'avais oublié la rivière dont la courbe suivait la route. J'ai grimpé par-dessus le mur et puis, la miche serrée sur sa robe, elle m'a regardé sauter à terre.

Je restai dans les herbes, nous nous regardâmes un instant.

— Pourquoi ne m'as-tu pas dit que tu habitais par ici ? » La miche glissait lentement hors du papier. Il en aurait déjà fallu un autre. « Alors viens. Montre-moi la maison. » *pas une sale fille comme Natalie. Il pleuvait nous pouvions l'entendre sur le toit soupirer à travers la douce et haute vacuité de l'écurie*

Là ? en la touchant

Non pas là

Ici ? pluie légère mais nous ne pouvions rien entendre sauf le toit et comme si c'était mon sang ou son sang à elle aussi

Elle m'a fait tomber de l'échelle et elle s'est sauvée et elle m'a laissé Caddy a fait cela

C'est-il là que ça t'a fait mal quand Caddy s'est sauvée c'est-il là

Oh Elle marchait juste sous mon coude, le haut de sa tête luisante, et la miche qui glissait du journal.

— Si tu ne rentres pas bientôt chez toi, il ne te restera plus de pain. Et alors, qu'est-ce qu'elle dira ta maman ? » *Je parie que je pourrais te soulever.*

Non je suis trop lourde

Est-ce que Caddy est partie est-elle allée à la maison on ne peut pas voir l'écurie de chez nous as-tu jamais essayé de voir l'écurie de

C'est sa faute elle m'a poussé et s'est sauvée

Je peux te soulever tu vois bien

Oh son sang ou mon sang Oh Nous avons continué notre route dans la poussière fine, nos pieds silencieux comme du caoutchouc dans la fine poussière où des rayons de soleil filtraient à travers les arbres. Et, de nouveau, je pouvais sentir l'eau qui coulait, rapide et paisible, dans l'ombre secrète.

— Tu habites loin, dis donc. Tu es bien dégourdie de pouvoir t'en aller en ville comme ça, toute seule, si loin. » *C'est comme ces danses pendant lesquelles on reste assis es-tu jamais resté assis pendant une danse ? Nous pouvions entendre la pluie, un rat dans le grenier, l'écurie vide de chevaux Comment enlaces-tu pour danser tiens-tu comme ça*

Oh

J'aimais d'habitude tenir comme ça tu pensais que je n'étais pas assez fort n'est-ce pas

Oh Oh Oh Oh

Je tenais d'habitude à aimer comme ça je veux dire tu as entendu ce que je viens de dire ai-je dit

oh oh oh oh

La route se déroulait, tranquille et vide, le soleil biaisait de plus en plus. Des morceaux d'étoffe rouge attachaient le bout des petites tresses raides. Un coin de papier battait un peu quand elle marchait. Le bout du pain était à nu. Je m'arrêtai.

— Écoute. C'est sur cette route que tu habites ! Voilà plus d'un mile que nous n'avons pas vu de maison.

Elle me regardait, noire, secrète et amicale.

— Où habites-tu petite ? Tu n'habites pas là-bas derrière, en ville ?

Il y avait un oiseau quelque part dans les bois, au-delà des lignes brisées et rares du soleil.

— Ton papa va s'inquiéter de toi. Tu n'as pas peur d'être fouettée pour n'être pas rentrée tout droit avec ton pain ?

L'oiseau chanta encore, invisible, note profonde, dénuée de sens et sans inflexion, coupée court comme d'un coup de couteau ; encore une fois ; et cette sensation d'eau rapide et paisible au-dessus d'endroits mystérieux, eau ni vue, ni entendue, pressentie seulement.

— Oh, et puis zut après tout ! » La moitié du papier

pendait vide : « Il ne sert plus à rien maintenant. » Je déchirai le papier et le jetai sur la route. « Viens. Il faut retourner en ville. Nous allons suivre la rivière. »

Nous quittâmes la route. Dans la mousse croissaient des petites fleurs pâles, et la sensation de l'eau, muette, invisible. *Je tenais d'habitude à aimer ainsi je veux dire j'aimais d'habitude à tenir ainsi. Elle était debout à la porte et nous regardait les mains sur les hanches*

Tu m'as poussée c'est ta faute et ça m'a fait mal aussi

Nous dansions assis je parie bien que Caddy ne sait pas danser assise

Assez, Assez

Je ne faisais qu'épousseter le dos de ta robe

Enlève tes sales mains de dessus moi c'est ta faute tu m'as poussée je suis fâchée avec toi

Ça m'est bien égal elle nous regardait reste fâchée elle s'éloigna Nous entendions maintenant les éclats de voix, les clapotements. Je vis un corps brun luire un instant.

Reste fâchée. Ma chemise commençait à se mouiller et mes cheveux. Le long du toit entendant le toit très fort maintenant je pouvais voir Natalie qui s'éloignait dans le jardin sous la pluie. Mouille-toi Si seulement tu pouvais attraper une pneumonie rentre chez toi figure de vache. Je sautai aussi fort que possible dans le bourbier des cochons la boue jaune et puante me monta à la taille je continuai à m'y plonger jusqu'au moment où je tombai et m'y roulai —Tu les entends nager, petite ! Ça ne me déplairait pas d'en faire autant moi-même. » Si j'avais le temps. Quand j'aurai le temps. Je pouvais entendre ma montre. *la boue était plus chaude que la pluie elle empestait. Elle avait le dos tourné je me mis devant elle. Tu sais ce que je lui faisais ! Elle me tourna le dos je me mis devant elle la pluie s'infiltrait dans la boue collait son corsage à travers l'étoffe l'odeur était infecte. Je la serrais sur mon cœur voilà ce que je lui faisais. Elle me*

tourna le dos je me mis devant elle. Je la serrais sur mon
cœur je te dis.

Je me fous de ce que tu faisais

Oh tu t'en fous tu t'en fous je t'apprendrai moi je
t'apprendrai à t'en foutre. D'un coup elle m'écarta les
mains de l'autre main je la couvris de boue je ne pouvais
pas sentir les claques humides de sa main J'ai pris de la
boue sur mes jambes et j'en ai enduit son corps humide et
ferme qui se tordait entendant ses doigts rencontrer mon
visage mais je ne sentais rien même quand la pluie se mit
à prendre sur mes lèvres une saveur douce

Ils nous virent tout d'abord au milieu de l'eau, têtes
et épaules. Ils hurlèrent, et l'un d'eux se redressa,
accroupi, et sauta au milieu d'eux. On aurait dit des
castors, avec l'eau qui leur clapotait au menton.

— Emmenez cette petite. Qu'est-ce qui vous prend
d'amener une fille ici ? Allez-vous-en !

— Elle ne vous fera pas de mal. Nous ne voulons que
vous regarder un instant.

Ils étaient accroupis dans l'eau. Leurs têtes rappro-
chées formaient un tas. Ils nous regardaient, puis ils se
séparèrent et accoururent vers nous en nous jetant de
l'eau avec leurs mains. Nous nous éloignâmes rapidement.

— Attention, elle ne vous fera pas de mal.

— Va-t'en de là, Haryard. » C'était le second des
garçons, celui qui avait parlé cheval et voiture, là-bas,
près du pont. « Allez, les gars, jetons-leur de l'eau. »

— Sortons de l'eau. On va les foutre dedans, dit un
autre. C'est pas une fille qui me fait peur.

— Jetons-leur de l'eau ! Jetons-leur de l'eau ! » Ils se
précipitèrent vers nous en nous lançant de l'eau. Nous
reculâmes.

— Allez-vous-en, hurlaient-ils. Allez-vous-en.

Nous partîmes. Ils s'étaient groupés juste sous la
berge, leurs têtes luisantes en rang sur le fond d'eau

brillante. Nous nous éloignâmes. — C'est pas un endroit pour nous, hein ? » Le soleil filtrait en biais jusque sur la mousse. Çà et là, de plus en plus horizontal. « Pauvre gosse. Tu n'es qu'une petite fille. » Des petites fleurs poussaient dans la mousse. Je n'en avais jamais vu de si petites. « Tu n'es qu'une petite fille, pauvre gosse. » Il y avait un sentier qui suivait la courbe de l'eau. Puis l'eau redevint calme, noire, calme et rapide, « qu'une petite fille. Pauvre petite sœur ». *Nous étions couchés dans l'herbe humide haletants la pluie comme de la grenaille froide sur mon dos. Tu t'en fous encore Tu t'en fous dis*

Mon Dieu nous sommes dans un bel état lève-toi. Où la pluie touchait mon front j'ai senti une brûlure ma main s'est retirée rouge dégouttante rose dans la pluie. Ça te fait mal.

Naturellement comment voudrais-tu

J'ai essayé de t'arracher les yeux Bon Dieu ce que nous puons nous ferions bien de nous nettoyer un peu dans le ruisseau « Nous revoilà en ville, petite. Maintenant, il faut rentrer chez toi. Vois comme il est tard. Tu vas rentrer maintenant, n'est-ce pas ? » Mais elle se contentait de me regarder avec ses grands yeux fixes, noirs, secrets, amicaux, la miche demi-nue serrée sur la poitrine. « Elle est mouillée. Je croyais que nous nous étions reculés à temps. » Je pris mon mouchoir et m'efforçai de sécher la miche, mais la croûte s'écailla et je m'arrêtai. « Il n'y a qu'à la laisser sécher toute seule. Tiens-la comme ça. » Elle la tint comme ça. On aurait dit maintenant que les rats l'avaient grignotée. *et l'eau qui montait montait sur le dos courbé la boue croupie et puante qui remontait à la surface constellant la surface grésillante comme de la graisse sur un poêle chaud. Je t'avais bien dit que je t'apprendrais.*

Tu peux faire tout ce que tu voudras je m'en fous

C'est alors que nous entendîmes les pas qui couraient. Nous nous sommes arrêtés, nous avons regardé derrière nous, et nous l'avons vu qui s'approchait en courant, les ombres horizontales papillotant sur ses jambes.

— Il est pressé. Nous... » Puis je vis un autre homme, un homme entre deux âges, qui courait lourdement, un bâton à la main, et un jeune garçon, nu jusqu'à la ceinture, qui retenait son pantalon tout en courant.

— Voilà Julio », dit la petite fille. Alors, comme l'homme sautait sur moi, je vis son visage d'Italien, ses yeux. Nous tombâmes. Ses mains me labouraient le visage. Il disait quelque chose et essayait de me mordre, je crois, et puis ils l'ont relevé, ils l'ont maîtrisé, haletant, luttant, vociférant, et ils lui tenaient les bras, et il essayait de me donner des coups de pied jusqu'au moment où ils l'ont entraîné. La petite fille hurlait, la miche dans les bras. Le garçon demi-nu sautait et trépignait, cramponné à son pantalon, et quelqu'un me releva à temps pour que je pusse apercevoir une autre silhouette qui accourait, complètement nue, au paisible tournant de la rivière, et changeait soudain de direction pour disparaître dans les fourrés, ses vêtements derrière lui, rigides, comme des planches. Julio se débattait toujours. L'homme qui m'avait relevé me dit : « Enfin, tout de même, on vous a eu ! » Il portait un gilet, mais pas de veston. Une plaque de métal y était fixée. Dans l'autre main, il tenait un gourdin noueux et poli.

— C'est vous Anse, n'est-ce pas ? dis-je. Je vous cherchais. Qu'est-ce qu'il y a ?

— Je vous préviens que tout ce que vous direz ne fera que vous nuire, dit-il. Je vous arrête.

— Io lé tourai », dit Julio. Il se débattait. Deux hommes le maîtrisaient. La petite fille hurlait tou-

jours, son pain dans les bras. « Vous avez volé ma
sœur, dit Julio. Lâchez-moi, signore. »

— Volé sa sœur ? dis-je. Ça par exemple, j'ai...

— Assez, dit Anse. Vous raconterez ça au juge.

— Volé sa sœur ? » dis-je. Julio échappa aux hommes et ressauta sur moi. Mais le policier le saisit, et ils
luttèrent jusqu'à ce que les deux autres lui eussent à
nouveau immobilisé les deux bras. Anse le lâcha,
essoufflé.

— Sacrés sales étrangers, dit-il. J'ai bonne envie de
vous arrêter vous aussi pour coups et blessures. » Il se
retourna vers moi. « Allez-vous me suivre tranquillement ou faut-il que je vous mette les menottes ?

— Je vous suivrai tranquillement, dis-je. Tout ce
que vous voudrez pourvu que je puisse trouver quelqu'un... faire quelque chose de... Voler sa sœur ! dis-je.
Voler sa...

— Je vous ai prévenu, dit Anse. Il va vous accuser de
préméditation de viol. Eh là, vous, faites un peu taire
cette gosse.

— Oh ! » dis-je. Et je me mis à rire. Deux autres
garçons, les cheveux collés et les yeux ronds, sortirent
des fourrés. Ils boutonnaient leurs chemises déjà
mouillées aux épaules et aux bras. J'essayai sans
succès de m'empêcher de rire.

— Attention, Anse. Il m'a l'air fou.

— Il faut pourtant que je cesse, dis-je. Je vais
m'arrêter dans une minute. L'autre fois c'était ah, ah,
ah, » dis-je en riant. « Laissez-moi m'asseoir un instant. » Je m'assis. Ils me regardaient tous, et la petite
fille avec son visage barbouillé et sa miche qui semblait grignotée, et l'eau, vive et paisible, au-dessous du
sentier. Au bout d'un instant, mon rire s'arrêta. Mais
ma gorge s'efforçait encore de rire, comme des nausées
après que l'estomac est vide.

— Allons, allons, dit Anse. Tâchez de vous maîtriser.

— Oui », dis-je en contractant la gorge. Il y avait un autre papillon jaune, comme si une des taches de soleil s'était détachée. Au bout d'un moment, je pus relâcher un peu la tension de ma gorge. Je me levai. « Je suis prêt, dis-je. Par où ? »

Nous suivîmes le sentier, les deux autres surveillaient. Julio et la petite fille, et les garçons, quelque part en arrière. Le sentier suivait la rivière jusqu'au pont. Nous le franchîmes ainsi que la voie du chemin de fer. Des gens se montraient sur les portes et nous regardaient, des jeunes gens se matérialisaient de toutes parts, si bien qu'en arrivant dans la grand'rue nous formions toute une procession. Une auto était arrêtée devant le drugstore, une grande, mais je ne les reconnus que lorsque Mrs Bland s'écria :

— Comment, Quentin ! Quentin Compson ! » Alors je vis Gerald, et Spoade, à l'arrière, appuyé sur la nuque. Et Shreve. Je ne connaissais pas les deux jeunes filles.

— Quentin Compson ! dit Mrs Bland.

— Bonjour, dis-je en soulevant mon chapeau. On vient de m'arrêter. Je regrette de n'avoir pas reçu votre mot. Shreve vous a dit ?

— Arrêté ? dit Shreve. Pardon ! » dit-il. Il se souleva, enjamba leurs pieds et descendit. Il portait un de mes pantalons de flanelle qui le moulait comme un gant. Je ne me rappelais pas avoir oublié cette paire. Je ne me rappelais pas non plus combien de mentons avait Mrs Bland. La plus jolie des deux jeunes filles était devant avec Gerald. Elles me regardaient à travers leurs voilettes avec une espèce d'horreur délicate. « Qui est arrêté ? dit Shreve. Qu'est-ce que cela signifie ? »

— Gerald, dit Mrs Bland, renvoie donc tous ces gens-là. Montez dans l'auto, Quentin.

Gerald descendit. Spoade n'avait pas bougé.

— Qu'a-t-il fait cap[1] ? Dévalisé un poulailler ?

— Je vous avertis, dit Anse. Vous connaissez le prisonnier ?

— Si je le connais ! dit Shreve. Écoutez...

— Alors, vous pouvez nous accompagner chez le juge. Vous faites obstacle à l'exercice de la justice. Venez. » Il me secoua le bras.

— Alors, au revoir, dis-je. Heureux de vous avoir tous vus. Regrette de ne pouvoir me joindre à vous.

— Gerald, voyons ! dit Mrs Bland.

— Écoutez-moi, sergent, dit Gerald.

— Je vous avertis que vous interrompez un officier de justice dans l'exercice de ses fonctions, dit Anse. Si vous avez quelque chose à dire, vous pouvez nous accompagner chez le juge et identifier le prisonnier. » Nous partîmes. Une belle procession maintenant. Anse et moi en tête. Je pouvais les entendre leur raconter l'affaire, et Spoade qui questionnait, puis Julio dit quelque chose violemment en italien, et je regardai derrière moi, et je vis la petite fille, debout sur le bord du trottoir, qui me regardait de son air amical, impénétrable.

— Rentre à la maison, lui hurla Julio. Io té foutrai oune raclée.

Nous descendîmes la rue et tournâmes sur une petite pelouse. Une maison d'un étage, en briques bordées de blanc, s'y dressait, en retrait de la route. Nous suivîmes une allée empierrée jusqu'à la porte où Anse fit arrêter tout le monde, sauf nous, et empêcha d'entrer. Nous pénétrâmes dans une salle nue qui sentait le vieux tabac. Au centre d'un cadre de bois empli de sable, il y avait un poêle en fer. Sur le mur, une carte déteinte et un plan de ville défraîchi. Derrière une table toute tailladée et encombrée de papiers, un

---

1. Abréviation de *captain*.

homme, avec une houppe sauvage de cheveux gris-fer, nous regarda par-dessus ses lunettes d'acier.

— Alors, vous l'avez pincé, Anse ? dit-il.

— Pincé, oui, Monsieur le Juge.

Il ouvrit un gros livre poussiéreux et l'approcha de lui, puis il trempa une plume sale dans un encrier plein d'une espèce de suie.

— Écoutez-moi, monsieur, dit Shreve.

— Le nom du prisonnier », dit le juge. Je le lui dis. Il l'écrivit lentement dans le livre, la plume grinçait avec un air de décision intolérable.

— Écoutez-moi, monsieur, dit Shreve. Nous connaissons ce garçon. Nous...

— Silence, dit Anse.

— Tais-toi vieux, dit Spoade. Laisse-le faire à sa guise. On ne l'en empêcherait pas, du reste.

— Age », dit le juge. Je le lui dis. Il écrivait en remuant la bouche. « Profession. » Je le lui dis : « Étudiant à Harvard, hein ? » dit-il. Il leva les yeux vers moi, baissant un peu le cou pour voir par-dessus ses lunettes. Ses yeux étaient clairs et froids, des yeux de chèvre. « Qu'est-ce qui vous prend de venir ici voler des enfants ? »

— Ils sont fous, Monsieur le Juge, dit Shreve. Celui qui prétend que ce garçon vole...

Julio s'agita violemment : — Fou ! dit-il. Como si io l'ai pas vou ! Como si io l'ai pas vou avec mes propres yeux !

— Vous mentez, dit Shreve. Vous n'avez jamais...

— Silence ! Silence ! dit Anse en élevant la voix.

— Taisez-vous, vous autres, dit le juge. S'ils ne se tiennent pas tranquilles mettez-les dehors, Anse. » Ils se turent. Le juge regarda Shreve, puis Spoade, puis Gerald. « Vous connaissez ce jeune homme ? » dit-il à Spoade.

— Oui, Votre Honneur, dit Spoade. C'est tout simplement un petit gars de la campagne qui fait ses études là-bas. Il n'a pas de mauvaises intentions. Je suis sûr que le sergent reconnaîtra que c'est une erreur. Son père est pasteur.

— Hum, dit le juge. Que faisiez-vous exactement ? » Je le lui dis. Il me regardait de ses yeux froids, pâles. « Votre avis, Anse ? »

— C'est possible, dit Anse. Avec ces sacrés étrangers !

— Moi Américain, dit Julio. Io avé tutti mi papiers.

— Où est la petite ?

— Il l'a renvoyée chez lui, dit Anse.

— Était-elle effrayée, troublée ?

— Non, sauf quand Julio a sauté sur le prisonnier. Ils se promenaient tout tranquillement au bord de la rivière, dans la direction de la ville. Des gamins qui se baignaient nous ont dit par où ils étaient passés.

— Il y a erreur, Monsieur le Juge, dit Spoade. Les enfants et les chiens passent leur temps à le suivre comme ça. Il n'y peut rien.

— Hum », dit le juge. Il regarda un instant par la fenêtre. Nous l'observions. Je pouvais entendre Julio se gratter. Le juge ramena son regard dans la salle.

— Et vous, là-bas, ça ne vous suffit pas que la petite n'ait pas eu de mal ?

— Pas ou dé mal pour le moment, dit Julio d'un air sombre.

— Vous avez quitté votre travail pour aller à sa recherche ?

— Sour que io quitté. Io couru, couru como l'inferno. Io regardé ici, io regardé là, pouis un uomo il m'a dit qu'il l'avait vou lui donner à manger. Elle allé avec loui.

— Hum, dit le juge. Eh bien, mon ami, j'estime que vous devez quelque chose à Julio pour lui avoir fait abandonner son travail.

175

— Oui, monsieur, dis-je. Combien ?

— J'estime qu'un dollar suffira.

Je donnai un dollar à Julio.

— Alors, dit Spoade. Si c'est tout... je pense que l'affaire est jugée, Votre Honneur ?

Le juge ne le regarda pas. — Sur quelle distance l'avez-vous poursuivi, Anse ?

— Deux miles, pour le moins. Il nous a bien fallu deux heures pour l'attraper.

— Hum », dit le juge. Il médita un instant. Nous l'observions avec ses cheveux en houppe raide, ses lunettes sur le bout du nez. La forme jaune de la fenêtre s'allongeait sur le plancher, atteignait le mur, grimpait. Des poussières tournoyaient en diagonales. « Six dollars. »

— Six dollars, dit Shreve. Pourquoi ça ?

— Six dollars », dit le juge. Il regarda Shreve un instant, puis tourna les yeux vers moi.

— Dites donc, dit Shreve.

— Tais-toi, dit Spoade. Donne-les-lui, vieux, et filons d'ici. Ces dames nous attendent. Tu as six dollars ?

— Oui », dis-je. Je lui donnai six dollars.

— L'affaire est jugée, dit-il, sans élever la voix.

— Du diable si... dit Shreve.

— Allons, viens, dit Spoade en lui prenant le bras. Au revoir, Monsieur le Juge. » Comme nous franchissions la porte, la voix de Julio s'éleva de nouveau, violente, puis s'éteignit. Spoade me regardait, et ses yeux bruns étaient inquisiteurs et un peu froids. « Eh bien, mon vieux, je suppose qu'à l'avenir, tu resteras à Boston quand tu auras envie de courir après les petites filles. »

— Bougre d'idiot, dit Shreve. En voilà une idée de venir ici batifoler avec ces sales macaronis !

— Allons, dit Spoade. Elles doivent s'impatienter. »

Mrs Bland leur parlait. Elles s'appelaient Miss Holmes et Miss Daingerfield et elles cessèrent de l'écouter, et elles me regardèrent à nouveau avec cette même horreur délicate et curieuse, la voilette relevée sur leurs petits nez blancs, les yeux fuyants et mystérieux sous la voilette.

— Quentin Compson, dit Mrs Bland, que dirait votre mère ? Évidemment, il arrive toujours un moment où les jeunes gens se trouvent mêlés à quelque affaire. Mais, se faire arrêter, à pied, par un garde-champêtre ! Qu'est-ce qu'on lui reprochait Gerald ?

— Rien, dit Gerald.

— Allons donc ! Vous, Spoade, dites-moi, qu'est-ce que c'était ?

— Il essayait d'enlever cette petite crasseuse, mais on l'a arrêté à temps, dit Spoade.

— Bah ! » dit Mrs Bland. Mais sa voix mourut pour ainsi dire, et elle me dévisagea un moment, et les jeunes filles retinrent leur respiration dans un souffle léger et concerté. « Histoire à dormir debout ! dit Mrs Bland désinvolte. Je les reconnais bien là, ces Yankees vulgaires et ignorants. Montez, Quentin. » Shreve et moi, nous nous assîmes sur deux petits strapontins. Gerald mit le moteur en marche, monta et nous partîmes.

— Maintenant, Quentin, dites-moi ce que signifient toutes ces sottises », dit Mrs Bland. Je leur racontai mon histoire. Shreve, tassé et furieux sur son petit siège, et Spoade vautré de nouveau sur la nuque, à côté de Miss Daingerfield.

— Et ce qu'il y a de plus rigolo, c'est que Quentin n'a pas cessé une minute de nous faire marcher, dit Spoade. Nous étions tant persuadés que c'était le jeune homme modèle à qui tout le monde pouvait confier sa fille, et voilà que maintenant la police nous le présente dans l'exercice de ses déplorables activités.

— Taisez-vous, Spoade », dit Mrs Bland. Nous descendîmes la rue, traversâmes le pont et passâmes devant la maison où le sous-vêtement rose pendait à une fenêtre. « Ça vous apprendra à ne pas lire mes lettres. Pourquoi n'êtes-vous pas allé la chercher ? Mr MacKenzie affirme qu'il vous avait prévenu qu'elle était sur votre table.

— Oui, j'avais l'intention de le faire, mais je ne suis pas retourné à ma chambre.

— Vous nous auriez fait attendre je ne sais combien de temps sans Mr MacKenzie. Quand il m'a dit que vous n'étiez pas rentré, nous nous sommes trouvés avec une place libre et nous lui avons demandé de venir avec nous, nous sommes enchantés du reste de vous avoir avec nous, Mr MacKenzie. » Shreve ne dit rien. Il avait les bras croisés, et il regardait droit devant lui, par-delà la casquette de Gerald. C'était une casquette d'automobiliste anglais. D'après Mrs Bland. Nous passâmes devant cette maison, puis devant trois autres, puis devant une autre cour où la petite fille se tenait debout, près de la barrière. Elle n'avait plus son pain, et son visage semblait enduit de suie. J'agitai la main, mais elle ne répondit pas. Elle se contenta de tourner lentement la tête au passage de l'automobile et de nous suivre de son regard fixe. Puis nous filâmes le long du mur. Nos ombres filaient également sur le mur. Et, au bout d'un instant, nous passâmes près d'un morceau de journal, sur le bord de la route, et je me remis à rire. Je pouvais sentir mon rire dans ma gorge, et je levai les yeux vers les arbres où descendait l'après-midi, pensant à l'après-midi, à l'oiseau, aux enfants qui nageaient. Malgré cela, je ne pouvais l'arrêter et je compris que, si j'essayais trop fort de l'arrêter, je me mettrais à pleurer, et je pensai à cette idée que j'avais eue que je ne pouvais pas être vierge avec toutes ces personnes chuchotant dans les ombres de leurs douces voix féminines, s'attardant dans les coins sombres et les mots qui m'arrivaient, et le parfum, et les yeux que je sentais sans voir, mais si c'était si simple à faire, ce ne serait donc rien, et si ce n'était rien qu'étais-je alors et Mrs Bland dit : — Quentin ? Est-ce qu'il est malade, Mr MacKenzie ? » Et la main grasse de Shreve me toucha le genou, et Spoade se mit à parler, et je renonçai à arrêter mon rire.

— Si ce panier le gêne, Mr MacKenzie, tirez-le près de vous. J'ai apporté un panier de bouteilles, parce que j'estime que les jeunes gens, si ce sont des gentlemen, doivent boire du vin, bien que mon père, le grand-père de Gerald » *jamais fait cela As-tu jamais fait cela Dans les ténèbres grises une petite lueur ses mains qu'elle tenait croisées autour.*

— Ils le font quand ils peuvent s'en procurer, dit Spoade. Pas vrai, Shreve ? » *de ses genoux son visage qu'elle levait vers le ciel et l'odeur de chèvrefeuille sur son visage et sur sa gorge*

— De la bière aussi », dit Shreve. Sa main de nouveau me toucha le genou. De nouveau je reculai mon genou *comme une couche délicate de peinture lilas et elle parla de lui l'amenant*

— Tu n'es pas un gentleman », dit Spoade *entre nous jusqu'au moment où elle perdit sa forme se confondit mais non par l'effet des ténèbres*

— Non, je suis canadien », dit Shreve. *parlant de lui les avirons qui clignaient à son passage clignaient de l'œil Casquette d'automobiliste anglais et le temps par-dessous qui fuyait et eux deux confondus l'un dans l'autre pour toujours il avait été dans l'armée avait tué des hommes*

— J'adore le Canada, dit Miss Daingerfield. Je trouve que c'est un pays merveilleux.

— As-tu jamais bu du parfum ? » dit Spoade. *d'une*

main il pourrait la soulever la mettre sur son épaule
s'enfuir avec elle courant Courant

— Non », dit Shreve, *courant la bête à deux dos*[1] *et*
elle estompée par les avirons clignotants courant le
pourceau d'Eubée[2] *courant accouplée à combien Caddy.*

— Moi non plus, dit Spoade. *Je ne sais pas beaucoup*
trop il y avait quelque chose de terrible en moi de terrible
en moi Père j'ai commis As-tu jamais fait cela Non nous
ne l'avons pas fait nous n'avons pas fait cela l'avons-
nous fait

— et le grand-père de Gerald cueillait toujours sa
menthe lui-même, avant son petit déjeuner alors que la
rosée était encore dessus. Il ne voulait même pas que le
vieux Wilkie y touchât. Tu te rappelles, Gerald ? Il la
cueillait lui-même et faisait lui-même son *julep*[3]. Il
était maniaque comme une vieille fille pour son julep.
Il mesurait tout d'après une recette qu'il gardait dans
sa tête. Il n'a donné cette recette qu'à un seul homme,
c'était » *oui nous l'avons fait comment peux-tu ne pas le*
savoir tu n'as qu'à attendre un peu et je te dirai comment
c'est arrivé un crime nous avons commis un crime
horrible on ne peut pas le cacher tu crois qu'on le peut
mais attends. Mon pauvre Quentin tu n'as jamais fait
cela n'est-ce pas et je te dirai comment c'est arrivé je le
dirai à papa et alors il faudra bien que cela soit parce que
tu aimes papa et il faudra nous en aller au milieu de la
réprobation et de l'horreur la flamme pure je te forcerai à
dire que nous l'avons fait j'ai plus de force que toi je te
ferai comprendre que nous l'avons fait tu croyais que
c'étaient eux mais c'était moi tu croyais que j'étais dans

1. Voir *Othello*, I, 1, 107. (N. T.)
2. Dans la légende grecque, Eubée est le porcher qui surprit la
séduction de Perséphone par Pluton, et dont les porcs accouplés
suivirent celle-là dans l'abîme. (N. T.)
3. *Mint-julep :* boisson à base de whisky et de feuilles de menthe.
(N. T.)

la maison où ce maudit chèvrefeuille m'efforçant de ne pas penser le hamac les cèdres les désirs secrets le souffle oppressé buvant la respiration affolée le oui Oui Oui oui « ne soit jamais allé jusqu'à boire lui-même du vin, mais il disait toujours qu'un panier dans quel livre avez-vous lu cela celui où le costume de rameur de Gerald de vin était indispensable dans un pique-nique de gentleman » *les as-tu aimés Caddy les as-tu aimés Quand ils m'ont touchée je suis morte*

une minute elle resta là l'instant d'après il hurlait la tirait par sa robe ils sont entrés dans le vestibule ont monté l'escalier hurlant la poussant dans l'escalier jusqu'à la porte de la salle de bains et ils se sont arrêtés elle avait le dos contre la porte et le bras sur la figure hurlant s'efforçant de la pousser dans la salle de bains quand elle est venue dîner T. P. le faisait manger il recommença à pleurnicher d'abord puis quand elle le toucha il se mit à hurler elle était là debout les yeux comme des rats aux abois puis je me suis élancé dans les ténèbres grises il y avait une odeur de pluie tous les parfums des fleurs épars dans l'air humide et chaud et la petite scie des grillons qui s'éteignait dans l'herbe m'accompagnait d'îlots de silence mouvants Nancy me regardait par-dessus la barrière tachetée comme un couvre-pieds arlequin pendu sur une corde à linge J'ai pensé ce sacré nègre a encore oublié de lui donner à manger j'ai descendu la pente en courant dans ce vide des grillons comme un souffle qui passe sur un miroir elle était étendue dans l'eau la tête sur la langue de sable l'eau coulait autour d'elle il y avait sur l'eau un peu plus de lumière sa jupe à demi transpercée battait contre ses flancs au mouvement des eaux rides pesantes qui s'en allaient sans but renouvelées elles-mêmes par leur propre mouvement Debout sur la rive je pouvais respirer l'odeur du chèvrefeuille sur l'eau dans la ravine l'air semblait n'être qu'une bruine de chèvre-

feuille de grincement des grillons substance perceptible à la chair

est-ce que Benjy pleure toujours

je ne sais pas oui je ne sais pas

pauvre Benjy

je m'assis sur la rive l'herbe était un peu humide
ensuite je constatai que mes souliers étaient mouillés

sors de cette eau tu es folle

mais elle ne bougea pas son visage faisait une tache
blanche qui se détachait sur l'imprécis du sable grâce
au cadre de ses cheveux

allons sors

elle s'assit d'abord puis se leva sa robe battait contre
elle s'égouttait elle grimpa sur la rive dans sa jupe
battante et s'assit

pourquoi ne l'essores-tu pas tu as envie de prendre
froid

oui

l'eau aspirait gargouillait autour de la langue de
sable et plus loin dans le noir parmi les saules à
l'endroit du gué l'eau ondoyait comme un lambeau
d'étoffe retenant encore un peu de lumière comme
l'eau sait le faire

il a traversé toutes les mers tout autour du monde

puis elle me parla de lui les mains croisées sur ses
genoux mouillés le visage renversé dans la lumière
grise l'odeur du chèvrefeuille il y avait de la lumière
dans la chambre de maman et dans celle de Benjy où
T. P. le mettait au lit

est-ce que tu l'aimes

sa main avança je ne bougeais pas elle descendait le
long de mon bras et elle posa ma main à plat sur sa
poitrine là où le cœur battait

non non

t'a-t-il forcée alors il t'a forcée à le faire à le laisser
faire il était plus fort que toi et il demain je le tuerai je

182

jure que je le ferai papa n'a pas besoin de savoir avant
on lui dira après et ensuite toi et moi ça ne regarde
personne nous pourrons prendre l'argent destiné à
mon instruction nous pourrons faire rayer mon ins-
cription à l'université Caddy tu le hais n'est-ce pas
n'est-ce pas

elle gardait ma main sur sa poitrine le cœur battant
je me tournai et lui saisis le bras

Caddy tu le hais n'est-ce pas

elle fit monter ma main jusqu'à sa gorge où son cœur
martelait

pauvre Quentin

elle levait son visage vers le ciel qui était bas si bas
qu'il semblait comme une tente affaissée écraser sous
sa masse tous les sons les parfums de la nuit le
chèvrefeuille surtout que j'aspirais qui recouvrait tout
son visage sa gorge comme de la peinture son cœur
battait contre ma main je m'appuyais sur mon autre
bras il commença à tressaillir à sauter et je dus haleter
pour saisir un peu d'air dans l'épaisseur grise de tout
ce chèvrefeuille.

oui je le hais je mourrais pour lui je suis déjà morte
pour lui je meurs pour lui encore et encore chaque fois
que cela se produit

quand j'ai soulevé ma main je pouvais encore sentir
dans la paume la brûlure des brindilles et des herbes
entrecroisées.

pauvre Quentin

elle se renversa en arrière appuyée sur ses bras les
mains nouées autour des genoux

tu n'as jamais fait cela n'est-ce pas

fait quoi

ce que j'ai fait

si si bien des fois avec bien des femmes

puis je me suis mis à pleurer sa main me toucha de
nouveau et je pleurais contre sa blouse humide elle

était étendue sur le dos et par-delà ma tête elle regardait le ciel je pouvais voir un cercle blanc sous ses prunelles et j'ouvris mon couteau

te rappelles-tu le jour de la mort de grand-mère quand tu t'étais assise dans l'eau avec ta culotte

oui

je tenais la pointe du couteau contre sa gorge

ce sera l'affaire d'une seconde rien qu'une seconde et puis je me le ferai je me le ferai ensuite

bon pourras-tu te le faire tout seul

oui la lame est assez longue Benjy est couché maintenant

oui

ce sera l'affaire d'une seconde je tâcherai de ne pas te faire mal

bon

fermeras-tu les yeux

non parce qu'il faudrait que tu enfonces plus fort touche-le avec ta main

mais elle ne bougea pas elle avait les yeux grands ouverts et par-delà ma tête elle regardait le ciel

Caddy tu te rappelles comme Dilsey s'est fâchée à cause de ta culotte qui était pleine de boue

ne pleure pas

je ne pleure pas Caddy

pousse-le vas-tu le faire

tu le veux

oui pousse

touche-le avec ta main

ne pleure pas mon pauvre Quentin

mais je ne pouvais m'arrêter elle me tenait la tête contre sa poitrine humide et ferme je pouvais entendre son cœur qui ne martelait plus mais battait lentement durement l'eau chantonnait parmi les saules dans les ténèbres et les bouffées de chèvrefeuille montaient

184

dans l'air mon bras et mon épaule étaient tordus sous moi

qu'y a-t-il que fais-tu

ses muscles se contractaient je m'assis

c'est mon couteau je l'ai laissé tomber

elle se redressa

quelle heure est-il

je ne sais pas

elle se leva je cherchais à tâtons par terre

je m'en vais laisse-le va

je pouvais sentir qu'elle était là debout je pouvais sentir ses vêtements humides sentir qu'elle était là

il est ici quelque part

laisse-le donc tu le trouveras demain viens

attends une minute je vais le trouver

as-tu peur

le voilà il était ici tout près

vraiment viens

je me levai et la suivis nous avons gravi la pente les grillons muets à notre approche

c'est drôle comme on peut s'asseoir laisser tomber quelque chose et être obligé de le chercher

le gris tout était gris des lignes de rosée montaient en diagonales vers le ciel gris et les arbres plus loin

ce maudit chèvrefeuille si seulement il pouvait cesser

autrefois tu l'aimais

nous arrivâmes en haut et nous dirigeâmes vers les arbres elle se heurta à moi puis s'écarta un peu le fossé faisait une cicatrice noire dans l'herbe grise de nouveau elle se heurta à moi elle me regarda puis s'écarta nous atteignîmes le fossé

allons de ce côté

pourquoi

pour voir si on peut voir encore les os de Nancy il y a longtemps que je n'ai pas pensé à les regarder et toi c'était un fouillis de lianes et de ronces noires

c'est là qu'ils étaient je ne peux pas voir s'ils y sont encore et toi

assez Quentin

viens

le fossé se rétrécissait se fermait elle tourna vers les arbres

assez Quentin

Caddy

je me remis devant elle

Caddy

assez

je la tenais

j'ai plus de force que toi

elle était immobile tendue inflexible mais pourtant je ne résisterai pas assez tu entends assez

Caddy non Caddy

ça ne servira à rien tu le sais bien à rien du tout lâche-moi

le chèvrefeuille s'égouttait s'égouttait comme de la bruine je pouvais entendre les grillons nous observer en cercle elle recula tourna autour de moi se dirigea vers les arbres

rentre à la maison tu n'as pas besoin de venir

je m'éloignai

pourquoi ne rentres-tu pas à la maison

ce maudit chèvrefeuille

nous atteignîmes la barrière elle se courba et je me courbai aussi pour la franchir et quand je me redressai il sortait des arbres dans la grisaille il s'approchait de nous venait vers nous grand plat immobile bien qu'en mouvement comme s'il restait là immobile et elle alla vers lui

je te présente Quentin je suis mouillée je suis mouillée des pieds à la tête tu n'es pas obligé si tu ne veux pas leurs ombres une seule ombre je la vis relever la tête elle dépassait celle de l'homme sur le ciel plus haut leurs deux têtes

tu n'es pas obligé si tu ne veux pas

et puis il n'y eut plus deux têtes les ténèbres sentaient la pluie l'herbe humide les feuilles la lumière grise qui s'égouttait comme de la bruine le chèvrefeuille montant en vagues humides je pouvais voir le visage de Caddy tache indécise sur l'épaule de l'homme il l'enlaçait d'un bras comme si elle eût été une petite fille il tendit la main

enchanté de faire votre connaissance

nous nous serrâmes la main puis nous restâmes là debout son ombre très haute contre celle de l'homme une seule ombre

que vas-tu faire Quentin

me promener un moment je vais je crois regagner la route à travers bois et revenir par la ville

je fis demi-tour

bonsoir

Quentin

je m'arrêtai

que me veux-tu

dans les bois les petites grenouilles chantaient sentant la pluie dans l'air on eût dit des petites boîtes à musique dures à tourner et le chèvrefeuille

viens ici

que me veux-tu

viens ici Quentin

je revins elle me toucha l'épaule en se penchant son ombre la tache de son visage penchée détachée de la grande ombre de l'homme je me reculai

attention

rentre à la maison

je n'ai pas sommeil je vais aller me promener

attends-moi au ruisseau

187

je vais aller me promener
j'y serai bientôt attends-moi attends
non je vais me promener dans les bois

je ne me retournai pas les petites grenouilles ne se
souciaient pas de moi la lumière grise comme de la
mousse dans les arbres tombait en bruine et pourtant
il ne pleuvait pas au bout d'un instant je tournai revins
à la lisière des bois et aussitôt je pus sentir de nouveau
le chèvrefeuille je pouvais voir la lumière sur l'horloge
du tribunal et la lueur de la ville de la place sur le ciel
et les saules noirs le long du cours d'eau et la lumière
aux fenêtres de maman la lumière qui brûlait encore
dans la chambre de Benjy et je me baissai pour
franchir la clôture je traversai le pré en courant et je
courus dans l'herbe grise parmi les grillons le chèvrefeuille sentait plus fort toujours plus fort et l'odeur de
l'eau puis je vis l'eau couleur de chèvrefeuille gris et je
me couchai sur la rive la face contre terre pour éviter
de respirer sentir le chèvrefeuille alors je ne le sentais
plus et je suis resté là couché sentant la terre pénétrer
mes vêtements écoutant l'eau et au bout d'un moment
ma respiration s'est calmée et je suis resté là couché
pensant que si je ne bougeais pas le visage je n'aurais
plus à respirer si fort à le sentir puis je cessai
complètement de penser et elle s'est approchée sur la
rive et s'est arrêtée et je n'ai pas bougé

il est tard il faut rentrer
quoi
rentre à la maison il est tard
bien

sa robe bruissait je ne bougeais pas et sa robe cessa
de faire du bruit

vas-tu rentrer comme je te l'ai dit
je n'ai rien entendu
Caddy
oui je rentrerai si tu le veux je rentrerai

188

je m'assis elle était assise par terre le genou dans ses deux mains croisées

rentre à la maison comme je t'ai dit

oui je ferai tout ce que tu voudras tout oui

elle ne me regardait même pas je la saisis par l'épaule et la secouai rudement

assez

je la secouai

assez assez

oui

elle leva la tête et je vis alors qu'elle ne me regardait même pas je pouvais voir le cercle blanc

lève-toi

je la tirai elle faisait la morte je la mis sur ses pieds

allons marche

est-ce que Benjy criait encore quand tu es parti

allons marche

nous traversâmes le ruisseau et le toit apparut puis les fenêtres en haut

il dort maintenant

je dus m'arrêter et fermer la grille elle continua dans la lumière grise l'odeur de pluie et il ne pleuvait toujours pas et le chèvrefeuille commençait à monter de la haie du jardin commençait elle pénétra dans l'ombre je pouvais entendre ses pas

Caddy

je m'arrêtai aux marches je ne pouvais plus entendre ses pas

Caddy

j'entendis ses pas puis ma main toucha la sienne ni chaude ni froide simplement calme sa robe un peu humide encore

l'aimes-tu maintenant

respiration lente comme une respiration lointaine

Caddy l'aimes-tu maintenant

je ne sais pas

hors de la lumière grise les ombres des choses
comme des choses mortes dans de l'eau stagnante
je voudrais que tu sois morte
vraiment alors tu rentres
penses-tu à lui en ce moment
je ne sais pas
dis-moi à quoi penses-tu dis-moi
assez assez Quentin
tais-toi tais-toi tu m'entends tais-toi vas-tu te taire
oui je me tairai nous ferions trop de bruit
je te tuerai tu m'entends
allons vers le hamac ici on t'entendrait
je ne pleure pas est-ce que tu prétends que je pleure
non chut maintenant nous réveillerions Benjy
rentre maintenant rentre
je suis ne pleure pas je suis une fille perdue de toute
façon tu n'y peux rien
une malédiction pèse sur nous ce n'est pas notre
faute est-ce que c'est notre faute
chut allons va te coucher
tu ne peux pas m'y forcer nous sommes maudits
je finis par l'apercevoir il entrait chez le coiffeur il
regarda je continuai et attendis
voilà deux ou trois jours que je vous cherche
vous vouliez me voir
je vais vous voir à l'instant même
il roula une cigarette rapidement en deux ou trois
mouvements il fit craquer l'allumette sur son pouce
nous ne pouvons pas causer ici nous pourrions peut-
être prendre rendez-vous quelque part
j'irai vous trouver dans votre chambre à l'hôtel
non ça ne me semble pas très pratique vous connaissez le pont sur la rivière là-bas derrière la
oui parfaitement
à une heure précise
oui parfaitement

à une heure précise
oui
je tournai les talons
je vous remercie
dites-moi
je m'arrêtai et me retournai
il ne lui est rien arrivé
il avait l'air en bronze avec sa chemise kaki
elle n'a que moi sur qui compter maintenant
je serai là-bas à une heure
elle m'a entendu dire à T. P. de seller Prince à une heure elle ne cessait de m'observer et mangeait à peine elle est venue aussi
que vas-tu faire
rien je n'ai pas le droit d'aller me promener à cheval si j'en ai envie
tu as quelque chose en tête qu'est-ce que c'est
ça ne te regarde pas putain putain
T. P. tenait Prince devant la porte de service
j'ai changé d'avis j'irai à pied
je descendis l'allée franchis la grille pris le sentier ensuite je me mis à courir avant d'avoir atteint le pont je l'ai aperçu appuyé au parapet son cheval était attaché dans le bois il regarda par-dessus son épaule puis tourna le dos il ne leva les yeux que lorsque j'arrivai sur le pont et m'arrêtai il avait un morceau d'écorce dans les mains il en brisait des fragments qu'il jetait dans l'eau par-dessus le parapet
je suis venu vous dire de quitter la ville
d'un geste décidé il brisa un morceau d'écorce et soigneusement il le laissa tomber dans l'eau et le regarda s'éloigner
j'ai dit qu'il vous fallait quitter la ville
il me regarda
c'est elle qui vous envoie

191

je vous dis de vous en aller ce n'est ni mon père ni personne c'est moi

écoutez gardons ça pour plus tard je veux savoir s'il ne lui est rien arrivé si on ne l'a pas ennuyée là-bas

ça c'est une chose dont vous n'avez pas lieu de vous tourmenter

puis je m'entendis dire je vous donne jusqu'au coucher du soleil pour quitter la ville

il brisa un morceau d'écorce et le laissa tomber dans l'eau puis il posa l'écorce sur le parapet et roula une cigarette très vite avec ces deux mêmes mouvements il jeta l'allumette par-dessus le parapet

qu'est-ce que vous ferez si je ne pars pas

je vous tuerai ne croyez pas que parce que je ne vous semble qu'un gamin

la fumée sortit en deux bouffées de ses narines et lui barra le visage

quel âge avez-vous

je commençais à trembler mes mains étaient posées sur le parapet je pensai que si je les cachais il saurait pourquoi

je vous donne jusqu'à ce soir

dites-moi mon petit ami comment vous appelez-vous Benjy est l'idiot n'est-ce pas et vous

Quentin

c'est ma bouche qui le dit pas moi

je vous donne jusqu'au coucher du soleil

Quentin

il frotta sa cigarette sur le parapet pour en détacher la cendre il le fit lentement soigneusement comme quand on affile un crayon mes mains ne tremblaient plus

écoutez ce n'est pas la peine de prendre ça si au sérieux ce n'est pas de votre faute mon petit ç'aurait été quelqu'un d'autre

avez-vous jamais eu une sœur répondez

non mais ce sont toutes des garces

je le frappai la main grande ouverte résistant à l'instinct de la fermer sur son visage sa main agit aussi vite que la mienne la cigarette sauta par-dessus le parapet je lançai mon autre main il la saisit aussi avant que la cigarette eût atteint la surface de l'eau il me tenait les deux poignets dans la même main son autre main plongea sous son veston près de l'aisselle derrière lui le soleil baissait et un oiseau chantait quelque part plus loin que le soleil nous nous regardions face à face tandis que l'oiseau chantait il me lâcha les mains

regardez

il prit l'écorce déposée sur le parapet et la jeta dans l'eau elle flotta le courant l'emporta sa main sur le parapet tenait négligemment le revolver nous attendions

vous ne pouvez pas l'atteindre maintenant

non

l'écorce s'enfuyait le silence régnait dans les bois j'entendis de nouveau l'oiseau et l'eau puis le revolver se redressa il ne visa pas du tout l'écorce disparut puis il n'en resta que des morceaux épars à la surface il tira encore à deux reprises sur des fragments d'écorce pas plus gros que des dollars d'argent

cela suffit je pense

il ouvrit le barillet souffla dans le canon un filet ténu de fumée se dissipa il rechargea les trois coups referma le barillet et m'offrit le revolver par la crosse

pourquoi je n'ai pas la prétention de tirer aussi bien que vous

vous en aurez besoin d'après ce que vous m'avez dit je vous donne celui-là parce que vous avez vu ce qu'il peut faire

allez vous faire foutre avec votre revolver

je le frappai j'essayais encore de le frapper bien

après qu'il m'eut saisi les poignets mais j'essayais toujours ensuite ce fut comme si je le regardais à travers un morceau de verre de couleur je pouvais entendre mon sang puis je pus revoir le ciel et les branches qui s'y détachaient et le soleil qui les transperçait et il me maintenait sur mes jambes.

m'avez-vous frappé

je ne pouvais entendre

quoi

oui comment vous sentez-vous

bien lâchez-moi

il me lâcha je m'appuyai au parapet

comment ça va

laissez-moi je n'ai rien

pourrez-vous rentrer chez vous tout seul

partez laissez-moi

vous feriez mieux de ne pas essayer de rentrer à pied prenez plutôt mon cheval

allez-vous-en

vous n'avez qu'à laisser les rênes sur le pommeau et le laisser marcher il rentrera de lui-même à l'écurie

laissez-moi partez laissez-moi

je m'appuyais au parapet les yeux fixés sur l'eau je l'entendis détacher son cheval et s'éloigner au bout d'un instant je n'entendis plus rien sauf le bruit de l'eau et puis l'oiseau encore je quittai le pont et m'assis le dos contre un arbre et j'appuyai ma tête contre l'arbre et je fermai les yeux une tache de soleil passa à travers et tomba sur mes yeux je me poussai un peu de l'autre côté de l'arbre et j'entendis l'oiseau encore et le bruit de l'eau puis tout sembla s'éloigner disparaître en roulant je ne sentis plus rien et je me sentais presque bien après tant de jours et de nuits avec le chèvrefeuille qui s'élevait des ténèbres pénétrait dans ma chambre où je m'efforçais de dormir même quand je compris au bout d'un instant qu'il ne m'avait pas frappé qu'il avait menti dans l'intérêt de Caddy que je m'étais simplement évanoui comme une femme mais même cela n'avait plus pour moi d'importance j'étais assis le dos contre l'arbre et de petites taches de soleil frôlaient mon visage comme des feuilles jaunes sur une branche j'écoutais l'eau et ne pensais à rien même quand j'entendis le galop du cheval j'étais assis les yeux fermés et j'entendis les sabots se raidir racler le sable bruissant et des pieds qui couraient et les mains dures de Caddy qui couraient également

idiot idiot es-tu blessé

j'ouvris les yeux ses mains couraient sur mon visage

je ne savais pas de quel côté jusqu'au moment où j'ai entendu le revolver je ne savais pas où je n'aurais jamais cru que toi et lui s'enfuir filer ainsi je ne croyais pas qu'il aurait

elle me tenait le visage entre ses mains me cognait la tête contre l'arbre

assez assez

je lui saisis les poignets

finis mais finis donc

je savais bien qu'il ne le ferait pas je savais bien elle s'efforçait de me cogner la tête contre l'arbre

je lui ai dit de ne plus jamais m'adresser la parole je lui ai dit

elle s'efforçait de libérer ses poignets

lâche-moi

assez j'ai plus de force que toi assez

lâche-moi il faut que je le rattrape que je lui demande son lâche-moi Quentin je t'en prie lâche-moi lâche-moi

et brusquement elle renonça et ses poignets se détendirent

oui je peux lui dire je peux lui faire croire n'importe quand je le peux

Caddy

195

elle n'avait pas attaché Prince et il pouvait rentrer à l'écurie s'il lui en prenait fantaisie

n'importe quand il me croira

est-ce que tu l'aimes Caddy

si je quoi

elle me regarda et le vide se fit dans ses yeux et on eût dit des yeux de statue vagues aveugles et sereins

mets ta main sur ma gorge

elle prit ma main et la posa à plat sur sa gorge

maintenant dis son nom

Dalton Ames

je sentis le premier afflux de sang qui surgissait en battements rapides et forts

dis-le encore

son regard se perdait dans les arbres où le soleil perçait où l'oiseau

dis-le encore

Dalton Ames

le sang battait régulièrement battait battait contre ma main

Il coula pendant longtemps, mais mon visage me semblait froid, mort pour ainsi dire, et mon œil et la coupure de mon doigt recommençait à me brûler. Je pouvais entendre Shreve qui actionnait la pompe, puis il revint avec une cuvette où flottait une bulle de crépuscule, ronde avec un bord jaune, comme un ballon qui disparaît, puis mon reflet. Je tâchai d'y voir mon visage.

— Ça ne saigne plus ? dit Shreve. Passe-moi le mouchoir. » Il voulut me le prendre des mains.

— Attends, dis-je, je peux le faire. Oui, c'est à peu près fini maintenant. » Je trempai de nouveau le mouchoir, brisant le ballon. Le mouchoir tacha l'eau. « J'aimerais bien en avoir un propre. »

— Il te faudrait une tranche de bifteck sur cet œil,

dit Shreve. Tu parles d'un bleu que tu auras demain matin ! L'enfant de putain ! dit-il.

— Est-ce que je lui ai fait mal ? » J'exprimai l'eau du mouchoir et tâchai d'enlever le sang qui tachait mon gilet.

— Tu ne pourras pas l'enlever, dit Shreve. Faudra que tu l'envoies chez le détacheur. Viens. Tiens-le sur ton œil. Pourquoi ne le fais-tu pas, voyons ?

— Je peux en enlever un peu », dis-je. Mais je n'obtins guère de résultat. « Dans quel état est mon col ? »

— Je ne sais pas, dit Shreve. Tiens-le sur ton œil. Là.

— Attends, dis-je, je peux le faire. Est-ce que je lui ai fait mal ?

— Il se peut que tu l'aies touché. J'ai peut-être cligné des yeux à ce moment-là, ou je regardais peut-être de l'autre côté. Il t'a sacrément boxé. Il t'envoyait promener de tous les côtés. En voilà une idée de lui tomber dessus à coups de poing. Bougre d'idiot ! Comment te sens-tu ?

— Très bien, dis-je. Je voudrais bien pouvoir nettoyer mon gilet.

— Oh, tu nous embêtes avec ton gilet. Est-ce que ton œil te fait mal ?

— Je me sens bien », dis-je. Tout me semblait calme et comme violet, le ciel vert tournant à l'or derrière le pignon de la maison, et un plumet de fumée qui s'échappait de la cheminée dans l'air immobile. J'entendis de nouveau la pompe. Un homme remplissait un seau tout en nous regardant par-dessus son épaule en mouvement. Une femme passa dans l'embrasure de la fenêtre, mais sans regarder au-dehors. Je pouvais entendre une vache mugir quelque part.

— Allons, dit Shreve, laisse tes vêtements tranquilles et mets ce mouchoir sur ton œil. J'enverrai ton complet à détacher demain matin, à la première heure.

— Bon. Je regrette de n'avoir pas au moins saigné un peu sur lui.

— L'enfant de putain ! » dit Shreve. Spoade sortit de la maison en parlant, je crois, à la femme, et il traversa la cour. Il me regarda de son œil froid, inquisiteur.

— Alors, vieux, dit-il en me regardant. Tu peux dire que tu te donnes du mal pour t'amuser. Un enlèvement suivi d'un combat de boxe. Qu'est-ce que tu fais pendant tes vacances ? Tu fous le feu aux maisons ?

— Je n'ai pas de mal, dis-je. Qu'a dit Mrs Bland ?

— Elle engueule Gerald pour t'avoir mis en sang. Quand elle te verra, elle t'engueulera aussi pour l'avoir laissé faire. Elle n'a pas d'objection contre la boxe, c'est le sang qu'elle n'aime pas. Je crains que tu n'aies un peu perdu de ta cote auprès d'elle pour n'avoir pas su t'empêcher de saigner. Comment te sens-tu ?

— Certainement, dit Shreve. Quand on ne peut pas être un Bland soi-même, ce qu'il y a de mieux, selon les cas, c'est de coucher, de se soûler ou de se battre avec l'un d'eux.

— Absolument, dit Spoade, mais je ne savais pas que Quentin était soûl,

— Il ne l'était pas, dit Shreve. Est-ce qu'on a besoin d'être soûl pour avoir envie de foutre une volée à ce salaud-là ?

— Je crois qu'il faudrait que je le sois bougrement pour me frotter à lui, maintenant que j'ai vu dans quel état Quentin en est sorti. Où a-t-il appris à boxer ?

— Il a pris des leçons en ville, chez Mike, tous les jours.

— Vraiment ? dit Spoade. Tu savais ça quand tu lui as sauté dessus ?

— Je ne sais pas, dis-je. Probablement, oui.

— Mouille-le encore, dit Shreve. Veux-tu de l'eau fraîche ?

— Celle-ci fera l'affaire », dis-je. Je trempai le mou-choir et le mis sur mon œil. « Si seulement j'avais quelque chose pour nettoyer mon gilet. »

Spoade m'observait toujours.

— Dis donc, dit-il, pourquoi lui as-tu sauté dessus ? Qu'est-ce qu'il avait dit ?

— Je ne sais pas. Je ne sais pas pourquoi je l'ai fait.

— Au moment où on s'y attendait le moins voilà que tu fais un bond en lui criant : « As-tu jamais eu une sœur, dis, réponds ? » et quand il a dit non tu lui as foutu un coup de poing. J'avais bien remarqué que tu le regardais, mais tu n'avais pas l'air de faire attention à ce que nous disions, et puis, voilà que tu lui sautes dessus en lui demandant s'il avait une sœur.

— Oh, il faisait de l'esbroufe comme d'habitude avec ses histoires de femmes, dit Shreve. Vous connais-sez son genre devant les jeunes filles qui ne savent même pas exactement de quoi il parle. Son système d'allusions, de mensonges, un tas de bobards qui ne signifient rien. Il nous parlait du lapin qu'il avait posé à une fille à qui il avait donné rendez-vous dans un dancing, à Atlantic City, comment il était rentré se coucher à l'hôtel, tout triste à l'idée qu'elle l'attendait sur la jetée et qu'il ne serait pas là pour lui donner ce qu'elle espérait. Et toutes ces histoires sur la beauté du corps et sur ses tristes fins dernières, sur la guigne des femmes qui n'ont pas d'autre ressource que de se coucher sur le dos. Léda tapie dans les fourrés, gémis-sante et plaintive, en quête de son cygne, vous vous rendez compte ! L'enfant de putain ! J' lui aurais bien foutu quelque chose moi-même. Seulement, je me serais servi du sacré panier à bouteilles de sa mère si ç'avait été moi.

— Oh, dit Spoade, le champion des dames. Mon vieux, tu me soulèves non seulement d'admiration mais d'horreur. » Il me regarda froid, inquisiteur, « Bon Dieu ! » dit-il.

— Je regrette de l'avoir frappé, dis-je. Est-ce que je suis trop amoché pour retourner régler l'affaire ?

— Des excuses, j' t'en fous, dit Shreve. Ils n'ont qu'à aller se faire foutre. Nous rentrons en ville.

— Il devrait aller les retrouver pour leur montrer qu'il sait se battre comme un gentleman, dit Spoade, se faire rosser comme un gentleman, je veux dire.

— Comme ça, dit Shreve, avec ses vêtements tout pleins de sang !

— Bon, ça va, dit Spoade, tu sais mieux que moi ce qu'il a à faire.

— Il ne peut pas se présenter en gilet de corps, dit Shreve. Il n'est pas encore en quatrième année. Viens, rentrons en ville.

— Vous n'avez pas besoin de rentrer, dis-je. Retournez au pique-nique.

— Qu'ils aillent se faire foutre ! dit Shreve. Allons, viens.

— Qu'est-ce que je vais leur dire ? dit Spoade. Que vous vous êtes battus aussi, tous les deux ?

— Ne leur dis rien, dit Shreve. A elle, tu peux lui dire que son option a expiré au coucher du soleil. Viens, Quentin, je vais demander à cette femme où est le tramway le plus proche.

— Non, dis-je. Je ne veux pas rentrer en ville.

Shreve s'arrêta et me regarda. Quand il se retourna ses lunettes ressemblèrent à deux petites lunes jaunes.

— Qu'est-ce que tu vas faire ?

— Je ne rentre pas déjà. Retourne au pique-nique. Dis-leur que je ne vais pas les retrouver parce que mes vêtements sont sales.

— Dis-moi, dit Shreve. Qu'est-ce que tu as en tête ?

— Rien. Je me sens très bien. Pars avec Spoade. A

demain. » Je traversai la cour et me dirigeai vers la route.

— Sais-tu où se trouve l'arrêt du tram ? dit Shreve.

— Je trouverai. A demain. Dis à Mrs Bland que je regrette d'avoir troublé sa petite fête. » Ils m'observaient. Je contournai la maison. Une allée empierrée conduisait à la route. Des roses poussaient de chaque côté de l'allée. Je franchis la grille et me trouvai sur la route. Elle descendait vers les bois, et je pus apercevoir l'auto sur le bord de la route. Je montai la côte. La lumière augmentait à mesure que je montais, et je n'étais pas encore au sommet que j'entendis une auto. Elle semblait très loin, au-delà du crépuscule. Je m'arrêtai pour l'écouter. Je ne pouvais plus distinguer l'auto, mais Shreve était debout sur la route, devant la maison, les yeux tournés vers le sommet de la côte. Derrière lui, la lumière jaune reposait, comme une couche de peinture, sur le toit de la maison. Je levai la main et franchis le sommet de la côte en écoutant l'automobile. Puis la maison disparut, et je m'arrêtai dans la lumière verte et jaune, et j'entendis le bruit de l'auto qui s'amplifiait jusqu'au moment où, commençant à diminuer, il s'éteignit brusquement. J'attendis qu'il recommençât, puis je repartis.

Comme je descendais, la lumière faiblissait lentement sans cependant changer de nature. On aurait dit plutôt que c'était moi, et non pas la lumière, qui changeais, m'affaiblissais bien que, même lorsque la route pénétra sous les arbres, on eût pu cependant lire encore son journal. Je ne tardai pas à arriver à un sentier. Je le pris. Il y faisait plus noir, plus resserré, que sur la route, mais, quand il déboucha près de la halte du tramway — encore une marquise en bois — la lumière était toujours la même. A la sortie du sentier elle me semblait plus vive, comme si, dans le sentier, j'avais marché la nuit pour en ressortir le matin. Le tram ne tarda pas à arriver. J'y montai tandis que les têtes se tournaient pour regarder mon œil, et je trouvai une place à gauche.

Le tram était éclairé et, tant que nous roulions entre les arbres, je ne pouvais voir que ma propre figure et une femme en face de moi, avec un chapeau perché sur le haut de la tête et orné d'une plume cassée. Mais, quand nous sommes sortis des arbres, j'ai revu le crépuscule, cette même qualité de lumière, comme si le temps avait vraiment suspendu son cours, comme si le soleil s'était arrêté juste au-dessous de l'horizon. Puis, nous passâmes devant la verrière sous laquelle le vieillard avait mangé ce qu'il tirait de son sac. Et la route continuait sous le crépuscule, pénétrait dans ce crépuscule, et l'impression de l'eau, plus loin, vive et paisible. Et le tram continuait. Par la porte ouverte, le courant d'air s'accrut, finit par souffler sans arrêt dans toute la voiture l'odeur de l'été et l'odeur des ténèbres, mais pas du chèvrefeuille. L'odeur de chèvrefeuille, à mon avis, l'odeur la plus triste. Je me rappelle bien des odeurs. Celle de la glycine, par exemple. Les jours de pluie, quand maman ne se sentait tout de même pas assez mal pour se tenir loin des fenêtres, nous jouions souvent sous la glycine. Quand maman gardait le lit, Dilsey nous mettait de vieux vêtements et nous laissait sortir sous la pluie car, disait-elle, la pluie ne fait pas de mal aux enfants. Mais si maman était levée, nous commencions toujours par jouer sur la véranda jusqu'au moment où elle disait que nous faisions trop de bruit ; alors, nous sortions et nous allions nous amuser sous la tonnelle de glycine.

C'est ici que, ce matin, j'avais vu la rivière pour la dernière fois. Ici, à peu près. J'avais la sensation que l'eau était là-bas, au-delà du crépuscule, et que je la sentais. Quand il fleurissait au printemps et qu'il pleuvait l'odeur était partout en temps ordinaire on la remarquait moins mais dès qu'il pleuvait l'odeur s'infiltrait dans toute la maison soit qu'il plût davantage à la tombée du jour soit qu'il y eût quelque chose dans la lumière même mais à cette heure-là l'odeur était toujours plus forte si bien que je pensais étendu dans mon lit ça ne cessera donc pas ça ne cessera donc pas. Le courant d'air de la porte sentait l'eau, un souffle humide, continu. Parfois je me faisais dormir en répétant indéfiniment cette phrase et après que le chèvrefeuille y fut intimement mêlé le tout symbolisa pour moi la nuit et la nervosité il me semblait être étendu ni endormi ni éveillé les regards plongés dans un long corridor où dans le clair-obscur gris toutes les choses stables devenaient paradoxalement imprécises tout ce que j'avais fait n'était plus que des ombres tout ce que j'avais senti souffert affectait des formes étranges et perverses moqueuses sans rapports inhérentes elles-mêmes à ce refus de significations qu'elles eussent dû affirmer pensant que j'étais n'étais pas qui n'était pas n'était pas qui.

Je pouvais sentir les méandres de la rivière par-delà le crépuscule, et je voyais les dernières lueurs qui reposaient, tranquilles, sur les grèves ainsi que des fragments de miroir brisé; puis, plus loin, des lumières apparaissaient dans l'air limpide et pâle, tremblantes un peu, comme des papillons voltigeant tout au loin. Benjamin l'enfant de[1]. Comme il aimait s'asseoir devant ce miroir. Refuge infaillible où les conflits s'apaisaient, se taisaient réconciliés. Benjamin l'enfant de ma vieillesse gardé en otage en Égypte. Oh Benjamin. Dilsey disait que c'était parce que maman était trop fière pour lui. C'est ainsi qu'ils pénètrent dans la vie des Blancs, en infiltrations noires, soudaines et aiguës qui isolent un instant, comme sous un micros-

1. Voir *Genèse*, ch. xliv. (N. T.)

cope, les faits des existences blanches et en dégagent les vérités indiscutables; le reste du temps, des voix seulement, qui rient là où nous ne voyons rien de risible, des larmes sans raison de pleurer. On en a vu qui, lors des enterrements, pariaient que les personnes seraient en nombre pair ou impair. Tout un bordel de Memphis fut pris soudain de folie religieuse. Nues, elles se répandirent par les rues de la ville. Il fallut trois agents pour maîtriser l'une d'elles. Oui Jésus. O bon Jésus. O Jésus, mon bon maître.

Le tram s'arrêta. Je descendis, et tous regardaient mon œil. Quand le tram à trolley arriva il était plein. Je restai sur la plate-forme arrière.

— Y a des places devant », dit le contrôleur. Je regardai à l'intérieur. Il n'y avait pas de place du côté gauche.

— Je ne vais pas loin, dis-je. Je resterai debout.

Nous traversâmes la rivière, le pont c'est-à-dire, arqué, lent et très haut dans l'espace, entre le vide et le silence où des lumières — jaunes, rouges et vertes — tremblaient dans l'air limpide et se reproduisaient.

— Vous feriez mieux d'aller vous asseoir devant, dit le contrôleur.

— Je descends tout de suite, dis-je. A la deuxième ou troisième rue.

Je descendis avant d'arriver à la poste. Ils devaient tous être assis par là, quelque part, en ce moment; et alors j'entendis ma montre et je guettai le carillon et je touchai la lettre de Shreve à travers mon veston tandis que sur ma main flottaient les ombres mordues des ormeaux. Et comme j'entrais dans la grande cour de l'Université, le carillon commença à sonner, et je marchai pendant que les notes montaient comme des cercles sur un étang, me dépassaient, s'évanouissaient, disant moins le quart de quoi? Très bien. Moins le quart de quoi.

Nos fenêtres étaient noires. L'entrée était vide. J'entrai en longeant le mur de gauche, mais il était vide : rien que l'escalier dont la spirale s'élevait dans les ombres, et les échos de pieds de générations tristes comme une poussière légère déposée sur les ombres que mes pieds réveillaient comme de la poussière qui doucement retomberait bientôt.

Je pus voir la lettre avant même d'avoir allumé. Elle était appuyée contre un livre pour que je la visse bien. Appeler Shreve mon mari. Et puis, Spoade avait dit qu'ils allaient quelque part, qu'ils reviendraient très tard et que Mrs Bland aurait besoin d'un autre cavalier. Mais je l'aurais aperçu et il ne pourra pas trouver de tram avant une heure parce qu'après six heures. Je sortis ma montre et en écoutai le tic-tac sans savoir qu'elle ne pouvait même pas mentir. Puis je la posai sur la table, le cadran en l'air, et, prenant la lettre de Mrs Bland, je la déchirai et en jetai les morceaux dans la corbeille aux vieux papiers. Ensuite, j'enlevai mon veston, mon gilet, mon col, ma cravate, ma chemise. La cravate aussi était tachée, mais, en ce cas, les nègres. Peut-être y verrait-il un dessin de sang, comme en portait le Christ par exemple. Je trouvai l'essence dans la chambre de Shreve. J'étendis mon gilet sur la table pour qu'il fût bien à plat et je débouchai le flacon d'essence.

la première auto de la ville une jeune fille Jeune Fille c'est cela que Jason ne pouvait pas supporter l'odeur d'essence ça le rendait malade ensuite plus furieux que jamais parce qu'une jeune fille Jeune Fille n'avait pas de sœur mais Benjamin Benjamin le fils de ma en proie à la douleur si au moins j'avais eu une mère alors je pourrais dire Mère Mère Il m'a fallu beaucoup d'essence, ensuite je n'aurais pas su dire si la tache était toujours là ou si c'était l'essence. Du coup, la coupure s'était remise à me brûler, aussi, quand j'allai me laver, je pendis mon gilet sur une chaise et je tirai le fil de la lampe afin que l'ampoule pût faire sécher la tache. Je me lavai la figure et les mains, mais, même alors, je pouvais la sentir à travers le savon, qui me cuisait, me contractait légèrement les narines. Ensuite, j'ouvris ma valise, j'en sortis la chemise, le col et la cravate, et je mis à la place mon linge taché de sang. Je refermai la valise et m'habillai. J'étais en train de me peigner quand j'entendis sonner la demie. Mais j'avais encore jusqu'à moins le quart sauf si par hasard *ne voyant sur les ténèbres en fuite que son visage à lui pas de plume brisée à moins qu'il n'y en eût deux mais pas deux comme ça allant à Boston le même soir puis mon visage et son visage à lui un instant dans le bruit de casse quand surgies de l'obscurité deux fenêtres éclairées se heurtent dans leur fuite rigide disparu son visage et le mien plus que moi qui vois ai vu ai-je vu pas adieu la verrière où plus personne ne mange la route vide dans les ténèbres dans le silence le pont arqué dans le silence obscurité sommeil l'eau paisible et vive pas adieu.*

J'éteignis la lumière et, sortant de l'essence, me rendis dans ma chambre, mais je pouvais encore la sentir. Je restai debout à la fenêtre. Lentement les rideaux se mouvaient, sortaient des ténèbres, touchaient mon visage comme quelqu'un qui respire en dormant, puis retournaient dans les ténèbres comme une respiration très lente, me laissant le contact. *Après qu'ils furent montés, maman resta prostrée dans son fauteuil, le mouchoir camphré sur la bouche. Papa n'avait pas bougé. Toujours assis près d'elle il lui tenait la main. Les hurlements s'éloignaient comme si, pour eux, il n'y eût point de place dans le silence.* Quand j'étais petit il y avait une image dans un de nos livres, une chambre obscure où un rayon unique de lumière pâle venait frapper en biais deux visages levés qui sortaient des ténèbres. *Tu sais ce que je ferais moi si*

206

j'étais roi ? Elle ne disait jamais reine ou fée, elle voulait toujours être roi, géant ou général *je démolirais cette chambre je les en ferais sortir et je les fouetterais pour de bon.* Et c'était démoli, éventré. J'étais content. Il fallait que je regarde encore jusqu'à ce que le donjon devînt ma mère elle-même, elle et mon père, en haut dans la lueur pâle, les mains enlacées, et nous perdus quelque part en dessous d'eux sans même un rayon de lumière. Puis le chèvrefeuille s'en mêlait. Dès que j'avais éteint la lumière et tenté de dormir il entrait peu à peu dans ma chambre en vagues qui montaient, montaient jusqu'au moment où, oppressé, je râlais en quête d'un peu d'air, où il me fallait me lever et m'éloigner à tâtons comme quand j'étais petit *mains peuvent voir en touchant dans l'esprit modeler l'invisible porte Porte et puis le vide mains peuvent voir* Mon nez pouvait voir l'essence, le gilet sur la table, la porte. Le couloir restait encore vide de tous les pieds des générations tristes en quête d'eau *cependant les yeux incapables de voir serrés comme des dents pas incrédules mais doutant même du manque de douleur jambe cheville genou le long déroulement invisible de la rampe d'escalier où un faux pas dans les ténèbres emplies de sommeil Mère Père Caddy Jason Maury porte je n'ai pas peur seulement Mère Père Caddy Jason Maury si loin déjà dormant je dormirai profondément quand je Porte porte* Vides également, les tuyaux, la faïence, les murs tranquilles sous leurs taches, le trône des contemplations. J'avais oublié le verre mais je pouvais *mains peuvent voir doigts rafraîchis par le col de cygne invisible où point n'est besoin du bâton de Moïse*[1] *le verre chercher à tâtons attention à ne pas martellement dans le col frais et lisse martellement fraîcheur dans le métal le verre plein débordant fraîcheur sur les doigts sommeil*

1. Voir *Exode*, IV, 2-4. (N. T.)

déversé avec le goût de sommeil dans le long silence de la gorge. Je revins dans le couloir, réveillant tous les pieds perdus en bataillons bruissant dans le silence, je pénétrai de nouveau dans l'essence, la montre sur la table noire disait son mensonge furieux. Puis ce furent les rideaux qui, sortant des ténèbres, vinrent respirer sur mon visage y laissant le contact de leur respiration. Un quart d'heure encore. Et je ne serai plus. Mots paisibles entre tous. Paisibles entre tous. *Non fui. Sum. Fui. Non sum.* Une fois, j'ai entendu des cloches quelque part. Mississippi ou Massachusetts. J'étais. Je ne suis pas. Massachusetts ou Mississippi. Shreve a une bouteille dans sa malle. *Quand te décideras-tu à l'ouvrir* Mr et Mrs Jason Richmond Compson ont le plaisir de vous faire part du *Trois fois. Jours. Quand te décideras-tu à l'ouvrir* mariage de leur fille Candace *l'alcool vous enseigne à confondre la fin avec les moyens.* Je suis. Bois. Je n'étais pas. Vendons le pré de Benjy afin que Quentin puisse aller à Harvard que je puisse éternellement entrechoquer mes os. Je serai mort dans. Caddy a-t-elle dit un an. Shreve a une bouteille dans sa malle. Monsieur je n'aurai pas besoin de celle de Shreve j'ai vendu le pré de Benjy et je puis être mort à Harvard Caddy dit dans les cavernes les grottes de la mer ballotté tranquillement au rythme des marées parce que Harvard sonne si joliment à l'oreille quarante hectares ça n'est pas trop cher pour un si joli son. Un joli son mort nous échangerons le pré de Benjy pour un joli son mort. Ça lui durera longtemps parce qu'il ne peut l'entendre à moins qu'il ne le sente *dès qu'elle apparut sur le pas de la porte il se mit à pleurer.* J'avais toujours cru que c'était un de ces jeunes gandins de la ville à propos de qui papa la taquinait toujours jusqu'à. Je ne l'avais pas plus remarqué qu'un étranger quelconque, un voyageur de commerce, n'importe qui, je croyais que c'étaient des chemises de l'armée quand soudain j'ai compris qu'il ne voyait point en moi une source possible de mal mais qu'il pensait à elle quand il me regardait qu'il me regardait à travers elle comme à travers un fragment de vitre de couleur *pourquoi te mêles-tu de mes affaires tu ne sais donc pas que ça ne servira à rien je pensais que tu aurais laissé ça à maman et à Jason.*

est-ce que maman a chargé Jason de t'espionner Je n'aurais pas

les femmes ne font qu'appliquer le code d'honneur des autres c'est parce qu'elle aime Caddy restant en bas même lorsqu'elle était malade pour empêcher papa de se moquer de l'oncle Maury en présence de Jason papa disait que l'oncle Maury avait l'esprit trop peu classique pour risquer l'éternel petit dieu aveugle en personne il aurait dû choisir Jason parce que Jason n'aurait pu faire que la même gaffe que l'oncle Maury aucun risque d'un œil au beurre noir le petit Patterson était également plus petit que Jason ils ont vendu les cerfs-volants à cinq *cents* pièce jusqu'au moment où commencèrent les difficultés financières Jason prit un nouvel associé encore plus petit assez petit en tout cas car T. P. a dit que Jason était toujours trésorier mais papa disait pourquoi l'oncle Maury travaillerait-il étant donné que lui papa entretenait cinq ou six nègres à ne rien faire que se chauffer les pieds dans le four il pouvait bien de temps à autre offrir le gîte et le couvert à l'oncle Maury et lui prêter un peu d'argent lui qui entretenait si chaudement la croyance de son père en l'origine céleste de sa race alors maman pleurait et disait que papa se considérait comme d'une essence supérieure à la sienne et qu'il tournait l'oncle Maury en ridicule pour nous faire partager ses vues elle ne pouvait pas comprendre que papa nous enseignait que les hommes ne sont que des poupées bourrées de son puisé au tas de détritus où ont été jetées toutes les poupées du passé le son s'écoulant de blessures dans des flancs qui n'avaient pas souffert la mort pour moi. Il m'arrivait de me représenter la mort comme un homme dans le genre de grand-père un de ses amis une espèce d'ami particulier personnel comme nous nous représentions le bureau de grand-père ne pas y toucher ni même parler haut dans la pièce où il se trouvait je me les imaginais toujours tous les deux ensemble quelque part attendant perpétuellement que le colonel Sartoris descendît s'asseoir avec eux attendant sur une haute colline par-delà les cyprès le colonel Sartoris était sur une colline encore plus haute d'où il regardait quelque chose au loin et ils attendaient qu'il eût fini de regarder et qu'il descendît[1] Grand-père portait son uniforme et nous pouvions entendre le murmure de leurs voix qui nous arrivait par-derrière les cyprès ils parlaient toujours et grand-père avait toujours raison

Moins le quart se mit à sonner. La première note vibra, mesurée et tranquille, sereine et péremptoire, vidant le lent silence pour faire place à la note suivante c'est ça si les gens pouvaient toujours s'interchanger comme ça émerger quelques secondes comme une flamme tourbillonnante puis proprement s'éteindre dans la fraîcheur de la nuit éternelle au lieu de rester étendu luttant pour oublier le hamac jusqu'au moment où tous les cyprès dégageaient cette odeur poignante et morte de parfum dont Benjy avait tant horreur. Rien qu'en imaginant le bouquet d'arbres il me semblait entendre des murmures des désirs secrets sentir le battement du sang chaud sous des chairs sauvages et offertes regarder contre des paupières rougies les porcs lâchés par couples se précipiter accouplés dans la mer[2] et lui il faut se tenir éveillé pour voir le mal s'accom-

1. Voir *Sartoris*, p. 330. (N. T.)
2. Voir plus haut, p. 180, n. 2. (N. T.)

plir pendant quelques instants ce n'est pas tous les jours que et moi il ne faut même pas si longtemps pour un homme courageux et lui tu considères donc cela comme du courage et moi certainement pas vous et lui tout homme est l'arbitre de ses propres vertus le fait qu'on estime qu'un acte est courageux ou non est plus important que l'acte lui-même qu'aucun acte sans quoi on ne pourrait jamais être sincère et moi vous ne me croyez pas sérieux et lui je crois que tu es trop sérieux pour me donner de vraies raisons de m'inquiéter autrement tu n'aurais pas été poussé à recourir à l'expédient de me dire que tu avais commis un inceste et moi je ne mentais pas je ne mentais pas et lui tu désirais sublimer en une chose horrible un peu de la folie naturelle aux humains et puis l'exorciser au moyen de la vérité et moi c'était pour isoler Caddy de ce monde bruyant et le forcer ainsi à nous renier et le son en serait alors comme si cela n'avait jamais été et lui as-tu essayé de le lui faire faire et moi j'avais peur de le faire peur qu'elle n'acceptât peut-être et alors c'eût été inutile mais en vous disant que nous l'avions fait la chose devenait positive et les autres eussent été différents et le monde se serait enfui avec fracas et lui quant à l'autre sujet là encore tu ne mens pas maintenant mais tu ne vois pas encore ce qu'il y a en toi cette part de vérité générale la succession d'événements naturels et leurs causes qui obscurcit le front de tous les hommes même de Benjy tu ne penses pas à une chose finie tu contemples une apothéose dans laquelle un état d'esprit temporaire deviendra symétrique au-dessus de la chair et conscient à la fois de sa propre existence ainsi que de la chair il ne te mettra pas entièrement de côté ne sera même pas mort et moi temporaire et lui tu ne peux pas supporter la pensée qu'un jour tu ne souffriras plus comme ça maintenant nous arrivons au point tu sembles ne voir en tout cela qu'une aventure qui te fera blanchir les cheveux en une nuit si j'ose dire sans modifier en rien ton apparence tu ne le feras pas dans ces conditions-là ce sera une chance à courir et ce qu'il y a d'étrange c'est que l'homme conçu accidentellement et dont chaque respiration n'est qu'un nouveau coup de dés truqués à son désavantage ne veut pas affronter cette étape finale qu'il sait d'avance avoir à affronter sans essayer d'abord des expédients qui vont de la violence aux chicaneries mesquines expédients qui ne tromperaient pas un enfant et un beau jour poussé à bout par le dégoût il risque tout sur une carte retournée à l'aveuglette un homme ne fait jamais cela sous la première impulsion du désespoir du remords ou du deuil il ne le fait qu'après avoir compris que même le désespoir le remords et le deuil n'ont pas grande importance pour le sombre jeteur de dés et moi temporaire et lui on croit difficilement qu'un amour un chagrin ne sont que des obligations achetées sans motif ultérieur et qui viennent à terme qu'on le désire ou non et sont remboursées sans avertissement préalable pour être remplacées par l'emprunt quel qu'il soit que les dieux se trouvent lancer à ce moment-là non tu ne feras pas cela avant d'avoir compris que même elle ne valait peut-être pas un si grand désespoir et moi je ne ferai jamais cela personne ne sait ce que je sais et lui je crois qu'il vaudrait mieux que tu partes tout de suite pour Cambridge tu pourrais aller passer un mois dans le Maine tes moyens te le permettent si tu fais attention ça te serait peut-être très bon surveiller de près ses dépenses a cicatrisé plus de blessures que Jésus et moi et si j'avais déjà compris ce que vous pensez que je comprendrai là-bas la semaine prochaine ou le mois prochain et lui alors il faudra te rappeler que t'envoyer à harvard a été le rêve de ta mère depuis le jour de ta naissance et un compson n'a jamais désappointé une

212

dame et moi temporaire ça vaudra mieux pour moi et pour nous tous et lui tout homme est l'arbitre de ses propres vertus mais il ne faut jamais laisser un homme prescrire à un autre ce qu'il croit devoir lui convenir et moi temporaire et lui était le plus triste de tous les mots il n'y a rien d'autre en ce monde ce n'est pas le désespoir jusqu'à ce que le temps ce n'est même pas le temps jusqu'à ce qu'on puisse dire était.

La dernière note résonna. Les vibrations s'arrêtèrent enfin et les ténèbres reprirent leur immobilité. J'entrai dans la pièce qui nous servait de salon et j'allumai la lumière. Je mis mon gilet. L'odeur d'essence était très faible maintenant, à peine perceptible et, dans le miroir, la tache ne se voyait pas. Pas tant que mon œil en tout cas. Je mis mon veston. J'entendis le froissement de la lettre de Shreve à travers l'étoffe. Je la pris et en examinai l'adresse puis je la mis dans ma poche de côté. Ensuite je posai la montre dans la chambre de Shreve et je la mis dans son tiroir puis j'allai dans ma chambre, j'y pris un mouchoir propre et j'allai à la porte et je mis la main sur l'interrupteur électrique. Je me rappelai alors que je ne m'étais pas lavé les dents et je dus rouvrir ma valise. Je trouvai ma brosse et pris un peu de la pâte de Shreve, puis je sortis et me brossai les dents. Je séchai la brosse en la pressant le plus possible et je la remis dans ma valise que je refermai. Et je me dirigeai de nouveau vers la porte. Avant d'éteindre la lumière je regardai partout pour voir s'il n'y avait plus rien et je vis que j'avais oublié mon chapeau. Il me faudrait passer par la poste et j'étais sûr d'en rencontrer et ils me prendraient pour l'étudiant typique de Harvard qui veut jouer au senior [1]. J'avais oublié aussi de le brosser, mais Shreve avait une brosse et je n'eus pas à rouvrir ma valise.

1. Étudiant de quatrième année. (N. T.)

SIX AVRIL 1928

Quand on est née putain on reste putain, voilà mon avis. Je dis : vous devez vous estimer heureuse si le fait qu'elle sèche ses classes est tout ce qui vous préoccupe. Je dis : elle devrait être là-bas, dans cette cuisine, en ce moment même, au lieu d'être là-haut, dans sa chambre à se coller de la peinture sur la figure, attendant que six nègres lui préparent son petit déjeuner, six nègres qui ne peuvent même pas se lever de leur chaise à moins qu'ils n'aient une charge de pain et de viande pour les maintenir en équilibre. Et ma mère dit :

— Mais penser que l'administration de l'école se figure que je n'ai pas d'autorité sur elle, que je ne peux pas...

— Enfin, dis-je, vous ne le pouvez pas, n'est-ce pas ? Du reste, vous n'avez jamais essayé d'en faire quelque chose, dis-je. Comment espérez-vous commencer maintenant ? Une fille de dix-sept ans.

Elle réfléchit un moment.

— Mais penser qu'on se figure... Je ne savais même pas qu'elle avait un carnet de notes. Elle m'avait dit, à l'automne, qu'on les avait supprimés, cette année. Et maintenant, quand je pense que le professeur Junkin m'appelle au téléphone pour me dire que, si elle manque encore une classe, on sera obligé de la renvoyer de l'école ! Mais, comment s'y prend-elle ? Où va-t-elle ? Toi qui es en ville toute la journée, tu la verrais bien si elle traînait dans les rues.

— Oui, dis-je, si elle traînait dans les rues. Mais je ne crois pas qu'elle sécherait ses classes pour le seul plaisir de faire quelque chose qu'elle pourrait faire en public.

— Que veux-tu dire ? dit-elle.

— Rien du tout. Je répondais à votre question, simplement. » Alors elle s'est mise à pleurer, à dire que sa chair et son sang se révoltaient contre elle pour la maudire.

— Je n'y peux rien, dis-je.

— Je ne parle pas de toi, dit-elle. Tu es le seul qui ne me sois pas un reproche.

— Naturellement, dis-je, je n'en ai jamais eu le temps. Je n'ai jamais eu le temps d'aller à Harvard, comme Quentin, ou de me tuer à force de boire comme papa. Il a fallu que je travaille. Mais naturellement, si vous voulez que je la suive pour voir ce qu'elle fait, je peux abandonner le magasin et me trouver une situation où je puisse faire du travail de nuit. Comme ça, je pourrai la surveiller le jour, et vous pourrez charger Ben de me relayer la nuit.

— Je sais que je te suis une charge et un boulet », dit-elle en pleurant sur son oreiller.

— Je devrais le savoir. Voilà trente ans que vous me serinez ça. Ben, lui-même, devrait le savoir à l'heure qu'il est. Voulez-vous que je la sermonne ?

— Tu crois que ça fera quelque chose ? dit-elle.

— Pas si vous vous interposez sitôt que j'aurai commencé, dis-je. Si vous voulez que je la surveille, dites-le et laissez-moi faire. Chaque fois que j'ai essayé, vous êtes tout de suite intervenue, et le résultat, c'est qu'elle se paie notre tête, à tous les deux.

— N'oublie pas que vous êtes de la même chair, du même sang, dit-elle.

— Soyez tranquille, dis-je. C'est justement à quoi je pensais, la chair. Et un peu de sang aussi, si j'étais libre d'agir à ma guise. Quand les gens se conduisent comme des nègres, peu importe ce qu'ils sont, la seule chose à faire c'est de les traiter comme des nègres.

— J'ai peur que tu ne t'emportes, dit-elle.

— Et après ? dis-je. Vous n'avez pas tellement bien réussi avec votre système. Voulez-vous que je m'en charge, oui ou non ? Décidez-vous, d'une façon ou d'une autre. Il faut que je parte travailler.

— Je sais que tu mènes une vie de galérien pour nous, dit-elle. Tu sais bien que, si les choses étaient à mon gré, tu aurais un bureau à toi, en ville, et des heures dignes d'un Bascomb. Parce que tu es un Bascomb, en dépit de ton nom. Évidemment, si ton père avait pu prévoir...

— J'imagine qu'il a pu lui arriver de se tromper de temps en temps, tout comme un autre, même un Smith ou un Jones. » Elle se remit à pleurer.

— T'entendre parler si amèrement de ton pauvre père ! dit-elle.

— Ça va, dis-je, ça va ! Comme vous voudrez. Mais du moment que je n'ai pas de bureau, il faut que j'aille à ce que j'ai. Voulez-vous que je lui parle ?

— J'ai peur que tu ne t'emportes, dit-elle.

— Très bien, dis-je. Alors, je ne dirai rien.

— Mais il faut pourtant faire quelque chose ! dit-elle. Laisser les gens se figurer que je lui permets de manquer ses classes et de courir les rues, ou que je ne peux pas l'en empêcher... Jason, Jason, dit-elle, comment as-tu pu ? Comment as-tu pu m'abandonner avec tous ces soucis ?

— Allons, allons, dis-je, vous allez vous rendre malade. Pourquoi ne l'enfermez-vous pas toute la journée dans sa chambre, ou pourquoi ne pas me laisser m'en charger et cesser de vous faire de la bile ?

— Ma propre chair, mon propre sang ! » dit-elle en pleurant. Je dis alors :

— C'est bon, je m'en occuperai. Ne pleurez plus, voyons.

— Ne t'emporte pas, surtout, dit-elle. Ce n'est encore qu'une enfant, n'oublie pas.

— Non, dis-je, je n'oublierai pas. » Je sortis et fermai la porte.

— Jason », dit-elle. Je ne répondis pas. Je m'éloignai dans le corridor. « Jason ! » dit-elle derrière la porte. Je descendis. Il n'y avait personne dans la salle à manger. Je l'entendis alors dans la cuisine. Elle essayait de convaincre Dilsey qu'il lui fallait une autre tasse de café.

— C'est là probablement ta robe de classe ? dis-je, à moins que tu n'aies congé aujourd'hui.

— Rien qu'une demi-tasse, Dilsey, je t'en prie.

— Non, non, dit Dilsey, j' le ferai point. V's avez pas besoin d'une aut' tasse, une petite fille de dix-sept ans. Et Miss Ca'oline, qu'est-ce qu'elle dirait ? Allez vous habiller pour partir à l'école. Vous pourrez faire route avec Jason. Vous allez enco' être en retard.

— Oh non, dis-je, nous allons régler cette question à l'instant même. » Elle me regarda, la tasse à la main. Elle rejeta ses cheveux qui lui tombaient sur le visage. Son kimono lui glissa de dessus l'épaule. « Fais-moi le plaisir de poser cette tasse et de venir tout de suite », dis-je.

— Pourquoi ?

— Allons, dis-je, mets cette tasse dans l'évier et amène-toi.

— Jason, qu'allez-vous faire ? dit Dilsey.

— Tu t'imagines que tu pourras me rouler comme tu roules ta grand-mère et les autres, dis-je. Je t'avertis que tu trouveras une légère différence. Je te donne dix secondes pour poser cette tasse, tu m'entends ?

Elle cessa de me regarder. Elle regarda Dilsey. — Quelle heure est-il, Dilsey ? dit-elle. Au bout de dix secondes tu siffleras. Rien qu'une demi-tasse, Dilsey, je t'en p...

Je la saisis par le bras. Elle laissa tomber la tasse qui se brisa sur le plancher. D'une secousse elle se rejeta en arrière, les yeux fixés sur moi, mais je la tenais par le bras. Dilsey se leva de sa chaise.

— Jason, dit-elle.

— Lâchez-moi, dit Quentin, ou je vous gifle.

— Ah vraiment ? dis-je. Ah vraiment ? » Elle essaya de me gifler. Je lui saisis cette main aussi et la maîtrisai comme un chat sauvage. « Ah vraiment ? dis-je. Tu te figures ça ? »

— Jason, voyons ! » dit Dilsey. Je la traînai jusque dans la salle à manger. Son kimono se dégrafa et lui battit les flancs. Elle était presque nue. Dilsey s'approcha en clopinant. Je me retournai et, d'un coup de pied, lui fermai la porte au nez.

— Je n'ai pas besoin de toi ici, dis-je.

Quentin, appuyée à la table, rajustait son kimono. Je la regardai.

— Maintenant, dis-je, je veux savoir ce que ça signifie, cette habitude de sécher tes classes, de raconter des mensonges à ta grand-mère, d'imiter sa signature sur ton carnet de notes et de la rendre malade de tourment. Qu'est-ce que ça signifie ?

Elle ne dit rien. Elle tenait son kimono serré au menton, le serrait étroitement autour d'elle en me regardant. Elle n'avait pas encore eu le temps de se peinturlurer, et on aurait dit qu'elle s'était poli la figure avec un chiffon à fourbir les fusils. Je m'approchai et lui pris le poignet : — Qu'est-ce que ça signifie ? dis-je.

— Ça ne vous regarde pas, dit-elle. Lâchez-moi.

Dilsey apparut à la porte. — Jason, voyons, dit-elle.

— Fous-moi le camp, je te l'ai déjà dit », dis-je sans même me retourner. « Je veux savoir où tu vas quand tu n'es pas en classe, dis-je. Tu ne restes pas dans les rues. Je t'y verrais. Avec qui cours-tu ? Tu vas te cacher dans les bois avec un de ces sacrés godelureaux à cheveux gominés ? C'est là que tu vas ? »

— Sale... sale vieux bougre de...! » dit-elle. Elle se débattait, mais je la tenais. « Sacré sale vieux bougre de... » dit-elle.

— Je t'apprendrai, moi, dis-je. Tu peux faire peur à une vieille femme, mais je vais t'apprendre à qui tu auras affaire dorénavant. » Je la tenais d'une main. Elle cessa alors de se débattre et me regarda, les yeux agrandis et noirs.

— Qu'est-ce que vous allez faire ? dit-elle.

— Laisse-moi un peu dégrafer ma ceinture et tu verras », dis-je en enlevant ma ceinture. Dilsey alors me saisit par le bras.

— Jason! dit-elle, Jason, voyons! Vous n'avez pas honte ?

— Dilsey! dit Quentin. Dilsey!

— N'ayez pas peur, ma belle, dit Dilsey, je ne laisserai pas... » Elle se cramponnait à mon bras. Puis, ma ceinture se détacha. D'une secousse je me libérai et la repoussai. Elle alla trébucher contre la table. Elle était si vieille qu'elle ne pouvait plus faire aucun service. Elle pouvait à peine remuer. Mais ça ne fait rien. Il nous faut quelqu'un à la cuisine pour manger tout ce que les jeunes ne peuvent pas engloutir. Elle s'approcha, clopin-clopant, et essaya de me ressaisir. « Battez-moi, disait-elle, s'il faut que vous battiez quelqu'un. Battez-moi », disait-elle.

— Tu crois que ça me gênerait ? dis-je.

— J' vous sais capable de tout », dit-elle. Puis

j'entendis ma mère dans l'escalier. J'aurais dû me douter qu'elle viendrait s'en mêler. Je la lâchai. Elle recula en titubant jusqu'au mur contre lequel elle s'adossa, tenant son kimono fermé.

— Ça va, dis-je. Nous réglerons cela plus tard. Mais il ne faut pas te figurer que je me laisserai rouler. Je ne suis pas une vieille femme, ni une vieille négresse à moitié morte, non plus. Sacrée petite catin !

— Dilsey ! dit-elle. Dilsey, je voudrais maman.

Dilsey alla vers elle. — Allons, allons ! dit-elle. Il n'osera pas vous toucher tant que je serai là.

Ma mère descendait l'escalier.

— Jason ! dit-elle. Dilsey !

— Allons, allons ! dit Dilsey. J' le laisserai pas vous toucher. » Elle posa une main sur Quentin qui, d'un coup, la fit retomber.

— Sale vieille négresse ! » dit-elle. Elle s'enfuit vers la porte.

— Dilsey ! » dit maman sur les marches. Quentin monta l'escalier en courant et passa devant elle. « Quentin, dit maman. Quentin, écoute-moi ! »

Quentin continua. Je pus l'entendre en haut de l'escalier et ensuite dans le corridor. Puis la porte claqua.

Ma mère s'était arrêtée. Elle s'approcha. — Dilsey ! dit-elle.

— Bon, bon, dit Dilsey. J'arrive. Vous, allez chercher votre auto et attendez-la ici pour la conduire à l'école.

— T'en fais pas, dis-je. Je l'y conduirai à l'école et je verrai à ce qu'elle y reste. J'ai commencé à m'occuper de cette affaire, je ne m'arrêterai pas en chemin.

— Jason, dit maman dans l'escalier.

— Allons, partez », dit Dilsey en se dirigeant vers la porte. Vous voulez qu'elle s'en mêle, elle aussi ? J'arrive, Miss Ca'oline.

Je sortis. Je pouvais les entendre sur les marches. — Maintenant, faut aller vous recoucher, disait Dilsey. Vous ne savez donc pas que vous n'êtes pas assez bien pour vous lever ? Allons, remontez. Je veillerai à ce qu'elle arrive à l'heure à son école.

J'allai derrière la maison pour sortir l'auto, puis il me fallut revenir jusque devant la maison avant de pouvoir les trouver.

— Je croyais t'avoir dit de mettre le pneu à l'arrière de l'auto, dis-je.

— J'ai pas eu le temps, dit Luster. Y a personne pour le garder tant que mammy n'a pas fini dans la cuisine.

— Oui, dis-je. Je nourris une pleine cuisine de nègres pour le suivre partout où il va, et, si j'ai un pneu à changer, il faut que ça soit moi qui le fasse.

— J'avais personne à qui le confier, dit-il.

Il se mit à geindre et à baver.

— Emmène-le derrière la maison, dis-je. Pourquoi diable le garder ici où tout le monde peut le voir ? » Je les fis s'éloigner avant qu'il ne commençât à gueuler pour de bon. C'est déjà assez embêtant, le dimanche, avec ce sacré terrain de golf plein de gens qui, n'ayant pas de phénomène à domicile et six nègres à nourrir, viennent s'amuser à taper sur leurs espèces de boules de naphtaline hypertrophiées. Il va continuer à courir d'un bout à l'autre de cette barrière en gueulant chaque fois qu'ils s'approchent, si bien qu'un beau jour on va me faire payer une cotisation comme si j'étais membre du Club ; alors, maman et Dilsey n'auront plus qu'à se procurer des cannes et deux ou trois boutons de porte en faïence pour se mettre à jouer elles aussi, à moins que je ne joue moi-même, la nuit, à la lanterne. Et puis, après ça, on n'aura plus qu'à nous envoyer tous à Jackson. Et sûr que, ce jour-là, on y célébrerait Old Home Week[1].

Je retournai au garage. Le pneu était là, contre le mur, mais du diable si j'allais le mettre. Je sortis l'auto à reculons et tournai. Elle attendait debout, au bord de l'allée. Je dis :

— Je sais que tu n'as pas de livres. J'aimerais simplement savoir ce que tu en as fait, si tu n'y vois pas d'inconvénient. Évidemment, je n'ai aucun droit de te poser cette question, dis-je. Je n'ai fait que payer onze dollars soixante-cinq pour les acheter en septembre dernier.

— C'est ma mère qui achète mes livres, dit-elle. Je ne dépense pas un sou de votre argent. J'aimerais mieux mourir de faim.

— Ah oui ? dis-je. Raconte donc cela à ta grand-'mère, tu verras ce qu'elle te répondra. Tu ne te promènes pas complètement nue, dis-je, bien que toutes les cochonneries que tu te fous sur la figure te cachent plus de peau que tout le reste de tes vêtements.

— Croyez-vous par hasard qu'un centime de votre argent ait été employé à acheter cela ? dit-elle.

— Demande à ta grand'mère, dis-je. Demande-lui donc ce que sont devenus ces chèques. Si je me rappelle bien, tu l'as vue toi-même en brûler un.

Elle ne m'écoutait même pas, avec sa figure toute gluante de peinture et ses yeux durs comme des yeux de petit roquet.

— Savez-vous ce que je ferais si je pouvais supposer qu'un centime de votre argent ou du sien ait servi à acheter cette robe ? » dit-elle en mettant la main sur sa robe.

— Qu'est-ce que tu ferais ? dis-je. Tu t'habillerais d'une barrique ?

1. Semaine où tous les anciens habitants d'un village reviennent pour prendre part aux fêtes qui s'y donnent. (N. T.)

— Je la déchirerais immédiatement et je la jetterais dans la rue, dit-elle. Vous ne me croyez pas ?

— Oh si, bien sûr, dis-je, tu ne fais pas autre chose.

— Regardez si je ne le ferais pas. » Elle saisit le col de sa robe à deux mains et fit mine de la déchirer.

— Si jamais tu déchires cette robe, dis-je, je te fous une de ces raclées, ici même, que tu n'oublieras pas de ta vie.

— Ah oui ? Eh bien regardez un peu », dit-elle. Je vis alors qu'elle tentait vraiment de la déchirer, de se l'arracher de dessus le corps. Le temps d'arrêter l'auto et de lui saisir les mains, il y avait déjà une douzaine de personnes à nous regarder. Cela me mit dans une telle fureur que, pendant une minute, je n'y voyais plus clair.

— Essaie de refaire ça une seule fois, dis-je, et je te ferai regretter la minute où tu es née.

— Je la regrette déjà », dit-elle. Elle renonça, et ses yeux prirent une drôle d'expression, et je me dis en moi-même : si tu te mets à pleurer dans cette voiture, en pleine rue, je te fous une raclée. Je te materai, va. Elle ne le fit pas, heureusement pour elle. Je lui lâchai les poignets et repartis. Par bonheur nous étions près d'une ruelle où je pus tourner afin de prendre une rue écartée et éviter ainsi la grande place. On montait déjà la tente sur le terrain de Beard. Earl m'avait déjà donné les deux billets de faveur pour nos annonces en vitrine. Elle était là, assise, la tête tournée, et se mordait les lèvres. « Je la regrette déjà, dit-elle. Je me demande pourquoi je suis venue au monde. »

— Et j'en connais au moins un autre qui ne comprend pas non plus tout ce qu'il sait de cette affaire. » Je stoppai en face de l'école. La cloche avait sonné, et la dernière élève venait d'entrer. « Enfin, pour une fois tu es à l'heure, dis-je. Vas-tu entrer et y rester, ou faudra-t-il que je descende te le faire faire. » Elle descendit et fit claquer la portière. « Rappelle-toi ce que je t'ai dit, dis-je. Et je le ferai comme je le dis. Que j'entende dire seulement une fois que tu vadrouilles par les rues avec un de ces freluquets ! »

Elle se retourna à ces mots. — Je ne vadrouille pas, dit-elle. Je défie personne de savoir ce que je fais.

— Ce qui n'empêche pas que tout le monde le sait, dis-je. Tout le monde en ville sait ce que tu es. Mais je ne le supporterai pas plus longtemps, tu m'entends ? Personnellement, je me fous de ce que tu fais. Mais j'ai une position dans cette ville, et je ne tolérerai pas qu'un membre de ma famille aille se galvauder comme une vulgaire négresse, tu m'entends ?

— Ça m'est égal, dit-elle. Je me conduis mal et je me damne, mais ça m'est égal. Je préférerais être en enfer plutôt que là où vous êtes.

— Si j'entends dire encore une fois que tu as séché tes classes, tu regretteras en effet de n'être pas en enfer », dis-je. Elle fit demi-tour et traversa la cour en courant. « Une seule fois, tu m'entends ? » dis-je. Elle ne se retourna pas.

J'allai à la poste chercher mon courrier et, de là, au magasin où je laissai l'auto. Earl me regarda quand j'entrai. Je lui laissai le temps de me faire une observation sur mon retard, mais il se contenta de dire :

— Les scarificateurs sont arrivés. Vous feriez bien d'aller aider le vieux Job à les monter.

Je passai derrière le magasin où le vieux Job les déballait à la vitesse d'environ trois écrous par heure.

— C'est pour moi que tu devrais travailler, dis-je. La moitié des nègres les plus fainéants de la ville mange dans ma cuisine.

— J' travaille pour celui qui me paie le samedi soir, dit-il. Quand je fais ça, ça me laisse pas grand temps pour satisfaire les autres. » Il vissa un écrou. « Y a pas grand monde qui travaille dans ce pays, sauf les charançons. »

— Faut t'estimer heureux d'être pas un charançon à travailler sur ces machines, dis-je. Tu serais mort à la peine avant qu'on ait pu t'arrêter.

— Ça, c'est bien vrai, dit-il. Les charançons ça n'a pas la vie facile. Ça travaille tous les jours de la semaine, en plein soleil, qu'il pleuve ou qu'il fasse beau. Ils ont pas de véranda pour s'asseoir à regarder pousser les pastèques, et le samedi, pour eux, ça n'a pas de sens.

— Si c'était moi qui m'occupais de ta paye, le samedi n'aurait pas plus de sens pour toi. Sors ces trucs de leur caisse et traîne-les dans le magasin.

C'est la lettre de sa mère que j'ouvris en premier. Je pris le chèque. C'est bien ça, les femmes. Six jours de retard. Ça ne les empêche pas de vouloir nous convaincre qu'elles sont capables de mener les affaires. Il ne ferait pas long feu dans les affaires l'homme qui croirait que le premier du mois tombe le six. Et vraisemblablement quand la banque enverrait son relevé, elle viendrait me demander pourquoi j'ai attendu au sixième jour pour déposer mon salaire. Ces choses-là, ça ne vient jamais à l'idée d'une femme.

« Je n'ai jamais eu de réponse à la lettre où je te parlais de la robe de printemps de Quentin. Est-elle arrivée à destination ? Je n'ai pas eu de réponse aux deux dernières lettres que je lui ai écrites bien que le chèque inclus dans la seconde ait été touché avec l'autre. Est-elle malade ? Fais-le moi savoir immédiatement, sans quoi j'irai m'informer par moi-même. Tu m'avais promis de me faire savoir si elle avait besoin de quelque chose. J'espère avoir une lettre de toi avant le dix. Non, je préférerais que tu me télégraphies tout de suite. Tu ouvres les lettres qu'elle reçoit de moi. J'en suis aussi sûre que si je te voyais le faire. Télégraphie-moi tout de suite de ses nouvelles à l'adresse suivante... »

A ce moment-là, Earl se mit à gueuler après Job. Je les mis de côté et allai les retrouver pour tâcher de lui redonner un peu de vitalité. Ce qu'il faut à ce pays, c'est de la main-d'œuvre blanche. Qu'on laisse ces sales fainéants de nègres crever de faim pendant un an ou deux et ils se rendront compte alors à quel point ils se la coulent douce.

Vers les dix heures j'allai devant le magasin. J'y trouvai un voyageur de commerce. Il était dix heures moins deux ou trois, et je l'invitai à remonter la rue pour prendre un coca-cola. Nous nous sommes mis à parler des récoltes.

— Ça ne signifie rien, dis-je. Le coton est une culture de spéculation. On bourre le crâne des fermiers pour les pousser à faire une grosse récolte uniquement afin de la jouer sur le marché et empiler les gogos. Vous figurez-vous que les fermiers en retirent autre chose que des coups de soleil sur la nuque et une bosse dans le dos ? Vous croyez que l'homme qui sue pour le mettre en terre en retire plus que le minimum dont il a besoin pour vivre ? Qu'il fasse une grosse récolte, elle ne vaudra pas la peine d'être cueillie ; qu'il en fasse une petite, il n'aura pas de quoi égrener. Et pourquoi ? pour qu'un tas de sales Juifs de l'Est. Je ne parle pas des hommes de religion juive, dis-je. J'ai connu des Juifs qui étaient de très bons citoyens. Vous en êtes peut-être bien un, vous-même, dis-je.

— Non, dit-il, je suis américain.

— Sans offense, dis-je. Je donne à chacun ce qui lui revient, sans distinction de religion ou de quoi que ce soit. Je n'ai rien contre les Juifs en tant qu'individus, dis-je. C'est la race. Vous avouerez qu'ils ne produisent rien. Ils suivent les pionniers dans les pays neufs et leur vendent des vêtements.

— Vous ne pensez pas plutôt aux Arméniens ? dit-il. Un pionnier n'aurait que faire de vêtements neufs.

— Sans offense. Je ne reprocherai jamais à personne sa religion.

— Certainement, dit-il. Je suis américain. Mes parents ont du sang français. C'est ce qui explique la forme de mon nez. Mais je suis tout ce qu'il y a de plus américain.

— Moi aussi, dis-je. Nous ne sommes plus beaucoup de cette espèce. Ceux dont je parle, c'est les types qui sont là-bas, à New York, à tâcher d'empiler les pauvres bougres qui sont assez poires pour spéculer.

— C'est vrai, le jeu, ça ne rapporte jamais rien au pauvre monde. Ça devrait être interdit par la loi.

— Vous ne trouvez pas que j'ai raison ? dis-je.

— Si, dit-il. Il me semble bien que vous avez raison. C'est toujours le fermier qui trinque.

— Je sais que j'ai raison, dis-je. C'est un jeu de poires, à moins qu'on n'ait des tuyaux sérieux par quelqu'un qui s'y entend. Il se trouve que je suis en relations avec des gens qui sont là-bas, sur place. Ils sont conseillés par un des plus gros brasseurs d'affaires de New York. Ma technique, c'est de ne jamais risquer beaucoup à chaque fois. Il y en a qui se figurent tout savoir et qui essayent de faire fortune avec trois dollars. C'est ceux-là qu'ils guettent là-bas. C'est pour ça qu'ils sont dans le truc.

Dix heures sonnèrent à ce moment-là. Je me rendis au bureau du télégraphe. Le marché s'améliorait un peu, exactement comme on l'avait dit. J'allai dans le coin et relus le télégramme, pour être sûr. Tandis que je le regardais, une nouvelle cote fut transmise. Hausse de deux points. Tout le monde achetait. Je le comprenais d'après les conversations. On se lançait. Comme si on croyait que ça ne pouvait aller que dans un sens. Comme s'il y avait une loi, ou quelque chose, pour vous obliger à acheter. Enfin, il faut bien que ces Juifs de l'Est vivent aussi, sans doute. Mais le diable m'emporte, c'est tout de même dégoûtant que n'importe quel sale étranger, incapable de gagner sa vie dans le pays où Dieu l'a fait naître, puisse venir s'installer ici et voler à même la poche des Américains. Nouvelle hausse de deux points. Quatre points. Mais, bon Dieu, ils étaient là-bas, sur place, et savaient bien ce qui se passait. Et si je ne suivais pas leurs conseils, alors à quoi bon les payer dix dollars par mois ? Je sortis, puis je me rappelai et revins envoyer le télégramme. « Tout va bien. Q écrira aujourd'hui. »

— Q ? demanda l'employé.

— Oui, dis-je. Q. Vous ne savez pas faire un Q ?

— C'est que je voulais être sûr, dit-il.

— Envoyez ça comme je l'ai écrit, et je me porte garant, comme de juste, dis-je. Envoyez-le aux frais du destinataire.

— Qu'est-ce que vous envoyez, Jason ? dit Doc Wright en regardant par-dessus mon épaule. Un ordre d'achat en langage chiffré ?

— Ça, ça me regarde, dis-je. Vous autres, vous n'avez qu'à agir comme bon vous semble. Vous en savez plus long que ces types de New York.

— Dame, je devrais bien, dit Doc. J'aurais économisé de l'argent cette année si j'en avais fait pousser à deux *cents* la livre.

Nouvelle cote. Baisse d'un point.

— Jason vend, dit Hopkins. Regardez sa tête.

— Ce que je fais ne regarde que moi, dis-je. Vous autres, vous n'avez qu'à agir comme bon vous semble. Il faut bien qu'ils vivent eux aussi, les riches Juifs de New York.

Je retournai au magasin. Earl était occupé près de la

vitrine. J'allai à mon bureau, dans le fond, pour lire la lettre de Lorraine. « Mon gros loup, comme je voudrais que tu sois ici. Pas moyen de s'amuser quand mon loup est absent. Mon gros loup chéri me manque bien. » Je le crois, en effet. La dernière fois, je lui ai donné quarante dollars. Vraiment donné. Je ne promets jamais rien à une femme, pas plus que je ne lui dis ce que je compte lui donner. C'est la seule façon de s'en aider. Toujours les maintenir dans l'incertitude. Et si on n'a pas d'autre surprise à leur offrir, on leur fout son poing sur la gueule.

Je la déchirai et la brûlai au-dessus du crachoir. J'ai pour principe de ne jamais garder un bout de papier portant une écriture de femme, et jamais je ne leur écris. Lorraine me tracasse toujours pour que je lui écrive, mais je lui réponds : Ce que j'ai pu oublier de te dire se gardera bien jusqu'à mon prochain voyage à Memphis, mais, comme je lui dis : Je ne vois aucun inconvénient à ce que tu m'écrives de temps en temps, sous enveloppe ordinaire ; mais si jamais tu essaies de me téléphoner, Memphis ne te gardera pas longtemps. Je lui dis : Quand je suis là-bas, je ne demande pas mieux que de rigoler comme les copains, mais je ne veux pas que les femmes viennent me demander au téléphone. Tiens, lui dis-je en lui donnant les quarante dollars, si jamais tu te soûles et qu'il te prenne fantaisie de me téléphoner rappelle-toi bien ça, et compte jusqu'à dix avant de le faire.

— Quand ça sera-t-il ? dit-elle.

— Quoi ? dis-je.

— Ta prochaine visite ? dit-elle.

— Je te préviendrai », dis-je. Puis elle a voulu commander de la bière, mais je l'en ai empêchée. « Garde ton argent, dis-je. Emploie-le à t'acheter une robe. » J'ai donné également un billet de cinq dollars à la bonne. Après tout, comme je dis toujours, l'argent n'a pas de valeur. Tout dépend de la façon dont on le dépense. Il n'appartient à personne. Alors, pourquoi chercher à l'économiser ? Il n'appartient qu'à l'homme qui le reçoit et le garde. Il y a un type ici, à Jefferson, qui a gagné des tas d'argent en vendant de la camelote aux nègres. Il vivait au-dessus de son magasin, dans une chambre pas plus grande qu'un toit à cochons, et il faisait sa cuisine lui-même. Il y a quatre ou cinq ans il est tombé malade. Ça lui a foutu une trouille du diable et, quand il a été guéri, il s'est affilié à une Église et il s'est acheté un missionnaire chinois, cinq mille dollars par an. Je pense souvent dans quelle rogne il se mettrait, en songeant à ces cinq mille dollars par an, si, une fois mort, il s'apercevait qu'il n'y a pas de paradis. Comme je dis, il ferait mieux de claquer tout de suite, ça lui ferait une économie.

Une fois que tout fut bien brûlé, j'allais fourrer les autres dans ma poche de veston quand, tout à coup, une sorte de pressentiment me dit d'ouvrir celle de Quentin avant de rentrer à la maison. Mais, à ce moment-là, voilà Earl qui m'appelle à l'entrée du magasin. Alors je les ai mises de côté et suis allé servir un sale péquenot qui a mis un quart d'heure à décider s'il achèterait une courroie d'attelle à vingt *cents* ou à trente-cinq.

— Vous feriez mieux de prendre celle-ci qui est très bonne, dis-je. Comment espérez-vous progresser si vous vous acharnez à travailler avec du matériel à bas prix.

— Si celles-là n' sont pas bonnes, dit-il, alors pourquoi c'est-y que vous les vendez ?

— Je ne vous ai pas dit qu'elles n'étaient pas bonnes, dis-je. J'ai dit qu'elles n'étaient pas aussi bonnes que les autres.

— Qu'est-ce que vous en savez ? dit-il. C'est-y que vous les auriez employées, des fois ?

— Parce qu'on ne les fait pas payer trente-cinq *cents*. C'est comme ça que je sais qu'elles sont moins bonnes.

Il tenait celle à vingt *cents* dans ses mains et la faisait glisser entre ses doigts. — M' est avis que j' vas prendre celle-là », dit-il. Je lui ai offert de la lui envelopper, mais il l'a enroulée et l'a fourrée dans sa salopette. Ensuite il a sorti une blague à tabac et, l'ayant dénouée, il en a finalement tiré quelques pièces. Il m'a donné vingt *cents*. « Avec ces quinze *cents*, j' vas pouvoir manger un morceau », dit-il.

— Comme vous voudrez, dis-je, c'est votre affaire. Mais il ne faudra pas venir vous plaindre, l'année prochaine, quand il faudra la renouveler.

— J' prépare pas encore ma récolte de l'an prochain, dit-il.

Je finis par me débarrasser de lui, mais, chaque fois que je prenais cette lettre, quelque chose survenait. Ils étaient tous venus en ville pour voir les forains. Ils s'amenaient par fournées pour donner leur argent à quelque chose qui n'était d'aucun profit pour la ville et ne laisserait que ce que ces exploiteurs de la Mairie se partageaient entre eux. Et Earl allait de l'un à l'autre, affairé comme une poule dans sa mue. « Oui, madame, disait-il, Mr Compson va vous servir. Jason, montrez à madame une baratte, ou pour cinq *cents* de crochets de moustiquaire. »

Enfin, Jason aime le travail. Non, dis-je, je n'ai pas joui des avantages des universités parce qu'à Harvard on vous enseigne comment aller nager la nuit sans savoir nager, et à Sewanee on ne vous enseigne même pas ce que c'est que l'eau. J'ai dit vous pourriez m'envoyer à l'Université d'État j'y apprendrais peut-être à arrêter ma pendule avec un pulvérisateur, et puis vous pourriez envoyer Ben dans la marine, ou tout au moins dans la cavalerie, on n'a pas besoin d'être

entier pour entrer dans la cavalerie. Ensuite, lorsqu'elle nous envoya Quentin pour que je la nourrisse
elle aussi, j'ai dit : apparemment c'est très bien comme
ça, je n'aurai pas la peine d'aller chercher du travail
dans le Nord, c'est le travail qui vient me chercher ici.
Alors maman s'est mise à pleurer et j'ai dit : ce n'est
pas que je voie aucun inconvénient à avoir ce bébé ici ;
si ça peut vous faire plaisir, je cesserai de travailler
pour rester ici à faire la bonne d'enfant, et je vous
laisserai, vous et Dilsey, le soin de faire bouillir la
marmite. Ou bien Ben. Vous pourriez peut-être le louer
comme phénomène. Il doit bien y avoir des gens
quelque part qui paieraient dix *cents* pour le voir. Elle
n'en a pleuré que de plus belle et elle ne cessait de
répéter mon pauvre malheureux petit et je dis oui il
pourra certainement vous venir en aide quand il aura
fini de grandir vu qu'il n'est déjà qu'une fois et demie
environ plus grand que moi, et elle dit qu'elle serait
bientôt morte et que nous serions tous plus tranquilles
et je lui ai dit c'est bon, comme vous voudrez. C'est
votre petite fille. Aucun autre de ses grands-parents
n'en pourrait dire autant sans risquer de se tromper.
Seulement, dis-je, ce n'est qu'une question de temps.
Si vous vous figurez qu'elle fera ce qu'elle dit, qu'elle
ne tentera jamais de voir son bébé, vous vous trompez,
parce que la première fois c'est là où maman ne cessait
de répéter Dieu merci tu n'es un Compson que de nom
parce qu'il ne me reste plus que toi, maintenant, toi et
Maury, et je dis : oh, personnellement, je me passerais
bien de l'oncle Maury, puis ils sont arrivés et ont dit
qu'ils étaient prêts à partir. Maman alors a cessé de
pleurer. Elle a rabattu son voile et nous sommes
descendus. L'oncle Maury sortait de la salle à manger,
son mouchoir sur la bouche. Ils faisaient la haie pour
ainsi dire, et nous sommes arrivés à la porte juste à
temps pour voir Dilsey qui emmenait Ben et T. P.

derrière la maison. Nous descendîmes les marches et montâmes en voiture. L'oncle Maury répétait : ma pauvre petite sœur, ma pauvre petite sœur. Il parlait comme autour de sa bouche et lui tapotait la main. Il parlait autour de ce qu'il pouvait bien avoir dans la bouche.

— Tu n'as pas oublié de mettre ton crêpe ? dit-elle. Pourquoi ne part-on pas avant que Ben ne sorte et ne se donne en spectacle ? Pauvre petit, il ne sait pas. Il ne se rend même pas compte.

— Allons, allons, dit l'oncle Maury en lui tapotant les mains et en parlant autour de sa bouche. Ça vaut mieux. Laisse-lui ignorer le chagrin aussi longtemps que possible.

— Les autres femmes ont leurs enfants pour les réconforter dans des jours comme celui-ci, dit maman.

— Tu as Jason et moi, dit-il.

— C'est si terrible pour moi, dit-elle. Les voir disparaître ainsi tous les deux, en moins de deux ans.

— Allons, allons », dit-il. Au bout d'un instant, il porta subrepticement la main à sa bouche et les jeta par la portière. Alors je m'expliquai l'odeur. C'étaient des clous de girofle. J'imagine qu'il estimait que le moins qu'il pût faire à l'enterrement de mon père, à moins que le buffet ne l'eût pris pour mon père et ne lui eût donné un petit croc-en-jambe en passant. Comme je dis : s'il lui fallait vendre quelque chose pour envoyer Quentin à Harvard, il aurait bougrement mieux valu pour tous qu'il vendît le buffet et employât une partie de l'argent à s'acheter une camisole de force. Je suppose que si tout l'élément Compson a disparu avant d'arriver jusqu'à moi, comme dit maman, c'est parce qu'il l'avait tout bu. Du moins je n'ai jamais entendu dire qu'il eût offert de rien vendre pour m'envoyer à Harvard.

Il continuait donc à lui tapoter la main en répétant

236

« Ma pauvre petite sœur », lui tapotant la main avec un de ces gants noirs dont nous reçûmes la note quatre jours après parce que c'était le vingt-six parce que c'est à cette même date, un certain mois, que mon père alla là-bas et nous la rapporta sans vouloir nous dire où elle se trouvait ni rien, et maman pleurait en disant : « Et le père, vous ne l'avez pas même vu ? Vous n'avez même pas essayé d'obtenir une pension pour élever ce bébé ? » Et papa dit : « Non, je ne veux pas qu'elle touche à un *cent* de son argent. » Et maman dit : « La loi peut l'y forcer. Il ne peut rien prouver, à moins que... Jason Compson, dit-elle, avez-vous été assez stupide pour lui dire... ?

— Chut, Caroline », dit papa. Puis il m'envoya aider Dilsey à descendre le vieux berceau du grenier. Et j'ai dit :

— Alors, on m'a apporté mon travail à domicile, ce soir », parce que nous ne cessions d'espérer que les choses s'arrangeraient et qu'il la garderait parce que maman répétait qu'elle aurait au moins assez le respect de la famille pour ne pas compromettre la seule chance que j'avais après qu'elle et Quentin avaient eu les leurs.

— Et où voudriez-vous qu'on la mette ? dit Dilsey. Qui d'autre que moi pourrait l'élever ? Est-ce que je ne vous ai pas tous élevés ?

— Et tu as fait quelque chose de propre, dis-je. Enfin, dorénavant, ça lui donnera toujours un bon prétexte pour se faire de la bile. » Nous descendîmes donc le berceau, et Dilsey l'installa dans son ancienne chambre. Naturellement maman recommença :

— Chut, Miss Ca' oline, dit Dilsey. Vous allez la réveiller.

— Comment, là ? dit maman, pour qu'elle soit contaminée par cette atmosphère ? Ça sera déjà assez dur avec l'hérédité qu'elle a.

— Chut, dit papa, ne dites pas de sottises.

— Pourquoi qu'elle ne dormirait pas ici ? dit Dilsey. Dans cette même chambre où j'ai couché sa maman chaque soir de sa vie, depuis le jour où elle a été assez grande pour dormir toute seule.

— Vous ne pouvez pas savoir, dit maman. Penser que ma fille, ma fille à moi a été chassée par son mari ! Pauvre petite innocente ! dit-elle en regardant Quentin. Tu ne sauras jamais les douleurs que tu as causées.

— Chut, Caroline, dit papa.

— Pourquoi vous mettre dans des états pareils en présence de Jason ? dit Dilsey.

— J'ai essayé de le protéger, dit maman. J'ai toujours essayé de l'en protéger. Du moins pourrai-je faire mon possible pour l'en protéger, elle aussi.

— Comment voulez-vous que dormir dans cette chambre puisse lui faire du mal, je vous demande un peu ? dit Dilsey.

— C'est plus fort que moi, dit maman, je sais que je ne suis qu'une vieille femme ennuyeuse. Mais je sais qu'on ne peut pas tourner les lois de Dieu impunément.

— Quelle sottise, dit papa. Alors, Dilsey, mets le berceau dans la chambre de Miss Caroline.

— Sottises tant que vous voudrez, dit maman, mais il ne faut pas qu'elle sache. Jamais. Elle ne doit même pas entendre ce nom. Dilsey, je t'interdis de prononcer ce nom devant elle. Si seulement elle pouvait grandir sans jamais savoir qu'elle a eu une mère, j'en rendrais grâce au Ciel.

— Ne dites donc pas de sottises, dit papa.

— Je ne me suis jamais mêlée de l'éducation que vous leur avez donnée, dit maman. Mais maintenant, je suis à bout. Il faut s'entendre là-dessus, ce soir même. Ou bien ce nom ne sera jamais prononcé devant elle, ou bien c'est elle qui s'en ira, ou moi. Choisissez...

— Chut, dit papa. Vous êtes énervée. Mets le berceau ici, Dilsey.

— Vous ne m'avez pas l'air si bien portant vous-même, dit Dilsey. Vous avez l'air d'un revenant. Allez au lit et je vous préparerai un *toddy*. Et vous tâcherez de dormir. J'parie bien que depuis vot'départ vous n'avez pas eu une seule bonne nuit de sommeil.

— Non, dit maman. Tu ne sais donc pas ce qu'a dit le docteur ? Pourquoi l'encourages-tu à boire ? C'est cela qui le rend malade, à présent. Regarde, moi. Moi aussi je souffre, mais je n'ai pas la faiblesse de me tuer à coups de whisky.

— Des blagues, dit papa. Qu'est-ce qu'ils savent, les docteurs ? Ils gagnent leur vie en ordonnant aux gens de faire le contraire de ce qu'ils font, et c'est là tout ce qu'on peut savoir des singes dégénérés. Je m'attends à ce que bientôt vous fassiez venir un pasteur pour me tenir la main.

Alors maman s'est mise à pleurer et il est sorti. Il a descendu, puis j'ai entendu le buffet. Je me suis éveillé et l'ai entendu descendre à nouveau. Maman avait dû s'endormir car le silence régnait dans la maison. Lui aussi s'efforçait de ne pas faire de bruit, parce que je ne pouvais pas l'entendre, sauf le bas de sa chemise de nuit et ses jambes nues devant le buffet.

Dilsey prépara le berceau, la déshabilla et l'y coucha. Elle ne s'était pas réveillée depuis qu'il l'avait amenée dans la maison.

— Elle est quasiment trop grande pour ce berceau, dit Dilsey. Là, voilà. Maintenant, je vais me faire un lit par terre, juste à l'autre bout du couloir, comme ça vous n'aurez pas à vous lever la nuit.

— Je ne dormirai pas, dit maman. Rentre chez toi, va. Ça ne fait rien. Je donnerais volontiers ce qui me reste de vie pour elle, si seulement je pouvais empêcher...

239

— Chut, voyons, dit Dilsey. Nous prendrons soin d'elle. Et vous aussi, faut aller au lit, me dit-elle. Faut aller à l'école demain.

Je sortis alors, puis maman me rappela et pleura sur moi un instant.

— Tu es mon seul espoir, dit-elle. Tous les soirs, je rends grâce à Dieu de t'avoir donné à moi. » Pendant que nous attendions qu'ils se missent en route, elle dit : Grâce à Dieu, s'il fallait que lui aussi me fût enlevé, c'est toi qui m'as été laissé et non Quentin. Grâce à Dieu tu n'es pas un Compson, parce que je n'ai plus que toi, maintenant, et Maury, et je dis : Personnellement je me passerais bien de l'oncle Maury. Et il continuait à lui tapoter la main avec son gant noir et à lui parler. Il les enleva quand ce fut son tour de manier la pelle. Il s'approcha des premiers, là où on les abritait sous des parapluies, piétinant de temps à autre pour détacher la boue de leurs semelles, la boue qui collait aux pelles et les obligeait à les taper pour la détacher, avec un bruit creux quand elle tombait dessus, et, quand je me reculai de l'autre côté de la voiture, je l'aperçus derrière une tombe qui, la bouteille en l'air, avalait une nouvelle lampée. Je pensais qu'il ne s'arrêterait jamais, parce que j'avais aussi mon costume neuf, mais il se trouva qu'il n'y avait pas encore beaucoup de boue sur les roues, seulement maman l'a vu et elle a dit : Je ne sais pas quand tu pourras en avoir un autre, et l'oncle Maury a dit : « Allons, allons. Il ne faut pas se tracasser. Je suis là, vous pourrez toujours compter sur moi. »

Il ne se trompait pas. Toujours. La quatrième lettre était de lui. Mais rien ne pressait de l'ouvrir. J'aurais pu l'écrire moi-même, ou la réciter par cœur à ma mère, en ajoutant dix dollars pour plus de sûreté. Mais, quant à l'autre lettre, j'avais un soupçon. Je sentais que le temps était venu où elle allait essayer de nous jouer un de ses tours. Elle a bien compris, dès la première fois. Elle n'a pas tardé à se rendre compte que je n'étais pas un chat de la même espèce que notre père. Quand ils l'eurent à peu près comblée, maman naturellement s'est remise à pleurer, et l'oncle Maury est remonté en voiture avec elle, et ils sont partis. Il m'a dit : Tu pourras revenir avec quelqu'un. On ne demandera pas mieux que de t'offrir une place. Il faut que j'emmène ta mère. Et j'avais envie de répondre : Oui, tu aurais dû apporter deux bouteilles au lieu d'une, mais je me rappelai le lieu où nous nous trouvions et les laissai partir. Ça leur était bien égal que je me mouille, comme ça maman pourrait se mettre martel en tête à l'idée que j'attraperais une fluxion de poitrine.

Je me mis à penser à cela tout en les regardant y jeter de la terre. Ils la plaquaient en quelque sorte, comme s'ils faisaient du mortier ou quelque chose de ce genre, comme s'ils élevaient une clôture, et je commençai à me sentir tout drôle et décidai de faire un petit tour. Je réfléchis que, si je me dirigeais vers la ville, ils me rattraperaient et essayeraient de me faire monter dans l'une d'elles. Je me dirigeai donc vers le cimetière des Noirs. Je me mis à l'abri sous des cyprès que la pluie transperçait à peine, quelques gouttes seulement de temps à autre. De là, je pourrais voir quand ils auraient fini et partiraient. Au bout d'un moment, il ne resta plus personne. J'attendis une minute et je partis.

Il me fallut suivre le sentier afin d'éviter l'herbe mouillée, aussi ne la vis-je que lorsque je fus tout près d'elle. Debout, dans un manteau noir, elle regardait les fleurs. Je la reconnus tout de suite parce qu'elle se retourna et souleva légèrement sa voilette.

— Bonjour, Jason », dit-elle en me tendant la main. Nous nous serrâmes la main.

— Qu'est-ce que tu fais là ? Je croyais que tu avais

promis à notre mère de ne plus jamais revenir. Je t'aurais cru plus de raison que ça.

— Oui ? », dit-elle. De nouveau elle regarda les fleurs. Il devait bien y en avoir pour cinquante dollars. Quelqu'un avait déposé un bouquet sur la tombe de Quentin. « Vraiment ? » dit-elle.

— Cependant, ça ne me surprend pas, dis-je. De toi on peut s'attendre à tout. Les gens, ça t'est égal. Tu te fous de tout le monde.

— Oh, dit-elle, ta position. » Elle regarda la tombe. « Je regrette, Jason. »

— Je m'en doute, dis-je. Tu vas être tout miel à présent. Mais ça n'était pas la peine de revenir. Il n'a rien laissé. Demande à l'oncle Maury, si tu ne me crois pas.

— Je ne veux rien », dit-elle. Elle regarda la tombe. « Pourquoi ne m'a-t-on pas prévenue ? C'est par hasard que je l'ai vu dans le journal. A la dernière page. Tout à fait par hasard. »

Je ne répondis pas. Debout, nous regardions la tombe, puis je me mis à penser à notre enfance, quand nous étions petits, puis une chose après l'autre, et, de nouveau je me sentis tout drôle, vaguement furieux, je ne sais pas, pensant que, maintenant, nous allions avoir l'oncle Maury à perpétuité dans la maison à faire marcher tout à son gré, comme cette façon de me laisser revenir tout seul sous la pluie. Je dis :

— Une jolie manière de prendre part aux choses, t'amener comme ça, en cachette, aussitôt qu'il est mort. Mais ça ne te servira à rien. Il ne faut pas te figurer que tu pourras profiter de ça pour t'amener ainsi en cachette. Si tu ne peux plus te tenir sur ton cheval, tu n'as qu'à marcher à pied. Nous ne savons même plus ton nom à la maison, dis-je. Tu sais ça ? Tu n'es plus des nôtres, pas plus que lui et Quentin. Tu sais ça ?

— Oui, je le sais, dit-elle. Jason, dit-elle en regardant la tombe, si tu pouvais t'arranger à ce que je puisse la voir, ne serait-ce qu'une minute, je te donnerais cinquante dollars.

— Tu n'as pas cinquante dollars, dis-je.

— Veux-tu ? dit-elle sans me regarder.

— Montre-les un peu, dis-je. Je ne crois pas que tu aies cinquante dollars.

Je voyais ses mains s'agiter sous son manteau, puis elle tendit la main. Du diable si elle n'était pas pleine d'argent. Je pouvais en voir deux ou trois jaunes.

— Est-ce qu'il te donne encore de l'argent ? dis-je. Combien t'envoie-t-il ?

— Je t'en donnerai cent, dit-elle. Veux-tu ?

— Une minute, dis-je. Tu feras comme je te dirai. Je ne voudrais pas qu'elle le sût pour mille dollars.

— Oui, dit-elle. Fais comme tu voudras. Que je puisse la voir, ne serait-ce qu'une minute. Je ne demanderai rien. Je ne ferai rien. Je m'en irai tout de suite.

— Donne-moi l'argent, dis-je.

— Je te le donnerai après, dit-elle.

— Tu n'as pas confiance en moi ?

— Non, dit-elle. Je te connais. J'ai été élevée avec toi.

— Ça te va bien de parler des gens à qui on ne peut pas se fier, dis-je. Ah, dis-je, il faut que je me sorte de cette pluie. Adieu ». Je fis mine de partir.

— Jason ! » dit-elle. Je m'arrêtai.

— Oui, dis-je. Presse-toi. Je me mouille.

— C'est bon, dit-elle. Tiens. » Il n'y avait personne en vue. Je me rapprochai et pris l'argent. Elle ne l'avait pas encore lâché. « Tu le feras ? » dit-elle en me regardant par-dessous sa voilette. « Tu me le promets ? »

— Lâche, dis-je. Tu as envie que quelqu'un s'amène et nous voie ?

Elle desserra la main. Je mis l'argent dans ma poche.

— Tu le feras, Jason ? dit-elle. Je ne te le demanderais pas s'il y avait un autre moyen.

— Il n'y a pas d'autre moyen, en effet, tu as foutrement raison, dis-je. Naturellement, je le ferai. Je te l'ai promis, n'est-ce pas ? Seulement, il faudra que tu fasses exactement ce que je te dirai.

— Oui, dit-elle, je le ferai.

Je lui dis alors où elle devait se trouver, et j'allai chez le loueur de voitures. Je me hâtai et arrivai juste au moment où on dételait le fiacre. Je demandai s'ils en avaient déjà payé la location. Il dit non, et je dis que Mrs Compson avait oublié quelque chose et qu'elle voudrait qu'on lui renvoyât la voiture. Alors ils m'ont laissé la prendre. C'était Mink qui conduisait. Je lui payai un cigare et nous fîmes un tour jusqu'à ce qu'il fît sombre dans les rues désertes où personne ne pourrait le reconnaître. Puis Mink me dit qu'il devait ramener la voiture et je lui dis que je lui paierais un autre cigare, alors nous entrâmes dans l'allée et je traversai la cour de la maison. J'attendis dans le vestibule afin d'être sûr que maman et l'oncle Maury étaient montés. J'allai alors dans la cuisine. Elle et Ben y étaient avec Dilsey. Je dis que maman voulait la voir et je la portai dans la maison. Je trouvai l'imperméable de l'oncle Maury et l'en enveloppai. Ensuite, je la portai jusqu'à l'allée et montai en voiture. Je dis à Mink de rouler jusqu'à la gare. Il avait peur de passer devant la remise du loueur, aussi nous fallut-il passer par-derrière, et je la vis debout, au coin, sous un réverbère, et je dis à Mink de frôler le trottoir et de fouetter ses chevaux quand je lui dirais « En avant ! » Je la débarrassai alors de l'imperméable et je la tins devant la portière, et Caddy la vit et fit une espèce de bond en avant.

— Fouette, Mink! » dis-je. Et Mink les fouetta, et nous passâmes à la vitesse d'une pompe à incendie. « Maintenant, va reprendre ton train, comme tu l'as promis », dis-je. Par la petite fenêtre du fond, je pouvais la voir courir derrière nous. « Fouette-les encore, dis-je. Rentrons. » Quand nous tournâmes au coin de la rue, elle courait toujours.

Je recomptai l'argent cette nuit-là, et le mis de côté, et j'étais assez content de moi. Je dis : Je suppose que ça te servira de leçon. Je suppose que, dorénavant, tu sauras qu'on ne me fait pas perdre une position sans en supporter les conséquences. Il ne me vint pas à l'idée qu'elle ne tiendrait pas sa promesse et ne prendrait pas le train. Mais, à cette époque, je ne les connaissais pas bien. J'étais assez bête pour croire ce qu'elles racontent, et voilà que, le lendemain matin, elle s'amène droit au magasin. Heureusement qu'elle avait eu assez de bon sens pour mettre une voilette et ne parler à personne. C'était un samedi matin, parce que c'était moi qui tenais le magasin, et elle vint tout droit au bureau devant lequel j'étais assis. Elle marchait vite.

— Menteur, dit-elle. Menteur!

— Est-ce que tu es folle? dis-je. En voilà des idées de venir ici comme ça? » Elle allait parler, mais je la fis taire. Je dis : « Tu m'as déjà fait perdre une position, as-tu envie de me faire perdre celle-là aussi? Si tu as quelque chose à me dire, je te trouverai ce soir quelque part, à la tombée de la nuit. Qu'as-tu à me dire? N'ai-je pas fait ce que je t'avais promis? Je t'avais dit que tu la verrais une minute, n'est-ce pas? Eh bien, tu ne l'as pas vue? » Elle restait là à me regarder, tremblante, comme prise de fièvre. Elle serrait ses mains qu'agitaient des espèces de tremblements nerveux. « J'ai fait exactement ce que je t'avais promis, dis-je. C'est toi qui as menti. Tu m'avais promis de reprendre le train. Tu ne me l'avais pas promis, dis, réponds ? Si tu comptes me reprendre ton argent, essaie un peu. Même si c'étaient mille dollars, c'est encore toi qui me devrais, après le risque que j'ai couru. Et si je vois, ou si j'entends dire, que tu es encore dans cette ville après le départ du train 17, je le dirai à maman et à l'oncle Maury. Alors tu pourras l'attendre le jour où tu la reverras. » Elle restait là à me regarder en se tordant les mains.

— Salaud, dit-elle. Salaud !

— Bon, bon, dis-je. Ça va. Rappelle-toi bien ce que je t'ai dit. Le 17 ou je leur raconte tout.

Quand elle fut partie je me sentis plus à l'aise. Je dis : Je suppose que tu y regarderas à deux fois avant de me faire perdre la position qu'on m'avait promise. Je n'étais qu'un gosse à l'époque. Je croyais les gens quand ils me disaient qu'ils allaient faire quelque chose. Mais depuis, j'ai fait des progrès. Du reste, comme je dis, je n'ai pas besoin qu'on m'aide pour faire mon chemin. Je sais me tenir sur mes jambes, comme je l'ai toujours fait. Puis, brusquement, je pensai à l'oncle Maury et à Dilsey. Je réfléchis qu'elle pourrait bien embobeliner Dilsey, et que, pour dix dollars, l'oncle Maury ferait n'importe quoi. Et j'étais là, dans l'impossibilité de quitter le magasin pour aller protéger ma mère. Comme elle dit : Si l'un de vous devait m'être enlevé, Dieu merci c'est toi qui m'as été laissé. Je me fie à toi, et j'ai dit : Je pense bien rester toujours assez près du magasin pour que vous puissiez m'atteindre. Il faut bien que quelqu'un se cramponne au peu qui nous reste, j'imagine.

Aussi, dès que je fus rentré à la maison, je m'occupai de Dilsey. Je dis à Dilsey qu'elle avait la lèpre, je pris la Bible et lui lus l'histoire de l'homme dont les chairs tombaient en pourriture, et je lui dis qu'il leur arriverait la même chose si elle, Ben ou Quentin la regardaient. Je croyais donc que tout était arrangé, jusqu'au jour où, en rentrant, je trouvai Ben en train de hurler. Il était déchaîné, et personne ne pouvait le calmer. Maman dit : Eh bien, donne-lui le soulier. Dilsey fit comme si elle n'entendait pas. Maman répéta sa phrase et je dis que je m'en allais, que je ne pouvais pas supporter ce vacarme. Comme je dis : Je peux supporter bien des choses et je n'attends pas beaucoup des autres, mais si je dois travailler dans une sale boutique toute la journée, sacré bon Dieu, je trouve que j'ai bien le droit d'exiger un peu de paix et de silence à l'heure du dîner. Donc, je dis que je partais, et Dilsey dit très vite : Jason !

Alors, je compris tout comme dans un éclair, mais, pour en être bien sûr, j'allai chercher le soulier et le rapportai, et, exactement comme je l'avais pensé, sitôt qu'il l'aperçut vous auriez cru qu'on l'égorgeait. Je forçai donc Dilsey à avouer, puis je parlai à maman. Il nous fallut la remonter dans son lit et, quand le calme fut un peu rétabli, je me chargeai de terroriser Dilsey. Autant qu'on peut terroriser un nègre. C'est l'inconvénient des serviteurs noirs. Quand ils sont restés longtemps dans une maison, ils se croient tellement importants qu'on n'en peut plus rien faire. Ils se figurent qu'ils sont les maîtres.

— J' voudrais bien savoir à qui ça fait du mal de laisser cette pauv' enfant voir son bébé, dit Dilsey. Si Mr Jason était encore de ce monde ça ne se passerait pas comme ça.

— Oui, mais Mr Jason n'est plus de ce monde, dis-je. Je sais que tu ne fais aucun cas de ce que je te dis, mais j'imagine que tu obéiras à ma mère. Si tu continues à la tourmenter ainsi, tu finiras par la mettre en terre, elle aussi. A ce moment-là, tu pourras remplir la maison de canailles et de putains. Mais pourquoi as-tu laissé ce pauvre idiot la voir ?

— Vous êtes un homme dur, Jason, si même vous êtes un homme, dit-elle. Je remercie le Seigneur de m'avoir donné plus de cœur qu'à vous, quand même c'est un cœur noir.

— Du moins, je suis assez homme pour faire bouillir la marmite, dis-je. Et, si tu recommences, ce n'est pas dans cette marmite-là que tu mangeras.

Donc, la fois suivante, je lui dis que, si elle s'adressait encore à Dilsey, maman foutrait Dilsey à la porte, mettrait Ben à Jackson et s'en irait avec Quentin. Elle me regarda un instant. Il n'y avait pas de réverbère dans le voisinage et je ne pouvais pas bien distinguer son visage. Mais je pouvais sentir qu'elle me regardait. Quand nous étions petits et qu'elle se mettait en colère sans pouvoir rien faire, sa lèvre supérieure tressautait. Chaque fois qu'elle sautait, les dents apparaissaient davantage. Elle restait immobile comme un poteau, pas un muscle ne bougeait, sauf la lèvre qui sautait plus haut, toujours plus haut, en découvrant les dents. Mais elle ne disait rien. Elle dit seulement :

— C'est bon. Combien ?

— Eh bien, étant donné qu'un coup d'œil par une portière de fiacre vaut cent dollars », dis-je. Alors, après cela, elle s'est conduite assez convenablement. Seulement, un jour, elle demanda à vérifier le compte en banque.

— Je sais que maman les a endossés, mais je voudrais voir le compte de la banque. Je veux voir par moi-même ce que sont devenus ces chèques.

— Ça, ce sont les affaires privées de maman, dis-je. Si tu crois avoir le droit de mettre le nez dans ses affaires privées, je lui dirai que tu t'imagines que ces chèques ont été détournés, et que tu veux une expertise parce que tu n'as pas confiance en elle.

Elle ne dit rien et ne broncha pas. Je pouvais l'entendre murmurer Salaud salaud salaud.

— Parle donc tout haut, dis-je. Je ne crois pas que nous ignorions ce que nous pensons l'un de l'autre. Tu voudrais peut-être qu'on te rende ton argent.

— Écoute, Jason, dit-elle. Ne mens pas, cette fois. Il s'agit de la petite. Je ne demande pas à la voir. Si ce n'est pas assez, j'enverrai davantage, chaque mois. Mais promets-moi seulement qu'elle aura... qu'elle... Tu peux bien faire cela. Des choses pour elle. Sois bon pour elle. Ces petites choses que moi, je ne peux pas... on ne me laisse pas... Mais tu ne voudras pas... Tu n'as jamais eu une goutte de sang chaud dans les veines. Écoute, dit-elle, si tu peux arriver à ce que maman me la rende, je te donnerai mille dollars.

— Tu n'as pas mille dollars, dis-je. Cette fois, je sais bien que tu mens.

— Si, je les ai. Je les aurai. Je peux me les procurer.

— Et je sais comment, dis-je, de la même façon que tu t'es procuré la gosse. Et quand elle sera assez grande... » Je crus alors qu'elle allait réellement me frapper. Elle se comporta pendant une minute comme une espèce de jouet dont on aurait trop remonté le ressort et qui serait prêt à voler en éclats.

— Oh, je suis folle, dit-elle. Je perds la tête. Je ne peux pas l'élever. Gardez-la. Où ai-je la tête ? Jason », dit-elle en me saisissant par le bras. Ses mains brû-laient de fièvre. « Il faut que tu me promettes de prendre bien soin d'elle, de... Elle t'est parente. Ta chair et ton sang. Promets-moi, Jason. Tu portes le nom de papa. Crois-tu qu'à lui, il m'aurait fallu lui demander deux fois ? Une fois même ?

— Ah vraiment ? dis-je. Il m'a donc légué quelque chose en fin de compte. Que veux-tu que je fasse ? dis-je. M'acheter un tablier et une voiture d'enfants ? Ce n'est pas moi qui t'ai mise dans ce pétrin, dis-je. Je cours plus de risques que toi, parce que toi, tu n'as rien à perdre. Si donc tu espères que...

— Non », dit-elle. Puis elle se mit à rire tout en essayant de se retenir. « Non, je n'ai rien à perdre », dit-elle, avec ce même bruit, les mains devant la bouche. « R...r... rien », dit-elle.

— Allons, dis-je. Finis cette comédie.

— J'essaie, dit-elle, les mains devant la bouche. Oh Dieu ! Oh Dieu !

— Je m'en vais, dis-je. Je ne veux pas qu'on me voie ici. Fais-moi le plaisir de quitter la ville, tu m'entends ?

— Attends, dit-elle, en me prenant le bras. C'est fini. Je ne le ferai plus. Tu me promets, Jason ? » dit-elle. Il me semblait que ses yeux me touchaient presque le visage. « Tu me promets ? Maman... cet argent... si elle avait besoin de quelque chose... si je t'envoyais des chèques pour elle, à toi, d'autres en plus, les lui donnerais-tu ? Tu ne diras rien ? Tu feras en sorte qu'elle ait des petites choses, comme les autres enfants ?

— Certainement, dis-je, pourvu que tu te conduises comme il faut et que tu fasses ce que je te dis.

Quand Earl est arrivé du fond du magasin avec son chapeau sur la tête, il m'a dit : — Je vais jusque chez Roger manger un morceau. Nous n'aurons pas le temps d'aller déjeuner chez nous, je crois.

— Comment cela, nous n'aurons pas le temps ? dis-je.

— Avec ces forains en ville, et tout ce monde, dit-il. Sans compter qu'ils vont donner une matinée, et les gens voudront avoir fait leurs achats à temps pour y aller. C'est pourquoi nous ferions aussi bien de faire un saut jusque chez Roger.

— Ça vous regarde, dis-je. C'est votre estomac. Si vous voulez vous rendre esclave de votre commerce, je n'y vois pas d'inconvénients.

— Vous, je ne vous imagine guère esclave d'un commerce quelconque, dit-il.

— Non. A moins que ce ne soit le commerce de Jason Compson, dis-je.

Je retournai donc dans le fond du magasin et je l'ouvris. Ma première surprise fut de constater que c'était un mandat et non un chèque. Parfaitement. Vous n'en trouveriez pas une seule à qui on puisse se fier. Après tous les risques que j'avais courus, risquant que maman ne s'aperçoive qu'elle venait ici une ou deux fois par an, et tous les mensonges que cela me faisait faire à maman. Voilà ce que j'appelle de la reconnaissance. Et je ne serais pas plus étonné que cela si elle avait prévenu la poste de ne le laisser toucher qu'à elle seule. Donner à une gosse pareille cinquante dollars ! Comment, mais moi-même, j'avais bien vingt et un ans la première fois que j'ai vu cinquante dollars, et tous les autres commis avec leur après-midi libre et leur journée de samedi, et moi à travailler au magasin. Comme je dis : comment voulez-vous qu'on en fasse quelque chose avec cette femme qui lui envoie de l'argent derrière notre dos ? Elle a le même foyer que tu as eu, dis-je, la même éducation. Je suppose que maman sait mieux que toi ce dont elle a besoin, toi qui n'as même pas de domicile. Si tu veux lui donner de l'argent, dis-je, envoie-le à maman. Ne le lui donne pas à elle. Si je dois courir ce risque tous les trois ou quatre mois, il faudra que tu fasses ce que je te dis, sans quoi rien ne va plus.

Et, juste au moment où j'allais commencer, parce que si Earl se figure que je vais galoper au bout de la rue et ingurgiter pour vingt-cinq *cents* d'indigestion pour lui faire plaisir, il se fout le doigt dans l'œil. Évidemment, je ne suis peut-être pas assis les pieds sur un bureau d'acajou, mais je suis payé pour ce que je fais à l'intérieur du magasin, et si, quand j'en suis sorti, je ne peux même pas vivre comme un homme civilisé, je m'en irai où je pourrai. Je sais me tenir sur mes jambes. Pas besoin que quelqu'un m'offre son bureau d'acajou pour me soutenir. Donc, juste au moment où j'allais commencer. Il me faudrait tout laisser et courir vendre à quelque cul-terreux pour cinq sous de clous ou quelque chose comme ça, et Earl, là-bas, à s'envoyer un sandwich et déjà à mi-chemin du retour sans doute ; puis je m'aperçus que je n'avais plus de chèques dans mon carnet. Je me rappelai que j'avais pensé m'en procurer un autre. Mais maintenant c'était trop tard. A ce moment-là, je levai les yeux et voilà Quentin qui entre. Par la porte de derrière. Je l'entendis demander au vieux Job si j'étais ici. Je n'eus que le temps de les fourrer dans le tiroir et de le fermer.

Elle s'approcha du bureau. Je regardai ma montre.

— Tu as déjà fini de déjeuner ? dis-je. Il est juste midi. Ça vient de sonner. Tu as dû voler aller et retour.

— Je ne déjeunerai pas à la maison, dit-elle. Est-ce que j'ai reçu une lettre aujourd'hui ?

— Tu en attendais une ? dis-je. Tu as donc un bon ami qui sait écrire ?

— De ma mère, dit-elle. Ai-je reçu une lettre de ma mère ? dit-elle en me regardant.

— Ta grand'mère en a reçu une, dis-je. Je ne l'ai pas ouverte. Il faudra que tu attendes qu'elle l'ait ouverte. Elle te la montrera sans doute.

— S'il vous plaît, oncle Jason, dit-elle sans prêter la moindre attention. Est-ce que j'en ai une ?

— Qu'est-ce qui te prend ? dis-je. C'est la première fois que je te vois t'inquiéter autant de quelqu'un. Elle a dû te promettre de l'argent.

— Elle m'a dit qu'elle... dit-elle. Oncle Jason, s'il vous plaît, dit-elle, j'en ai une ?

— Tu as dû te décider à aller à l'école aujourd'hui,

252

dis-je, quelque part où on t'a appris à dire s'il vous plaît. Attends une minute pendant que je sers ce client.

J'allai le servir. Quand je me retournai pour revenir, elle avait disparu derrière le bureau. Je courus. Je fis le tour du bureau et la surpris au moment où elle retirait précipitamment sa main du tiroir. Je lui arrachai la lettre en lui frappant les phalanges sur le bureau jusqu'à ce qu'elle l'eût lâchée.

— Ah, c'est comme ça ? dis-je.

— Donnez-la-moi, dit-elle. Vous l'avez déjà ouverte. Donnez-la-moi. S'il vous plaît, oncle Jason. Elle est à moi. J'ai vu le nom.

— Une bonne courroie, dis-je, c'est ça que je vais te donner. Fouiller dans mes papiers !

— Est-ce qu'il y a de l'argent dedans ? dit-elle en essayant de la prendre. Elle m'avait dit qu'elle m'enverrait de l'argent. Elle me l'avait promis. Donnez-la-moi.

— Pourquoi as-tu besoin d'argent ? dis-je.

— Elle m'avait dit qu'elle m'en enverrait, dit-elle. Donnez-la-moi. S'il vous plaît, oncle Jason. Je ne vous demanderai plus jamais rien, si vous me la donnez cette fois-ci.

— Je vais te la donner, donne-moi le temps », dis-je. Je sortis la lettre et le mandat de l'enveloppe, et lui donnai la lettre. Elle essaya de saisir le mandat sans presque regarder la lettre. « D'abord, il faudra que tu le signe », dis-je.

— De combien est-il ? dit-elle.

— Lis la lettre, dis-je. Elle te le dira sans doute. » Elle la parcourut rapidement en deux coups d'œil.

— Elle ne le dit pas », dit-elle en levant les yeux. Elle laissa tomber la lettre à terre. « De combien est-il ? »

— Dix dollars, dis-je.

— Dix dollars ! dit-elle en me regardant fixement.

— Et tu devrais t'estimer heureuse d'avoir autant que ça. Une gosse comme toi. Pourquoi te faut-il subitement de l'argent !

—´ Dix dollars ! dit-elle, comme si elle parlait en dormant. Rien que dix dollars ! » Elle essaya de saisir le mandat. « Vous mentez, dit-elle. Voleur ! dit-elle. Voleur ! »

— Ah, c'est comme ça ! dis-je en la maintenant à distance.

— Donnez-le-moi, dit-elle. Il est à moi. Elle me l'a envoyé. Je veux le voir. Je le veux.

— Tu le veux ? dis-je en la repoussant. Comment vas-tu t'y prendre ?

— Laissez-moi le regarder, pas plus, oncle Jason, dit-elle. Je vous en prie. Je ne vous demanderai plus jamais rien.

— Tu crois que je mens, hein ? dis-je. Rien que pour cela tu ne le verras pas.

— Mais dix dollars seulement ! dit-elle. Elle m'avait dit que... qu'elle... Oncle Jason, je vous en prie, dites, je vous en prie, je vous en prie. Il me faut de l'argent. Il m'en faut. Donnez-le-moi, oncle Jason. Si vous me le donnez, je ferai tout ce que vous voudrez.

— Dis-moi ce que tu veux faire de cet argent, dis-je.

— J'en ai besoin », dit-elle. Elle me regardait. Puis, brusquement, elle cessa de me regarder bien qu'elle n'eût pas bougé les yeux. Je savais qu'elle allait mentir. « C'est de l'argent que je dois, dit-elle. Il faut que je le rembourse aujourd'hui. »

— A qui ? » dis-je. Ses mains avaient l'air de se tordre. Je pouvais la voir essayer de forger un mensonge. « As-tu encore acheté à crédit ? dis-je. Pas la peine de me raconter ça. Si jamais tu trouves quelqu'un en ville pour te vendre à crédit après ce que je leur ai dit, je veux bien être pendu. »

— C'est une amie, dit-elle. C'est une amie. J'ai

254

emprunté de l'argent à une amie. Il faut que je le rende, oncle Jason, donnez-le-moi. S'il vous plaît. Je ferai n'importe quoi. Il me le faut absolument. Maman vous paiera. Je lui écrirai de vous payer, et que je ne lui demanderai plus jamais rien. Vous pourrez voir la lettre. Je vous en prie, oncle Jason. J'en ai besoin, absolument.

— Dis-moi ce que tu veux en faire, dis-je, et je verrai. Dis-moi. » Elle restait là, debout, tortillant sa robe dans ses mains. « C'est bon, dis-je. Si dix dollars ne te suffisent pas, je vais les remettre à ta grand'mère, et tu sais ce qui leur arrivera. Évidemment, si tu es trop riche pour avoir besoin de dix dollars... »

Elle restait là, les yeux rivés sur le plancher, comme se murmurant à elle-même : « Elle m'avait dit qu'elle m'enverrait de l'argent. Elle m'avait dit qu'elle m'envoyait de l'argent ici, et vous dites qu'elle n'en envoie pas. Elle m'a dit qu'elle avait envoyé des tas d'argent ici. Elle dit que c'est pour moi, que c'est pour que j'en garde une partie. Et vous, vous me dites que nous n'avons pas d'argent. »

— Tu en sais autant que moi là-dessus, dis-je. Tu as vu ce qui leur arrive à tes chèques.

— Oui, dit-elle, en regardant par terre. Dix dollars dit-elle. Dix dollars !

— Et tu ferais mieux de remercier ta bonne étoile que ce soit dix dollars, dis-je. Tiens ! » Je posai le mandat à l'envers sur le bureau et le maintins avec ma main. « Signe. »

— Voulez-vous me le laisser voir ? dit-elle. Je ne veux que le regarder. Quel qu'en soit le montant, je ne vous demanderai que dix dollars. Vous pourrez garder le reste. Je veux seulement le regarder.

— Pas après la façon dont tu t'es conduite, dis-je. Il y a une chose qu'il faut que tu apprennes, c'est que, lorsque je te dis de faire quelque chose, j'entends que tu le fasses. Signe ton nom sur cette ligne.

Elle prit la plume, mais, au lieu de signer, elle resta debout, la tête penchée, la plume tremblante à la main. Exactement comme sa mère. — Oh Dieu! dit-elle. Oh Dieu!

— Oui, dis-je. C'est une chose qu'il faudra que tu apprennes, en supposant que tu n'apprennes rien d'autre. Allons, signe et fous le camp.

Elle signa. — Où est l'argent? » dit-elle. Je pris le mandat, le séchai au buvard et le mis dans ma poche. Ensuite, je lui donnai les dix dollars.

— Maintenant, retourne à l'école cet après-midi, tu m'entends? » dis-je. Elle ne répondit pas. Elle froissa le billet dans sa main comme si c'eût été un chiffon ou quelque chose comme ça, et elle sortit par la porte de devant, juste au moment où Earl revenait. Un client entra avec lui et ils restèrent près de la porte. Je rassemblai mes affaires, mis mon chapeau et me dirigeai vers la rue.

— Beaucoup de travail? dit Earl.

— Pas des masses », dis-je. Il regarda par la porte.

— C'est votre auto, là-bas? dit-il. Vous feriez mieux de renoncer à aller déjeuner chez vous. Vraisemblablement, nous allons encore avoir un peu de presse juste avant la représentation. Allez prendre quelque chose chez Roger et mettez un ticket dans le tiroir.

— Merci bien, dis-je. Je crois que je puis encore m'offrir le luxe de me nourrir moi-même.

Et il allait rester là, sur place, à surveiller la porte comme un épervier, jusqu'à ce que je revienne! Eh bien, il la surveillerait un moment. Je faisais de mon mieux. La fois précédente, j'avais dit : C'est le dernier, il ne faudra pas que tu oublies d'aller en chercher d'autres. Mais, comment se rappeler quelque chose dans cette pétaudière? Et voilà que ce sacré théâtre s'amène juste le jour où il me fallait courir la ville à la recherche d'un chèque, sans compter tout ce qu'il fallait que je fasse pour faire marcher la maison. Et Earl, à surveiller la porte, comme un épervier.

J'allai à l'imprimerie où je lui dis que je voulais faire une blague à un type, mais il n'avait rien. Il me dit alors d'aller voir un peu à l'ancien Opéra où on avait entassé des tas de papiers et de trucs après la banqueroute de la *Merchants' and Farmers' Bank.* Je m'esquivai alors par d'autres ruelles pour éviter que Earl ne me vît, et, finalement, je trouvai le vieux Simmons auquel j'empruntai la clé. Je montai et me mis à fouiller. Je finis par trouver un carnet de chèques sur une banque de Saint Louis. Et probablement elle choisirait juste cette fois-ci pour y regarder de près. Enfin, il faudrait bien que cela fasse l'affaire. Je ne pouvais pas perdre plus de temps.

Je retournai au magasin. « J'ai oublié quelques papiers que ma mère m'a chargé de déposer à la banque », dis-je. Je retournai à mon bureau et fabriquai le chèque. Dans ma hâte et tout ça, je me dis : c'est encore heureux que sa vue ait baissé, avec cette petite putain dans la maison, une bonne chrétienne comme maman. Je lui ai dit : Vous savez tout aussi bien que moi comment elle tournera, mais c'est votre affaire si vous tenez à l'élever chez vous uniquement à cause de papa. Alors elle s'est mise à pleurer et à me dire qu'elle était de sa chair et de son sang. Et je me suis contenté de dire : C'est bon, comme vous voudrez. Si vous pouvez le supporter, moi je le pourrai bien aussi.

Je repliai soigneusement la lettre, recollai l'enveloppe et je sortis.

— Tâchez de ne pas rester dehors plus longtemps qu'il ne faut, dit Earl.

257

— Ça va », dis-je. J'allai au bureau de télégraphe. Tous les malins étaient là.

— Alors, les amis, combien y en a-t-il qui ont gagné leur million ? dis-je.

— Comment voulez-vous qu'on fasse quelque chose avec un marché comme ça ? dit Doc.

— Qu'est-ce qu'il fait ? » dis-je. J'entrai et regardai. Il était à trois points au-dessous de la cote d'entrée. « Voyons, vous n'allez pas vous laisser battre par un pauvre petit marché de coton, dis-je. Je vous croyais plus malins que ça. »

— Malins, je vous en fous ! dit Doc. A midi, il avait baissé de douze points. Je suis fauché.

— Douze points ? dis-je. Pourquoi diable ne m'a-t-on pas prévenu ? Vous ne pouviez pas m'avertir, vous ? dis-je à l'employé.

— Je reçois la cote comme elle vient, dit-il. J' dirige pas un office clandestin.

— Vous êtes encore malin, dis-je. Il me semble pourtant qu'avec tout l'argent que je dépense chez vous, vous pourriez trouver le temps de me téléphoner. Maintenant, votre sacrée compagnie est peut-être bien de connivence avec ces requins de l'Est.

Il ne dit rien. Il faisait semblant d'être occupé.

— Vous commencez à être un peu trop gros pour vos culottes, dis-je. Un de ces jours vous pourriez bien être obligé de travailler pour vivre.

— Qu'est-ce que vous avez ? dit Doc. Vous avez encore trois points de boni.

— Oui, dis-je. Si je me trouvais vendre. Je n'ai pas encore parlé de ça, il me semble. Alors, vous les gars, tous fauchés ?

— J'ai été pincé deux fois, dit Doc. Je me suis défilé à temps.

— Oh, dit I. O. Snopes, je les ai eus. M'est avis que

c'est bien juste qu'ils m'aient eux aussi, de temps en temps.

Je les laissai en train d'acheter et de vendre entre eux à cinq *cents* le point. Je trouvai un nègre et l'envoyai chercher mon auto. Je me postai à attendre au coin de la rue. Je ne pouvais pas voir Earl inspecter la rue, du haut en bas, avec un œil sur la pendule, parce que, d'où j'étais, je ne pouvais pas voir la porte. Il mit une éternité à revenir.

— Où diable as-tu été ? dis-je. Te balader pour te faire admirer par les filles, hein ?

— J' suis venu aussi vite que j'ai pu, dit-il. J'ai dû faire tout le tour de la place, avec toutes ces charrettes.

Je n'ai jamais connu un seul nègre qui n'ait pas toujours un alibi parfait pour tout ce qu'il fait. Mais, qu'on en laisse un tout seul dans une auto et vous le verrez immédiatement se mettre à faire de l'épate. Je montai et contournai la place. De l'autre côté de la place, j'aperçus Earl sur le pas de sa porte.

J'allai tout droit à la cuisine et je dis à Dilsey de presser le déjeuner.

— Quentin n'est pas encore rentrée, dit-elle.

— Et après ? dis-je. Je m'attends à ce que tu me dises aussi que Luster n'est pas prêt à manger. Quentin connaît les heures de repas dans cette maison. Allons, presse-toi.

Maman était dans sa chambre. Je lui donnai la lettre. Elle l'ouvrit, en tira le chèque et resta assise, le chèque à la main. J'allai chercher la pelle dans le coin et lui donnai une allumette. — Allons, dis-je, finissons-en. Dans une minute vous allez vous mettre à pleurer.

Elle prit l'allumette mais ne l'alluma pas. Elle restait là, assise, les yeux fixés sur le chèque. Exactement comme je l'avais prévu.

— Je n'aime pas faire ça, dit-elle. Augmenter tes charges en ajoutant Quentin.

— On se débrouillera bien, dis-je. Allons, finissons-en.

Mais elle restait là, assise, le chèque à la main.

— Celui-ci est sur une banque différente, dit-elle. D'habitude, ils étaient sur une banque d'Indianapolis.

— Oui, dis-je, les femmes aussi ont le droit de faire ça.

— Le droit de faire quoi ?

— D'ouvrir un compte dans deux banques différentes.

— Oh », dit-elle. Elle regarda le chèque un moment. « Je suis contente de voir qu'elle est si... qu'elle a tant... Dieu m'approuve, j'espère. »

— Bon, dis-je. En voilà assez. Si c'est par plaisir, allez-y.

— Par plaisir ! dit-elle. Quand je pense...

— Je croyais que c'était par plaisir que vous brûliez ces deux cents dollars chaque mois, dis-je. Allons, voulez-vous que je fasse craquer l'allumette ?

— Je pourrai me résigner à les accepter, dit-elle. Pour le bonheur de mes enfants. Je n'ai pas d'amour-propre.

— Vous ne seriez jamais satisfaite, dis-je. Vous le savez bien. Vous avez réglé cette question une fois pour toutes, laissez-la réglée. Nous pouvons nous en tirer.

— Je m'en remets à toi, dit-elle. Mais parfois, j'ai peur, en faisant cela, de vous priver de ce qui vous est dû. Peut-être en serai-je punie. Si tu le désires, j'étoufferai mon orgueil et les accepterai.

— A quoi bon commencer maintenant, après les avoir tous détruits pendant quinze ans ? dis-je. Si vous continuez à le faire, vous n'aurez rien perdu, mais si vous vous mettez à les accepter maintenant, vous aurez perdu cinquante mille dollars. Nous nous en sommes tirés jusqu'à présent, n'est-ce pas ? Je ne vous ai pas encore vue à l'asile des pauvres.

260

— Oui, dit-elle. Les Bascomb peuvent vivre sans l'aide de personne. Certainement sans l'aide d'une femme perdue.

Elle fit craquer l'allumette, mit le feu au chèque et le posa sur la pelle. Ensuite, ce fut le tour de l'enveloppe. Elle les regarda brûler.

— Tu ne sais pas ce que c'est, dit-elle. Dieu merci, tu ne sauras jamais ce qu'une mère peut ressentir.

— Il y a des tas de femmes dans le monde qui ne valent pas plus cher qu'elle.

— Oui, mais ce ne sont pas mes filles, dit-elle. Ce n'est pas pour moi. Je la reprendrais volontiers, avec tous ses péchés, parce qu'elle est ma chair et mon sang. C'est dans l'intérêt de Quentin.

J'aurais bien pu dire qu'il n'y avait point grand-chance qu'on pût faire du mal à Quentin, mais, comme je dis, je ne demande pas grand-chose, mais je tiens au moins à pouvoir manger et dormir sans avoir deux femmes chez moi à se chamailler et à pleurer.

— Dans ton intérêt, à toi aussi, dit-elle. Je sais quels sont tes sentiments envers elle.

— Vous pouvez bien la laisser revenir, dis-je, en ce qui me concerne.

— Non, dit-elle. Je dois cela à la mémoire de ton père.

— Comment ! Lui qui passait son temps à tâcher de vous persuader de la laisser revenir après que Herbert l'eut foutue à la porte, dis-je.

— Tu ne comprends pas, dit-elle. Je sais que tu n'as pas l'intention de me rendre les choses encore plus pénibles. Mais c'est mon rôle de souffrir pour mes enfants, dit-elle. Je peux le supporter.

— Il me semble que vous vous donnez pour ça une peine bien superflue », dis-je. Le papier se consuma. Je le portai jusqu'à la cheminée et l'y jetai. « C'est tout de même dommage d'avoir à brûler un bel argent comme ça », dis-je.

— Puissé-je ne jamais voir le jour où mes enfants auraient à l'accepter, le prix du péché, dit-elle. Plutôt te voir mort, toi-même, dans ton cercueil.

— Comme vous voudrez, dis-je. Allons-nous déjeuner bientôt ? Sinon, il faut que je reparte. Nous avons beaucoup à faire aujourd'hui. » Elle se leva. « Je le lui ai déjà dit une fois, dis-je. Apparemment, elle s'occupe de Quentin, ou de Luster. Attendez, je vais l'appeler. Ne bougez pas. » Mais elle alla jusqu'au haut de l'escalier et appela.

— Quentin n'est pas encore rentrée, dit Dilsey.

— Alors, il faut que je parte, dis-je. Je mangerai un sandwich en ville. Je ne veux pas déranger les plans de Dilsey », dis-je. Ça a suffi à la bouleverser de nouveau. Et Dilsey qui tournait et virait en maugréant, disant :

— Bon, bon, je me presse tant que je peux.

— Je fais de mon mieux pour vous donner à tous satisfaction, dit maman. Je m'efforce de vous rendre la vie aussi facile que possible.

— Je ne me plains pas, n'est-ce pas ? dis-je. J'ai dit qu'il fallait que je reparte. Est-ce que j'ai dit autre chose ?

— Je sais, dit-elle, je sais que tu n'as pas eu autant d'avantages que les autres, qu'il t'a fallu t'enterrer dans une boutique de campagne. J'aurais voulu que tu ailles de l'avant. Je sais bien que ton père n'a jamais voulu admettre que tu étais le seul qui eût un peu le sens des affaires ; et puis, quand tout le reste a échoué, j'ai cru qu'après son mariage, et que Herbert... après la promesse qu'il avait faite...

— Il mentait lui aussi, probablement, dis-je. Il n'a peut-être même jamais eu de banque. Et, s'il en avait une, je ne pense pas qu'il lui aurait fallu venir jusque dans le Mississippi pour trouver un homme à y mettre.

Nous mangeâmes pendant un moment. Je pouvais entendre Ben dans la cuisine où Luster le faisait manger. Comme je dis, si nous devons nourrir une bouche de plus et si elle refuse de toucher à cet argent, pourquoi ne pas envoyer Ben à Jackson ? Il y serait plus heureux, entouré de gens comme lui. Comme je dis : Dieu sait qu'il n'y a plus guère de place pour la dignité dans notre famille, mais tout de même, on a beau ne pas en avoir beaucoup, ce n'est pas agréable d'avoir un homme de trente ans à jouer toute la journée dans la cour avec un petit nègre, à courir le long de la barrière en mugissant comme une vache chaque fois qu'on vient jouer au golf de l'autre côté. Je dis, si on l'avait envoyé à Jackson dès le début, nous nous en trouverions tous beaucoup mieux. Je dis : Vous avez rempli votre devoir envers lui. Vous avez fait tout ce que quiconque était en droit d'attendre de vous, et même beaucoup plus que la majorité des gens n'auraient fait, par conséquent, pourquoi ne pas l'envoyer là-bas ? Ce serait un moyen de tirer quelque profit des taxes que nous payons. Elle a dit alors : « Je n'en ai plus pour longtemps. Je sais que je ne suis qu'une charge pour toi. » Et j'ai dit : « Il y a si longtemps que vous répétez cela que je commence à le croire. Seulement, dis-je, vous ferez aussi bien de ne pas me prévenir du jour où vous disparaîtrez parce que, le soir même, je ne manquerai pas de lui faire prendre le numéro 17, et puis, ai-je ajouté, je crois connaître un endroit où on l'accepterait elle aussi, et je puis déjà vous dire que la rue ne s'appelle point rue du Petit-Lait, ni avenue du Miel. » Alors elle s'est mise à pleurer, et j'ai dit : « C'est bon, c'est bon. J'ai autant d'amour-propre que les autres en ce qui concerne mes parents, même si je ne sais pas toujours d'où ils sortent. »

Nous mangeâmes pendant un moment. Ma mère envoya Dilsey à la porte pour guetter Quentin.

— Puisque je vous répète qu'elle ne rentrera pas déjeuner, dis-je.

— Elle n'oserait pas, dit maman. Elle sait que je lui défends de courir les rues, que je tiens à ce qu'elle rentre aux heures des repas. As-tu bien regardé, Dilsey ?

— Eh bien, empêchez-la de le faire, dis-je.

— Qu'y puis-je ? dit-elle. Vous n'avez jamais fait cas de ce que je dis, tous autant que vous êtes. Jamais.

— Si vous ne vous mettiez pas toujours en travers, dis-je, je lui apprendrais à vous écouter. Il ne me faudrait guère plus d'un jour pour la faire marcher droit.

— Tu serais trop brutal, dit-elle. Tu as le caractère de ton oncle Maury.

Cela me rappela la lettre. Je la sortis de ma poche et la lui tendis.

— Vous n'avez pas besoin de l'ouvrir, dis-je, la banque vous fera savoir à combien se monte la somme, cette fois-ci.

— C'est à toi qu'elle est adressée, dit-elle.

— Allez, ouvrez-la », dis-je. Elle l'ouvrit et me la tendit après l'avoir lue.

Elle commençait ainsi : Mon cher jeune neveu,

Tu seras heureux d'apprendre que je me trouve à présent en état de profiter d'une occasion sur laquelle, pour des raisons dont je te montrerai l'évidence, je ne te donnerai de détails que lorsque je serai en mesure de te les divulguer en toute sécurité. Mon expérience des affaires m'a appris à éviter de confier des matières confidentielles à un agent plus concret que la voix, et mon extrême prudence, dans le cas présent, te donnera une idée de sa haute importance. Inutile de te dire que j'ai examiné la question dans ses détails les plus infimes et sous toutes ses faces, et je n'hésite pas à te dire qu'il s'agit d'une de ces occasions mirifiques qui ne se présentent qu'une fois dans la vie. Maintenant, j'aperçois clairement devant moi ce but vers lequel, depuis si longtemps, je me suis toujours inflexiblement efforcé : *id est* la consolidation définitive de mes affaires qui me permettra de remettre dans la position qui lui est due cette famille dont j'ai l'honneur d'être l'unique descendant mâle, cette famille dans laquelle j'ai toujours inclus madame ma sœur et ses enfants.

Il se trouve que je ne suis pas moi-même en état de profiter de tous les avantages que garantit cette occasion, mais, plutôt que de m'adresser en dehors de la famille à cet effet, j'ai pris aujourd'hui à la banque de ta mère la petite somme qui m'est nécessaire pour compléter mon placement initial. En conséquence, tu trouveras ci-inclus, à titre de simple formalité, un billet de ma main, à intérêt de 8 %. Inutile de te dire que ce n'est là qu'une mesure de sécurité pour ta mère au cas où se produirait cet acte de la fatalité dont l'homme est sans cesse le divertissement et le jouet. Car, naturellement, j'emploierai cette somme comme si elle était mienne, mettant ainsi ta mère à même de profiter de cette occasion que mon examen approfondi m'a démontré être un filon — si tu veux bien me permettre la vulgarité de cette métaphore — d'une eau de première qualité et d'un feu de la plus pure sérénité.

Tout ceci, comme tu dois le comprendre, est stricte-ment confidentiel, comme d'un homme d'affaires à un autre. Nous n'avons besoin de personne pour vendan-ger nos vignes, n'est-ce pas ? Et, connaissant la fragile santé de ta mère, et cette pusillanimité que nos grandes dames du Sud, élevées comme elle, aussi délicatement, ne peuvent manquer d'avoir en ce qui touche les questions d'affaires, étant donné aussi la hâte charmante avec laquelle, bien involontairement,

elles divulguent de tels sujets au cours de leurs conversations, je te suggérerais de ne lui en point parler. En y
réfléchissant, je te conseille de n'en rien faire. Peut-être
serait-il préférable de rendre ultérieurement cet argent
à la banque, en une somme globale par exemple, en y
joignant les autres petites sommes que je lui dois, et de
n'en rien dire. Il est de notre devoir de lui épargner
autant que possible le dur contact des basses matérialités de ce monde.

  Ton oncle affectionné,

     Maury L. Bascomb.

— Qu'est-ce que vous comptez faire ? » dis-je en lui
rejetant la lettre par-dessus la table.

— Je sais que tu m'en veux de ce que je lui donne,
dit-elle.

— L'argent est à vous, dis-je. Si ça vous amuse de le
jeter aux petits oiseaux, c'est votre affaire.

— C'est mon frère, dit maman. C'est le dernier des
Bascomb. Quand nous aurons disparu, il n'y en aura
plus.

— J'imagine qu'il y en a à qui ça fera de la peine,
dis-je. Ça va, ça va. C'est votre argent. Faites-en ce que
vous voudrez. Voulez-vous que je dise à la banque de
payer ?

— Je sais que tu lui en veux, dit-elle. Je me rends
compte du fardeau que tu portes sur les épaules.
Quand je ne serai plus là tu seras soulagé.

— Je pourrais me soulager dès maintenant, dis-je.
C'est bon, c'est bon, n'en parlons plus. Foutez tout à
l'envers ici, si ça vous fait plaisir.

— C'est ton frère, dit-elle. Il a beau être infirme...

— Je vais prendre votre livret de banque, dis-je.
C'est aujourd'hui que je touche mon chèque.

— Voilà six jours qu'il te le fait attendre, dit-elle.
Es-tu sûr que son commerce marche bien ? Cela me

semble étrange qu'un homme solvable ne puisse pas payer ses employés au jour dû.

— On peut se fier à lui, dis-je. Aussi solide qu'une banque. Je lui dis de ne pas s'inquiéter de moi avant que toutes nos rentrées mensuelles soient terminées. C'est pourquoi, quelquefois, il lui arrive de me payer en retard.

— Je ne pourrais pas supporter de te voir perdre le peu que j'ai placé pour toi, dit-elle. J'ai souvent pensé que Earl n'était pas un bon homme d'affaires. Je sais qu'il n'a pas en toi toute la confiance qu'il devrait avoir, étant donné l'argent que tu as placé dans son affaire. Je lui parlerai.

— Non, vous le laisserez tranquille, dis-je. Ses affaires le regardent.

— Tu y as engagé mille dollars.

— Laissez-le tranquille, dis-je. J'ouvre l'œil. J'ai votre procuration. Tout ira bien.

— Tu ne sais pas le réconfort que tu me donnes, dit-elle. Tu as toujours été mon orgueil et ma joie. Mais, quand tu es venu, de ta propre initiative, insister pour placer chaque mois ton salaire en mon nom, j'ai remercié Dieu de m'avoir permis de te garder si les autres devaient m'être enlevés.

— Il n'y avait rien à leur reprocher, dis-je. Ils faisaient de leur mieux, j'imagine.

— Quand tu parles ainsi, je sais que tu penses à ton père avec une certaine amertume, dit-elle. Et, sans doute, tu en as le droit. Mais, cela me brise le cœur de t'entendre.

Je me levai. — Si vous avez l'intention de pleurni-cher, vous ferez cela toute seule, parce qu'il faut que je parte. Je vais aller chercher votre livret.

— J'irai moi-même, dit-elle.

— Restez tranquille, dis-je. J'irai le chercher. » Je montai prendre le livret dans son bureau et retournai

267

en ville. J'allai à la banque et déposai le chèque, le mandat et les dix autres. Puis je m'arrêtai au bureau de télégraphe. Hausse d'un point sur la cote d'ouverture. J'avais déjà perdu treize points. Et tout ça parce qu'elle était venue gueuler au magasin à midi, m'embêter avec sa lettre.

— Il y a combien de temps que cette cote vous a été transmise ? dis-je.

— Environ une heure, dit-il.

— Une heure ! dis-je. Pourquoi est-ce que nous vous payons ? Pour recevoir une cote une fois par semaine ? Comment voulez-vous qu'un homme fasse quelque chose avec des procédés pareils ? Tout le bazar pourrait sauter que nous n'en saurions rien.

— Je ne m'attends pas à ce que vous fassiez quelque chose, dit-il. On a changé la loi pour ceux qui jouent sur le coton.

— Vraiment ? dis-je. Je n'en savais rien. On a dû transmettre la nouvelle par la Western Union.

Je retournai au magasin. Treize points. Du diable si personne y comprend rien, à l'exception de ceux qui restent dans les bureaux de New York à attendre que les gogos des campagnes viennent les supplier de prendre leur argent. Oui, un homme qui se contente de venir voir, sans plus, prouve qu'il manque de confiance en lui-même, et, comme je dis toujours, si vous ne devez pas suivre les conseils qu'on vous donne, à quoi bon payer pour les recevoir ? De plus, ces gens-là sont sur place. Ils savent tout ce qui se passe. Je pouvais sentir le télégramme dans ma poche. Je n'aurais qu'à prouver qu'ils utilisaient le bureau de télégraphe dans des buts frauduleux. Ce serait en faire une officine de spéculation illégale. Et je n'hésiterais pas longtemps non plus. Quand même, on pourrait croire qu'une compagnie aussi riche et aussi importante que la Western Union pourrait au moins recevoir les cotes de

Bourse en temps voulu. Moitié moins vite qu'ils ne vous envoient un télégramme pour vous prévenir que votre compte est fermé. Mais, ils se foutent pas mal des gens. Ils sont de mèche avec toute cette clique de New York. Ça saute aux yeux.

Quand j'entrai, Earl regarda sa montre. Mais il attendit que le client fût parti pour me parler.

— Vous avez été déjeuner chez vous ?

— J'ai dû aller chez le dentiste », dis-je, parce que l'endroit où je mange ne le regarde pas, mais il faut que je reste tout l'après-midi au magasin avec lui. Et l'entendre jaboter, après tout ce que j'ai à supporter. Il n'y a qu'un pauvre petit boutiquier de quatre sous, comme je dis, il n'y a qu'un homme qui possède juste cinq cents dollars pour se tourmenter comme s'il s'agissait de cinquante mille.

— Vous auriez pu me prévenir, dit-il. Je comptais sur vous immédiatement.

— J'échangerai cette dent avec vous, le jour où vous le voudrez, et je vous donnerai dix dollars par-dessus le marché, dis-je. Nous étions convenus d'une heure pour déjeuner. Et si ma façon d'agir ne vous plaît pas, vous savez ce que vous pouvez faire.

— Il y a longtemps que je le sais, dit-il. Si ça n'était pas votre mère, ça serait même fait depuis longtemps. C'est une dame pour qui j'ai beaucoup de sympathie, Jason. Dommage que certaines gens de ma connaissance ne puissent pas en dire autant.

— En ce cas, vous pouvez la garder pour vous, dis-je. Quand nous aurons besoin de sympathie, je vous le ferai savoir longtemps à l'avance.

— Je vous protège depuis longtemps pour l'affaire que vous savez, Jason, dit-il.

— Ah oui ? » dis-je, le laissant continuer, écoutant ce qu'il allait dire avant de lui river son clou.

— Je crois en savoir plus long qu'elle sur l'origine de cette automobile.

— Ah, vous croyez ? dis-je. Quand allez-vous répandre le bruit que je l'ai volée à ma mère ?

— Je ne dis rien, dit-il. Je sais que vous avez sa procuration. Et je sais qu'elle croit toujours que ces mille dollars sont dans ma maison.

— Très bien, dis-je. Puisque vous en savez si long, je vais vous en dire un peu plus. Allez à la banque, et demandez-leur au compte de qui je verse depuis douze ans, cent soixante dollars, le premier de chaque mois.

— Je ne dis rien, dit-il. Je vous demande seulement de faire un peu plus attention à l'avenir.

Je n'ajoutai rien de plus. A quoi bon ? Je me suis rendu compte que lorsqu'un homme se trouve dans une ornière, le mieux est de l'y laisser. Et quand un homme s'est mis dans la tête qu'il devait raconter des choses sur vous dans votre propre intérêt, bonsoir. Je me réjouis de n'avoir pas cette sorte de conscience qu'il faut dorloter à chaque instant comme un petit chien malade. Si jamais je mettais dans une affaire autant de soin qu'il en met à empêcher que son petit commerce de rien du tout ne lui rapporte plus de huit pour cent ! Je me figure qu'il aurait peur d'être condamné pour usure s'il faisait plus de huit pour cent. Quel avenir y a-t-il pour un homme dans un patelin comme celui-ci et dans un commerce pareil ? Bah, qu'il me laisse donc prendre son affaire en main seulement pendant un an, et je vous garantis qu'il n'aurait plus qu'à se reposer jusqu'à la fin de ses jours. Seulement, il donnerait tout à l'église ou ailleurs. S'il y a une chose qui m'exaspère, c'est bien un sacré hypocrite. Un homme qui croit que tout ce qu'il ne comprend pas est malhonnête et qu'à la première occasion il est moralement tenu d'aller raconter aux tiers ce qui ne le regarde pas. Comme je dis, si chaque fois qu'un homme fait quelque chose que je ne comprends pas très bien je pensais que c'est un escroc, je crois qu'il ne me serait pas bien difficile de trouver dans ces livres, là-bas, quelque chose que vous estimeriez inutile d'aller raconter à ceux qui, à mon avis, devraient être mis au courant, surtout quand j'ai quelque raison de supposer qu'ils en pourraient savoir plus long que moi, et s'ils n'en savaient rien, ça ne serait pas mon affaire, de toute façon. Et il m'a dit : « Mes livres sont à la disposition de tout le monde. Si une personne a, ou croit avoir, quelque droit à faire valoir sur mes affaires, elle sera toujours la bienvenue si elle veut venir les consulter. »

— Évidemment, vous ne direz rien, dis-je. Ça n'irait pas très bien avec votre conscience. Vous l'amènerez simplement se rendre compte par elle-même. Vous-même, vous ne direz rien.

— Je ne cherche pas à me mêler de vos affaires, dit-il. Je sais que vous n'avez pas eu tous les avantages qu'a eus Quentin. Mais votre mère n'a pas eu une vie bien heureuse, non plus, et si elle venait ici me demander pourquoi vous êtes parti, il faudrait bien que je le lui dise. Ce n'est pas cette histoire de mille dollars, vous le savez bien. C'est parce qu'un homme n'arrive jamais à rien si ses livres ne concordent pas avec les faits. Et je n'ai pas l'intention de mentir à qui que ce soit, ni pour mon propre compte ni pour le compte d'autrui.

— Alors, en ce cas, dis-je, je crois que votre conscience est un commis plus précieux que moi. Elle n'a pas besoin de rentrer manger chez elle à midi. Seulement, empêchez-la de se mêler de mon appétit », dis-je. C'est vrai aussi, comment pourrais-je faire les choses comme il faut avec cette sacrée famille, et elle qui ne fait aucun effort pour la surveiller, pas plus que les autres, comme la fois où elle en avait surpris un en train d'embrasser Caddy, et le lendemain elle se baladait par toute la maison en robe noire et avec un voile, et papa lui-même ne pouvait pas lui tirer une parole, elle se contentait de pleurer et de répéter que sa petite Caddy était morte, Caddy qui n'avait que quinze ans, alors que depuis trois ans sa mère portait le cilice et peut-être même du papier de verre. Croyez-vous que je peux me permettre de la laisser vadrouiller avec le premier commis voyageur venu, dis-je, pour qu'après ils aillent se le raconter les uns aux autres sur la route, et s'indiquer l'endroit où ils pourraient trouver un cul en chaleur à leur passage à Jefferson ? Je n'ai pas beaucoup d'amour-propre. Je ne peux pas me permettre ce luxe, avec une pleine cuisine de nègres à nourrir et le fait que je prive l'asile d'aliénés d'un numéro de choix. Le sang, dis-je, des gouverneurs, des généraux ! C'est bougrement heureux que nous n'ayons eu ni rois ni présidents : nous serions tous à Jackson à l'heure qu'il est à courir après les papillons. Je dis : ça serait déjà assez embêtant s'il était à moi ; du moins serai-je sûr que c'est un bâtard, ce serait toujours ça, mais maintenant le Seigneur lui-même serait bien en peine de le dire, probablement.

Ainsi donc, au bout d'un instant, j'ai entendu la musique qui commençait, et ils se sont tous mis à détaler. Ils se dirigeaient vers ce théâtre. Tous sans exception. Marchander une courroie de vingt *cents* afin d'en économiser quinze, et tout ça pour aller les donner à un tas de Yankees qui viennent ici et paient peut-être dix dollars de droits. Je me rendis derrière le magasin.

— Eh, dis-je, si tu ne fais pas attention, ce boulon pourrait bien te pousser dans la main. Et il me faudra une hache pour te l'enlever. Qu'est-ce que tu veux qu'ils mangent, les charançons, si tu ne mets pas ces scarificateurs en état de leur préparer une récolte, dis-je, de l'armoise ?

— Dame, sûr, qu' ces gens ils savent jouer de la trompette, dit-il. On m'a dit qu'il y avait un homme dans ce théâtre qui pouvait jouer un air sur une scie. Il en joue comme d'un banjo.

— Écoute, dis-je. Sais-tu combien ce théâtre va laisser d'argent dans cette ville ? A peu près dix dollars, dis-je. Les dix dollars que Buck Turpin a déjà dans sa poche.

— Pourquoi qu'ils donnent dix dollars à Mr Buck ? dit-il.

— Pour avoir l'autorisation de jouer ici, dis-je. Le reste de leurs dépenses, tu peux te le fourrer dans l'œil.

— Vous voulez dire qu'ils paient dix dollars rien que pour jouer ici ? dit-il.

— C'est tout, dis-je. Et combien crois-tu...

— Ah, par exemple ! dit-il, vous voulez dire qu'on leu' fait payer quelque chose pour jouer ici ? Moi, j' paierais bien dix dollars s'il fallait, pour voi' cet homme jouer su' sa scie. J' calcule que demain matin, à ce tarif-là, j' leu' devrais encore neuf dollars soixante-quinze.

Ça n'empêchera pas les Yankees de vous casser la tête en vous répétant que les nègres font des progrès. Laissez-les progresser, dis-je. Qu'ils progressent au point qu'on n'en puisse plus trouver un seul au sud de Louisville, même avec un chien policier, parce que, quand je lui ai eu expliqué qu'ils fileraient samedi soir en emportant pour le moins mille dollars du comté, il m'a dit :

— J' leu' en garderai pas rancune. Sû' que j' peux ben me permettre de dépenser vingt-cinq *cents*.

— Vingt-cinq *cents*, j' t'en fous, dis-je. Ce n'en est même pas le commencement. Tu oublies les dix ou quinze *cents* que tu dépenseras pour une sale boîte de bonbons de deux *cents* ou quelque chose de ce genre. Et tout le temps que tu perds en ce moment à écouter cette musique.

— Ça, c'est ben vrai, dit-il. Si je vis jusqu'à ce soir, ça sera vingt-cinq *cents* de plus qu'ils empo'teront de la ville. Sû' et certain.

— Alors, tu n'es qu'un idiot, dis-je.

— Ben, dit-il, j' discute pas ça non plus. Si c'est un crime, il y aurait ben des forçats qui n' seraient point nègres.

Or, juste à ce moment-là, je levai les yeux par hasard pour regarder au bout de la ruelle, et je la vis. Quand je me reculai pour regarder ma montre je ne remarquai pas tout d'abord qui c'était parce que je regardais ma montre. Il était juste deux heures et demie, quarante-cinq minutes avant l'heure où personne, sauf moi, ne se serait attendu à la voir dans les rues. Donc, quand je regardai par la porte, la première chose que je vis fut une cravate rouge, et je pensai quel homme ça peut-il bien être pour oser porter une cravate rouge ? Mais elle se faufilait dans la ruelle, un œil sur la porte, et je ne me mis à penser à lui que lorsqu'ils eurent disparu. Je me demandais si elle oserait me manquer de respect au point, non seulement de manquer l'école quand je le lui avais défendu, mais encore de passer devant le magasin comme pour me défier de la voir. Mais elle ne pouvait pas voir à l'intérieur parce que le soleil donnait en plein sur la porte. Autant essayer de voir à travers les phares d'une auto. Je restai donc là à la regarder passer avec sa gueule peinturlurée comme un clown, les cheveux tout gommés et tortillés, et une robe telle que si, dans ma jeunesse, une femme était sortie, même dans Gayoso ou Beale Street[1], avec aussi peu de chose sur les jambes et sur le cul, on n'aurait pas tardé à la foutre en prison. Du diable si, à les voir

1. Quartier réservé de Memphis, Tennessee. (N. T.)

habillées de la sorte, on ne croirait pas qu'elles ne cherchent qu'à se faire peloter les fesses par tous les hommes qu'elles croisent dans la rue. Je me demandais donc quel sacré numéro ça pouvait bien être pour porter ainsi une cravate rouge quand, tout à coup, je compris, aussi clairement que si elle me l'avait dit elle-même, que c'était un des types de ce théâtre. Je peux supporter bien des choses ; sans quoi je serais probablement dans de beaux draps ; aussi, quand je les ai vus tourner le coin de la rue, je me suis précipité pour les suivre. Et me voilà, sans chapeau, au beau milieu de l'après-midi, à fouiller toutes les ruelles écartées, et tout ça, pour le bon renom de ma mère. Comme je dis, on ne peut rien faire avec une femme pareille si elle a ça dans la peau. Si elle a ça dans le sang, il n'y a rien à faire. La seule solution c'est de s'en débarrasser, de l'envoyer vivre avec ses semblables.

J'allai jusqu'à la rue, mais ils avaient disparu. Et j'étais là, sans chapeau, comme si j'étais fou, moi aussi. C'est ce qui viendrait à l'idée de tout le monde, naturellement, un de fou, un autre qui s'est noyé, l'autre qui a été foutue à la porte par son mari, pourquoi les autres ne seraient-ils pas fous, eux aussi. Tout le temps, je pouvais les voir qui m'observaient comme des éperviers, n'attendant qu'une occasion de dire : Oh bien, ça ne me surprend pas, je m'en étais toujours douté, toute la famille est folle. Vendre des terres pour l'envoyer à Harvard, payer des taxes pour financer une Université d'État que je n'ai vue que deux fois pour des matchs de base-ball, interdire que le nom de sa fille soit prononcé dans la maison, si bien qu'au bout d'un certain temps son père ne voulait même plus descendre en ville, préférant rester toute la journée en tête à tête avec son carafon je pouvais voir le bas de sa chemise de nuit et ses jambes nues et entendre le cliquetis du carafon et à la fin T. P. était obligé de le verser pour lui et elle vient me dire tu n'as pas de respect pour la mémoire de ton père et je dis pourquoi pas il y a assez longtemps que ça se transmet pour durer seulement si je suis fou moi aussi Dieu sait ce que je ferai pour en finir rien que de regarder l'eau ça me rend malade et j'aimerais autant boire un gallon d'essence plutôt qu'un verre de whisky et Lorraine qui leur dit il ne boit pas c'est possible mais si vous ne croyez pas que c'est un homme je peux vous enseigner la façon de vérifier et elle dit si jamais je te pince à rigoler avec une de ces putains tu sais ce que je ferai dit-elle je l'attraperai et je lui foutrai une volée aussi longtemps que je pourrai la tenir et je dis je te paierai assez de bière pour que tu puisses y prendre un bain si ça te fait plaisir parce que j'ai beaucoup de respect pour une brave fille de putain parce que avec la santé de ma mère et la position que j'essaie de maintenir ici voir qu'au lieu de montrer de la considération pour ce que j'essaie de faire pour elle elle fait de son nom de mon nom du nom de ma mère le mot de passe de la ville.

Elle s'était éclipsée quelque part. Elle m'avait vu venir et avait enfilé une autre ruelle. Ces façons de courir les rues avec un sale cabot à cravate rouge que tout le monde devait regarder en se demandant ce que ça pouvait bien être, un homme à cravate rouge. Donc, le petit télégraphiste continuait à me parler et je pris le télégramme sans m'en apercevoir. Je ne me rendis compte de ce que c'était qu'après avoir signé, et je l'ouvris sans y attacher plus d'importance que ça. Je n'avais jamais eu aucun doute sur le contenu probablement. C'était le comble de ce qui pouvait m'arriver, surtout d'avoir attendu que j'aie déjà déposé le chèque sur le livret.

Je ne vois pas comment une ville pas plus grande que New York peut renfermer assez de gens pour soutirer leur argent à de pauvres poires comme nous. On s'échine à travailler du matin au soir tous les jours de la semaine, et on reçoit en retour un petit bout de papier : Votre compte est arrêté à 20.62. On vous fait marcher, on vous laisse gagner un petit peu et puis, bang ! Votre compte est arrêté à 20.62. Et puis, comme si ça n'était pas suffisant, il faut encore que vous payiez dix dollars par mois à quelqu'un pour qu'il vous dise comment le perdre en vitesse, soit qu'ils n'y connaissent rien, soit qu'ils soient de mèche avec le télégraphe. J'en ai soupé de ces gens-là. C'est la dernière fois qu'ils m'empilent. Le premier idiot venu, sauf un type assez bête pour se fier à la parole d'un Juif, aurait pu se rendre compte que le marché monterait, avec ce sacré delta sur le point d'être inondé encore et le coton arraché du sol comme l'an dernier. Voir les récoltes emportées tous les ans pendant que les autres, là-bas, à Whashington, dépensent cinquante mille dollars pour entretenir une armée dans le Nicaragua ou dans quelque patelin de ce genre. Naturellement, l'inondation va recommencer et le coton vaudra trente *cents* la livre. Enfin, si seulement je pouvais les avoir, ne serait-ce qu'une fois, et rentrer dans mon argent. Je ne tiens pas à faire une fortune. Je laisse ça à ces spéculateurs de petite ville. Je ne veux que rentrer dans mon argent, dans cet argent que ces sacrés Juifs m'ont soutiré avec leurs tuyaux garantis. Ensuite ce sera fini. Ils pourront se mettre la ceinture, j' leur foutrai plus un radis.

Je retournai au magasin. Il était près de trois heures et demie. Plus le temps de faire grand-chose, mais je suis habitué à ça. Je n'ai pas eu besoin d'aller à Harvard pour apprendre ça. La musique s'était tue. Ils les avaient tous fait rentrer maintenant, plus besoin de gaspiller leur souffle. Earl dit :

— Il vous a trouvé ? Il l'a apporté ici il y a un

moment. Je croyais que vous étiez quelque part, derrière.

— Oui, dis-je. On me l'a remis. On ne pouvait pas me le soustraire tout l'après-midi. La ville est trop petite. Il faut que j'aille chez moi une minute, dis-je. Vous pouvez me balancer si ça vous fait plaisir.

— Allez, dit-il. Je peux me débrouiller seul, maintenant. Pas de mauvaises nouvelles, j'espère ?

— Vous n'avez qu'à aller vous informer au télégraphe, dis-je. Ils auront le temps de vous le dire. Moi pas.

— C'était une simple question, dit-il. Votre mère sait qu'elle peut compter sur moi.

— Elle vous en saura gré, dis-je. Je ne serai absent que juste le temps nécessaire.

— Prenez tout votre temps, dit-il. Je pourrai me débrouiller tout seul. Allez.

Je pris l'auto et retournai à la maison. Une fois ce matin, deux fois à midi, et maintenant, avec elle, obligé de courir la ville, obligé de les supplier de me laisser manger un peu de la nourriture que je leur paie. Parfois, je me demande à quoi bon. Avec l'expérience du passé, il faut être fou pour continuer. Et maintenant, j'arriverai probablement juste à temps pour une jolie petite randonnée à la recherche d'un panier de tomates ou autre chose de ce genre, et après ça, il me faudra retourner en ville, sentant comme une usine de camphre si je ne veux pas que la tête m'éclate sur les épaules. Je m'évertue à lui dire qu'il n'y a rien dans l'aspirine, sauf un peu de farine et d'eau pour les malades imaginaires. Je lui dis : Vous ne savez pas ce que c'est qu'un vrai mal de tête. Je lui dis : Vous vous figurez que si ça dépendait de moi je m'amuserais à conduire cette sacrée auto ? Je pourrais très bien m'en passer. J'ai appris à me passer de bien des choses, mais si vous tenez à risquer votre peau dans ce vieux phaéton avec un nègre qui n'a même pas terminé sa croissance, ça vous regarde. Dieu veille sur les gens comme Ben, et Dieu sait qu'Il leur doit bien une compensation, mais si vous vous figurez que je vais confier un mécanisme délicat de mille dollars à un nègre, qu'il ait fini de grandir ou non, vous ferez aussi bien de lui en payer une vous-même, parce que, comme je lui ai dit, vous aimez aller en auto, et vous le savez bien.

Dilsey m'a dit que ma mère était à la maison. J'entrai dans le vestibule, et j'écoutai. Mais je n'entendis rien. Je montai, mais, juste comme je passais devant sa porte, elle m'appela.

— Je voulais seulement savoir qui c'était. A force de rester seule ici, je finis par percevoir les moindres bruits.

— Personne ne vous oblige à rester ici, dis-je. Vous pourriez passer toutes vos journées à faire des visites, comme les autres femmes, si vous vouliez. » Elle vint à la porte.

— Je pensais que tu étais peut-être malade, dit-elle. Tu as déjeuné tellement vite.

— Vous aurez plus de chance la prochaine fois, dis-je. Qu'est-ce que vous voulez ?

— Est-il arrivé quelque chose ? dit-elle.

— Qu'est-ce que vous voulez qu'il arrive ? dis-je. Est-ce que je ne peux pas rentrer chez moi dans le milieu de l'après-midi sans bouleverser toute la maison ?

— As-tu vu Quentin ? dit-elle.

— Elle est à l'école, dis-je.

— Il est plus de trois heures, dit-elle. J'ai entendu l'horloge il y a bien une demi-heure. Elle devrait être de retour.

— Vraiment ? dis-je. L'avez-vous jamais vue revenir avant la nuit ?

— Elle devrait être rentrée, dit-elle. Quand j'étais jeune fille...

— Vous aviez quelqu'un pour vous faire tenir comme il faut, dis-je. Pas elle.

— Je ne peux rien en faire, dit-elle. J'ai essayé et essayé.

— Vous ne voulez pas que je m'en charge, pour quelque raison mystérieuse, dis-je. Vous devriez vous estimer satisfaite. » J'allai jusqu'à ma chambre, donnai discrètement un tour de clé et restai debout à attendre que le bouton tourne. Puis elle dit :

— Jason !

— Quoi ? dis-je.

— Je pensais qu'il était arrivé quelque chose.

— Pas ici, dis-je. Vous vous êtes trompée d'adresse.

— Je ne voudrais pas t'ennuyer, dit-elle.

— Je suis heureux d'apprendre ça, dis-je. Je n'étais pas très sûr. Je craignais de m'être peut-être trompé. Avez-vous besoin de quelque chose ?

Au bout d'un instant elle dit : — Non, rien. » Puis elle s'en alla. Je pris la boîte et comptai l'argent. Ensuite je remis la boîte dans sa cachette. J'ouvris la porte et je sortis. Je pensai au camphre, mais maintenant ce serait trop tard. Et je n'avais plus qu'un autre trajet, aller et retour. Elle m'attendait sur le pas de sa porte.

— Vous n'avez besoin de rien en ville ? dis-je.

— Non, dit-elle. Je ne voudrais pas me mêler de tes affaires, mais je ne sais pas ce que je deviendrais, Jason, s'il t'arrivait quelque chose.

— Je vais très bien, dis-je, un peu de migraine seulement.

— Si au moins tu consentais à prendre de l'aspirine, dit-elle. Je sais que tu ne cesseras jamais de te servir de cette auto.

— Qu'est-ce que l'auto a à voir là-dedans ? dis-je.

Comment voulez-vous qu'une auto puisse donner la migraine ?

— Tu sais bien que l'odeur d'essence t'a toujours rendu malade, dit-elle. Depuis que tu étais tout enfant. Je voudrais tant que tu prennes de l'aspirine.

— Continuez à vouloir, dis-je. Ça ne peut pas vous faire de mal.

Je remontai en auto et repartis vers la ville. Je venais juste de déboucher dans la rue quand je vis une Ford qui s'amenait vers moi à toute vitesse. Elle s'arrêta brusquement. Je pus entendre les roues déraper. La voiture décrivit une courbe, recula, fit volte-face et, juste au moment où je me demandais ce qu'ils pouvaient bien vouloir faire, j'aperçus cette cravate rouge. Je reconnus alors son visage. Elle regardait par la portière. L'auto s'engouffra dans la ruelle. Je la vis tourner une autre fois mais, quand j'arrivai à l'autre rue, elle disparaissait à une vitesse de tous les diables.

Je vis rouge. Quand je reconnus cette cravate rouge, après tout ce que je lui avais dit, j'oubliai tout. J'avais même oublié ma tête jusqu'au moment où, arrivé au premier embranchement, je dus m'arrêter. Pourtant, nous dépensons argent sur argent pour l'entretien de nos routes, et du diable si on ne dirait pas qu'on essaie de rouler sur les tôles ondulées. Je voudrais savoir comment un homme pourrait y tenir, même avec une simple brouette. Je tiens trop à ma voiture. Je n'ai pas envie de la démantibuler comme si c'était une Ford. Du reste, ils l'avaient très probablement volée. En ce cas, ils avaient bien raison de s'en foutre. Comme je dis, le sang ne ment jamais. Avec un sang pareil, on est apte à faire n'importe quoi. Je dis : Tous les droits que vous vous figurez qu'elle a sur vous ont déjà été abrogés ; dorénavant vous n'avez qu'à vous en prendre à vous-même, parce que vous savez ce que ferait toute personne sensée. Je dis : Si je dois passer la moitié de mon temps à faire le détective, j'irai du moins où je sais qu'on me paiera.

J'ai donc été obligé de m'arrêter au carrefour. Alors je me suis rappelé ma tête. J'avais l'impression qu'on m'en martelait l'intérieur. Je dis : j'ai tâché d'éviter qu'elle ne vous cause du tourment, je dis : en ce qui me concerne, qu'elle aille à tous les diables si elle veut et le plus tôt sera le mieux. Je dis : que voudriez-vous d'autre, à l'exception des commis voyageurs et des cabotins de passage, parce que même les blancs-becs de la ville l'ont laissée tomber. Vous ne savez pas ce qui se passe, dis-je, vous n'entendez pas les potins que j'entends, et vous pouvez deviner en plus que je sais comment les étouffer. Je dis : mes parents possédaient des esclaves ici quand vous n'aviez que des petites boutiques de quatre sous et des terres qu'un nègre n'aurait même pas voulues comme métairies.

En admettant même qu'ils les aient jamais mises en valeur. C'est heureux que le Seigneur ait fait quelque chose pour ce pays, car les habitants, eux, n'ont jamais rien fait. Vendredi après-midi, et de l'endroit même où je me trouvais, je pouvais voir trois miles de terrains qui sont toujours restés en friche, et tous les gars du comté capables de travailler se trouvaient en ville à cause de ce théâtre. J'aurais pu être un étranger, mourant de faim, je n'aurais pas trouvé âme qui vive pour m'indiquer le chemin de la ville. Et l'autre qui s'entête à vouloir me faire prendre de l'aspirine. Je dis : quand je voudrai manger du pain, je le ferai à table. Je dis : Vous nous ressassez toujours tout ce dont vous vous privez pour nous, alors que vous pourriez vous acheter dix robes par an avec tout l'argent que vous gaspillez pour vos sacrés médicaments. Ce n'est pas d'un remède pour les migraines que j'ai besoin, il me vaudrait mieux être en état de n'en plus avoir, mais tant que j'aurai à travailler pour entretenir une pleine cuisine de Noirs sur le pied auquel ils sont habitués, et pour les envoyer au spectacle avec les autres nègres du comté, seulement il était déjà en retard. Quand il arriverait là-bas, ce serait fini.

Au bout d'un instant, il s'approcha de la voiture, et, quand il eut fini par comprendre que je voulais savoir s'il avait croisé deux personnes dans une Ford, il dit oui. Je me suis remis en route et, arrivé au tournant du chemin, je pus voir les traces des pneus. Ab Russell était dans son champ, mais je n'ai pas pris le temps de l'interroger, et j'avais à peine dépassé sa grange que j'ai aperçu la Ford. Ils avaient essayé de la cacher. Et réussi à peu près, aussi bien qu'elle réussit le reste. Comme je dis : Ce n'est pas que personnellement j'y aie des objections. Elle ne peut peut-être pas s'en empêcher, mais c'est la voir se foutre de sa famille au point qu'elle n'y met pas la moindre discrétion. J'ai toujours peur de la trouver au beau milieu de la rue, ou sur la place, sous une charrette, comme un couple de chiens.

Je stoppai et descendis. Et maintenant, il allait falloir que je traverse un champ labouré, le premier que j'aie vu depuis ma sortie de la ville, avec cette impression, à chaque pas, que quelqu'un me suivait en me tapant sur la tête avec un gourdin. Je ne cessais de penser qu'arrivé au bout du champ, je pourrais du moins marcher sur un terrain uni sans ressentir un élancement à chaque pas, mais, quand j'arrivai dans le bois, je dus me frayer un passage à travers les fourrés, puis j'arrivai à un fossé plein de ronces. Je le longeai pendant un moment, mais les ronces devenaient de plus en plus serrées, et Earl pendant ce temps-là qui téléphonait sans doute à la maison pour savoir où j'étais et qui mettait ma mère dans tous ses états.

Quand, finalement, je me dépêtrai, j'avais fait tant de zigzags que je dus m'arrêter pour réfléchir où l'auto pouvait bien se trouver. Je savais qu'ils n'en seraient pas loin, dans le fourré le plus proche. Je fis demi-tour et me frayai un passage jusqu'à la route. Puis, incapable de me rendre un compte exact de la distance, je devais m'arrêter pour écouter, et alors, comme mes jambes nécessitaient moins de sang, tout me remontait à la tête à croire qu'elle allait éclater, et le soleil qui baissait et m'arrivait en plein dans les yeux, et mes oreilles qui bourdonnaient au point que je ne pouvais plus rien entendre.Je continuai, m'efforçant de marcher sans bruit, puis j'entendis un chien, ou quelque chose, et je savais que, s'il me dépistait, il s'amènerait en gueulant et que tout serait foutu.

J'étais couvert de gratte-cul, de brindilles, d'un tas de saletés, à l'intérieur de mes vêtements, de mes souliers, partout. Puis, regardant par hasard autour de moi, je m'aperçus que j'avais la main sur des feuilles de chêne vénéneux. Encore, bien étonnant que ce ne fût que du chêne vénéneux et non un serpent ou quelque chose comme ça. Aussi ne pris-je même pas la peine d'enlever ma main. Je la laissai où elle était jusqu'à ce que le chien se fût éloigné. Puis je repartis.

Je n'avais plus la moindre idée d'où se trouvait l'auto. Je ne pouvais penser qu'à ma tête. Et je m'arrêtais par instants, me demandant si j'avais vraiment vu une Ford, et il ne m'importait plus guère que ce fût oui ou non. Comme je dis : elle peut bien coucher nuit et jour avec tout ce qui porte culotte dans la ville, je m'en fous. Je ne dois rien à quelqu'un qui manque de tact au point de venir arrêter sa Ford dans un endroit pareil et me faire perdre tout mon après-midi, et Earl prêt à l'emmener dans le fond de son magasin pour lui montrer ses livres, tout simplement parce qu'il est trop vertueux pour vivre sur cette terre. Je dis : Tu t'embêteras bougrement au paradis quand tu ne pourras plus fourrer ton nez dans les affaires des autres, seulement ne t'avise pas de te laisser prendre sur le fait. Je ferme

284

les yeux à cause de ta grand-mère, mais que je t'y prenne seulement une fois dans la maison de ma mère. Ces sacrés petits godelureaux avec leurs cheveux gommés, qui se donnent des airs de faire le diable à quatre. Je leur montrerai, moi, ce que c'est que le diable pour de vrai. Je lui ferai croire que sa sacrée cravate rouge est le cordon des portes de l'enfer s'il se figure qu'il peut aller courir les bois avec ma nièce.

Avec le soleil dans les yeux, mon sang qui battait à me faire croire qu'à toute minute ma tête allait éclater et en finir, avec les ronces et tous ces trucs qui s'accrochaient à moi, j'arrivai enfin au fossé sablonneux où ils s'étaient arrêtés, et je reconnus l'auto, et, juste au moment où je sortais du fossé et me mettais à courir, j'ai entendu l'auto démarrer. Elle s'éloignait à toute vitesse, à grands coups de corne. Ils ne cessaient de la faire marcher comme pour dire Ah. Ah. Aaaahhhhh, tout en disparaissant. J'atteignis la route juste à temps pour les voir disparaître.

Le temps de retrouver mon auto et ils avaient disparu dans un vacarme de corne. Or, je ne pensais qu'à une chose. Je me disais : File, retourne en ville le plus vite possible. Cours à la maison et tâche de convaincre maman que je ne vous ai pas vus dans cette auto. Tâche de lui faire croire que je ne sais pas qui c'était. Tâche de lui faire croire que je n'ai pas été à deux doigts de vous pincer dans ce fossé. Et tâche aussi de lui faire croire que vous étiez debout.

La corne répétait toujours Aahhhh, Aahhhh, Aaaahhhh et s'estompait progressivement. Puis ce fut fini, et j'entendis une vache qui meuglait dans l'étable de Russell. Et je ne pensais toujours pas. Je m'approchai de la portière, l'ouvris, levai le pied. J'eus vaguement l'impression que l'auto penchait un peu plus que ne l'exigeait la pente de la route, mais je ne m'en aperçus qu'une fois parti.

Bref, je restai là, assis. Le soleil était sur le point de se coucher et j'étais à près de cinq miles de la ville. Ils n'avaient même pas eu le courage de le percer, d'y faire un trou. Ils s'étaient contentés de le dégonfler. Je restai là un moment, pensant à cette pleine cuisine de nègres dont pas un n'avait trouvé le temps de soulever un pneu jusqu'au support et d'y visser une paire d'écrous. C'était presque drôle, parce que, même une gosse comme elle n'aurait pas eu assez de prescience pour enlever la pompe à l'avance, à moins qu'elle n'en ait eu l'idée pendant qu'il dévissait la valve. Mais il était plus probable que quelqu'un l'avait prise et l'avait donnée à Ben pour s'amuser, en guise de pistolet à eau, parce qu'ils démonteraient toute l'auto, pièce par pièce, s'il le voulait, et Dilsey dit : « On n'a pas touché à vot' voiture. Qu'est-ce que vous voudriez qu'on en fasse ? » et je dis : Tu as de la chance d'être noire, tu peux me croire. Je changerais bien de peau avec toi, n'importe quand, parce qu'il n'y a qu'un Blanc qui puisse être assez bête pour s'inquiéter de ce que fait une sale petite garce comme ça.

J'allai jusque chez Russell. Il avait une pompe. Ce n'était qu'une erreur de leur part, je suppose. Cependant, je ne pouvais pas croire encore qu'elle aurait eu ce culot. Je ne cessais de me répéter cela. Je ne sais pas comment ça se fait, mais je ne peux pas arriver à me convaincre qu'une femme est capable de tout. Je me répétais : oublions pour un instant ce que tu penses de moi et ce que je pense de toi. Je ne te ferais jamais une chose pareille. Je ne te ferais jamais cela quoi que tu aies pu me faire. Parce que, comme je dis, le sang est le sang et on n'y peut rien. Ce n'est pas de m'avoir joué un tour à la portée de n'importe quel gamin de huit ans, c'est d'avoir permis à un homme capable de porter une cravate rouge de se moquer de ton propre oncle. Ils s'amènent dans notre ville et nous traitent de péquenots et ils se figurent que la ville est trop petite pour les contenir. Eh bien, il ne soupçonne pas à quel point il a raison. Et elle non plus. Si c'est là sa façon de voir, elle n'a qu'à continuer sa route. Un sacré bon débarras.

Je m'arrêtai, rendis la pompe à Russell et me dirigeai vers la ville. J'entrai au drugstore et pris un coca-cola. Puis j'allai au télégraphe. Fermeture à 12.21. Quarante points de chute. Quarante fois cinq dollars ; achète-toi quelque chose avec ça si tu peux, et elle viendra me dire : Il me le faut, il me le faut absolument, et je dirai : je regrette, faudra t'adresser ailleurs, je n'ai pas d'argent, j'ai été trop occupé pour pouvoir en gagner.

Je me suis contenté de le regarder.

— J'ai une nouvelle pour vous, dis-je, vous serez étonné d'apprendre que je m'intéresse au cours du coton. Vous ne vous en seriez jamais douté, hein ?

— J'ai fait mon possible pour vous le remettre, dit-il. J'ai essayé deux fois au magasin, et j'ai téléphoné à votre domicile, mais on ne savait pas où vous étiez », dit-il en fouillant dans le tiroir.

— Me remettre quoi ? » dis-je. Il me tendit un télégramme. « A quelle heure est-il arrivé ? » dis-je.

— Environ trois heures et demie, dit-il.

— Et il est maintenant cinq heures dix, dis-je.

— J'ai essayé de vous le remettre, dit-il, je n'ai pas pu vous trouver.

— Ce n'est pas de ma faute, je suppose », dis-je. Je l'ouvris rien que pour voir quel mensonge ils allaient me raconter, cette fois-ci. Ils doivent être dans une sacrée poisse s'il faut qu'ils aillent jusque dans le Mississippi pour voler dix dollars par mois. Vendez, disait le télégramme, marché instable avec tendance générale à la baisse. Ne vous laissez pas alarmer par rapports gouvernementaux.

— Combien coûte un télégramme comme ça ? » dis-je. Il me le dit.

— C'est eux qui ont payé, dit-il.

— Alors, c'est autant que je leur dois, dis-je. Je le savais déjà. Envoyez cela aux frais du destinataire », dis-je en prenant une formule. J'écrivis : Achetez. Marché sur le point d'exploser. Sautes passagères pour empiler dans les provinces quelques gogos de plus qui ne connaissent pas le télégraphe. Ne vous laissez pas alarmer. « Envoyez cela aux frais du destinataire. »

Il regarda le télégramme, puis il regarda la pendule.

— Il y a une heure que le marché est clos, dit-il.

— Eh bien, dis-je, ce n'est pas de ma faute non plus. Ce n'est pas moi qui l'ai inventé ; j'en ai simplement acheté un peu avec l'illusion que le télégraphe me tiendrait au courant des événements.

— Nous affichons les cotes dès qu'elles nous sont transmises, dit-il.

— Oui, dis-je. Et, à Memphis, on les écrit sur un tableau noir toutes les dix secondes, dis-je. Cet après-midi, je m'en suis trouvé à moins de soixante-sept miles.

Il regarda mon télégramme. — Vous voulez envoyer ça ! dit-il.

— Je n'ai pas encore changé d'avis », dis-je. Je rédigeai l'autre et comptai l'argent. « Et celui-ci également, si vous êtes sûr de pouvoir épeler le mot a-c-h-e-t-e-r. »

Je retournai au magasin. Je pouvais entendre la musique du bout de la rue. La prohibition est une chose excellente. Autrefois, on les voyait arriver le samedi avec une seule paire de souliers pour toute la famille, et c'était lui qui la portait, et ils allaient jusqu'à la gare des marchandises pour chercher son colis. Maintenant, ils vont tous au théâtre, pieds nus, sous l'œil des marchands qui les regardent passer de leur seuil, comme une rangée de tigres ou de bêtes en cage. Earl dit :

— J'espère que ce n'était rien de sérieux.

— Quoi ! » dis-je. Il regarda sa montre. Puis il alla sur le pas de la porte regarder l'heure à l'horloge du tribunal. « Vous devriez vous acheter une montre d'un dollar. Vous n'auriez pas tant de peine à croire qu'elle n'est jamais juste. »

— Quoi ? dit-il.

— Rien, dis-je. J'espère ne vous avoir pas mis dans l'embarras.

— Il n'y a pas eu grand-chose à faire, dit-il. Tout le monde est au théâtre. Ça ne m'a pas dérangé du tout.

— Et puis, une supposition que ça vous eût dérangé, dis-je, vous savez ce que vous pourriez faire.

— Puisque je vous dis que ça ne m'a pas dérangé, dit-il.

— J'ai bien entendu, dis-je. Et une supposition que ça vous eût dérangé, vous savez ce que vous pourriez faire.

— Vous avez envie de quitter la maison ? dit-il.

— Ça ne me regarde pas, dis-je. Mes désirs n'ont aucune importance. Mais, n'allez pas croire que vous me protégiez en me gardant chez vous.

— Vous seriez un bon homme d'affaires si vous vouliez, Jason, dit-il.

— En tout cas, je sais m'occuper de mes propres affaires et laisser celles des autres tranquilles.

— Je ne vois pas pourquoi vous faites votre possible pour vous faire mettre à la porte, dit-il. Vous savez que vous pouvez partir si le cœur vous en dit, et que je ne vous en voudrai pas.

— C'est peut-être bien pour ça que je reste, dis-je. Tant que je fais mon travail, c'est pour ça que vous me payez. » J'allai dans le fond du magasin et bus un peu d'eau, puis je m'approchai de la porte de derrière. Job avait enfin monté les scarificateurs. Tout était calme, et mon mal de tête s'apaisait un peu. Maintenant je pouvais les entendre chanter, puis la musique reprit. Ils peuvent bien ramasser toutes les pièces de vingt-cinq et de dix *cents* du comté, c'est pas moi que ça privera. J'ai fait ce que j'ai pu. Un homme qui, arrivé à mon âge, ne sait pas quand il est temps de cesser est un imbécile. Surtout pour quelque chose qui n'est pas mon affaire. Si c'était ma fille, ce serait différent, parce qu'elle n'aurait pas le temps. Il lui faudrait travailler pour nourrir ce tas d'invalides, d'idiots et de nègres, parce que comment oserais-je jamais amener quelqu'un dans cette maison ? J'ai trop le respect de mon prochain pour ça. Je suis un homme. Je peux le supporter. C'est ma chair et mon sang, et je voudrais bien voir la couleur des yeux de celui qui se permettrait de dire du mal d'une femme qui serait mon amie. C'est ce que font ces sacrées femmes honnêtes. Parmi toutes ces bonnes paroissiennes, je voudrais bien en trouver une qui soit la moitié seulement aussi chic que Lorraine, putain ou pas putain. Comme je dis : Si je parlais de me marier vous vous mettriez aux cent coups, vous le savez aussi bien que moi, et elle dit : Je voudrais te voir heureux et avec une famille au lieu de travailler pour nous comme un esclave. Mais je n'en ai plus pour longtemps et tu pourras te marier mais tu ne trouveras jamais une femme qui soit digne de toi, et je dis : Oh si j'en trouverai très bien. Vous vous dresseriez toute droite dans votre tombe, vous le savez bien. Non, merci, dis-je, j'ai autant de femmes que j'en puis entretenir pour le moment, si je me mariais ma femme serait probablement éthéromane ou quelque chose comme ça. Il n'y a que ça qui nous manque dans la famille.

Le soleil avait disparu derrière le temple méthodiste et les pigeons volaient autour du clocher, et, quand la musique s'arrêtait, je pouvais les entendre roucouler. Quatre mois à peine après Noël et les voilà déjà aussi nombreux que par le passé. Je parie que le pasteur Walthall s'en fout plein la panse en ce moment. On aurait dit que nous tirions sur des gens de la manière qu'il prêchait et même s'emparait des fusils quand ils sont arrivés. Avec ses histoires de paix sur la terre et bonne volonté à tous et pas un moineau ne tombe à terre. Mais qu'est-ce que ça peut bien lui faire qu'ils deviennent si nombreux. Il n'a rien à faire, et l'heure, il s'en fout. Il ne paie pas d'impôt, il ne voit donc pas son argent employé chaque année au nettoyage de l'horloge du tribunal pour qu'elle puisse marcher. Il a fallu payer quarante-cinq dollars à un homme pour la nettoyer. J'ai compté par terre jusqu'à cent pigeons à demi couvés. On penserait qu'ils auraient assez d'intelligence pour quitter la ville. C'est heureux que je n'aie pas plus d'attaches qu'un pigeon, je peux dire ça.

L'orchestre s'était remis à jouer, un air vif et bruyant, comme si c'était la fin. Je suppose qu'ils sont satisfaits maintenant. Ils auront peut-être assez de musique pour les distraire pendant les quatorze ou quinze miles qu'ils vont avoir à faire pour rentrer chez eux, et quand ils dételleront dans l'obscurité, panseront le bétail et trairont les vaches. Il leur suffira de siffler la musique et de répéter les blagues à leurs bêtes à l'étable, et puis ils pourront calculer tout l'argent qu'ils ont économisé en n'emmenant pas leurs bêtes aussi au spectacle. Ils pourront calculer que si un homme a cinq enfants et sept mules, il économise vingt-cinq *cents* en emmenant sa famille au théâtre. C'est pas plus malin que ça. Earl est revenu avec deux ou trois colis.

— Voilà encore des trucs à expédier, dit-il. Où est le vieux Job ?

— Parti au théâtre, j'imagine, dis-je, à moins que vous ne l'ayez surveillé.

— Il ne s'esquive jamais, dit-il. Je peux me fier à lui.

— C'est pour moi que vous dites ça ? dis-je.

Il alla à la porte et regarda dehors, l'oreille tendue.

— C'est un bon orchestre, dit-il. Ils devraient s'arrêter bientôt, à mon avis.

— A moins qu'ils ne comptent coucher ici », dis-je. Les hirondelles s'étaient mises à voler et je pouvais entendre les moineaux qui commençaient à s'assembler dans les arbres, dans la cour du tribunal. De temps à autre il en venait une troupe qui tourbillonnait au-dessus du toit pour disparaître ensuite. Si vous voulez mon avis, ils sont aussi embêtants que les pigeons. Ils vous empêchent même d'aller vous asseoir sous les arbres, dans la cour du tribunal. Pas plus tôt installé, cloc ! en plein sur votre chapeau. Mais il faudrait être millionnaire pour pouvoir se permettre de les tuer, à cinq *cents* le coup. Si seulement on mettait un peu de poison sur la place, on s'en débarrasserait en un jour, parce que si un marchand ne peut pas empêcher ses bêtes de courir par toute la place, il ferait mieux de vendre autre chose que des poulets, quelque chose qui ne mange pas, des charrues, par exemple ou des oignons. Et si un homme ne nourrit pas ses chiens, c'est signe qu'il n'en veut plus ou qu'il ne devrait pas en avoir. Comme je dis : Si on mène les affaires d'une ville comme celles de la campagne, on finit par en faire un village.

— Ça ne vous avancera pas que ce soit fini, dis-je. Il va falloir qu'ils attellent et qu'ils se mettent en route s'ils veulent rentrer chez eux avant minuit.

— Eh bien, dit-il. Ils aiment ça. Ils peuvent bien dépenser un peu d'argent de temps à autre pour un spectacle. Les fermiers des collines travaillent dur et n'en retirent pas grand-chose.

— Il n'y a pas de lois qui les forcent à habiter dans les collines, dis-je, pas plus qu'ailleurs.

— Où serions-nous, vous et moi, sans les fermiers ? dit-il.

— Je serais chez moi à l'heure qu'il est, dis-je, étendu, avec de la glace sur la tête.

— Ces migraines reviennent trop fréquemment, dit-il. Pourquoi ne vous faites-vous pas examiner sérieusement les dents ? Les a-t-il toutes passées en revue, ce matin ?

— Qui ça ? dis-je.

— Vous m'avez dit que vous étiez allé chez le dentiste, ce matin.

— Voyez-vous quelque objection à ce que j'aie la migraine pendant les heures que je vous dois ? dis-je. C'est ça ! » Ils traversaient la ruelle maintenant, revenant du théâtre.

— Les voilà, dit-il. Je ferais mieux d'aller devant le magasin. » Il s'éloigna. C'est curieux, mais chaque fois que quelque chose ne va pas, les hommes vous conseillent tout de suite de vous faire examiner les dents, et les femmes de vous marier. C'est toujours ceux qui ne sont bons à rien qui vous donnent des conseils. C'est comme ces professeurs d'Université qui ne possèdent même pas une paire de chaussettes et qui vous enseignent comment gagner un million en dix ans ; et une femme qui n'a jamais pu trouver de mari vous dira toujours comment élever vos enfants.

Le vieux Job est arrivé avec la charrette. Il lui fallut un bon moment pour enrouler les guides autour de l'étui du fouet.

— Alors, dis-je, la représentation était belle ?

— J'y ai point encore été, dit-il. Mais, dame, ce soir, on pourrait bien m'arrêter sous cette tente.

— Avec ça que tu n'y as pas été ! dis-je. Trois heures sonnaient quand tu es parti. Mr Earl te cherchait par ici il n'y a qu'un instant.

— J'ai été à mes affaires, dit-il. Mr Earl sait où que j'ai été.

— Tu peux essayer de le tromper, dis-je. Je ne te dénoncerai pas.

— Ben, il est ben l' seul ici que j'essaierais de tromper, dit-il. Pourquoi que je perdrais mon temps à essayer de tromper un homme si ça m' fait rien de le voir ou non le samedi soir. Vous, j'essaierai pas de vous tromper. Vous êtes trop malin pou' moi, bien sûr », dit-il en affectant de travailler comme quatre pour charger cinq ou six petits paquets sur la charrette. « Vous êtes trop malin pou' moi. Y en a pas un dans la ville qui pourrait vous battre pour ce qui est d'être malin. Vous roulez un homme qu'est si malin qu'il ne peut même pas se suiv' lui-même », dit-il en montant sur la charrette et détachant les rênes.

— Qui ça ? dis-je.

— Mr Jason Compson, dit-il. Hue, Dan !

Une des roues était sur le point de se détacher. Je l'observai pour voir s'il parviendrait à sortir de la ruelle avant que ça n'arrive. Néanmoins, confiez n'importe quel véhicule à un nègre. Je dis : Cette vieille guimbarde est une honte et cependant vous la garderez cent ans dans la remise uniquement pour que ce garçon puisse aller au cimetière une fois par semaine. Je dis : Il ne sera pas le premier qui sera obligé d'agir contre son gré. Je le ferais rouler dans cette automobile comme un homme civilisé ou bien rester chez lui. Sait-il seulement où il va et dans quoi il y va, et penser que nous gardons une voiture et un cheval pour qu'il puisse faire sa petite promenade tous les dimanches après-midi.

Job s'en foutait pas mal que la roue se détachât ou non, pourvu qu'il n'ait pas trop longtemps à marcher pour revenir. Comme je dis : Le seul endroit qui leur conviendrait, c'est les champs où ils seraient obligés de travailler du lever au coucher du soleil. Ils ne peuvent pas supporter la prospérité ou un travail aisé. Un bref contact avec les Blancs, et ils ne valent plus la corde pour les pendre. Ils en arrivent au point que, pour ce qui est du travail, ils peuvent vous mettre dedans sous votre nez, comme Roskus dont la seule erreur fut de se laisser mourir un jour, par inadvertance. Tirer au flanc, voler, vous faire chaque jour des boniments nouveaux jusqu'au moment où il vous faut leur flanquer une volée de bois vert ou d'autre chose. Enfin, ça regarde Earl. Mais, comme réclame à mon commerce, j'aimerais mieux avoir autre chose qu'un vieux nègre gâteux et une charrette qui, à chaque tournant, menace de tomber en morceaux.

Il ne restait plus de soleil que tout à fait en l'air maintenant, et il commençait à faire noir dans le magasin. J'allai voir à la porte. La place était vide, Earl était revenu et fermait le coffre-fort. Puis l'horloge se mit à sonner.

— Fermez la porte du fond », dit-il. J'allai la fermer et je revins. « Vous irez à la représentation ce soir, je suppose, dit-il. Je vous ai bien donné deux billets, hier ?

— Oui, dis-je. Vous voulez que je vous les rende ?

— Non, dit-il. Je n'étais plus très sûr si je vous les avais donnés ou non. Ce serait sot de les laisser perdre. »

Il ferma la porte à clé, dit bonsoir et s'en alla. Les moineaux continuaient leur vacarme dans les arbres, mais, sauf quelques voitures, la place était déserte. Il y avait une Ford devant le drugstore mais je ne la regardai même pas. Je sais quand j'ai assez de quelque chose. Je ne demande pas mieux que d'essayer de lui venir en aide mais je sais quand j'en ai assez. Je pourrais probablement apprendre à Luster à conduire, comme ça ils pourraient la poursuivre toute la journée si ça leur faisait plaisir, et moi, je pourrais rester à la maison à jouer avec Ben.

J'entrai acheter deux cigares. Puis je pensai que je pourrais prendre un autre cachet d'aspirine pour plus de sûreté, et je restai à causer avec eux un instant.

— Alors, dit Mac, j'imagine que vous avez mis votre argent sur les Yankees [1], cette année.

— Pour quoi faire ? dis-je.

— Le Pennant, dit-il. Il n'y a personne qui puisse les battre dans la Ligue.

— Je vous en fous, dis-je. Ils sont finis. Vous croyez qu'une équipe peut avoir cette veine éternellement ?

— J'appelle pas ça de la veine, dit Mac.

— Je ne parierai jamais pour une équipe où il y aura un gars comme ce Ruth, dis-je. Même si je savais qu'elle allait gagner.

— Vraiment ? dit Mac.

— Je pourrais vous nommer une douzaine de types, dans n'importe laquelle des deux Ligues, qui valent tout autant que lui.

— Qu'est-ce qu'il vous a donc fait, Ruth ? dit Mac.

— Rien, dis-je. Il ne m'a rien fait du tout. Je ne peux pas le voir, même en photographie.

Je sortis. Les lumières s'allumaient dans les rues et les gens rentraient chez eux. Parfois, les moineaux ne s'arrêtent qu'à la nuit noire. La nuit où on a allumé les nouveaux réverbères autour du tribunal, ils ont passé toute la nuit à voltiger autour et à se cogner dedans. Ça a duré pendant deux ou trois nuits, et puis, un beau matin, ils ont disparu. Et puis, environ deux mois après, ils étaient de retour.

---

1. Célèbre équipe de base-ball. Aux États-Unis, les grandes équipes professionnelles sont réparties en deux ligues qui rivalisent pour le « Pennant » (l'oriflamme). Babe Ruth (1895-1948) fut l'un des meilleurs et peut-être le plus célèbre joueur de base-ball. (N. T.)

Je rentrai chez moi. Il n'y avait pas encore de lumière dans la maison mais, probablement, ils étaient tous derrière les fenêtres, et Dilsey dans sa cuisine à grommeler comme si c'était son propre dîner qu'il lui fallait garder au chaud jusqu'à mon arrivée. A l'entendre, on croirait qu'il n'y a qu'un souper au monde, celui qu'elle doit retarder de quelques minutes à cause de moi. Enfin, pour une fois je pourrais arriver chez moi sans trouver Ben et son nègre cramponnés à la grille comme un ours et un singe dans la même cage. Dès que le soleil baisse il se précipite vers cette grille comme une vache vers son étable, et il y reste cramponné, balançant la tête et poussant tout bas des sortes de gémissements. Comme châtiment ça se pose là. Si ce qui lui est arrivé pour avoir joué avec les grilles ouvertes m'était arrivé à moi, je ne voudrais plus jamais en voir une seule. Je me suis souvent demandé ce qu'il pouvait bien penser, derrière cette grille, à la vue des petites filles qui reviennent de l'école, s'efforçant de vouloir quelque chose qu'il ne pouvait pas se rappeler qu'il n'avait plus et ne pouvait même plus désirer. Et ce qu'il doit penser quand on le déshabille et qu'il lui arrive de se regarder et de se mettre à pleurer, comme il fait parfois. Mais, comme je dis, on ne fait pas cela assez souvent. Je dis : Je sais ce dont tu as besoin. Tu as besoin de ce qu'on a fait à Ben. Ça te ferait tenir convenablement. Et si tu ne sais pas ce que c'est, demande à Dilsey de te l'expliquer.

Il y avait de la lumière dans la chambre de ma mère. Je remisai l'auto et entrai dans la cuisine. Luster et Ben s'y trouvaient.

— Où est Dilsey ? dis-je. Elle met le couvert ?

— Elle est là-haut, avec Miss Ca'oline, dit Luster. Ça fait du vilain. Depuis que Miss Quentin est rentrée. Mammy est là-haut à tâcher de les empêcher de se disputer. Et ces forains, ils sont arrivés, Mr Jason ?

— Oui, dis-je.

— J' croyais bien avoi' entendu la musique, dit-il. J' voudrais bien pouvoir y aller. J' pourrais, si j'avais vingt-cinq *cents*.

Dilsey arriva. — Ah, vous v'là tout de même, dit-elle. Qu'est-ce que vous avez encore fait ce soir ? Vous savez tout le travail que j'ai à faire. Vous ne pourriez pas être à l'heure ?

— J'ai peut-être été au théâtre, dis-je. Le souper est prêt ?

— J'voudrais bien pouvoir y aller, dit Luster. J' pourrais, si j'avais seulement vingt-cinq *cents*.

— Les théâtres, c'est pas ton affaire, dit Dilsey. Entrez vous asseoir, dit-elle et surtout n'allez pas là-haut pour que ça recommence.

— Qu'est-ce qu'il y a ? dis-je.

— Quentin est rentrée il y a un moment. Elle prétend que vous l'avez suivie toute la soirée, et Miss Ca'oline l'a grondée. Pourquoi ne la laissez-vous pas en paix ? Vous ne pouvez donc pas vivre sous le même toit avec votre nièce sans vous quereller !

— Je ne peux pas me quereller avec elle, dis-je, pour la bonne raison que je ne l'ai pas vue depuis ce matin. Qu'est-ce qu'elle dit encore que j'ai fait ? Que je l'ai forcée à aller à l'école ? C'est bien dommage, dis-je.

— Enfin, mêlez-vous de vos affaires et laissez-la en paix, dit Dilsey. Je m'occuperai d'elle, si vous et Miss Ca'oline me laissez faire. Entrez et tenez-vous tranquille jusqu'à ce que je serve le souper.

— Si j'avais seulement vingt-cinq *cents*, dit Luster, j' pourrais aller à ce théâtre.

— Et si t'avais des ailes tu pourrais t'envoler au Ciel, dit Dilsey. Je ne veux plus entendre parler de ce théâtre.

— A propos, dis-je. J'ai deux billets qu'on m'a donnés. » Je les sortis de ma poche.

— Vous avez-t-y l'intention de les employer ? dit Luster.

— Moi, non, dis-je. Je n'irais pas pour dix dollars.

— Donnez-m'en un, Mr Jason, dit-il.

— Je t'en vendrai un, dis-je. Ça te va ?

— J'ai pas d'argent, dit-il.

— Dommage », dis-je. Je fis mine de partir.

— Donnez-m'en un, Mr Jason, dit-il. Vous n'aurez pas besoin des deux.

— Tais ton bec, dit Dilsey. Tu ne sais donc pas qu'il ne donne jamais rien ?

— Combien que vous en voulez ? dit-il.

— Cinq *cents,* dis-je.

— J' les ai pas, dit-il.

— Combien as-tu ? dis-je.

— J'ai rien, dit-il.

— Alors », dis-je. Je m'éloignai.

— Mr Jason, dit-il.

— Pourquoi que tu te tais pas ? dit Dilsey. C'est pour te taquiner. Il compte les employer lui-même, ces billets. Allons, Jason, laissez-le tranquille.

— Je ne les veux pas », dis-je. Je retournai vers le fourneau. « Je suis venu ici pour les brûler. Mais, si tu veux en acheter un pour cinq *cents* », dis-je en le regardant et en soulevant la rondelle du fourneau.

— J' les ai pas, dit-il.

— Alors », dis-je. J'en laissai tomber un dans le fourneau.

— Oh, Jason, dit Dilsey. Vous n'avez pas honte !

— Mr Jason, dit-il. Je vous en prie, m'sieu. J' réparerai vos pneus tous les jours pendant un mois.

— J'ai besoin d'argent, dis-je. Tu l'auras pour cinq *cents.*

— Tais-toi, Luster », dit Dilsey. D'une secousse elle le fit reculer. « Allons, dit-elle, jetez-le. Allez. Finissez. »

— Tu peux l'avoir pour cinq *cents*, dis-je.

— Allons, dit Dilsey. Il n'a pas cinq *cents*. Jetez-le dedans.

— Très bien », dis-je. Je le laissai tomber, et Dilsey referma le fourneau.

— Un grand garçon comme vous, dit-elle. Allez, sortez de ma cuisine. Tais-toi, dit-elle à Luster. Ne fais pas crier Benjy. Je dirai à Frony de te donner vingt-cinq *cents*, ce soir, et tu pourras y aller demain soir. Allons, tais-toi.

J'allai dans le salon. Je n'entendais rien en haut. J'ouvris le journal. Au bout d'un instant, Ben et Luster sont arrivés. Ben se dirigea vers la tache foncée sur le mur, là où le miroir se trouvait d'habitude. Il y passa les mains en gémissant et pleurnichant. Luster se mit à remuer les bûches.

— Qu'est-ce que tu fais ? dis-je. Nous n'avons pas besoin de feu ce soir.

— C'est pour le faire rester tranquille, dit-il. Il fait toujours froid à Pâques, dit-il.

— Oui, mais ce n'est pas encore Pâques, dis-je. Laisse ça tranquille.

Il remit le pique-feu à sa place, prit le coussin sur la chaise de maman et le donna à Ben. Alors il s'accroupit devant la cheminée et resta tranquille.

Je lus le journal. Un silence complet régnait au premier étage. Dilsey entra et envoya Ben et Luster à la cuisine et dit que le dîner était prêt.

— Bon », dis-je. Elle sortit. Je restai assis à lire mon journal. Au bout d'un instant, j'entendis Dilsey qui regardait par la porte.

— Pourquoi que vous ne venez pas manger ? dit-elle.

— J'attends le dîner, dis-je.

— Il est sur la table, dit-elle. J' vous l'ai dit.

— Vraiment ? dis-je. Excusez-moi. Je n'ai entendu descendre personne.

— Elles ne descendent pas, dit-elle. Allez manger pour qu'après je leur monte quelque chose.

— Est-ce qu'elles sont malades ? dis-je. Qu'est-ce que le docteur a dit que c'était ? Pas la petite vérole, j'espère.

— Allons, venez Jason, dit-elle. Que je puisse en finir.

— Parfait, dis-je en relevant mon journal. Je n'attends plus que le moment de me mettre à table.

Je pouvais la sentir qui m'observait sur le pas de la porte. Je continuai ma lecture.

— Pourquoi que vous vous conduisez ainsi ? dit-elle. Quand vous savez toute la peine que j'ai.

— Si maman est plus souffrante qu'elle n'était lorsqu'elle est descendue déjeuner, c'est très bien, dis-je. Mais, aussi longtemps que je nourrirai des gens plus jeunes que moi, il faudra qu'ils viennent à table s'ils veulent manger. Préviens-moi quand le dîner sera prêt », dis-je en reprenant ma lecture. Je l'entendis qui montait l'escalier, d'un pas lourd, maugréant et geignant, comme si les marches étaient à pic et distantes de trois pieds. Je l'entendis devant la porte de ma mère, puis j'entendis qu'elle appelait Quentin comme si la porte était fermée à clé. Puis elle revint à la chambre de ma mère, puis ma mère alla parler à Quentin. Elles descendirent ensuite. Je lisais le journal.

Dilsey reparut à la porte. — Venez avant d'avoir pu inventer quelque nouvelle diablerie. Vous faites bien de vot' mieux, ce soir.

Je passai dans la salle à manger. Quentin était assise, la tête basse. Elle s'était de nouveau peinturluré la figure. Son nez ressemblait à un isolateur en porcelaine.

— Je suis heureux de constater que vous vous sentez assez bien pour descendre, dis-je à ma mère.

— C'est bien le moins que je puisse faire pour toi, venir à table, dit-elle. Peu importe comment je me sens. Je comprends bien que, lorsqu'un homme a travaillé toute la journée, il aime avoir toute sa famille autour de lui à l'heure des repas. Je voudrais te faire plaisir. J'aimerais seulement que Quentin et toi, vous vous entendiez mieux. Ma tâche serait plus facile.

— Nous nous entendons très bien, dis-je. Je ne vois pas d'inconvénients à ce qu'elle s'enferme à clé toute la journée si ça lui plaît. Mais je ne veux pas de toutes ces singeries et de ces mauvaises humeurs à table. Je sais que c'est beaucoup lui demander, mais je suis chez moi, ici. Chez vous, je veux dire.

— Non, chez toi, dit ma mère. C'est toi qui es le chef maintenant.

Quentin n'avait pas levé les yeux. Je servis et elle se mit à manger.

— Ton morceau de viande était-il bon ? dis-je, parce que je pourrais essayer d'en trouver un meilleur.

Elle ne dit rien.

— Je t'ai demandé si ton morceau de viande était bon, dis-je.

— Quoi ? dit-elle. Oui, très bon.

— Aimerais-tu un peu plus de riz ? dis-je.

— Non, dit-elle.

— Laisse-moi donc t'en donner un peu plus, dis-je.

— J'en ai assez, dit-elle.

— Pas du tout, voyons, dis-je. Je serais enchanté.

— Ta migraine est-elle passée ? dit ma mère.

— Ma migraine ? dis-je.

— Je craignais que tu n'en commences une, dit-elle, quand tu es rentré, cet après-midi.

— Oh, dis-je. Non, elle ne s'est pas déclarée. Nous avons eu tant à faire, cet après-midi, que je n'y ai plus songé.

— C'est donc pour ça que tu étais en retard ? » dit

302

ma mère. Je pouvais voir que Quentin écoutait. Je la regardai. Son couteau et sa fourchette allaient toujours, mais je la surpris qui me regardait, et elle baissa de nouveau les yeux sur son assiette. Je dis :

— Non, j'ai prêté ma voiture à un type, vers trois heures, et il a fallu que j'attende qu'il me la ramène. » Je mangeai pendant un instant.

— Qui était-ce ? dit ma mère.

— Un de ces comédiens, dis-je. Apparemment, le mari de sa sœur avait fichu le camp avec une femme de la ville, et il voulait se lancer à leur poursuite.

Quentin mâchait sans broncher.

— Tu ne devrais pas prêter ta voiture à des gens comme ça, dit ma mère. Tu la prêtes trop facilement. C'est pourquoi je ne te la demande que lorsque je ne puis pas faire autrement.

— C'est ce que je commençais moi-même à me dire, dis-je. Mais il est revenu sans encombre, et il m'a dit qu'il avait trouvé ce qu'il cherchait.

— Qui était la femme ? dit ma mère.

— Je vous dirai cela plus tard, dis-je. Je n'aime pas parler de ces choses, devant Quentin.

Quentin ne mangeait plus. De temps à autre elle buvait une gorgée d'eau, puis elle restait là à émietter du pain, le visage incliné sur son assiette.

— Évidemment, dit ma mère, les femmes qui vivent comme moi, en recluses, ne se doutent pas de ce qui se passe en ville.

— En effet, dis-je, elles ne s'en doutent pas.

— Ma vie a été bien différente, dit ma mère. Dieu merci, je ne connais rien à ces dévergondages. Je ne veux même pas les connaître. En cela, je diffère de la majorité des gens.

Je n'ajoutai rien de plus. Quentin était là, assise, à émietter son pain, attendant que j'eusse fini de manger. Elle dit alors, sans regarder personne : Est-ce que je puis partir maintenant ?

— Quoi ? dis-je. Mais, certainement, tu peux partir. Est-ce que tu nous attendais ?

Elle me regarda. Elle avait émietté tout son pain, mais ses mains continuaient comme pour en émietter encore, et ses yeux semblaient traqués, et elle commença à se mordre les lèvres, à croire qu'elle aurait dû s'empoisonner, avec tout le minium qu'elle s'était collé dessus.

— Grand'mère, dit-elle. Grand'mère...

— Tu voudrais manger autre chose ? dis-je.

— Pourquoi me traite-t-il ainsi, grand'mère ? dit-elle. Je ne lui ai jamais fait de mal.

— Je voudrais que vous vous entendiez bien, dit ma mère. Je n'ai plus que vous, et je voudrais tellement que vous vous entendiez mieux.

— C'est sa faute, dit-elle. Il ne veut pas me laisser tranquille. Il m'y oblige. S'il ne veut pas de moi ici, pourquoi ne me laisse-t-il pas retourner chez...

— Ça suffit, dis-je. Pas un mot de plus.

— Alors, pourquoi ne me laisse-t-il pas tranquille ? dit-elle. Il... Il ne fait que...

— A défaut de père, c'est lui qui s'en approche le plus, dit ma mère. C'est son pain que nous mangeons, toi et moi. Ce n'est que juste qu'il attende de nous un peu d'obéissance.

— C'est sa faute », dit-elle. Elle se leva d'un bond. « C'est lui qui m'oblige à le faire. S'il pouvait seulement... » Elle leva ses yeux traqués, les bras agités de secousses contre ses flancs.

— Si je pouvais seulement quoi ? dis-je.

— Tout ce que je fais, c'est de votre faute. Si je suis mauvaise c'est que c'était fatal. Vous m'avez rendue comme ça. Je voudrais être morte. Je voudrais que nous soyons tous morts. » Puis elle s'enfuit en courant.

Nous l'entendîmes monter l'escalier quatre à quatre. Puis une porte battit.

— C'est la première chose intelligente qu'elle ait dite, dis-je.

— Elle n'est pas allée à l'école aujourd'hui, dit ma mère.

— Qu'en savez-vous ? dis-je. Étiez-vous en ville ?

— Je le sais, dit-elle. J'aimerais que tu lui témoignes un peu de bonté.

— Pour ça, il faudrait que je la voie plus d'une fois par jour, dis-je. Il faudra que vous la décidiez à descendre pour les repas. Comme ça, je pourrai lui donner un morceau de viande supplémentaire à chaque fois.

— Il y a bien des petites choses que tu pourrais faire.

— Comme de ne pas faire attention quand vous me demandez de veiller à ce qu'elle aille à l'école, dis-je.

— Elle n'y a pas été aujourd'hui, dit-elle. Je le sais. Elle dit qu'elle a été se promener en auto avec un de ses amis, cet après-midi, et que tu l'as suivi.

— Comment l'aurais-je pu, dis-je, étant donné que quelqu'un a gardé ma voiture toute la journée ? Qu'elle ait été à son école aujourd'hui ou non, c'est déjà de l'histoire ancienne. Si vous devez vous faire de la bile, faites-vous-en pour lundi prochain.

— J'aurais tant voulu que vous vous entendiez bien tous les deux, dit-elle. Mais, elle a hérité tous les traits des fortes têtes. Ceux de Quentin également. A l'époque, j'ai pensé que lui donner ce nom-là, avec tous les antécédents qu'elle avait déjà... Parfois, je crois que c'est par elle que Caddy et Quentin ont voulu me punir.

— Bon Dieu, dis-je. Vous en avez de bonnes ! Je ne m'étonne plus si vous passez votre temps à être malade.

— Comment, dit-elle. Je ne comprends pas.

— Je l'espère bien, dis-je. Il y a un tas de choses

305

qu'une honnête femme ne comprend pas, et qu'elle fait mieux d'ignorer.

— Ils étaient tous les deux comme ça, dit-elle. Quand j'essayais de les corriger, ils se mettaient tout de suite du côté de leur père contre moi. Il répétait tout le temps qu'ils n'avaient pas besoin de surveillance, qu'ils savaient déjà ce que c'était que la pureté et l'honnêteté, seuls points dont les gens sont en droit d'espérer l'enseignement. Et maintenant, j'espère qu'il est satisfait.

— Vous avez Ben sur qui vous reposer, dis-je. Réjouissez-vous.

— Ils m'ont délibérément écartée de leur vie, dit-elle. C'était toujours elle et Quentin. Ils ne cessaient de conspirer contre moi. Et contre toi aussi, bien que tu fusses trop petit pour t'en rendre compte. Ils nous considéraient toujours, toi et moi, comme des étrangers, la même chose que pour ton oncle Maury. Je disais toujours à ton père qu'on leur laissait trop de liberté, qu'ils étaient trop souvent ensemble. Quand Quentin est allé à l'école, il a fallu la laisser y aller, elle aussi, l'année suivante, afin qu'elle pût être avec lui. Elle ne pouvait pas admettre que l'un de vous fît quelque chose sans qu'elle le fît aussi. C'était de la vanité chez elle, de la vanité et de l'amour-propre mal placé. Et puis, quand ses malheurs ont commencé, j'ai tout de suite senti que Quentin estimerait qu'il devait, à son tour, faire quelque chose d'aussi mal. Mais je ne croyais pas qu'il serait assez égoïste pour... je n'aurais jamais rêvé qu'il...

— Il savait peut-être que ce serait une fille, dis-je, et qu'une autre comme ça, c'était plus qu'il n'en pouvait supporter.

— Il aurait pu la retenir, dit-elle. Il semblait être la seule personne pour qui elle eût un peu de considération. Mais j'imagine que cela aussi faisait partie du châtiment.

— Oui, dis-je. Dommage que ça n'ait pas été moi au lieu de lui. Vous seriez un peu mieux lotie.

— Tu dis cela pour me faire de la peine, dit-elle. Mais je le mérite. Quand ils ont commencé à vendre les terres pour envoyer Quentin à Harvard, j'ai dit à ton père qu'il faudrait mettre de côté une somme équivalente pour toi. Ensuite, quand Herbert a proposé de te prendre avec lui dans sa banque, j'ai dit : Voilà Jason casé maintenant. Et quand les dépenses ont commencé à s'accumuler, quand je me suis vue forcée de vendre nos meubles et le reste des terres, je lui ai écrit immédiatement parce que, pensais-je, elle se rendra compte qu'elle et Quentin ont eu leur part et un peu aussi de ce qui revenait à Jason, et que c'est à elle qu'il appartient maintenant de le dédommager. J'ai dit : Elle fera cela par respect pour son père. C'est ce que je croyais à cette époque. Mais je ne suis qu'une pauvre vieille femme. On m'a élevée dans la croyance que les gens devaient se sacrifier pour ceux de leur chair et leur sang. C'est ma faute. Tu avais raison de me faire des reproches.

— Croyez-vous que j'aie besoin d'un homme pour me tenir sur mes jambes ? dis-je. Encore moins d'une femme qui ne pourrait même pas nommer le père de son enfant.

— Jason, dit-elle.

— C'est bon, dis-je. Je ne voulais pas dire ça. Jamais de la vie.

— Si je croyais cela possible, après tout ce que j'ai souffert.

— Mais non, voyons, dis-je. Ce n'est pas ce que je voulais dire.

— J'espère que cela au moins me sera épargné, dit-elle.

— Sans aucun doute, dis-je. Elle leur ressemble trop à tous les deux pour qu'on puisse en douter.

— C'est une chose que je ne pourrais pas supporter, dit-elle.

— Alors, cessez d'y penser, dis-je. Vous a-t-elle encore tracassée pour sortir la nuit ?

— Non. Je lui ai fait comprendre que c'était pour son bien et qu'elle m'en remercierait un jour. Elle emporte ses livres avec elle, et elle étudie après que j'ai fermé sa porte à clé. Il y a des nuits où je vois sa lumière jusqu'après onze heures.

— Comment savez-vous qu'elle étudie ? dis-je.

— Je ne peux pas m'imaginer ce qu'elle pourrait faire d'autre, seule dans sa chambre, dit-elle. Elle n'a jamais aimé lire.

— Non, dis-je, vous ne pourriez pas vous l'imaginer. Et vous pouvez en remercier votre étoile », dis-je. Mais, à quoi bon dire cela tout haut ? Elle se serait remise à pleurer.

Je l'entendis monter l'escalier. Puis elle appela Quentin, et Quentin dit Quoi ? à travers la porte. « Bonne nuit », dit ma mère. Puis j'entendis la clé dans la serrure, et ma mère rentra dans sa chambre.

Quand je montai, après avoir fini mon cigare, la lumière brûlait encore. Je pouvais voir le trou vide de la serrure mais je n'entendais aucun bruit. Elle étudiait en silence. Peut-être avait-elle appris cela à l'école. Je souhaitai le bonsoir à ma mère et rentrai dans ma chambre. Je sortis la boîte et refis le compte encore une fois. Je pouvais entendre le Grand Hongre Américain ronfler comme une toupie. J'ai lu quelque part qu'on opérait les hommes ainsi pour leur donner des voix de femme. Mais il ne savait peut-être pas ce qu'on lui avait fait. Je ne crois même pas qu'il ait jamais su ce qu'il avait essayé de faire et pourquoi Mr Burgess l'avait assommé avec le pieu de la barrière. Et si on l'avait tout simplement envoyé à Jackson pendant qu'il était sous l'éther, il ne se serait jamais aperçu du changement. Mais c'eût été trop simple pour un Compson. Il leur faut des idées deux fois plus compliquées. Avoir attendu pour le faire qu'il se soit échappé et qu'il ait essayé de violer une petite fille en pleine rue, et sous les yeux mêmes du père. Oui, comme j'ai dit, ils s'y sont pris trop tard pour leur opération et ils se sont arrêtés trop tôt. J'en connais au moins deux qui auraient bien besoin qu'on leur fasse quelque chose du même genre. Et l'une d'elles est à moins d'un mile d'ici. Mais, même cela n'arrangerait pas les choses, à mon avis. Comme je dis, quand on est née putain on reste putain. Et laissez-moi seulement vingt-quatre heures sans qu'un de ces sacrés Juifs de New York me prévienne de ce qui va se passer. Je ne tiens pas à gagner une fortune. Ça, c'est bon pour empiler les joueurs malins. Je ne veux qu'une chance égale de rattraper mon argent. Et après ça, ils pourront bien amener ici tout Beale Street et tout le bordel du diable, et deux pourront coucher dans mon lit et une troisième pourra prendre également ma place à table.

HUIT AVRIL 1928

Le jour se levait, triste et froid, mur mouvant de lumière grise qui sortait du nord-est et semblait, au lieu de se fondre en vapeurs humides, se désagréger en atomes ténus et vénéneux, comme de la poussière, précipitant moins une humidité qu'une substance voisine de l'huile légère, incomplètement congelée. Quand Dilsey, ayant ouvert la porte de sa case, apparut sur le seuil, elle eut l'impression que des aiguilles lui transperçaient la chair latéralement. Elle portait un chapeau de paille noire, perché sur son madras, et, sur une robe de soie violette, une cape en velours lie de vin, bordée d'une fourrure anonyme et pelée. Elle resta un moment sur le seuil, son visage creux insondable levé vers le temps, et une main décharnée, plate et flasque comme un ventre de poisson, puis elle écarta sa cape et examina son corsage.

Sa robe, de teinte royale et moribonde, lui tombait des épaules en plis mous, recouvrait les seins affaissés, se tendait sur le ventre pour retomber ensuite légèrement ballonnée par-dessus les jupons qu'elle enlevait un à un suivant la marche du printemps et des jours chauds. Elle avait été corpulente autrefois, mais, aujourd'hui, son squelette se dressait sous les plis lâches d'une peau vidée qui se tendait encore sur un

313

ventre presque hydropique. On eût dit que muscles et tissus avaient été courage et énergie consumés par les jours, par les ans, au point que, seul, le squelette invincible était resté debout, comme une ruine ou une borne, au-dessus de l'imperméabilité des entrailles dormantes. Ce corps était surmonté d'un visage affaissé où les os eux-mêmes semblaient se trouver en dehors de la chair, visage qu'elle levait vers le jour commençant avec une expression fataliste et surprise à la fois, comme un visage d'enfant désappointé, jusqu'au moment où, s'étant retournée, elle rentra dans sa case dont elle ferma la porte.

Aux abords immédiats de la porte, la terre était nue. Elle avait pris une sorte de patine, comme au contact de générations de pieds nus, et rappelait le vieil argent ou les murs des maisons mexicaines badigeonnés à la main. Trois mûriers ombrageaient la maison en été, et les feuilles duvetées, qui plus tard deviendraient larges et placides comme des paumes de main, ondulaient, flottant à plat sur l'air mouvant. Deux geais, sortis du vide, tourbillonnèrent dans la bourrasque comme des bouts d'étoffe ou de papier aux couleurs vives, puis allèrent se percher dans les mûriers où ils se balancèrent dans un va-et-vient guttural, jacassant aux souffles du vent qui déchirait leurs cris aigus et les éparpillait comme des bouts de papier ou des lambeaux d'étoffe. Puis il en vint trois autres et, avec de grands cris, ils se balancèrent, oscillèrent un moment dans les branches tordues. La porte de la case s'ouvrit, et Dilsey apparut de nouveau, coiffée cette fois d'un feutre d'homme, et revêtue d'une capote de soldat dont les pans éraillés laissaient apercevoir une robe de guingan bleu qui bouffait en plis inégaux et s'affolait autour d'elle, tandis qu'elle traversait la cour et montait les marches qui conduisaient à la cuisine.

Elle ressortit un peu plus tard, cette fois avec un

parapluie ouvert qu'elle inclina dans le vent. Elle se rendit au tas de bois et posa le parapluie par terre sans le fermer. Tout de suite elle l'attrapa, l'arrêta, le maintint un instant tout en regardant autour d'elle. Puis elle le ferma et le posa à terre, et elle empila des bûches dans le creux de son bras, contre sa poitrine, et, ramassant son parapluie, elle l'ouvrit enfin et retourna vers les marches où elle maintint son bois en équilibre instable tout en luttant pour refermer le parapluie qu'elle appuya dans le coin, juste derrière la porte. Elle laissa tomber les bûches dans le coffre, derrière le fourneau. Puis elle enleva sa capote et son chapeau et, prenant un tablier sale qui pendait au mur, elle s'en ceignit et se mit en devoir d'allumer le fourneau. Cependant, tandis qu'elle en raclait la grille et en faisait cliqueter les rondelles, Mrs Compson l'appela du haut de l'escalier.

Elle était vêtue d'une robe de chambre piquée, en satin noir, qu'elle maintenait d'une main, serrée autour de son cou. Dans l'autre main, elle tenait une bouillotte en caoutchouc rouge et, du haut de l'escalier, elle appelait « Dilsey ! » à intervalles réguliers, d'une voix uniforme dans la cage d'escalier qui descendait dans l'obscurité complète avant de s'ouvrir à nouveau, là où une fenêtre grise la traversait. « Dilsey ! » appelait-elle, sans inflexion, sans insistance ni hâte, comme si elle n'espérait point de réponse. « Dilsey ! »

Dilsey répondit et s'arrêta de fourgonner, mais elle n'avait pas encore traversé la cuisine que Mrs Compson l'appelait de nouveau, et une autre fois encore avant qu'elle eût traversé la salle à manger et avancé la tête à contre-jour dans la tache grise de la fenêtre.

— Bon, dit Dilsey, bon, me v'là. J' la préparerai dès que j'aurai de l'eau chaude. » Elle releva ses jupes et

monta l'escalier, obstruant la lueur grise tout entière.
« Posez-la ici et retournez vous coucher. »

— Je ne pouvais pas comprendre ce qui se passait,
dit Mrs Compson. Voilà au moins une heure que je suis
réveillée et je n'entendais rien dans la cuisine.

— Posez-la par terre et retournez vous coucher », dit
Dilsey. Informe et essoufflée, elle gravissait péniblement les marches. « Mon feu va marcher ; dans deux
minutes l'eau sera chaude. »

— Voilà au moins une heure que je suis réveillée, dit
Mrs Compson. Je pensais que tu attendais peut-être
que je descende faire le feu.

Dilsey arriva au haut de l'escalier et prit la bouillotte. — Elle sera prête dans une minute, dit-elle.
Luster ne s'est pas réveillé ce matin. Il a veillé la moitié
de la nuit, avec ce théâtre. Je vais m'occuper moi-
même du feu. Allez, ne réveillez pas les autres avant
que je sois prête. »

— Si tu laisses Luster faire des choses qui l'empêchent de travailler, tu seras la première à en souffrir,
dit Mrs Compson. Jason ne sera pas content s'il
apprend cela. Tu le sais bien.

— C'est pas avec l'argent de Jason qu'il y est allé, dit
Dilsey. Y a toujours cela de sûr. » Elle descendit
l'escalier. Mrs Compson rentra dans sa chambre. Tandis qu'elle se recouchait, elle pouvait entendre Dilsey
descendre l'escalier avec une sorte de lenteur pénible
et effrayante qui aurait eu quelque chose d'affolant si
le silence n'était retombé quand la porte va-et-vient de
l'office eut fini d'osciller.

Elle rentra dans la cuisine, alluma le feu, et commença à préparer le petit déjeuner. Elle s'interrompit
au beau milieu pour aller regarder par la fenêtre, dans
la direction de sa case. Puis elle alla sur le pas de la
porte, l'ouvrit et cria dans le mauvais temps :

— Luster ! » cria-t-elle, debout, l'oreille tendue, le

visage incliné dans le vent. « Oh, Luster ! » Elle écouta, puis, comme elle s'apprêtait à crier de nouveau, Luster apparut au coin de la cuisine.

— Ma'ame ? » dit-il innocemment, si innocemment que Dilsey abaissa les yeux vers lui un instant, immobile, en proie à quelque chose qui était davantage qu'une simple surprise.

— Où donc que t'étais ? dit-elle.

— Nulle part, dit-il. Juste dans la cave.

— Qu'est-ce que tu faisais dans la cave ? dit-elle. Ne reste donc pas là à la pluie, nigaud.

— J' faisais rien », dit-il. Il monta les marches.

— Ne t'avise pas de passer cette porte sans une brassée de bois, dit-elle. Faut que j'apporte ton bois et que j' prépare ton feu, à c't' heure, les deux choses. Est-ce que j' t'avais pas dit de ne pas partir d'ici, hier soir, avant que ce coffre soit plein jusqu'au bord ?

— J' l'ai fait, dit Luster. J' l'ai rempli.

— Où que c'est passé alors ?

— J' sais pas. J'y ai pas touché.

— Enfin, tu vas me l'emplir maintenant, dit-elle. Et puis tu monteras t'occuper de Benjy.

Elle ferma la porte. Luster se dirigea vers le tas de bois. Avec de grands cris, les cinq geais tournoyèrent au-dessus de la maison et retournèrent se poser dans le mûrier. Il les regarda. Il ramassa une pierre et la leur lança. — Hou ! dit-il. Retournez en enfer où que vous devriez être. C'est pas encore lundi[1].

Il se chargea d'un monceau de bois. Il ne pouvait voir par-dessus. Il trébucha jusqu'aux marches, les monta et buta avec fracas contre la porte en laissant choir quelques petites bûches. Dilsey vint lui ouvrir la porte,

1. Les Noirs de cette région croient que les geais vivent en enfer du vendredi au lundi. Le lundi matin, ils reparaissent sur la terre. (N. T.)

317

et il pénétra dans la pièce. « Luster, voyons ! » hurla-t-elle. Mais il avait déjà lancé le bois dans le coffre à la volée, avec un fracas de tonnerre.

— Là, dit-il.

— T'as donc envie de réveiller toute la maison ? » dit Dilsey. Elle le calotta sur la nuque. « Allez, monte habiller Benjy. »

— Oui », dit-il. Il se dirigea vers la porte de la cour.

— Où que tu vas ? dit Dilsey.

— J' pensais que valait mieux que je fasse le tour de la maison pour rentrer par-devant. Comme ça, j' réveillerais pas Miss Ca'oline et les autres.

— Monte par cet escalier, dit Dilsey. Allons, file.

— Oui », dit Luster. Il fit demi-tour et sortit par la porte de la salle à manger. Au bout d'un instant, la porte cessa d'osciller. Dilsey s'apprêta à faire des pains de maïs. Tandis que, d'un geste continu, elle passait sa farine au tamis au-dessus de la planche, elle se mit à chanter, en elle-même d'abord, quelque chose qui n'avait ni musique ni paroles précises, quelque chose qui se répétait, triste, plaintif, austère, cependant qu'une farine légère et régulière neigeait sur la planche à pain. Le fourneau commençait à réchauffer la pièce et à l'emplir des harmonies mineures du feu. Et soudain, elle chanta plus fort, comme si sa voix aussi s'était dégelée à la chaleur grandissante. Puis Mrs Compson l'appela de nouveau de l'intérieur de la maison. Dilsey releva le visage comme si ses yeux étaient doués du pouvoir de pénétrer les murs et le plafond, comme s'ils parvenaient à le faire et voyaient la vieille femme, dans sa robe de chambre piquée, l'appelant au haut de l'escalier avec une régularité d'automate.

— Oh, Seigneur ! » dit Dilsey. Elle posa le tamis, secoua l'ourlet de son tablier, s'essuya les mains, prit la bouillotte sur la chaise où elle l'avait posée et entoura de son tablier l'anse de la bouilloire d'où, maintenant, une légère vapeur s'élevait. « Une minute, cria-t-elle. L'eau commence juste à chauffer. »

Cependant, ce n'était pas sa bouillotte en caoutchouc que Mrs Compson désirait, et, la tenant par le goulot comme un poulet mort, Dilsey se rendit au pied de l'escalier et regarda en l'air.

— Luster n'est donc pas avec lui ? dit-elle.

— Luster n'est pas entré dans la maison. Je l'ai guetté de mon lit. Je savais qu'il serait en retard, mais j'espérais qu'il arriverait à temps pour empêcher Benjamin de déranger Jason, juste le seul jour de la semaine où Jason peut dormir tard.

— J' vois pas comment vous voulez que les autres dorment, avec vous en haut de cet escalier à appeler les gens dès le point du jour », dit Dilsey. Elle s'engagea péniblement dans l'escalier. « Il y a une demi-heure que j'ai envoyé ce garçon. »

Mrs Compson la regardait en serrant sa robe de chambre autour de son cou. — Que vas-tu faire ? dit-elle.

— Habiller Benjy et le faire descendre à la cuisine. Comme ça, il ne pourra pas réveiller Jason ni Quentin, dit Dilsey.

— Tu n'as pas encore commencé le déjeuner ?

— J' m'en occuperai aussi, dit Dilsey. Vous feriez mieux de vous recoucher jusqu'à ce que Luster allume votre feu. Il fait froid ce matin.

— Je le sais, dit Mrs Compson. J'ai les pieds comme de la glace. Ils étaient si froids que ça m'a réveillée. » Elle regarda Dilsey monter les marches. Il lui fallut longtemps. « Tu sais combien cela énerve Jason quand le petit déjeuner est en retard », dit Mrs Compson.

— J' peux pas faire trente-six choses à la fois, dit Dilsey. Allez vous recoucher avant de me tomber sur les bras, vous aussi, ce matin.

— Si tu laisses tout pour habiller Benjamin, il vaudrait mieux que je descende préparer le déjeuner. Tu sais aussi bien que moi dans quel état se met Jason quand il est en retard.

— Et qui mangera votre ratatouille, voulez-vous me le dire ? dit Dilsey. Allez, allez », dit-elle en gravissant péniblement les marches. Mrs Compson la regardait monter, s'appuyant d'une main au mur et relevant ses jupes de l'autre.

— Et tu vas le réveiller rien que pour l'habiller ? dit-elle.

Dilsey s'arrêta. Le pied levé vers la marche suivante, elle resta là, la main contre le mur et la tache grise de la fenêtre derrière elle. Elle se dressait, immobile et informe.

— Il n'est donc pas réveillé ? dit-elle.

— Il ne l'était pas quand je suis allée voir, dit Mrs Compson. Mais son heure est passée. Il ne dort jamais après sept heures et demie, tu le sais bien.

Dilsey ne dit rien, mais, bien qu'elle ne pût la voir que comme une forme vague, sans relief, Mrs Compson savait qu'elle avait baissé légèrement la tête, et qu'elle se tenait maintenant comme une vache sous la pluie, le goulot de la bouillotte vide à la main.

— Ce n'est pas toi qui en subis les conséquences, dit Mrs Compson. Tu n'as pas de responsabilités. Tu peux t'en aller. Tu n'as pas, jour après jour, à porter cette croix. Tu ne leur dois rien. Tu ne dois rien à la mémoire de Mr Compson. Je sais que tu n'as jamais eu de tendresse pour Jason. Tu ne t'en es jamais cachée.

Dilsey ne dit rien. Elle fit demi-tour, lentement, et descendit, une marche après l'autre, à la manière des enfants, la main contre le mur. — Laissez-le tranquille, dit-elle. N'y allez plus. J'enverrai Luster dès que je l'aurai trouvé. Ne le dérangez pas.

Elle retourna à la cuisine. Elle regarda dans le

fourneau, puis, relevant son tablier sur sa tête, elle enfila sa capote, ouvrit la porte et inspecta la cour. L'air lui mordit la peau, âpre et subtil, mais la cour était vide d'êtres animés. Elle descendit les marches, prudemment, comme pour ne pas faire de bruit, et elle tourna le coin de la cuisine. A ce moment, Luster sortit rapidement et innocemment par la porte de la cave.

Dilsey s'arrêta. — Qu'est-ce que tu es en train de faire ? dit-elle.

— Rien, dit Luster. Mr Jason m'a dit de chercher d'où pouvait bien venir cette fuite d'eau dans la cave.

— Et quand c'est-il qu'il t'a dit de faire ça ? dit Dilsey. Au premier de l'an dernier, peut-être !

— J' m'étais dit qu'il valait mieux y regarder pendant que tout le monde dort », dit Luster. Dilsey s'approcha de la porte de la cave. Il se trouvait à côté d'elle, et elle plongea ses regards dans les ténèbres lourdes d'une odeur de terre moite, de moisi et de caoutchouc.

— Hum ! » dit Dilsey. De nouveau elle regarda Luster. Il soutint son regard, l'air absent, innocent, naïf. « J' sais point ce que tu manigances, mais t'as rien à faire par ici. C'est simplement pour me faire enrager comme les autres, ce matin, pas vrai ? Monte t'occuper de Benjy, tu m'entends ? »

— Oui », dit Luster. Il se dirigea rapidement vers les marches de la cuisine.

— Hé ! dit Dilsey. Apporte-moi une autre brassée de bois pendant que je te tiens.

— Oui », dit-il. Il la croisa sur les marches et s'en alla vers le tas de bois. Un moment après, comme il luttait contre la porte, invisible et aveugle dans et au-delà de son avatar de bois, Dilsey ouvrit la porte et, d'une main ferme, lui fit traverser la cuisine.

— Maintenant, essaie de recommencer à le jeter dans ce coffre, dit-elle. Essaie un peu.

— Faut bien, dit Luster haletant. J' peux pas le mettre autrement.

— Alors, reste comme ça et attends une minute », dit Dilsey. Elle le déchargea bûche par bûche. « Qu'est-ce que t' as donc ce matin ? J' t'envoie chercher du bois, et, jusqu'à aujourd'hui, t'aurais donné ta vie plutôt que d'apporter plus de six bûches à la fois. Qu'est-ce que tu vas encore me demander la permission de faire ? Ce théâtre est encore en ville ? »

— Non, il est parti.

Elle mit la dernière bûche dans le coffre. — Maintenant, monte chez Benjy comme je t'ai déjà dit, et je ne veux pas qu'on m'appelle avant que je sonne. Tu m'entends ?

— Oui », dit Luster. Il disparut par le va-et-vient. Dilsey ajouta du bois dans le fourneau et retourna à sa planche à pain. Elle ne tarda pas à reprendre son chant.

La pièce se réchauffa. Dilsey allait et venait dans la cuisine, groupant autour d'elle les ingrédients du déjeuner, coordonnant le repas, et sa peau avait pris un ton chaud et lustré, comparé à la teinte de poussière cendrée qu'elle et Luster avaient auparavant. Sur le mur, au-dessus du buffet, invisible, excepté la nuit, à la lumière des lampes, et même alors affectant une profondeur énigmatique car il n'avait qu'une aiguille, un cartel lançait son tic-tac. Après un bruit préliminaire, comme pour s'éclaircir la gorge, il sonna cinq fois.

— Huit heures », dit Dilsey. Elle s'arrêta, leva la tête en l'inclinant et écouta. Mais on n'entendait rien que l'horloge et le feu. Elle ouvrit le fourneau et regarda la plaque à pain, puis elle resta courbée, tandis que quelqu'un descendait l'escalier. Elle entendit les pieds traverser la salle à manger, puis la porte s'ouvrit et Luster entra, suivi d'un grand gaillard fait, sem-

blait-il, d'une substance dont les molécules paraissaient n'avoir voulu, ou n'avoir pu, s'agglutiner ni se
fixer sur le squelette qui en était le support. Sa peau
sans poil avait l'air d'être morte ; hydropique également, il avançait d'un pas balancé et traînant, comme
un ours apprivoisé. Ses cheveux étaient pâles et fins.
On les lui avait brossés bien également sur le front,
comme les cheveux des enfants sur les daguerréotypes.
Il avait des yeux clairs, du bleu pâle et doux des
bleuets. Sa bouche épaisse était entrouverte et un peu
de bave en coulait.

— Est-ce qu'il a froid ? » dit Dilsey. Elle s'essuya les
mains à son tablier et lui toucha la main.

— J' sais pas, mais moi, j' sais que j'ai froid, dit
Luster. Y fait toujours froid à Pâques. J'ai toujours vu
ça. Miss Ca'oline dit que si vous avez pas le temps de
remplir sa bouillotte, que c'est pas la peine de le faire.

— Oh, Seigneur ! » dit Dilsey. Elle tira une chaise
dans le coin, entre le coffre à bois et le fourneau.
L'homme alla s'y asseoir docilement. « Va voir dans la
salle à manger où j'ai bien pu la poser, cette bouillotte », dit Dilsey. Luster alla chercher la bouillotte
dans la salle à manger, et Dilsey la remplit et la lui
donna. « Dépêche-toi, maintenant, dit-elle, regarde si
Jason est réveillé. Dis-leur que tout est prêt. »

Luster sortit. Ben était assis près du fourneau. Il
était là, tassé, complètement immobile. Seule, sa tête
s'agitait sans cesse d'une sorte de balancement tandis
que, de son regard doux et vague, il suivait les allées et
venues de Dilsey. Luster revint.

— Il est levé, dit-il. Miss Ca'oline a dit de servir. » Il
s'approcha du fourneau et étendit les paumes de ses
mains au-dessus du foyer. « Et puis, il n'est pas levé
qu'à moitié. Il est déchaîné ce matin. »

— Qu'est-ce qu'il a encore ? dit Dilsey. Sors-toi de

là. Comment veux-tu que je fasse, avec toi au-dessus de ce fourneau ?

— J'ai froid, dit Luster.

— T' aurais dû penser à ça quand t' étais dans la cave, dit Dilsey. Qu'est-ce qu'il a encore, Jason ?

— Il dit que c'est Ben et moi qu'avons cassé la fenêtre de sa chambre.

— Y a une fenêtre cassée ? dit Dilsey.

— C'est ce qu'il dit, dit Luster. Y dit que c'est moi qui l'ai cassée.

— Comment ça, avec sa porte fermée à clé, jour et nuit ?

— Y dit que je l'ai cassée en y jetant des pierres, dit Luster.

— C'est vrai ?

— Non, dit Luster.

— Ne me mens pas, mon p' tit gars, dit Dilsey.

— C'est pas moi qui l'ai fait, dit Luster. Demandez à Benjy si c'est moi. J'ai rien à voir avec cette fenêtre.

— Alors, qui a bien pu la casser ? dit Dilsey. Tout ça, c'est uniquement pour réveiller Quentin », dit-elle en retirant les petits pains de son four.

— Probable, dit Luster. C'est des drôles de gens. J' suis ben content d' pas en être.

— D' pas être de quoi ? dit Dilsey. Laisse-moi te dire une chose, négrillon, c'est que t' as autant de diablerie dans le corps que n'importe lequel des Compson. T' es bien sûr que t' as pas cassé cette fenêtre ?

— Pourquoi que je l'aurais cassée ?

— Pourquoi que tu fais toutes tes sottises ? dit Dilsey. Surveille-le maintenant, qu'il n'aille pas encore se brûler la main pendant que je mets le couvert.

Elle se rendit dans la salle à manger où ils l'entendirent aller et venir. Puis elle revint, posa une assiette sur la table de la cuisine et la remplit. Ben la surveillait, bavant avec de petites plaintes de gourmandise.

— Voilà, mon chéri, dit-elle. Le voilà vot' déjeuner. Apporte sa chaise, Luster. » Luster approcha la chaise et Ben s'assit, pleurnichant et bavant. Dilsey lui noua une serviette autour du cou et, avec un des coins, lui essuya la bouche. « Et tâche pour une fois qu'il ne salisse pas son costume », dit-elle en donnant la cuillère à Luster.

Ben cessa de geindre. Il regardait la cuillère monter à sa bouche. On eût dit que même l'envie était chez lui paralysée, et la faim elle-même inarticulée dans l'ignorance de ce qu'était la faim. Luster le faisait manger avec adresse et détachement. Pourtant, de temps à autre, il faisait assez attention pour feindre d'approcher la cuillère ; Ben alors fermait la bouche sur le vide, mais Luster avait évidemment l'esprit ailleurs. Son autre main, posée sur le dossier de la chaise, s'agitait sur cette surface morte, timidement, délicatement, pour essayer de tirer du vide mort une musique qu'on ne pouvait entendre. Une fois même, tandis que ses doigts taquinaient le bois frappé pour en tirer un arpège silencieux et complexe, il oublia de taquiner Ben avec la cuillère, et Ben le rappela à l'ordre en se remettant à gémir.

Dans la salle à manger, Dilsey allait et venait. Soudain, elle agita une sonnette, grêle et claire, et, dans la cuisine, Luster entendit descendre Mrs Compson et Jason, et la voix de Jason, et il écouta en roulant des yeux blancs.

— Certainement, je sais très bien que ce n'est pas eux qui l'ont cassée, dit Jason. Certainement, je le sais très bien. C'est sans doute le changement de temps.

— Je ne vois pas comment, dit Mrs Compson. Ta chambre reste fermée toute la journée dans l'état où tu la laisses quand tu vas en ville. Personne n'y entre, sauf le dimanche, pour nettoyer. Je ne voudrais pas que tu te figures que je vais où je sais qu'on ne me veut pas, ni que je permettrais à quiconque d'y aller.

— Je n'ai jamais dit que c'était vous qui l'aviez cassée, que je sache, dit Jason.

— Je n'ai nulle envie d'aller dans ta chambre, dit Mrs Compson. Je respecte la vie privée de chacun. Je ne mettrais pas les pieds sur le seuil, quand bien même j'en aurais la clé.

— Oui, dit Jason, je sais que vos clés ne vont pas. C'est pour cela que j'ai fait changer la serrure. Ce que je veux savoir, c'est comment il se fait que cette vitre soit cassée.

— Luster dit que ce n'est pas lui, dit Dilsey.

— Je le savais sans le lui demander, dit Jason. Où est Quentin ? dit-il.

— Où elle est chaque dimanche matin, dit Dilsey. Qu'est-ce que vous avez depuis quelques jours, à la fin ?

— Il va falloir que tout ça change, dit Jason. Monte lui dire que le déjeuner est servi.

— Jason, vous allez la laisser tranquille, dit Dilsey. Elle se lève pour déjeuner tous les jours de la semaine, et Miss Ca'oline lui permet de rester au lit le dimanche, vous le savez bien.

— Malgré tout le désir que j'en ai, dit Jason, je ne peux pas entretenir une pleine cuisine de nègres pour satisfaire son bon plaisir. Monte lui dire de descendre déjeuner.

— Personne n'a à la servir, dit Dilsey. Je laisse son déjeuner au chaud et elle...

— Tu m'as entendu ? dit Jason.

— Je vous entends, dit Dilsey. On n'entend que vous quand vous êtes à la maison. Quand ce n'est pas Quentin ou vot' maman, c'est Luster et Ben. Pourquoi que vous le laissez se comporter comme ça, Miss Ca'oline ?

— Fais ce qu'il te dit, ça vaut mieux, dit Mrs Compson. Il est le chef de la famille maintenant. C'est son droit d'exiger que nous respections ses désirs. C'est ce que je m'efforce de faire, et si je le peux, tu le peux aussi.

— On n'a pas idée d'avoir un si sale caractère que Quentin soit obligée de se lever uniquement pour lui faire plaisir, dit Dilsey. Vous croyez peut-être que c'est elle qui a cassé cette fenêtre ?

— Elle le ferait si ça lui passait par la tête, dit Jason. Va faire ce que je t'ai dit.

— Et j' l'en blâmerais pas, si elle le faisait », dit Dilsey en se dirigeant vers l'escalier. « Avec vous sur le dos tout le temps que le Bon Dieu veut que vous soyez dans cette maison ! »

— Tais-toi, Dilsey, dit Mrs Compson. Ce n'est ni à toi ni à moi de dire à Jason ce qu'il a à faire. Parfois, je crois qu'il a tort, mais je m'efforce de me conformer à ses désirs pour votre bien à tous. Si j'ai la force de descendre à table, Quentin peut bien l'avoir aussi.

Dilsey sortit. Ils l'entendirent monter l'escalier. Ils l'entendirent longtemps dans l'escalier.

— Ils sont jolis, vos domestiques ! » dit Jason. Il servit sa mère et se servit lui-même. « En avez-vous jamais eu un qui valût la peine qu'on l'abatte ? Vous avez dû en avoir quand j'étais trop petit pour me les rappeler. »

— Il faut bien que je les ménage, dit Mrs Compson. Je suis tellement à leur merci. Ce n'est pas comme si j'étais forte. Je voudrais bien l'être. J'aimerais pouvoir faire tout le travail de la maison. Je pourrais du moins alléger d'autant ton fardeau.

— Oui, et nous vivrions dans une belle porcherie, dit Jason. Dépêche-toi, Dilsey ! hurla-t-il.

— Je sais que tu me blâmes de les laisser aller à l'église aujourd'hui, dit Mrs Compson.

— Aller où ? dit Jason. Ce sacré théâtre n'est pas encore parti ?

— A l'église, dit Mrs Compson. Les Noirs ont un office spécial, pour Pâques. Il y a quinze jours, j'ai promis à Dilsey de les laisser y aller.

— Ce qui veut dire qu'il faudra nous contenter de viande froide pour déjeuner, dit Jason, ou de rien du tout.

— Je sais que c'est de ma faute, dit Mrs Compson. Je sais que tu me blâmes.

— De quoi ! dit Jason. Ce n'est pas vous qui avez ressuscité le Seigneur, que je sache.

Ils entendirent Dilsey monter la dernière marche, puis ses pieds lents au-dessus d'eux.

— Quentin ! » dit-elle. La première fois qu'elle appela, Jason posa son couteau et sa fourchette, et sa mère et lui semblèrent attendre, face à face, de chaque côté de la table, dans des attitudes identiques : lui, froid et sournois, avec ses cheveux bruns, épais, frisés en deux accroche-cœur têtus de chaque côté du front, comme une caricature de patron de café, ses yeux noisette aux iris encerclés de noir comme des billes ; elle, froide et dolente, la chevelure d'un blanc immaculé, les yeux gonflés et battus, et si noirs qu'ils semblaient n'être que des prunelles ou des iris.

— Quentin, dit Dilsey. Levez-vous, ma belle. Le déjeuner vous attend.

— Je ne peux pas comprendre comment cette vitre a pu se casser, dit Mrs Compson. Es-tu sûr que c'est arrivé hier ? Il y a peut-être longtemps qu'elle est ainsi, avec ces temps chauds. Le châssis supérieur, derrière le store, comme ça...

— Je vous répète, pour la dernière fois, que ça s'est fait hier, dit Jason. Je connais bien la chambre où j'habite, je suppose. Croyez-vous que j'aurais pu y vivre une semaine avec un trou dans la fenêtre à passer le poing !...

Sa voix interrompit son crescendo et le laissa dévisageant sa mère avec des yeux qui, pour l'instant, étaient vides de tout. Ses yeux semblaient se retenir de respirer, cependant que sa mère le regardait, la face molle et dolente, interminable, clairvoyante et néanmoins obtuse. Ils étaient assis de la sorte quand Dilsey dit :

— Quentin, ma belle, ne jouez pas avec moi. Descendez déjeuner, ma belle, on vous attend.

— Je ne comprends pas, dit Mrs Compson. Ce serait à croire que quelqu'un a cherché à s'introduire dans la maison... » Jason bondit. Sa chaise s'écroula derrière lui. « Qu'est-ce que ?... » dit Mrs Compson, le regardant passer devant elle comme un éclair et s'élancer d'un bond dans l'escalier où il trouva Dilsey. Il avait maintenant le visage dans l'ombre, et Dilsey dit :

— Elle boude. Votre maman n'a pas encore ouvert... » Mais Jason, passant devant elle, s'élançait dans le corridor jusqu'à une porte. Il n'appela pas. Il empoigna le bouton et le secoua. Puis il resta la main sur le bouton, la tête un peu penchée, comme s'il écoutait quelque chose au delà des trois dimensions de la chambre, derrière la porte, quelque chose qu'il entendait déjà. Il avait l'attitude de l'homme qui fait tout pour entendre afin de se leurrer sur ce qu'il entend déjà. Derrière lui, Mrs Compson montait l'escalier en l'appelant par son nom. Puis elle vit Dilsey et cessa de l'appeler pour appeler Dilsey à sa place.

— Je vous dis qu'elle n'a pas encore ouvert cette porte, dit Dilsey.

A ces mots, il se retourna et courut vers elle. Mais sa voix était calme, indifférente. — Elle porte la clé sur elle ? dit-il. Je veux dire, l'a-t-elle sur elle maintenant ou faudra-t-il qu'elle ?...

— Dilsey ! dit Mrs Compson dans l'escalier.

— Quoi ? dit Dilsey. Pourquoi ne la laissez-vous pas ?...

— La clé ! dit Jason. La clé de cette chambre. Est-ce qu'elle la porte sur elle ? Mère. » Il vit alors Mrs Compson et il descendit les marches à sa rencontre. « Donnez-moi la clé », dit-il. Il se mit à tâter les poches de la robe d'un noir rouillé. Elle se débattait.

— Jason ! dit-elle. Vous voulez donc me renvoyer au lit, Dilsey et toi ! dit-elle en essayant de l'écarter. Vous ne pouvez même pas me laisser en paix le dimanche ?

— La clé ! dit Jason en la palpant. Donnez-moi la clé tout de suite ! » Il regarda la porte derrière lui, comme s'il s'attendait à la voir s'ouvrir brusquement sans lui laisser le temps de s'en approcher avec cette clé qu'il n'avait pas encore.

— Dilsey, voyons ! » dit Mrs Compson en serrant son peignoir autour d'elle.

— Donnez-moi la clé, vieille bête ! » cria Jason brusquement. De la poche de sa mère il tira un anneau de grosses clés rouillées, semblable au trousseau d'un geôlier médiéval. Il s'élança dans le couloir, suivi des deux femmes.

— Jason, voyons, dit Mrs Compson. Il ne trouvera jamais la bonne, dit-elle. Dilsey, tu sais bien que je ne permets à personne de prendre mes clés. » Elle se mit à gémir.

— Chut, dit Dilsey. Il ne lui fera pas de mal. Je ne le laisserai pas...

— Mais un dimanche matin ! Dans ma propre maison ! dit Mrs Compson. Quand je me suis tant efforcée de les élever en bons chrétiens. Jason, laisse-moi trouver la bonne clé », dit-elle. Elle lui posa la main sur le bras et se mit à lutter avec lui, mais, d'un coup de coude, il la rejeta de côté et la fixa un moment, les

330

yeux froids et traqués, puis il revint vers la porte et les clés incommodes.

— Chut, dit Dilsey. Jason, voyons !

— Il est arrivé quelque chose de terrible, dit Mrs Compson, geignant toujours. J'en suis sûre. Jason ! » dit-elle en le saisissant de nouveau. « Il ne veut même pas me laisser, chez moi, chercher la clé d'une de mes chambres. »

— Voyons, voyons, dit Dilsey. Qu'est-ce que vous voulez qu'il arrive ? Je suis là. Je l'empêcherai de lui faire mal. Quentin, dit-elle, en élevant la voix, n'ayez pas peur, ma belle. Je suis là.

La porte s'ouvrit d'un seul coup. Il s'y tint un moment, masquant l'intérieur de la chambre, puis il s'effaça. — Entrez », dit-il d'une voix épaisse, dégagée. Elles entrèrent. Ce n'était pas une chambre de jeune fille. C'était une chambre impersonnelle, et la faible odeur de cosmétique à bon marché, les quelques objets féminins et autres preuves d'efforts crus et inutiles pour la féminiser, ne faisaient qu'en souligner l'anonymat, lui donnant cet air de provisoire mort et stéréotypé des chambres de maisons de passe. Un sous-vêtement sali, en soie un peu trop rose, gisait par terre. D'un tiroir à demi fermé un bas pendait. La fenêtre était ouverte, un poirier y poussait, tout contre la maison. Il était en fleur, et les branches frôlaient, raclaient le mur de la maison ; et l'air multiple, entrant par la fenêtre, apportait dans la chambre la senteur éplorée des fleurs.

— Là, vous voyez bien ! dit Dilsey. Qu'est-ce que je vous disais ? Vous voyez bien qu'elle n'a pas de mal.

— Pas de mal ! » dit Mrs Compson. Dilsey la suivit dans la chambre et la toucha.

— Allons, venez vous étendre, dit-elle. Dans dix minutes, je l'aurai retrouvée.

Mrs Compson l'éloigna. — Trouve la lettre, dit-elle. Quentin a laissé une lettre quand il l'a fait.

— Bon, bon, dit Dilsey. Je la trouverai. Venez dans votre chambre maintenant.

— Dès la minute où ils l'ont baptisée Quentin, je savais que cela arriverait », dit Mrs Compson. Elle s'approcha de la commode et se remit à remuer les objets épars — flacons de parfum, une boîte à poudre, un crayon mordillé, et, sur une écharpe reprisée, saupoudrée de poudre et tachée de rouge, une paire de ciseaux dont une lame était cassée. « Trouve la lettre », dit-elle.

— Oui, dit Dilsey. Je la trouverai. Allons, venez, Jason et moi, nous la trouverons. Allez dans votre chambre.

— Jason, dit Mrs Compson, où est-il ?

Elle alla à la porte. Dilsey la suivit dans le couloir jusqu'à une autre porte. Elle était fermée. « Jason ! » cria-t-elle à travers la porte. Elle n'obtint pas de réponse. Elle essaya de tourner le bouton, puis elle l'appela de nouveau. Mais, cette fois encore, il n'y eut pas de réponse, car il était en train de lancer pêle-mêle derrière lui tout le contenu du placard : vêtements, souliers, une valise. Ensuite, il apparut portant un bout de planche cannelé. Il le posa par terre et retourna dans la garde-robe d'où il sortit avec une boîte en métal qu'il posa sur le lit. Debout, il en regardait la serrure brisée, tout en cherchant un trousseau de clés dans sa poche. Après en avoir choisi une, il resta quelques instants encore debout, la clé à la main, les regards fixés sur la serrure brisée. Il remit ensuite les clés dans sa poche et vida soigneusement la boîte sur le lit. Toujours avec soin, il tria les papiers, les prenant un par un et les secouant. Puis, il souleva un des bouts de la boîte et la secoua aussi, et, lentement, il remit les papiers en place et resta là,

332

debout, les yeux sur la serrure brisée, la boîte entre les mains, tête baissée. Dehors, par la fenêtre, il entendit les geais tourbillonner avec des piaulements aigus et s'enfuir dans le vent que fustigeaient leurs cris. Quelque part, une automobile passa et s'évanouit aussi. Sa mère, de nouveau, l'appela à travers la porte, mais il ne bougea pas. Il entendit Dilsey la conduire au bout du corridor, puis le bruit d'une porte fermée. Alors, il replaça la boîte dans le placard, y rejeta les vêtements et descendit téléphoner. Tandis qu'il attendait, le récepteur à l'oreille, Dilsey descendit l'escalier. Elle le regarda sans s'arrêter et s'éloigna.

Quand il eut obtenu la communication : — Jason Compson à l'appareil », dit-il, et sa voix était si rauque, si épaisse, qu'il dut répéter. « Jason Compson, dit-il en contrôlant sa voix. Ayez une voiture toute prête, dans dix minutes, avec un de vos assistants, si vous ne pouvez pas venir vous-même... Je serai là... Quoi ?... Un vol... chez moi... Je sais qui c'est... Un vol, je vous dis... Ayez une voit... Comment ? Est-ce qu'on ne vous paie pas pour faire respecter la loi ?... Oui, je serai là-bas dans dix minutes. Soyez prêt à partir immédiatement. Sinon, je me plaindrai au gouverneur. »

Il raccrocha brutalement le récepteur et traversa la salle à manger où le déjeuner, à peine touché, refroidissait sur la table. Il entra dans la cuisine. Dilsey remplissait la bouillotte. Ben était assis, tranquille et vide. Luster, près de lui, ressemblait à un petit chien éveillé, vigilant. Il mangeait quelque chose. Jason traversa la cuisine.

— Vous n'allez pas déjeuner ? » dit Dilsey. Il l'ignora. « Allez déjeuner, Jason. » Il continua. La porte de la cour battit derrière lui. Luster se leva et alla voir par la fenêtre.

— Hou ! dit-il. Qu'est-ce qui s'est passé, là-haut ? Il a battu Miss Quentin ?

— Tais ton bec, dit Dilsey. Si tu fais pleurer Benjy t'auras une bonne raclée. Fais-le tenir aussi tranquille que possible jusqu'à ce que je revienne. » Elle vissa la capsule de la bouillotte et sortit. Ils l'entendirent qui montait l'escalier, puis ils entendirent Jason passer devant la maison dans son automobile. Puis, ce fut le silence dans la cuisine, sauf le cartel et le murmure sifflant de la bouilloire.

— Vous savez ce que je parie ? dit Luster. J' parie qu'il l'a battue. J' parie qu'il lui a tapé sur la tête, et qu'il est allé chercher le médecin. Voilà ce que je parie. » Le tic-tac du cartel s'égrenait, solennel et profond. On aurait pu le prendre pour le pouls sec de la vieille maison pourrissante. Puis, un ressort se déroula. Il s'éclaircit la gorge et sonna six coups. Ben leva les yeux, regarda ensuite le crâne de Luster dont la silhouette, en noir sur la fenêtre, prenait la forme d'un boulet, et il se remit à dodeliner de la tête en bavant. Il pleurnicha.

— Chut, maboul, dit Luster sans se retourner. Des fois, on dirait que nous n'irons pas à l'église aujourd'hui. » Mais Ben, assis sur sa chaise, ses grosses mains molles ballantes entre les genoux, geignait faiblement. Soudain, il se mit à pleurer, un long hurlement dénué de sens, et soutenu. « Chut », dit Luster. Il se retourna la main levée. « Vous voulez une baffe ? » Mais Ben le regardait et, à chaque respiration, poussait un long cri lent. Luster s'approcha et le secoua. « Taisez-vous, tout de suite, cria-t-il. Là ! » dit-il. Il fit lever Ben et tira la chaise en face du fourneau, et il ouvrit la porte du foyer, et il poussa Ben sur sa chaise. On eût dit un remorqueur poussant un pétrolier lourdaud dans une cale étroite. Ben se rassit en face de la porte rose. Il se tut. Puis ils entendirent le cartel sonner encore une fois, et Dilsey, lente sur les marches. Quand elle entra, il se remit à pleurnicher. Puis il éleva la voix.

— Qu'est-ce que tu lui as fait ? dit Dilsey. Pourquoi que tu ne le laisses pas tranquille, ce matin surtout ?

— J' lui ai rien fait, dit Luster. C'est Mr Jason qui lui a fait peur, voilà. Il n'a pas tué Miss Quentin, dites ?

— Chut, Benjy », dit Dilsey. Il se tut. Elle alla regarder par la fenêtre. « Il ne pleut plus », dit-elle.

— Non, dit Luster. Il y a longtemps.

— Alors, allez un peu dehors, dit-elle. J'ai réussi à calmer Miss Ca'oline.

— Est-ce qu'on va aller à l'église ? demanda Luster.

— J' te dirai ça quand il sera temps. Ne le laisse pas s'approcher de la maison avant que j' t'appelle.

— Est-ce qu'on peut aller dans le pré ? dit Luster.

— Oui. Mais empêche-le de s'approcher de la maison. J'en ai eu mon content, ce matin.

— Oui, dit Luster. Où c'est-il que Mr Jason est allé, mammy ?

— Ça te regarde, des fois ? » dit Dilsey. Elle commença à desservir. « Chut, Benjy. Luster va vous emmener jouer dehors. »

— Qu'est-ce qu'il a fait à Miss Quentin, mammy ? dit Luster.

— Il ne lui a rien fait. Vous n'allez pas bientôt vous en aller ?

— J' parie qu'elle n'est pas ici, dit Luster.

Dilsey le regarda. — Comment que tu sais qu'elle n'est pas ici ?

— Benjy et moi, on l'a vue se sauver par la fenêtre, hier soir. Pas vrai, Benjy ?

— C'est vrai ? dit Dilsey en le regardant.

— On la voit faire ça toutes les nuits, dit Luster. Elle descend par le poirier.

— Ne t'avise pas de me mentir, négrillon, dit Dilsey.

— J' mens pas. Demandez à Benjy si c'est pas vrai.

— Alors, pourquoi que t'en as rien dit ?

— Ça m' regardait pas, dit Luster. J' veux pas me

mêler des affaires des Blancs. Venez, Benjy, allons dehors.

Ils sortirent. Dilsey resta un moment debout contre la table. Ensuite, elle alla desservir dans la salle à manger, prit elle-même son petit déjeuner et mit sa cuisine en ordre. Cela fait, elle enleva son tablier, le suspendit et alla écouter au bas de l'escalier. On n'entendait aucun bruit. Elle mit sa capote, son chapeau et, traversant la cour, entra dans sa case.

La pluie avait cessé. Le vent avait tourné au sud-est, et le ciel s'était morcelé en taches bleues. Sur la crête d'une colline, au-delà des arbres, des toits, des clochers de la ville, la lumière du soleil apparaissait comme un pâle fragment d'étoffe et puis disparaissait. Dans l'air, un son de cloche vibra, puis, comme n'attendant que ce signal, d'autres cloches s'emparèrent du son et le reproduisirent.

La porte de la case s'ouvrit, et Dilsey apparut, revêtue de nouveau de sa cape lie de vin et de sa robe violette. Elle avait mis aussi des gants blancs sales qui lui montaient au coude, mais elle n'avait plus son madras. Elle s'avança dans la cour et appela Luster. Elle attendit un instant, puis elle alla vers la maison, en fit le tour, s'approcha de la cave. Frôlant le mur, elle alla regarder par la porte. Ben était assis sur les marches. Devant lui, Luster était accroupi sur le sol humide. Dans sa main gauche il tenait une scie, la lame légèrement incurvée sous la pression de sa main, et il frappait la lame avec le pilon usé que Dilsey employait depuis plus de trente ans pour faire sa pâte à pain. La scie rendit un son unique et paresseux qui s'éteignit dans une mort rapide, laissant la lame dessiner entre le sol et la main de Luster une courbe nette et mince. Elle bombait, immobile, indéchiffrable.

— C'est comme ça qu'il faisait, dit Luster. C'est que j'ai pas encore trouvé ce qu'il faut pour la frapper.

— C'est donc ça que tu faisais ici ? dit Dilsey. Donne-moi ce pilon, dit-elle.

— J' l'abîme pas, dit Luster.

— Donne-le-moi, dit Dilsey. Remets cette scie où tu l'as prise.

Il rangea la scie et lui apporta le pilon. Et Ben se remit à gémir, longuement, désespérément. Ce n'était rien. Juste un son. On aurait pu croire aussi que c'était tout le temps, toute l'injustice et toute la douleur devenus voix, pour un instant, par une conjonction de planètes.

— Écoutez-le, dit Luster. Il n'a pas arrêté depuis que vous nous avez envoyés dehors. J' sais pas ce qu'il a ce matin.

— Amène-le ici, dit Dilsey.

— Venez, Benjy », dit Luster. Il descendit les marches et prit le bras de Ben. Il vint docilement en gémissant, ce long bruit rauque des bateaux qui semble débuter avant que le son même ait commencé, et semble terminer avant que le son ait cessé.

— Cours chercher sa casquette, dit Dilsey. Tâche que Miss Ca'oline ne t'entende pas. Presse-toi. Nous sommes déjà en retard.

— Elle l'entendra, lui, en tout cas, si vous ne le faites pas taire, dit Luster.

— Il s'arrêtera quand nous aurons quitté la maison, dit Dilsey. Il le sent. C'est ça qui le fait crier.

— Il sent quoi, mammy ? dit Luster.

— Va chercher sa casquette », dit Dilsey. Luster partit. Ils l'attendirent à la porte de la cave, Ben une marche plus bas que Dilsey. Le ciel maintenant s'était brisé en taches mouvantes qui traînaient leurs ombres rapides du jardin négligé à la barrière brisée et à travers la cour. Dilsey caressait la tête de Benjy d'un geste lent et continu, lui aplatissant sur le front sa frange de cheveux. Il geignait doucement, sans hâte.

« Chut, dit Dilsey. Chut. Nous allons partir dans une minute. Chut, voyons. » Il geignait toujours sans hâte.

Luster revint, coiffé d'un canotier neuf à ruban de couleur, une casquette de drap à la main. Le chapeau semblait isoler le crâne de Luster dans l'œil de qui le regardait, avec tous ses plans et tous ses angles individuels, comme le ferait un projecteur. Si individuelle en était la forme qu'au premier abord le chapeau paraissait posé sur la tête de quelqu'un qui se serait trouvé exactement derrière Luster. Dilsey regarda le chapeau.

— Pourquoi que tu ne prends pas ton vieux chapeau ? dit-elle.

— Pas pu le trouver, dit Luster.

— J' m'en doute. J' parie que cette nuit tu l'as rangé de façon à ne plus pouvoir le trouver. Tu vas abîmer celui-là.

— Oh, mammy, il ne va pas pleuvoir, dit Luster.

— Qu'en sais-tu ? Va me chercher ton vieux chapeau et range celui-ci.

— Oh, mammy.

— Alors, prends un parapluie.

— Oh, mammy.

— T'as qu'à choisir, dit Dilsey. Ton vieux chapeau ou le parapluie. Ça m'est égal.

Luster se rendit à la case. Ben geignait doucement.

— Venez, dit Dilsey. Ils nous rattraperont. On va entendre les beaux chants. » Ils contournèrent la maison et se dirigèrent vers la grille. « Chut », disait Dilsey de temps en temps en suivant l'allée. Ils arrivèrent à la grille. Dilsey l'ouvrit. Luster les suivait dans l'allée avec son parapluie. Une femme l'accompagnait. « Les voilà », dit Dilsey. Ils franchirent la grille. « Là ! » dit-elle. Ben se tut. Luster et sa mère les rejoignirent. Frony portait une robe de soie bleu vif et un chapeau à fleurs. C'était une femme mince, au visage plat et agréable.

— T'as six semaines de travail sur le dos, dit Dilsey. Qu'est-ce que tu feras s'il pleut ?

— J' me mouillerai, probablement, dit Frony. J'ai encore jamais pu empêcher de pleuvoir.

— Mammy passe son temps à annoncer la pluie, dit Luster.

— Si je ne me préoccupais pas de vous tous, j' sais pas qui le ferait, dit Dilsey. Allons, nous sommes déjà en retard.

— C'est le révérend Shegog qui va prêcher aujour-d'hui, dit Frony.

— Oui ? dit Dilsey. Qui que c'est ?

— Il vient de Saint Louis, dit Frony. Un grand prédicateur.

— Hum ! dit Dilsey. Ce qu'il faut, c'est un homme qui mette la crainte de Dieu dans tous ces jeunes vauriens de nègres.

— C'est le révérend Shegog qui va prêcher aujour-d'hui, dit Frony. D'après ce qu'on dit.

Ils suivaient la rue. Tout le long de la rue paisible, dans le vent plein de cloches, des Blancs en groupes lumineux, se rendaient aux églises, passant de temps à autre dans les éclaircies de soleil timides. Le vent du sud-est était vif, froid et mordant après les journées chaudes.

— J' voudrais bien que vous cessiez de l'emmener comme ça à l'église, mammy, dit Frony. Ça fait causer les gens.

— Quels gens ? dit Dilsey.

— Je les entends, dit Frony.

— Et je sais quelle espèce de gens, dit Dilsey. De la racaille de Blancs. C'est ça qui cause. Ils trouvent qu'il n'est pas assez bon pour les églises des Blancs, mais que l'église des Noirs n'est pas assez bonne pour lui.

— Ça n'empêche pas qu'ils causent, dit Frony.

— T'as qu'à me les envoyer, dit Dilsey. Et puis, tu peux leur dire qu'au Bon Dieu ça lui est bien égal qu'il soit intelligent ou non. Faut être de la racaille de Blancs pour se préoccuper de ça.

Une rue tournait à angle droit, descendait, devenait un chemin de terre battue. Des deux côtés, le terrain tombait en pente plus rapide ; un grand plateau parsemé de petites cases dont les toits, usés par les intempéries, arrivaient au niveau de la route. Elles se dressaient dans des petits carrés sans herbe, couverts de détritus, briques, planches, tessons de vaisselle, toutes choses qui, un jour, avaient eu leur utilité. Pour toute végétation, on ne voyait que des herbes folles. Quant aux arbres, c'étaient des mûriers, des acacias et des sycomores, arbres qui participaient eux aussi de l'affreux dessèchement qui cernait les maisons, arbres dont les bourgeons semblaient le vestige obstiné et triste de septembre, comme si le printemps même les avait oubliés, les laissant se nourrir de l'odeur forte et indubitable des Noirs au milieu de laquelle ils croissaient.

Du pas des portes des nègres leur parlaient au passage. A Dilsey, le plus souvent.

— Sis' Gibson[1] ! Comment v's allez, ce matin ?

— J' vais bien. Et vous, bien aussi ?

— J' vais très bien, merci.

Ils sortaient des cases et gravissaient le remblai ombreux pour atteindre la route — des hommes vêtus gravement de brun foncé ou de noir, avec des chaînes de montre en or, et parfois une canne ; des jeunes gens en bleus vulgaires et criards ou en étoffes rayées, avec

---

1. *Sis'* pour *sister*, sœur. Les termes *frère* et *sœur* sont fréquemment employés par les Noirs, surtout s'ils appartiennent à la même paroisse. (N. T.)

des chapeaux en bataille ; des femmes un peu raides dans leurs froufrous de jupes, et des enfants dans des costumes achetés d'occasion à des Blancs. Tous regardaient Ben subrepticement, comme des animaux nocturnes.

— Parie que tu l' touches pas.

— Qu'est-ce que tu paries ?

— Parie que tu le fais pas. Parie qu' t' as peur.

— Il n' fait pas de mal aux gens. Il est imbécile, c'est tout.

— S'il est imbécile, comment que ça s' fait qu'il ne fait pas de mal aux gens ?

— Lui, il est pas méchant. J' l'ai touché.

— Parie que tu l' fais pas encore.

— Des fois que Miss Dilsey regarderait.

— Tu l' ferais pas de toute façon.

— Il n' fait pas de mal aux gens. Il est imbécile, c'est tout.

Et, à tout instant, les plus vieux parlaient à Dilsey. Mais, à moins qu'ils ne fussent très vieux, Dilsey laissait Frony répondre.

— Mammy ne se sent pas très bien, ce matin.

— Dommage. Mais le révérend Shegog saura arranger ça. Il lui donnera du réconfort et du soulagement.

La route montait encore vers un paysage qui rappelait un décor de fond peint. Creusée dans une brèche d'argile rouge couronnée de chênes, la route paraissait s'arrêter brusquement comme un ruban coupé. Sur un côté, une église délabrée élevait de guingois son clocher comme une église peinte, et le paysage tout entier était aussi plat, aussi dénué de perspective qu'un carton peint, dressé au bord extrême de la terre plate, sur les espaces de soleil éventé, avril et le matin tout frémissant de cloches. Vers l'église tous s'acheminaient en foule, avec la lente décision du sabbat. Les femmes et les enfants entraient, les hommes restaient dehors et causaient en groupes paisibles, attendant que les cloches se tussent. Après quoi, ils entrèrent aussi.

On avait décoré l'église avec des fleurs prises dans les potagers, cueillies le long des haies, et avec des serpentins de couleur en papier crêpé. Au-dessus de la chaire pendait une cloche de Noël fanée, du genre qui se déplie comme un accordéon. La chaire était vide, mais le chœur était déjà en place, s'éventant bien qu'il ne fît pas chaud.

La plupart des femmes s'étaient groupées d'un même côté. Elles causaient. Puis, la cloche sonna un coup, et elles se dispersèrent pour regagner leur place, et les fidèles, une fois assis, attendirent un moment. La cloche sonna un second coup. Le chœur se leva et se mit à chanter, et la congrégation entière tourna la tête au moment où six petits enfants — quatre filles avec des tresses dans le dos, bien serrées et attachées avec des papillotes d'étoffe, et deux garçons, la tête rasée de près — entraient et s'avançaient dans l'allée centrale, unis par tout un harnachement de rubans blancs et de fleurs, et suivis de deux hommes qui marchaient à la file indienne. Le second de ces hommes était énorme, de couleur café clair, imposant avec sa redingote et sa cravate blanche. Il avait une tête magistrale et profonde et, sur le bord du col, son cou s'ourlait de replis généreux. Mais, il leur était familier et, quand il fut passé, les têtes restèrent tournées. Ce ne fut que lorsque le chœur s'arrêta de chanter qu'on comprit que le prédicateur invité était déjà entré, et, quand ils virent l'homme qui avait précédé leur pasteur, et était encore devant lui, monter en chaire, un son indescriptible s'éleva, un soupir, un murmure de surprise et de désappointement.

Le visiteur, d'une taille au-dessous de la moyenne, portait un veston d'alpaga défraîchi. Il avait une figure noire ratatinée, un air vieillot de petit singe. Et tandis que le chœur chantait, tandis que les six enfants se levaient et chantaient d'une voix grêle, effrayée, atone, ils regardaient avec une sorte de consternation le petit homme insignifiant assis comme un nain campagnard près de la masse imposante du pasteur. Ils le regardaient toujours avec la même consternation, la même incrédulité, quand le pasteur se leva et le présenta d'une voix chaude, résonnante, dont l'onction même ne faisait qu'augmenter l'insignifiance du visiteur.

— Et ils ont été jusqu'à Saint Louis pour nous rapporter ça ! murmura Frony.

— J'ai vu le Bon Dieu employer des instruments plus étranges encore, dit Dilsey. Maintenant, taisez-vous, dit-elle à Ben. On va recommencer à chanter dans une minute.

Quand le visiteur se leva pour parler, on eût dit la voix d'un homme blanc. Une voix unie et froide. Elle avait l'air trop grosse pour sortir de son corps, et, au commencement, c'est par curiosité qu'ils l'écoutèrent, comme ils auraient écouté parler un singe. Et ils se mirent à l'observer comme s'il avait été un danseur de corde. Ils en vinrent à oublier l'insignifiance de son allure, fascinés par la virtuosité avec laquelle il courait, s'arrêtait, s'élançait sur cette corde froide et monotone qu'était sa voix ; et quand, enfin, dans une sorte de trajectoire glissée, il vint s'appuyer au lutrin, un bras posé dessus à hauteur de l'épaule, immobile de tout son corps de singe comme une momie ou un vaisseau vidé, la congrégation soupira comme au réveil d'un rêve collectif et s'agita légèrement sur les bancs. Derrière la chaire, le chœur s'éventait toujours. Dilsey murmura : « Chut, on va chanter dans une minute. »

Puis une voix dit : — Mes bien chers frères.

Le prédicateur n'avait pas bougé. Son bras reposait

343

toujours sur le lutrin, et il garda cette pose tandis que la voix s'éteignait en répercussions sonores entre les murs. Et cette voix différait de sa première voix autant que le jour et la nuit, avec son timbre triste qui rappelait le son du cor, s'enfonçait dans leurs cœurs, et y parlait encore après qu'elle était morte en un decrescendo d'échos accumulés.

— Mes bien chers frères, mes bien chères sœurs », redit la voix. Le prédicateur enleva son bras et se mit à marcher devant le lutrin, les mains derrière le dos, silhouette maigre, voûtée, comme celle de quelqu'un qui, depuis longtemps, a engagé la lutte avec la terre implacable. « J'ai recueilli le sang de l'Agneau ! » Voûté, les mains derrière le dos, sans arrêt, il faisait les cent pas sous les guirlandes de papier et sous la cloche de Noël. On eût dit un petit rocher couvert par les vagues successives de sa voix. Avec son corps il paraissait alimenter sa voix qui, à la manière des succubes, y avait incrusté ses dents. Et la congrégation, de tous ses yeux, semblait le surveiller, le regarder consumé peu à peu par sa voix, jusqu'au moment où il ne fut plus rien, où ils ne furent plus rien, où il n'y eut plus même une voix mais, à la place, leurs cœurs se parlant l'un à l'autre, en psalmodies rythmées sans besoin de paroles ; et, lorsqu'il revint s'accouder au lutrin, levant son visage simiesque, et dans une attitude torturée et sereine de crucifix qui dépassait son insignifiance minable et la rendait inexistante, un long soupir plaintif sortit de la congrégation, et une seule voix de femme, une voix de soprano : « Oui, Jésus ! »

Comme la lumière fuyante passait au-dessus de l'église, les vitraux misérables brillaient, pâlissaient en dégradés spectraux. Une auto passa sur la route, peina dans le sable, s'évanouit. Dilsey était assise toute droite, une main sur le genou de Ben. Deux larmes coulèrent le long de ses joues affaissées et parmi les milliers de rides que les sacrifices, l'abnégation, le temps y avaient creusées.

— Mes bien chers frères, dit le pasteur d'une voix âpre, sans bouger.

— Oui, Jésus, dit la voix de femme, toujours en sourdine.

— Mes bien chers frères, mes bien chères sœurs. » Sa voix de nouveau sonnait avec les cors. Il retira son bras et, debout, leva les deux mains. « J'ai recueilli le sang de l'Agneau ! » Ils ne remarquèrent pas quand son intonation devint négroïde. Ils restaient là, assis, oscillant un peu sur leurs bancs, tandis que la voix les reprenait en son pouvoir.

— Quand les longues, les froides... Oh, je vous le dis mes frères, quand les longues, les froides... Je vois la lumière et je vois le Verbe, pauvre pécheur ! Ils ont disparu en Égypte, les chariots berceurs, et les générations ont disparu. Celui-là était riche. Où est-il maintenant, oh, mes frères ? Celui-là était pauvre. Où est-il maintenant, oh, mes sœurs ? Oh, je vous le dis : A moins que vous n'ayez la rosée et le lait du salut, quand les longues, les froides années s'écouleront !

— Oui, Jésus !

— Je vous le dis, mes frères, et je vous le dis, mes sœurs, les temps viendront. Pauvre pécheur qui dit : laissez-moi m'endormir dans le sein du Seigneur, laissez-moi déposer mon fardeau. Alors, que dira Jésus, oh, mes frères, oh, mes sœurs ? Avez-vous recueilli le sang de l'Agneau ? Car je ne veux pas trop encombrer mon paradis !

Il chercha dans son veston, en tira un mouchoir et s'en épongea la figure. Un long murmure concerté monta de la congrégation « Mmmmmmmm ! » La voix de la femme dit : « Oui, Jésus ! Jésus ! »

— Mes frères ! Regardez ces petits enfants assis, là-bas. Un jour, Jésus était comme eux. Sa maman a souffert la gloire et les angoisses. Parfois peut-être, elle le tenait à la tombée du jour, pendant que les anges chantaient pour l'endormir. Elle regardait peut-être par la porte et elle voyait passer la police de Rome. » Il faisait les cent pas en s'épongeant la face. « Écoutez-moi, mes frères ! Je vois le jour. Marie est assise sur le pas de sa porte avec Jésus sur ses genoux, le petit Jésus. Comme ces enfants là-bas, le petit Jésus. J'entends les anges qui chantent des chants de paix, des chants de gloire. Je vois les yeux qui se ferment, je vois Marie qui se lève d'un bond, je vois le visage des soldats : Nous allons tuer ! Nous allons tuer ! Nous allons tuer votre petit Jésus ! J'entends les pleurs et les lamentations de la pauvre maman sans le salut et le Verbe de Dieu ! »

— Mmmmmmmm ! Jésus ! Petit Jésus ! » Et une autre voix s'éleva :

— Je vois... Oh, Jésus ! Oh, je vois ! » Et une autre encore, sans paroles, comme ces bulles qui montent dans l'eau.

— Je vois cela, mes frères ! Je le vois ! Je vois le spectacle écrasant, aveuglant. Je vois le Calvaire et ses arbres sacrés. Je vois le voleur et je vois l'assassin et le troisième qui est encore moins qu'eux. J'entends les vantardises et les provocations : Si tu es Jésus, soulève ta croix et marche ! J'entends les plaintes des femmes et les lamentations du soir. J'entends les pleurs, j'entends les cris et la face détournée de Dieu : Ils ont tué Jésus ! Ils ont tué mon fils !

— Mmmmmmmm ! Jésus ! Je vois, oh Jésus !

— Oh pécheur aveugle ! Mes frères, je vous le dis ; mes sœurs, je vous le dis : quand le Seigneur détourna Son visage tout-puissant, dit : Je ne veux pas trop encombrer mon Paradis ! Je peux voir le Dieu affligé fermer Sa porte. Je vois le déluge monter. Je vois les ténèbres et la mort triompher des générations ! Que vois-je ! Que vois-je, oh pécheur ? Je vois la résurrection et la lumière. Je vois le doux Jésus qui dit : Ils m'ont tué afin que vous puissiez revivre. Je suis mort pour que ceux qui voient et croient ne meurent jamais. Mes frères ! Oh, mes frères ! Je vois le jour du Jugement dernier, et j'entends les trompettes d'or qui, de là-haut, célèbrent la gloire et la levée des morts qui possèdent le sang recueilli de l'Agneau !

Parmi les voix et les mains, Ben restait assis, perdu dans le vague de son doux regard bleu. Dilsey était assise à côté de lui, toute droite, pleurant, raide et calme dans la chaleur et le sang de l'Agneau rappelé.

Comme ils marchaient au brillant soleil de midi sur la route sablonneuse avec le reste des fidèles qui se dispersaient, causant à l'aise, par groupes, elle continuait à pleurer, sans prêter attention à ce qui se disait.

— Sûr que c'est un bon prédicateur ! Il ne paie pas de mine au début, mais vrai !

— Il a vu la puissance et la gloire.

— Pour sûr qu'il les a vues ! Face à face, il les a vues !

Dilsey ne disait rien. Son visage ne frissonnait même pas tandis que les larmes suivaient leur cours profond et tortueux. Elle marchait, tête haute, sans faire le moindre effort pour les sécher.

— Finissez donc, mammy, dit Frony. Avec tout le monde qui vous regarde. Nous allons bientôt rencontrer des Blancs.

— J'ai vu le premier et le dernier, dit Dilsey. Ne t'inquiète pas de moi.

— Le premier et le dernier quoi ? dit Frony.

— Peu importe, dit Dilsey. J'ai vu le commencement, et maintenant, je vois la fin.

Avant d'arriver à la rue, elle s'arrêta pourtant, leva sa jupe, et s'essuya les yeux à l'ourlet de son premier jupon. Puis ils repartirent. Ben traînait les pieds à côté de Dilsey. Il regardait Luster qui, en tête, faisait des singeries, le parapluie en main et son canotier neuf cavalièrement en biais dans le soleil. On aurait dit un gros chien stupide en train d'en regarder un petit très intelligent. Ils arrivèrent à la grille et entrèrent. Immédiatement Ben se remit à geindre et, pendant un instant, ils regardèrent, tout au bout de l'allée, la vieille maison carrée, déteinte, avec ses colonnes pourrissantes.

— Qu'est-ce qui se passe là-dedans, aujourd'hui ? dit Frony. Quelque chose, bien sûr.

— Rien, dit Dilsey. Occupe-toi de tes affaires et laisse les Blancs s'occuper des leurs.

— Quelque chose, bien sûr, dit Frony. Je l'ai entendu crier dès le point du jour. Enfin, ça ne me regarde pas.

— Et moi, je sais ce que c'est, dit Luster.

— T'en sais plus long que tu n'as besoin, dit Dilsey. T'as pas entendu Frony qui disait que ça ne te regardait pas ? Emmène Benjy derrière la maison et fais-le tenir tranquille pendant que je prépare à manger.

— Je sais où qu'est Miss Quentin, dit Luster.

— Eh bien, garde-le pour toi, dit Dilsey. Dès que Quentin aura besoin de tes conseils, je te préviendrai. Allez jouer derrière, tous les deux.

— Vous savez ce qui va arriver sitôt qu'ils commenceront à jouer avec leur balle, là-bas ? dit Luster.

— Ils ne vont pas commencer tout de suite. Et alors T. P. sera revenu pour l'emmener en voiture. Allons, donne-moi ce chapeau neuf.

Luster lui donna le chapeau et il s'éloigna dans la cour avec Ben. Ben geignait toujours, mais pas très fort. Dilsey et Frony se rendirent à la case. Peu après, Dilsey en sortit. Elle avait repris sa robe en calicot passé, et elle alla dans la cuisine. Le feu était mort. La maison était silencieuse. Elle mit son tablier et monta l'escalier. On n'entendait aucun bruit. La chambre de

Quentin était dans l'état où ils l'avaient laissée. Elle entra, ramassa le sous-vêtement, remit le bas dans le tiroir qu'elle referma. La porte de Mrs Compson était close. Dilsey s'y arrêta un moment et prêta l'oreille. Puis elle l'ouvrit et entra, entra dans une odeur pénétrante de camphre. Les stores étaient baissés, la chambre dans la pénombre ainsi que le lit ; et, tout d'abord, elle crut que Mrs Compson était endormie. Elle s'apprêtait à refermer la porte quand Mrs Compson parla.

— Eh bien, dit-elle qu'est-ce qu'il y a ?

— C'est moi, dit Dilsey. Vous désirez quelque chose ?

Mrs Compson ne répondit pas. Au bout d'un instant, elle dit sans remuer la tête.

— Où est Jason ?

— Il n'est pas encore rentré, dit Dilsey. Que voulez-vous ?

Mrs Compson ne dit rien. Comme beaucoup de personnes froides et faibles, une fois en présence d'un irrémédiable désastre, elle trouvait, on ne sait où, une sorte de courage, de force. Dans son cas, c'était une foi inébranlable en l'événement dont la portée n'était pas encore mesurée.

— Eh bien, dit-elle bientôt, tu l'as trouvée ?

— Trouvé quoi ? Qu'est-ce que vous racontez ?

— La lettre. Elle aura eu au moins assez de considération pour nous laisser une lettre. Quentin lui-même a fait cela.

— Qu'est-ce que vous racontez ? dit Dilsey. Vous ne savez donc pas qu'il ne lui est rien arrivé ? Je vous parie qu'elle sera ici avant la nuit.

— Non, non, dit Mrs Compson. C'est dans le sang. Tel oncle, telle nièce. Ou telle mère. Je ne sais ce qui serait le pire. Et il me semble que cela m'est égal.

— Pourquoi vous obstinez-vous à dire des choses

comme ça ? dit Dilsey. Pourquoi ferait-elle une chose pareille ?

— Je ne sais pas. Quelles raisons avait Quentin ? Au nom du ciel, quelles raisons avait-il ? Ce ne pouvait être dans le seul but de me blesser, de m'insulter. Dieu, quel qu'il soit, ne permettrait pas ça. Je suis une dame. On pourrait en douter à voir mes enfants. Mais c'est pourtant comme ça.

— Attendez, vous verrez, dit Dilsey. Elle sera ici cette nuit, ici-même, dans son lit. » Mrs Compson ne dit rien. La serviette imbibée de camphre reposait sur son front. La robe noire était étendue sur le pied du lit, Dilsey avait la main sur le bouton de la porte.

— Eh bien, dit Mrs Compson, qu'est-ce que tu veux ? As-tu, oui ou non, l'intention de faire déjeuner Jason et Benjamin ?

— Jason n'est pas encore rentré, dit Dilsey. Je vais préparer quelque chose. Vous êtes sûre que vous ne voulez rien ! Votre bouillotte est encore chaude ?

— Tu pourrais me donner ma bible.

— J' vous l'ai donnée ce matin avant de partir.

— Tu l'as posée sur le bord du lit. Combien de temps pensais-tu qu'elle allait y rester ?

Dilsey s'approcha du lit et, à tâtons, chercha dans le noir, sous le rebord. Elle trouva la bible sens dessus dessous. Elle en lissa les pages froissées et reposa le livre sur le lit. Mrs Compson n'ouvrit pas les yeux. Ses cheveux et l'oreiller étaient de la même teinte. Sous la cornette que lui faisait la serviette camphrée, on eût dit une vieille religieuse en prière. « Ne la remets pas là, dit-elle en ouvrant les yeux. C'est là où tu l'avais mise ce matin. Tu veux me forcer à me lever pour la ramasser ? »

Dilsey se pencha sur elle pour atteindre le livre et le posa sur le bord le plus large du lit. — Du reste, dit-elle, vous n'y verrez pas pour lire. Voulez-vous que je lève les stores ?

— Non, laisse-les tranquilles. Va préparer quelque chose pour Jason.

Dilsey sortit. Elle ferma la porte et retourna dans sa cuisine. Le fourneau était presque froid. A ce moment, le cartel sonna dix coups. « Une heure, dit-elle tout haut. Jason ne reviendra pas. J'ai vu le commencement et la fin », dit-elle en regardant le fourneau refroidi. « J'ai vu le commencement et la fin. » Elle posa des aliments froids sur une table. Tout en allant et venant, elle chantait un cantique. Sur l'air entier, elle répétait les deux premiers vers, indéfiniment. Elle prépara le repas et, allant à la porte, elle appela Luster, et, au bout d'un moment, Luster et Ben entrèrent. Ben gémissait toujours un peu, comme en lui-même.

— Il n'a pas cessé, dit Luster.

— Venez manger, vous deux, dit Dilsey. Jason ne vient pas déjeuner. » Ils se mirent à table. Ben pouvait se débrouiller assez bien avec les choses solides, cependant, maintenant qu'il avait des mets froids devant lui, Dilsey lui attacha une serviette au cou. Luster et lui mangèrent. Dilsey circulait dans la cuisine en chantant les deux vers du cantique qu'elle se rappelait. « Allez, mangez, dit-elle. Jason ne rentrera pas. »

A cette minute, il se trouvait à vingt miles de là. En quittant la maison il roula rapidement jusqu'à la ville, dépassant les groupes à la lenteur dominicale, les cloches péremptoires dans l'air brisé. Il traversa la place vide et tourna dans une rue étroite qui, subitement, était encore plus calme, et il s'arrêta devant une maison de bois et, par l'allée bordée de fleurs, se rendit à la véranda.

Derrière la porte en toile métallique, des gens parlaient. Comme il levait la main pour frapper, il entendit des pas. Il retint sa main jusqu'à ce qu'un gros homme en pantalon de drap noir, très fin, et chemise empesée, sans col, ouvrît la porte. Il avait des cheveux gris fer, durs et rebelles, et ses yeux gris étaient ronds et brillants comme ceux d'un petit garçon. Il prit la main de Jason et, tout en la secouant, le fit entrer dans la maison.

— Entrez, dit-il, entrez.

— Vous êtes prêt à partir ? dit Jason.

— Entrez donc », dit l'autre en le poussant par le coude jusque dans la pièce où se trouvaient un homme et une femme. « Vous connaissez le mari de Myrtle, n'est-ce pas ? Jason Compson, Vernon. »

— Oui », dit Jason, sans même regarder l'homme, et, comme le shérif approchait une chaise, l'homme dit :

— Nous allons sortir pour vous laisser causer. Viens, Myrtle.

— Non, non, dit le shérif. Restez assis. Ce n'est rien de bien sérieux, je pense, Jason. Asseyez-vous.

— Je vous expliquerai en route, dit Jason. Prenez votre chapeau et votre veston.

— Nous vous laissons, dit l'homme en se levant.

— Restez assis, dit le shérif. Jason et moi, nous irons sur la véranda.

— Prenez votre chapeau et votre veston, dit Jason. Ils ont déjà près de douze heures d'avance. » Le shérif le ramena sur la véranda. Un homme et une femme qui passaient lui dirent quelques mots. Il répondit d'un geste ample et cordial. Les cloches sonnaient toujours du côté du quartier qu'on appelait Nigger Hollow[1]. « Prenez votre chapeau, shérif », dit Jason. Le shérif approcha deux chaises.

— Asseyez-vous et dites-moi ce qui se passe.

1. Le Creux aux Nègres. (N. T.)

— Je vous l'ai dit au téléphone, dit Jason, debout. Je l'ai fait pour gagner du temps. Faudra-t-il m'adresser à la justice pour vous forcer à faire votre devoir ?

— Asseyez-vous et dites-moi la chose, dit le shérif. Je m'occuperai de vous, ne vous en faites pas.

— Je vous en fous, dit Jason. C'est ça que vous appelez vous occuper de moi ?

— C'est vous qui nous retardez, dit le shérif. Allons, asseyez-vous et parlez.

Jason lui raconta l'affaire. Le sentiment de son outrage et de son impuissance se nourrissait de sa propre substance, si bien qu'au bout d'un moment, il avait oublié sa hâte dans le violent cumul de ses griefs et de sa justification personnelle. Le shérif le regardait attentivement de ses yeux froids et brillants.

— Mais vous ne savez pas si ce sont eux les coupables, dit-il. Ce n'est qu'une hypothèse.

— Je ne sais pas ? dit Jason. Quand j'ai passé deux jours entiers à la poursuivre d'une ruelle dans l'autre, dans l'espoir de les séparer, après lui avoir dit ce que je lui ferais si je la repinçais avec lui ! Et vous venez me dire que je ne sais pas que cette petite p...! »

— Allons, voyons, dit le shérif. Ça suffit. En voilà assez. » Il regardait de l'autre côté de la rue, les mains dans les poches.

— Et quand je m'adresse à vous, un officier de justice, dit Jason.

— Ce théâtre est à Mottson, cette semaine, dit le shérif.

— Oui, dit Jason, et si je pouvais trouver un officier de justice qui s'occuperait un peu de protéger les gens qui l'ont élu, j'y serais moi-même à l'heure qu'il est.

Il répéta son histoire en redites amères, comme s'il éprouvait une jouissance réelle du sentiment de son outrage et de son impuissance. Le shérif paraissait ne pas écouter.

— Jason, dit-il. Qu'est-ce que vous faisiez de ces trois mille dollars chez vous ?

— Quoi ? dit Jason. L'endroit où je garde mon argent ne regarde que moi. Votre métier, c'est de m'aider à le retrouver.

— Votre mère savait-elle que vous aviez une aussi grosse somme chez vous ?

— Ah, écoutez, dit Jason. On m'a volé. Je sais qui l'a fait et je sais où ils sont. Je m'adresse à vous en tant qu'officier de justice, et je vous demande, pour la dernière fois, voulez-vous, oui ou non, faire un petit effort pour m'aider à retrouver mon bien ?

— Qu'est-ce que vous lui ferez à cette petite si vous la rattrapez ?

— Rien, dit Jason. Pas la moindre petite chose. Je ne voudrais pas la toucher du bout du doigt. Une putain qui m'a fait perdre ma situation, la seule où j'avais quelque chance d'arriver à quelque chose, qui a tué mon père, qui, chaque jour, abrège la vie de ma mère, qui couvre mon nom de ridicule par toute la ville ! Je ne lui ferai rien, dit-il. Rien !

— C'est vous qui l'avez forcée à s'enfuir, Jason, dit le shérif.

— Ne vous mêlez pas de juger ma façon de diriger ma famille, dit Jason. Allez-vous m'aider, oui ou non ?

— Vous l'avez forcée à s'enfuir de chez vous, dit le shérif, et je crois même savoir un peu à qui cet argent appartient, bien que je ne croie pas en être jamais absolument certain.

Jason, debout, tournait lentement le bord de son chapeau dans ses mains. Il dit tranquillement : — Vous ne ferez aucun effort pour m'aider à les rattraper ?

— Ça ne me regarde pas, Jason. Si vous aviez quelque preuve formelle, il faudrait bien que j'agisse. Mais sans cela, je ne crois pas que ce soit de mon ressort.

— C'est votre dernier mot ? dit Jason. Réfléchissez bien.

— C'est tout réfléchi, Jason.

— Très bien », dit Jason. Il mit son chapeau. « Vous regretterez cela. Je ne manque pas de recours. Nous ne sommes pas en Russie, où il suffit qu'un homme porte une petite plaque de métal pour jouir de l'immunité. » Il descendit la véranda, monta dans son auto et mit le moteur en marche. Le shérif le regarda s'éloigner, tourner et, repassant à toute vitesse devant la maison, filer vers la ville.

Les cloches sonnaient toujours, hautes dans le soleil fuyant qu'elles emplissaient de bribes sonores, brillantes, désordonnées. Il s'arrêta à un dépôt d'essence, fit vérifier ses pneus et fit le plein.

— Pa'tez en voyage, pas vrai ? » lui demanda le Noir. Il ne répondit pas. « On dirait qu'il va se décider à faire beau », dit le Noir.

— Faire beau, j' t'en fous ! dit Jason. Il tombera des cordes avant midi. » Il regarda le ciel, imaginant la pluie, les routes d'argile glissante, et lui-même, en panne quelque part, à plusieurs miles de la ville. Il y songea avec une sorte de triomphe, au fait qu'il ne pourrait pas déjeuner, qu'en partant maintenant pour satisfaire l'impulsion de sa hâte, il serait aussi loin que possible des deux villes quand midi sonnerait. Il lui semblait qu'en cela les circonstances le servaient ; aussi dit-il au nègre :

— Qu'est-ce que tu fous donc ? Est-ce qu'on t'a payé pour immobiliser cette voiture aussi longtemps que possible ?

— C' pneu-là a pas l'air gonflé du tout, dit le nègre.

— Alors, fous-moi le camp de là et passe-moi cette pompe, dit Jason.

— Il est gonflé maintenant, dit le nègre en se levant. Vous pouvez rouler.

Jason monta, remit en marche et partit. Il roulait en seconde, le moteur crachotait et haletait, et il poussa le moteur, le pied sur l'accélérateur, tirant et poussant sauvagement le starter. « Il va pleuvoir, dit-il. Que j'arrive seulement à mi-chemin et qu'il pleuve ensuite, je m'en fous ! » Et il s'éloigna, sortit des cloches et de la ville, se voyant déjà peinant dans la boue, à la recherche d'un attelage de mules. « Et tous ces bougres-là seront à l'église ! » Il s'imagina finissant par trouver une église, prenant l'attelage ; et le propriétaire sortirait, l'apostropherait, et il abattrait l'homme d'un coup de poing. « Je suis Jason Compson, essayez un peu de m'arrêter. Essayez d'élire un shérif qui pourra m'arrêter », dit-il, et il se voyait entrant au tribunal avec un peloton de soldats et expulsant le shérif. « Il se figure qu'il n'a qu'à rester là, les bras croisés, à me regarder perdre ma situation. Je lui apprendrai moi ce que c'est qu'une situation. » A sa nièce il ne pensait pas, ni à son évaluation arbitraire de l'argent. Depuis dix ans, ces deux choses-là, séparément, n'avaient jamais été pour lui des entités, ni des individualités ; réunies, elles symbolisaient simplement la position dans la banque qu'il avait perdue sans l'avoir jamais eue.

Le ciel se dégageait, les lambeaux d'ombres fuyantes n'étaient plus l'essentiel, et il lui semblait que cette amélioration du temps était une nouvelle ruse de la part de l'ennemi, les troupes fraîches auxquelles il venait apporter ses anciennes blessures. De temps à autre, il passait devant des églises en bois brut et aux flèches de zinc qu'entouraient des voitures attachées et de vieux tacots, et il lui semblait voir en chacune d'elles un poste d'observation d'où les arrière-gardes de la Circonstance se retournaient pour lui lancer des coups d'œil furtifs. « Et merde pour Toi aussi, dit-il. Essaye donc un peu de m'arrêter ! » Il se voyait déjà arrachant, au besoin, l'Omnipotence de Son Trône, suivi de son peloton de soldats et du shérif, menottes aux mains, et il imaginait la lutte des légions du ciel et de l'enfer au milieu desquelles il se précipitait pour appréhender enfin sa nièce fugitive.

Le vent soufflait du sud-est. Il lui soufflait sans arrêt sur la joue. Il lui semblait pouvoir en sentir le coup prolongé lui pénétrer le crâne, et soudain, saisi d'un vieux pressentiment, il bloqua ses freins, stoppa et resta assis dans une immobilité absolue. Puis il leva la main jusqu'à sa nuque, et se mit à jurer, et il resta là, assis, poussant à demi-voix des jurons rauques. Quand il entreprenait une course de quelque durée, il se soutenait grâce à un mouchoir imbibé de camphre qu'il s'attachait autour du cou dès la sortie de la ville. Il pouvait ainsi en respirer les vapeurs. Il descendit, souleva le coussin du siège dans l'espoir d'en trouver un qu'il aurait pu y avoir laissé par hasard. Il regarda sous les deux sièges et resta encore un instant debout, jurant, se voyant bafoué par son propre triomphe. Il ferma les yeux en s'appuyant à la portière. Il pouvait, soit retourner chercher le camphre oublié, soit continuer sa route. Dans les deux cas, son mal de tête serait atroce, mais, chez lui, il était sûr de trouver du camphre le dimanche, tandis que, s'il poursuivait sa route, il n'en était pas certain. Mais, s'il retournait, il arriverait une heure et demie plus tard à Mottson. « Je pourrais peut-être conduire lentement, dit-il, je pourrais peut-être conduire lentement en pensant à autre chose... »

Il monta et partit. « Je vais penser à autre chose », il se mit à penser à Lorraine. Il s'imagina au lit avec elle, mais il n'était qu'étendu auprès d'elle et il la suppliait de l'aider, puis il pensa de nouveau à l'argent, au fait qu'il avait été joué par une femme, une gamine. Si seulement il avait pu croire que c'était l'homme qui l'avait volé. Mais, être dépouillé de ce qui devait le dédommager de sa position perdue, de cette somme qu'il avait amassée au prix de tant d'efforts et de risques, par le symbole même de la position perdue, et pis que cela, par une petite putain ! Il allait toujours, s'abritant le visage derrière le pan de son veston pour se protéger du vent qui soufflait sans arrêt.

Il pouvait voir les forces adverses de son destin et de sa volonté se rapprocher maintenant l'une de l'autre, rapidement, en vue d'une conjonction qui allait être irrévocable. Il devint rusé. Je ne veux pas faire de gaffe, se dit-il. Il ne pouvait y avoir qu'une chose à faire. Il n'y avait pas d'alternative, et cette chose-là, il la ferait. Il croyait qu'eux le reconnaîtraient à première vue, alors que lui devait espérer apercevoir d'abord sa nièce, à moins que l'homme n'eût encore sa cravate rouge. Et le fait qu'il lui fallait compter sur cette cravate rouge lui semblait la somme du désastre imminent. Il pouvait presque le sentir, en noter la présence au-dessus des élancements de sa tête.

Il arriva au sommet de la dernière côte. Il y avait de la fumée dans la vallée, et des toits, une flèche ou deux au-dessus des arbres. Il descendit la côte et pénétra en ville, ralentissant, se rappelant à lui-même qu'il fallait être prudent, trouver d'abord où se trouvait la tente. Il ne pouvait plus très bien voir maintenant, et il savait que c'était le désastre qui, sans arrêt, lui conseillait d'aller tout droit chercher quelque chose pour sa tête. A un dépôt d'essence, on lui dit que la tente n'était pas encore dressée, mais que les roulottes se trouvaient sur une voie de garage, à la gare. Il y alla.

Deux voitures pullman, bariolées de couleurs vives, étaient garées sur une voie. Il les reconnut avant de descendre d'auto. Il évitait de respirer profondément afin que le sang battît moins fort dans son crâne. Il descendit et longea le mur de la gare, l'œil fixé sur les voitures. Du linge pendait aux fenêtres, flasque et froissé, comme s'il venait d'être lavé. Par terre, devant les marches d'une des roulottes, il y avait trois chaises de toile. Mais, pour noter quelques signes de vie, il lui fallut attendre qu'un homme en tablier sale apparût à la porte et, d'un geste large, vidât un chaudron d'eau de vaisselle. Le soleil miroita sur la panse métallique du chaudron, et l'homme rentra dans la roulotte.

Maintenant, pensa-t-il, il faut que je les prenne par surprise, sans lui laisser le temps de les avertir. Il ne lui vint pas à l'esprit qu'ils n'étaient peut-être pas là, dans cette roulotte. Pour que tout fût conforme aux lois de la nature et au rythme entier des événements, il fallait qu'ils fussent là, il fallait que la suite dépendît d'un seul point : les verrait-il le premier, ou serait-ce eux qui le verraient d'abord. Bien plus, il fallait que ce fût lui qui les aperçût le premier et reprît son argent ; ensuite, ce qu'ils feraient ne lui importait nullement. Autrement, le monde entier saurait que lui, Jason Compson, avait été volé par Quentin, sa nièce, une putain.

Il reprit son inspection. Puis il se dirigea vers la roulotte et monta les marches, rapidement et sans bruit, et il s'arrêta à la porte. La cuisine était sombre et puait la nourriture froide. L'homme n'était qu'une forme blanche qui chantait d'une voix de ténor, chevrotante et cassée. Un vieillard, pensa-t-il, et pas si fort que moi. Il entra dans la roulotte comme l'homme levait les yeux.

— Hé là, dit l'homme en arrêtant sa chanson.

— Où sont-ils ? dit Jason. Allons, vite. Dans le wagon-lit ?

— Qui ça, ils ? dit l'homme.

— Ne mens pas », dit Jason. Il s'avançait en trébuchant dans l'obscurité encombrée.

— Qu'est-ce que c'est ? dit l'autre. Qui traites-tu de

menteur ? » Et quand Jason le saisit par l'épaule, il s'écria : « Prends garde, mon garçon. »

— Ne mens pas, dit Jason. Où sont-ils ?

— Ça, par exemple ! dit l'homme. Bougre d'enfant de garce ! » Sous la poigne de Jason, son bras était frêle et menu. Il essaya de se dégager, puis il se retourna, et se mit à fouiller derrière lui, sur la table encombrée.

— Allons, dit Jason. Où sont-ils ?

— Je vais te le dire, où ils sont, hurla l'homme. Laisse-moi trouver mon coutelas.

— Eh là ! dit Jason en essayant de le retenir. C'est une simple question que je te pose.

— Enfant de garce ! » hurla l'autre en fouillant sur la table. Jason tenta de lui saisir les bras, d'emprisonner cette fureur en miniature. Le corps de l'homme donnait une telle impression de vieillesse et de fragilité, et néanmoins apparaissait si fatalement poussé vers un seul but, que, pour la première fois, Jason vit clairement et en pleine lumière le désastre vers lequel il se précipitait.

— Arrête, dit-il. Écoute-moi, je vais m'en aller. Donne-moi le temps de partir.

— Me traiter de menteur ! criait l'autre. Lâche-moi, lâche-moi. Rien qu'une minute et je t'apprendrai !

Jason, tout en maîtrisant l'homme, roulait des yeux fous. Dehors, le temps était beau, ensoleillé, vif, lumineux et vide, et il pensa aux gens qui bientôt rentreraient chez eux déjeuner tranquillement, repas dominicaux teintés de fête et de décorum, et il se vit essayant de retenir le petit homme furieux, fatal, qu'il n'osait pas lâcher pour faire demi-tour et s'enfuir.

— Me donneras-tu le temps de sortir ? dit-il. Oui ? » Mais l'autre se débattait toujours, et Jason, dégageant une main, le frappa sur la tête. Un coup maladroit, hâtif, pas très fort, mais l'autre s'écroula subitement, et, dans un fracas de choses renversées, s'affala par

360

terre au milieu des casseroles et des seaux. Jason, au-dessus de lui, écoutait, haletant. Puis il fit demi-tour et se mit à courir. A la porte il se retint et descendit tranquillement. Il resta un instant immobile. Il respirait avec une sorte de ah ah ah qu'il s'efforçait d'arrêter, debout, sans bouger. Il regardait à droite et à gauche quand un bruit de pas traînant le fit se retourner. Il vit alors le petit vieux qui, furieux, bondissait gauchement du couloir en brandissant un couperet rouillé.

Il chercha à saisir le couperet sans ressentir de choc, mais avec la sensation qu'il tombait, et il pensa : Voilà donc comment cela va finir, et il se crut sur le point de mourir et, quand quelque chose s'abattit sur sa nuque, il pensa : Comment a-t-il pu me frapper à cet endroit-là ? Seulement, il y a longtemps peut-être qu'il m'a frappé et je ne le sens qu'à présent, et il pensa : Vite, vite que ce soit vite fini. Puis un désir furieux de ne pas mourir le saisit, et il se débattit tandis que le vieillard criait et sacrait de sa voix cassée.

Il se débattait encore quand on le remit sur ses pieds. Mais on le maîtrisa et il se calma.

— Est-ce que je saigne beaucoup ? dit-il. Ma nuque. Est-ce que je saigne ? » Comme il disait ces mots, il sentit qu'on l'emmenait très vite, et il remarqua que la petite voix furieuse du vieillard s'éteignait derrière lui. « Regardez ma tête, dit-il. Attendez, je... »

— Attendre, j'vous en fous, dit l'homme qui le tenait. Ce sacré petit avorton vous tuerait. Marchez. Vous n'avez rien.

— Il m'a frappé, dit Jason. Est-ce que je saigne ?

— Marchez donc », dit l'autre. Il conduisit Jason de l'autre côté de la gare, sur le quai désert où se trouvait un camion de livraison, où l'herbe croissait raide, dans un carré bordé de plantes rigides, avec une annonce lumineuse : Ayez l' 👁 sur Mottson ; le mot remplacé par un œil humain à pupille électrique. L'homme le lâcha.

— Maintenant, dit-il, fichez le camp et ne revenez plus. Qu'est-ce que vous vouliez faire ? Vous suicider ?

— Je cherchais deux personnes, dit Jason. Je lui ai simplement demandé où ils se trouvaient.

— Qui cherchez-vous ?

— Une jeune fille, dit Jason, et un homme. Il avait une cravate rouge, hier, à Jefferson. Fait partie de la troupe. Ils m'ont volé.

— Oh, dit l'homme. C'est donc vous. Eh bien, ils ne sont pas là.

— Je le pense », dit Jason. Adossé au mur, il se passa la main sur la nuque et en regarda la paume. « Je croyais que je saignais, dit-il. Je croyais qu'il m'avait frappé avec sa hache. »

— Vous vous êtes cogné la tête sur le rail, dit l'homme. Vous ferez aussi bien de vous en aller. Ils ne sont pas ici.

— Oui. Il m'a dit qu'ils n'étaient pas ici. Je croyais qu'il mentait.

— Et moi, vous croyez que je mens aussi ? dit l'homme.

— Non, dit Jason. Je sais qu'ils ne sont pas ici.

— Je lui ai dit de foutre le camp, lui et elle, dit l'homme. Je ne veux pas d'histoires comme ça dans ma troupe. Je donne des spectacles honnêtes avec une troupe respectable.

— Oui, dit Jason. Et vous ne savez pas où ils sont allés ?

— Non. Et je ne tiens pas à le savoir. Je ne permets pas qu'un membre de ma troupe me fasse des coups pareils. Vous êtes... vous êtes son frère ?

— Non, dit Jason. Peu importe. Je voulais les voir simplement. Vous êtes sûr qu'il ne m'a pas frappé ? Pas de sang, je veux dire.

— Il y aurait eu du sang si je n'étais pas arrivé à temps. Ne restez pas ici, il vous tuerait, le petit fils de garce. C'est votre auto, là-bas ?

— Oui.

— Alors, montez dedans et rentrez à Jefferson. Si vous les trouvez, ça ne sera pas dans mon théâtre. Ma troupe est respectable. Vous dites qu'ils vous ont volé ?

— Non, dit Jason. Ça ne fait rien. » Il se dirigea vers son auto et y monta. Que dois-je faire ? pensa-t-il. Puis il se rappela. Il mit son moteur en marche et remonta la rue, lentement, jusqu'à une pharmacie. La porte en était fermée. Un moment il resta la main sur la poignée, la tête penchée. Puis il se retourna et, quand, au bout d'un instant, un homme passa, il lui demanda s'il y avait une pharmacie ouverte quelque part. Il n'y en avait pas. Il demanda ensuite à quelle heure passait le train, direction du nord, et l'homme lui dit à deux heures et demie. Il traversa la chaussée et remonta s'asseoir dans son auto. Au bout d'un moment, deux jeunes Noirs arrivèrent. Il les appela.

— Est-ce que l'un de vous sait conduire une auto ?

— Oui, m'sieu.

— Qu'est-ce que vous me prendriez pour me conduire tout de suite à Jefferson ?

Ils se regardèrent en chuchotant.

— Je vous offre un dollar, dit Jason.

Ils chuchotèrent à nouveau. — Pas possible à ce prix-là.

— Pour combien iriez-vous ?

— Tu peux y aller ? dit l'un d'eux.

— J' suis pas libre, dit l'autre. Pourquoi que tu le conduis pas, toi ? T'as rien à faire.

— Si.

— Qué'que t'as à faire ?

Ils chuchotèrent à nouveau en riant.

— Je vous donnerai deux dollars, dit Jason. A l'un de vous deux.

— J' suis pas libre non plus, dit le premier.

— C'est bon, dit Jason. Partez.

Il resta un moment assis. Il entendit une horloge sonner la demie, puis des gens commencèrent à passer, endimanchés et vêtus de leurs costumes de Pâques. Les uns le regardaient en passant, regardaient cet homme assis tranquillement derrière le volant d'une petite auto, avec sa vie invisible, dévidée autour de lui comme une vieille chaussette. Au bout d'un moment, un nègre en bleu de travail s'approcha : — C'est vous qui voulez aller à Jefferson ? dit-il.

— Oui, dit Jason. Combien me prendras-tu ?

— Quatre dolla'.

— Je t'en donne deux.

— J' peux pas pour moins de quatre. » L'homme, dans l'auto, restait immobile. Il ne le regardait même pas. Le nègre dit : « Vous me voulez ou non ? »

— Bon, dit Jason, monte.

Il se poussa et le Noir prit le volant. Jason ferma les yeux. Je pourrai trouver quelque chose à Jefferson, se dit-il en se mettant à l'aise pour supporter les chocs. Je trouverai quelque chose là-bas. Ils s'éloignèrent par les rues où les gens rentraient tranquillement chez eux, vers le déjeuner dominical. Ils sortirent de la ville. C'est à cela qu'il pensait. Il ne pensait pas à sa maison où Ben et Luster mangeaient un repas froid sur la table de la cuisine. Quelque chose — l'absence de désastre, de menace, dans un état de mal perpétuel — lui permettait d'oublier Jefferson comme n'importe quelle ville déjà vue où sa vie devait reprendre son cours.

Quand Ben et Luster eurent fini, Dilsey les envoya dehors. — Et tâche de rester avec lui jusqu'à quatre heures. T. P. sera arrivé à c't' heure-là.

— Oui », dit Luster. Ils sortirent. Dilsey déjeuna et

mit sa cuisine en ordre. Puis elle alla écouter au bas de l'escalier. Mais le silence était complet. Elle retraversa la cuisine et sortit par la porte de la cour. Elle se tint immobile sur les marches. Ben et Luster avaient disparu, mais, comme elle restait là, elle entendit de nouveau une vibration traînante qui venait du côté de la cave. Elle se rendit à la porte et abaissa ses regards sur une scène semblable à celle du matin.

— Il a fait juste comme ça », dit Luster. Il contemplait la scie immobile avec une sorte d'abattement teinté d'espoir. « J'ai pas encore trouvé la chose qu'il faut pour la frapper », dit-il.

— Et c'est pas là, en bas, que tu la trouveras non plus, dit Dilsey. Emmène-le dehors, au soleil. Vous attraperez tous deux une pneumonie à rester comme ça sur ce sol humide.

Elle attendit pour les voir traverser la cour vers un bouquet de cyprès, près de la barrière. Puis elle se rendit à sa case.

— Maintenant, ne commencez pas, dit Luster. Vous m'avez assez fait enrager aujourd'hui. » Il y avait un hamac fait de douves de tonneau prises dans un entrelacs de fils de fer. Luster s'étendit dans le hamac, mais Ben s'éloigna, vague et sans but. Il se remit à geindre. « Allons, taisez-vous, dit Luster. J' vas vous corriger. » Il se renversa dans le hamac. Ben ne bougeait plus, mais Luster pouvait l'entendre gémir. « Allez-vous vous taire, oui ou non » ? dit Luster. Il se leva et se dirigea vers Ben qu'il trouva accroupi devant un petit tas de sable. Aux deux extrémités, une bouteille en verre bleu, qui autrefois avait contenu du poison, était plantée en terre. Dans l'une se trouvait une tige flétrie de datura. Ben, accroupi devant, poussait un gémissement lent et inarticulé. Tout en geignant il cherchait autour de lui et, ayant trouvé une petite branche, il la mit dans l'autre bouteille. « Pourquoi que vous n' vous taisez pas ? dit Luster. Vous voulez que j' vous fasse crier pour quelque chose ? Et si je faisais ça ! » Il s'agenouilla et subtilisa brusquement la bouteille qu'il cacha derrière lui. Ben cessa de gémir. Accroupi, il regardait le petit trou où s'était trouvée la bouteille, puis, comme il s'emplissait les poumons, Luster fit reparaître la bouteille. « Chut, siffla-t-il, n' vous avisez pas de gueuler, hein. La v'là, vous voyez ? Là. Sûr que vous allez commencer si vous restez ici. Venez, allons voir s'ils ont commencé à taper sur leurs balles. » Il prit le bras de Ben, le releva, et ils allèrent jusqu'à la barrière où ils restèrent côte à côte, s'efforçant de voir à travers le fouillis de chèvrefeuille qui n'était pas encore en fleur.

— Là, dit Luster. En v'là. Vous les voyez ?

Ils regardèrent les quatre joueurs jouer leur trou, se rendre au tee suivant et relancer les balles. Ben les regardait en geignant et bavant. Quand les quatre joueurs s'éloignèrent, il les suivit le long de la barrière, dodelinant de la tête et geignant. L'un dit :

— Ici, *caddie*. Apporte les clubs.

— Chut, Benjy », dit Luster. Mais, cramponné à la clôture, Ben allait toujours de son grand pas traînant, poussant des plaintes rauques, désespérées. L'homme joua et se remit en marche. Ben l'accompagna jusqu'à l'endroit où la barrière tournait à angle droit, et il s'y cramponna, les yeux fixés sur les joueurs qui repartaient et s'éloignaient.

— Vous allez vous taire maintenant ? dit Luster. Vous allez vous taire ? » Il secoua Ben par le bras. Ben se cramponnait à la clôture avec des gémissements rauques et continus. « Vous n'allez pas vous arrêter, dit Luster. Oui ou non ? » Ben regardait à travers la barrière. « C'est bon, dit Luster, tu veux gueuler pour quelque chose ? » Il regarda par-dessus son épaule vers la maison. Puis il murmura : « Caddy ! Gueule maintenant. Caddy ! Caddy ! Caddy ! »

Un instant plus tard, dans les lents intervalles entre les cris de Ben, Luster entendit Dilsey qui l'appelait. Il prit Ben par le bras et ils traversèrent la cour pour la rejoindre.

— J' vous l'avais bien dit qu'il ne resterait pas tranquille, dit Luster.

— Vilain garnement, dit Dilsey, qu'est-ce que tu lui as fait ?

— J' lui ai rien fait. J' vous l'ai dit, quand ces gens s' mettent à jouer, il commence tout de suite.

— Viens ici, dit Dilsey. Chut, Benjy. Chut, voyons. » Mais il ne se taisait pas. Ils traversèrent rapidement la cour et entrèrent dans la case. « Cours chercher le soulier, dit Dilsey, et ne dérange pas Miss Ca'oline. Si elle dit quelque chose, dis-lui qu'il est avec moi. Allez, va, tu sauras faire ça, je suppose. » Luster partit. Dilsey mena Ben jusqu'au lit et l'y fit asseoir près d'elle, et elle le prit dans ses bras et le berça, et, avec l'ourlet de sa jupe, elle essuyait la bave qui lui coulait de la bouche. « Chut, disait-elle en lui caressant la tête, chut. Dilsey est là. ' » Mais il hurlait lentement, bestialement, sans larmes, le bruit grave et désespéré de toutes les misères muettes sous le soleil. Luster revint, portant un soulier de satin blanc. Il était devenu jaune, craquelé et sale et, quand on l'eut mis dans la main de Ben, il se tut un instant. Mais il gémissait encore et bientôt il recommença à élever la voix.

— Crois-tu que tu pourrais trouver T. P. ? dit Dilsey.

— Il a dit hier qu'il irait à Saint John aujourd'hui. Qu'il serait de retour à quatre heures.

Dilsey oscillait d'avant en arrière en caressant la tête de Ben.

— Que c'est long, dit-elle, oh, Jésus, que c'est long !

— J' peux conduire la voiture, mammy, dit Luster.

— Vous vous tuerez tous les deux, dit Dilsey. T'as toujours quelque diablerie en tête. J' sais que t'es pas bête, mais j' peux pas me fier à toi. Allons, chut, dit-elle, chut ! chut !

— Non, on s' tuera pas, dit Luster. J' conduis avec T. P. » Dilsey se balançait d'avant en arrière, les bras autour de Ben. « Miss Ca'oline a dit que si vous n' pouviez pas le calmer, elle allait descendre le faire elle-même. »

— Chut, mon petit, dit Dilsey en caressant la tête de Ben. Luster, mon petit, dit-elle, voudras-tu penser à ta vieille grand-mère et conduire cette voiture comme il faut ?

— Oui, dit Luster, j' conduirai tout comme T. P.

Dilsey se balançait en caressant la tête de Ben. — J' fais de mon mieux, dit-elle. Le Seigneur le sait. Alors, va la chercher », dit-elle en se levant. Luster s'esquiva. Ben tenait le soulier et criait. « Allons, chut, Luster est allé chercher la voiture pour vous emmener au cimetière. On n' va pas se risquer à aller chercher votre casquette », dit-elle. Elle se dirigea vers un placard fait d'un rideau pendu en diagonale dans un coin de la pièce, et elle en tira le chapeau de feutre qu'elle-même avait porté. « Nous sommes tombés bien plus bas que ça, si les gens savaient, dit-elle. Vous êtes l'enfant du Seigneur, du reste, et je serai le Sien aussi avant longtemps, Jésus soit loué. » Elle lui mit le chapeau sur la tête et boutonna son pardessus. Il ne cessait de gémir. Elle lui enleva le soulier qu'elle mit de côté et ils sortirent. Luster arriva avec un vieux cheval blanc attelé à un phaéton délabré, tout penché d'un côté.

— Tu feras attention, Luster ? dit-elle.

— Oui », dit Luster. Elle aida Ben à s'asseoir sur le siège arrière. Il avait cessé de crier, mais il s'était remis à gémir.

— C'est sa fleur, dit Luster. Attendez, j' vas lui en chercher une.

— Reste où tu es », dit Dilsey. Elle saisit le cheval par la bride. « Maintenant, cours en chercher une. » Luster, en courant, disparut au coin de la maison dans la direction du jardin. Il revint avec un narcisse.

— Il est cassé, dit Dilsey. Pourquoi que t'en as pas pris un beau ?

— C'est le seul que j'ai trouvé, dit Luster. Vous les avez tous cueillis, vendredi, pour décorer l'église. Attendez, j' vas l' raccommoder. » Et, tandis que Dilsey retenait le cheval, Luster, avec une brindille et deux bouts de ficelle, consolida la tige du narcisse. Il le donna à Ben, monta et prit les guides. Dilsey tenait toujours la bride.

— Est-ce que tu connais la route ? dit-elle. Tu montes la rue, tu fais le tour de la place, tu arrives au cimetière, et tu t'en reviens tout droit.

— Oui, dit Luster. Hue, Queenie.

— Et tu feras attention ?

— Oui. » Dilsey lâcha la bride.

— Hue, Queenie, dit Luster.

— Hé, dit Dilsey, donne-moi ce fouet.

— Oh, mammy, dit Luster.

— Allons, donne », dit Dilsey en s'approchant de la roue. Luster le lui donna à contrecœur.

— J' pourrai jamais faire partir Queenie, maintenant.

— Te préoccupe pas de ça, dit Dilsey. Queenie sait mieux que toi où elle va. T' as qu'à rester assis et tenir les guides. C'est tout ce que t' as à faire. Alors, tu connais bien la route ?

— Oui, la même que prend T. P. tous les dimanches.

— Fais tout pareil aujourd'hui.

— Pour sûr. Est-ce que j'ai pas conduit pour T. P. plus de cent fois ?

— Fais-le encore, dit Dilsey. Allons, va. Et s'il arrive quelque chose à Benjy, mon petit nègre, j' sais pas ce que j' te ferai. C'est les travaux forcés qui t'attendent, et j' t'y enverrai avant même qu'on soit prêt à t'y recevoir.

— Oui, dit Luster. Hue, Queenie.

Il fit claquer les guides sur le large dos de Queenie, et le phaéton, tout de côté, se mit en branle.

— Luster, voyons ! dit Dilsey.

— Hue, là ! » dit Luster. Il fit de nouveau claquer les guides. Accompagnée de borborygmes souterrains, Queenie trottina lentement dans l'allée et tourna dans la rue où Luster l'excita à prendre une allure qui ressemblait à une chute en avant, prolongée et suspendue.

Ben cessa de gémir. Assis au milieu du siège, il tenait la fleur réparée toute droite dans sa main, et il regardait d'un œil serein, ineffable. Devant lui, la tête ronde de Luster se retournait à chaque instant jusqu'au moment où la maison disparut. Il se rangea alors sur le bord de la route, et, sous les regards de Ben, il descendit et cueillit une badine dans une haie. Queenie baissa la tête et se mit à brouter. Puis Luster remonta, lui releva la tête et la remit en marche. Cela fait, il serra les coudes, et, tenant haut son fouet et ses guides, il prit un air faraud, en désaccord avec le trottinement paisible des sabots de Queenie et les graves sons d'orgue de ses accompagnements intestinaux. Ils croisaient des autos, des piétons ; une fois un groupe de jeunes Noirs.

— V'là Luster. Où que tu vas, Luster ? Au cimetière ?

— Ouais, dit Luster. Mais pas au même cimetière où que vous irez. Hue, là, éléphant !

Ils approchaient de la place où le Soldat Confédéré fixait sur le vent et les intempéries ses regards vides sous sa main de marbre. Luster se redressa d'un cran et, jetant un coup d'œil autour de la place, donna un coup de badine à l'impénétrable Queenie. « C'est la voiture à Mr Jason », dit-il. Puis il aperçut un autre groupe de Noirs. « Faut montrer à ces nègres qu'on a de la distinction, pas vrai, Benjy ? » Il regarda derrière lui. Ben était assis, sa fleur au poing, le regard vide et serein. Luster frappa de nouveau Queenie et la lança à gauche du monument.

Pendant un instant, Ben resta pétrifié. Puis il hurla. De hurlement en hurlement, sa voix montait, lui laissant à peine le temps de respirer. Dans ses cris passait plus que de l'étonnement, c'était de l'horreur, de l'indignation, une souffrance aveugle et muette, rien qu'un son. Les yeux de Luster roulèrent dans un éclair blanc. « Grand Dieu ! dit-il. Chut ! chut ! Grand Dieu ! » Il tournoya de nouveau et frappa Queenie de sa badine. Elle se rompit et il la jeta ; et, tandis que la voix de Ben s'enflait vers un crescendo incroyable, Luster saisit l'extrémité des guides, se pencha en avant au moment où Jason, traversant la place d'un bond, s'élançait sur le marchepied.

Brutalement, du revers de la main, il repoussa Luster, prit les rênes, scia la bouche de Queenie et, pliant les guides, lui en fouetta la croupe. A coups redoublés, il la força à galoper, et, tandis que la rauque agonie de Benjy rugissait autour d'eux, il l'obligea à passer à droite du monument. Puis il décocha un coup de point sur la tête de Luster.

— Tu n'es pas fou de le faire passer à gauche ? » dit-il. Il se pencha en arrière et frappa Ben. La fleur de nouveau se rompit. « Tais-toi, dit-il. Tais-toi ! » D'une secousse, il retint Queenie et sauta à terre. « Ramène-le à la maison, nom de Dieu ! Si jamais tu repasses cette grille avec lui, je te tue ! »

— Oui, m'sieur », dit Luster. Il prit les guides et en

371

frappa Queenie avec l'extrémité. « Hue ! Hue, là ! Benjy, pour l'amour de Dieu ! »

La voix de Ben n'était que rugissements. Queenie se remit en marche, et, de nouveau, ses pattes reprirent leur clic-clac régulier. Ben se tut aussitôt. Luster, rapidement, jeta un coup d'œil derrière lui, puis continua sa route. La fleur brisée pendait au poing de Ben, et ses yeux avaient repris leur regard bleu, vide et serein, tandis que, de nouveau, corniches et façades défilaient doucement de gauche à droite ; poteaux et arbres, fenêtres et portes, réclames, tout dans l'ordre accoutumé.

DU MÊME AUTEUR

Aux Éditions Gallimard

Romans

SANCTUAIRE. *Préface d'André Malraux* («Folio», *n° 231*).

TANDIS QUE J'AGONISE. *Préface de Valery Larbaud* («Folio», *n° 307*).

LUMIÈRE D'AOÛT. *Préface de Maurice-Edgar Condreau* («Folio», *n° 621*).

SARTORIS («Folio», *n° 920*).

LE BRUIT ET LA FUREUR. *Préface de Maurice-Edgar Coindrau* («Folio», *n° 162*. Traduction révisée en 1972).

PYLÔNE. *Préface de Roger Grenier* («Folio», *n° 1531*).

L'INVAINCU («Folio», *n° 2184*).

L'INTRUS («Folio», *n° 420*).

LES PALMIERS SAUVAGES. *Préface de Maurice-Edgar Coindrau* («L'Imaginaire», *n° 2*).

ABSALON! ABSALON!. *Préface et notes de François Pitavy avec la collaboration de Ch.-P. Vorce.* Nouvelle édition en 2000 («L'Imaginaire», *n° 412*).

DESCENDS, MOÏSE («L'Imaginaire», *n° 246*).

REQUIEM POUR UNE NONNE. *Avant-propos d'Albert Camus* («Folio», *n° 2480*).

PARABOLE («Folio», *n° 2996*).

LE HAMEAU («Folio», *n° 1661*).

LA VILLE.

LE DOMAINE («Folio», *n° 4003*).

LES LARRONS («Folio», *n° 2789*).

ELMER *suivi de* LE PÈRE ABRAHAM. *Édition de Diane J. Cox et James B. Meriwether. Préface de Michel Gresset.*

STALLION ROAD *suivi de* L'AVOCAT DE PROVINCE ET AUTRES HISTOIRES POUR L'ÉCRAN. *Édition de Louis Daniel Brodsky et Robert W. Hamblin.*

Dans la collection «Folio bilingue»

AS I LAY DYING/TANDIS QUE J'AGONISE, *n° 1.* *Préface de Michel Gresset.*

A ROSE FOR EMILY/UNE ROSE POUR EMILY — THE EVENING SUN/SOLEIL COUCHANT — DRY SEPTEMBER/SEPTEMBRE ARDENT, *n° 59.* *Préface de Michel Gresset.*

THE WHISHING TREE/L'ARBRE AUX SOUHAITS, *n° 117. Préface de Michel Gresset.*

Correspondance

CORRESPONDANCE MALCOM COWLEY-WILLIAM FAULKNER. Lettres et souvenirs de 1944 à 1962, commentés par Malcom Cowley.

LETTRES CHOISIES. *Édition de Joseph Blotner.*

LETTRES À SA MÈRE 1918-1925. *Édition préparée par James G. Watson («Arcades», n° 40).*

Théâtre

LES MARIONNETTES. *Introduction et note sur le texte par Noël Polk. Illustrations de l'auteur.*

Dans la collection «Bibliothèque de la Pléiade»

ŒUVRES ROMANESQUES. *Édition de Michel Gresset, d'André Bleikasten et François Pitavy*

   I : Sartoris — Le Bruit et la Fureur — Appendice Compson — Sanctuaire — Tandis que j'agonise.

   II : Lumière d'août — Pylône — Absalon, Absalon ! — Les Invaincus.

   III : Si je t'oublie Jérusalem — Le Hameau — Le Père Abraham — Descends, Moïse — *Appendice* : Lion.

ALBUM FAULKNER. *Iconographie choisie et commentée par Michel Mohrt.*

Dans la collection «Futuropolis/Gallimard»

TANDIS QUE J'AGONISE. *Illustrations d'André Juillard. Préface de Valery Larbaud. Postface de Michel Gresset.*

COLLECTION FOLIO

Dernières parutions

Impression Liberduplex
à Barcelone, le 3 mai 2004
Dépôt légal : mai 2004
Premier dépôt légal dans la collection : juillet 1972
ISBN   2-07-036162-4./ Imprimé en Espagne.